Kieseritzky

Der Frauenplan

Etuden für Männer

Klett-Cotta

Für Karin

1

Nur auf dem Friedhof kann man sich unverstimmte Momente des Bewußtseins verschaffen; ein paar Vögel machen ihren vom Loebschen Tropismus bestimmten Lärm, hin und wieder klagt eine verstimmte Orgel aus der interkonfessionellen Kapelle, und die lieben Toten liegen einträchtig, aber streng getrennt in ihren alten Boxen. Hunde vermeiden dieses mein Refugium; die Katzen verstehen sich mit den Ausflüssen der Geister oder mögen den Duft meiner Damen, vor allem den der schamlosen, dornenreichen, ungern kletternden Lady Ashton. Verscharren ihre Kothaufen leider nur pro forma, wahrscheinlich eine Folge des Instinktverrats durch Domestikation, wie bei so vielen.

Wie ist die Natur im allgemeinen doch so schön, wie ein toter Dichter einmal sagte. Man beobachtet und reguliert sie im Wechsel der Saison in ihren diversen Spezifikationen, Flora und Fauna. Wo der Humus nicht stimmt, herrscht auch kein Frieden.

Sie sollten darauf achten, im Liegen zu sterben, sagte Nerval, bevor er sich 1855 vertikal an einem Toilettengitter aufhing, oder sagt man hängte?

Man kann in Wahrheit nur von den Toten lernen. Meine lieben Toten waren so gut wie alle im Liegen gestorben.

In meinem Claim, A 45, lag eine Reihe mit illustren Namen, gottlob alle mit korrekten Grabsprüchen; stimmt ein Spruch nicht, wehe den Lebenden, denn die da unten seufzen und weheklagen vehement über einen Lapsus.

Der Zoologe Müller, 1801 bis 1869, trug auf seinem schwarzen Marmorblock lediglich die lapidare Inschrift:

1232 Wirbeltiere

– ein würdiges Epitaph, das ein ganzes Leben enthielt.

Anatol Pissimensky, weißrussischer Emigrant, 1889 bis 1959, hatte sich was Poetisches ausgesucht: Der Tod ist ein schwarzes Kamel, das vor den Toren aller niederkniet.

Sehr hübsch, wie für einen geköpften Krieger der Janitscharen.

Der Kunsthändler Purssius, W. Purssius, 1831 bis 1912, hatte sich ein Kenotaph machen lassen, eine mit Falten drapierte, leicht kannelierte Säule, aus der sein griesgrämiger Schädel ragte, die Lider gesenkt, als betrachte er unerreichbare Exponate; an der Na-

senspitze hatte er bei Regen immer den obligatorischen Tropfen der Greise.
Seine Finalsentenz, ganz offensichtlich ein memorierendes Motto, von der hiesigen Geistlichkeit in ihrer horrenden Unbildung nicht erkannt, hieß nach Mme. de Sévigné: Wir lieben uns wie die Tiere, nur ein bißchen besser ...
Als einziger der A 45-Besatzung war Grieffenberg, 1844 bis 1918, nicht im Liegen gestorben; der Veterinär und Kynologe aus Neigung war an einem hinterhältig sanften Tag in seinem Labor ermordet worden. Saß tot in einer Stahlwanne, die er für Vivisektionen benutzte, sein rechtes Auge (graugrün, wie es hieß, von großer Güte), hing an einem Fädchen an der Wand und glotzte schreckerfüllt in sein sehr persönliches Nichts. Der Fall wurde nie vollständig aufgeklärt.
Letzter Aspirant war ein gewisser Schmettke, 1904 bis 1962, eingegangen an Armut, dahingeschieden im Liegen, gestorben mit einer unbehandelten Syphilis an einem grauen Novembertag.
Mit Inbrunst lernen von den Toten, so hieß die friedhöfliche Hausaufgabe jeden Tag, morgens, im taufrischen Reigen der verlausten Dorothy Perkins und einer verblühenden Elsie Beckwitz, die rostrote Tränen schwitzte; sie wohnte allerdings auch auf des Lebemanns Grab. Einfluß oder Ausfluß seiner horrenden Syphilis? Schmettke, ein Lebensmodell.
Wenn der Zufall eine Erscheinungsform der Notwendigkeit ist, dann waren die Lagen meiner verehrten Toten überhaupt nur in dieser Konstellation möglich. Sie hatten nicht gerade une vie à grande vitesse geführt, s. ihre venerische Vita, aber alle besaßen den unbeirrbaren Elan, das Leben so leicht zu machen wie eine Seifenblase, schwebend auf dem parfümierten Furz eines Engels. Es gibt garantiert borniertere Lebenskalkulationen.
Der Emigrant Pissimensky, St. Petersburg 1912, damals im bildsamen Alter von 23, hatte sich auf alle Formen der Mimikry geworfen, tat nichts, arbeitete nichts, verschmolz mit seinen ewig wechselnden Umgebungen, zeugte kein Kind, schrieb kein Buch und pflanzte keinen Baum. Über seine letzten 12 Jahre in G. kannte ich nur sporadische Berichte. Lebte in großer Armut bei einer

tauben Witwe, übersetzte, um die leidige Zeit totzuschlagen, russische Dichter in sein feierliches deutsches Idiom und aß zweimal mittags bei einem mitleidigen Restaurantbesitzer. Dort – das Lokal hieß aus rätselhaften Gründen *Sarajewo* – stopfte er sich jeden Dienstag und jeden Freitag so voll, daß er einen Tag Ruhe vor seinem Magen hatte; wovon er sich an den anderen Tagen ernährte, weiß niemand.
Für Gänge in die Außenwelt trug er einen anthrazitfarbenen Anzug mit Wildlederflecken an den Ellenbogen; für die Reisen in seinem Zimmer benutzte er einen safrangelben Morgenrock, in den man bei winterlicher Kälte einen Pelz knöpfen konnte.
P. liebte die Frauen, und die Frauen übersahen ihn.
In seinem Nachlaß fand sich eine ziemlich umfangreiche Bibliothek, die aus Kochbüchern bestand, Erstausgaben von Escoffier, eine Ausgabe von Brillat-Savarin, Widmungsexemplare von Bemelmans und Wechsberg etc., kostbares Zeug, das ihn bei einem Verkauf mühelos hätte leben lassen.
Die Witwe verreiste eines Tages; sechs Wochen später fand sie ihren Untermieter tot in seinem Bett, ein Lächeln gelassener Verzweiflung auf den Lippen, sehr zusammengefallen und völlig geruchlos oder ausgestunken, abgesehen vom Duft verblühter Verbenen.
Da war Schmettke ein ganz anderer Typus, analysiert man synchron das Finale.
Auf Schmettkes Obelisk (nomen ist wirklich omen, über jede Erschlaffung des Todes hinaus ...) stand mit Goldbuchstaben, erhaben: Adieu, les belles choses.
Bedauerlich, daß ich damals keine Kollektion von Grabsprüchen anlegte; hilfreicher als jede Aphorismensammlung.
Schmettke starb nicht gelassen, aber immerhin im Liegen, wie es die Konvention verlangt, allerdings nicht im Bett.
Zum Schluß suchte ihn ein niederträchtiger Tremor heim, die Erfolgsorgane waren ins große Zittern geraten, und die Paralyse ließ sein erhitztes und verfaulendes Hirn seltsame, aber folgerichtige Dinge tun. Er bohrte kleine Löcher mit Fingern in die Erde, in der Hoffnung, neue Erdenbürger entstünden, wie Maupassant.

S. bemalte die Wände seiner letzten Station mit Frauen, vollständig unbekleidet, immer mit allen Details, mit Liebe und nervöser Verve, aber allen Frauen fehlte das einst geliebte Genital. Diese süße Stelle, die uns alle umbringt, ließ er aus und malte stattdessen schlitzlose, moosige Pölsterchen in genovevagrünen Inkarnaten.
Ach, die Finale, Plural, ohne Finessen waren besonders rührend und lehrreich; manche fuhren mit belegten Zungen in die Grube, manche wollten total saniert sterben, was immer immense Kosten verursacht. Ich schmisse mein Geld nicht zum Fenster hinaus, nur um diese trügerische Intaktheit zu erreichen; aber auch das ist eine Frage der spezifischen Krankheit, an der man eingeht.
Schmettke zum Beispiel ging immer in Begleitung seiner matt galoppierenden Paralyse aus, schwankend und verhüllt mit einem breitkrempigen Hut. Hin und wieder hob er einen Zeigefinger und sagte bedeutungsvoll traurig, aber ohne Affekt: Les femmes ... Eines Tages hatte er keine Lust mehr und dämmerte im November 54 hinüber, mit Hilfe einer Dosis Morphium.
Auf dem Friedhof lebte er mit Lady Ashton, einer üppigen Roten, die sich nur nachts gehen ließ und tagsüber viel Wasser brauchte. Sie lockte massenhaft Schmeißfliegen an; die glaubten wegen des sehr fleischigen Rot-Inkarnats, sie wären in einer Schlachterei en plein air.
Der Zoologe Müller wurde im hohen Alter von der Prostata erwischt, eine Tatsache, die seine Exkursionen in Südamerika wesentlich unterband. In seiner Enzyklopädie der *Schöpfung der Tierwelt* findet sich ein Poem über sein absolutes Lieblingstier, das Zweizehenfaultier, in dem er sein großmütiges Beobachter-Ich gänzlich ausläßt.

Das Faultier ist maßvoll, friedfertig, tolerant und vermeidet die Affekte.
Fähig zur Selbstkontrolle, zieht es sich rechtzeitig zurück.
Es beherzigt immerfort, auch bei Regenwetter, das cui bono-Prinzip und
lebt, seinen Bedürfnissen immer gemäß, zweckvoll dahin.
Das Faultier unterminiert gänzlich unsere menschlichen

Vorstellungen von Stärke und Eroberungswillen, von Leistung und Überleben, von Lohn und Strafe.
Es entwickelt seine souveräne Persönlichkeit,
ohne von der affektiven Natur bestraft zu werden.
Bei einem Minimum an Bewegung, bei einem Maximum an vegetabilischen Stoffen,
hängt es an einem Aste. Kraft seiner neun Halswirbel
ist der Schädel zu einer Drehung von 270 Grad imstande,
während sein Herz gemächlich schlägt.
Die Kaumuskel bewegt es so langsam wie ein Greis
bei extrem flacher Atmung. Von stoischer Ruhe,
nahe dem Schlaf, läßt es den Blätterbrei durch seinen
mehrfach unterteilten Magen fließen,
mehrfach von einem Verdauungssarkophag zum nächsten,
während die gärenden Gase poltern und rumpeln.
Seine Gastfreundschaft ist groß,
und es gewährt sie Heerscharen von Faltern, Milben,
Zecken und Fliegen, die geduldig wie ihr Wirt
auf die wöchentliche Darmentleerung warten.
Seine Reinlichkeit ist eine große,
indem es sinnreich seine Exkremente an den Stämmen jener Bäume vergräbt,
deren Blätter es verzehrt. Seine Paarung ist schon
nach vier oder fünf Stößchen in großen Abständen erfolgreich.
Alles geschieht mit Sanftmut, und nur bei Störungen
kann man einen Ton wie ‚aiiiii' hören,
der seiner Sanftmut entflieht,
ein Seufzen, das in königlichen Schlaf wiegt,
behütet von immergrünen Wipfeln.
So lebte ich friedlich mit meinen Toten, hielt täglich Zwiesprache, studierte ihre Leben, während ich ihre Damen auf den Gräbern okulierte und wässerte. Lady Ashton vertrug sich leider nicht mehr mit der verlausten Dorothy Perkins, Elsie Breckwitz hatte keine Lust zum Blühen. Konnte nur an Schmettkes Aura liegen; als Lebender hatte er schließlich jede Frau lahmgelegt.
Für Traugott Müller pflanzte ich eine Veronica Protrata, mit klei-

nen, tiefblauen Blüten, die sich mit der benachbarten blutigen Lady vertrug.
1869 nahmen Müllers Gebrechen zahlenmäßig und qualitativ zu, so daß er das Verfahren abkürzte, bevor ihm die Demenz die Contenance raubte. Er entließ sein Faktotum (meine Toten waren alle Junggesellen, das gab zu denken), inspizierte die Kollektionen in seinen Naturalienkabinetten, draußen fing es an zu schneien, sagt ein alter meteorologischer Bericht, ein Kälteeinbruch, Müller streichelte noch einmal das ausgestopfte Faultier mit Baby, vorschriftsmäßig für alle Ewigkeit reglos an seinem Ast hängend, ging in die Bibliothek, trank ein Glas Port, imprägnierte sodann von oben nach unten, auf einer Bibliotheksleiter stehend, mühsames Geschäft bei seinem Prostata-Krebsgang, alle Bücher, vier Wände insgesamt, mit Petroleum und entzündete sie von unten (unterste Reihe), indem er einen Fidibus an die ungeliebten Werke Buffons und Espinas hielt; das kleine Haus brannte vollständig nieder, Müller wurde komplett verkohlt in der berühmten Fechterstellung gefunden. Auf diese Weise entging ihm die Erdbestattung, die er immer widerwärtig gefunden hatte. Während der feurigen Climax soll das Haus einen Laut ausgestoßen haben, der stark an das klagende Seufzen des zweizehigen Faultiers erinnerte, ein sanftes ‚aiii'.

Das Leben mit den Lebenden war viel schwieriger. Ich wohnte damals aus Gründen der Sparsamkeit mit einem Burschen namens Coburn zusammen, ein Zimmer mit Kochecke und Badeklosett.
Dieser Coburn (studierte Germanistik und Betriebswirtschaftskunde, eine sehr praktische Kombination) versuchte jeden Sonntagmorgen, sich umzubringen. Aber er schaffte es kein Mal, irgendwie. Entweder der Zufall oder die Determinanten der Zufälle waren gegen ihn. Er kriegte es einfach nicht hin.
Ich fragte, ob es immer der Sonntag sein müsse, und ob er sich nicht einen Wochentag aussuchen könne, wie jeder vernünftige Mensch. Coburn erwiderte, es müsse der Sonntag sein, Sonntage seien schrecklich. Das hatte eine gewisse Logik, und ich machte ihm keine Vorwürfe mehr.

Aber die unberechenbaren Schrecken des Zufalls gingen mir auf die Nerven. Eines sonntags wurde ich um sechs Uhr morgens, unverschämt früh für Sonntag, von einem entsetzlichen Krachen geweckt. Ich wachte so gut wie sofort auf und sah Coburn mit einer Schlinge um den Hals auf dem Teppich hocken. Aus der Decke war ein Haken gebrochen, samt der vergoldeten Stukkatur.
Warum, fragte ich, nicht einmal in der Woche ein Montag zu einer commoden Zeit, vielleicht in meiner Abwesenheit?
Der Sonntagvormittag sei einfach terrible, sagte Coburn und brachte mir Tee ans Bett.
War immer schnell zur Versöhnung bereit, vor allem, wenn es wieder einmal nicht geklappt hatte.
Ich fragte beim Teetrinken, ob es möglich sei, dezentere Methoden zu wählen, weniger laute Methoden, wie zum Beispiel Gift oder Tabletten ...
Coburn erwiderte, Gift sei schwer aufzutreiben und Tabletten fielen wegen seiner Tablettenallergie aus.
Versuchs mit einer Luft-Injektion, sagte ich, diese Methode ist todsicher und nicht allzu geräuschvoll.
Er wisse die Menge nicht, sagte Coburn unschlüssig.
Ich versprach ihm, mich zu erkundigen und schlief wieder ein.
Das nächste Mal explodierte aus irgendwelchen Gründen der Gasherd. Es war eine kleine, gewissermaßen lokal begrenzte Explosion, die alles beschädigte, außer Coburn.
Ich sagte mit großer Mißbilligung zu C., daß man einen Abgang präziser berechnen müsse, wie alles im Leben. Die planende Intelligenz eliminiere vor allem den Zufall mit allen tückischen Bifurkationen, die den besten Entschluß zunichte machen könnten.
Da Coburn kein Arschloch war, hatte ich wirklich ernsthaftes Interesse an seinem Leben und dem Entschluß, es zu beenden. Das cui bono-Prinzip, sagte ich abschließend, gelte auch für den Mitmenschen. Coburn sagte, er wolle über alles nachdenken. Ich hatte den Eindruck, daß ihm ein wirklich motivierendes Motiv fehlte. Aber eine Unterhaltung über dieses Thema schien mir damals allzu intim, und ich bin kein Mensch, der sich in einmal gefaßte Entschlüsse einmischt.

Ich machte Coburn den Vorschlag, sich der Idee eines erfolgreichen Suizids geistig zu nähern. Am nützlichsten sei es, den Akt intellektuell einzukreisen. Gab ihm die *Miszellen* Aubreys, die mir in ihrer Komposition zuverlässiger vorkamen als ein Horoskop. Der Esquire hatte die Zufälle numerisch komplett decodiert – in I. verhängnisvolle Tage, II. verhängnisvolle Orte, III. Vorzeichen, X. unsichtbare Hiebe, XVI. Gespräche mit Engeln und Geistern (an dieser Stelle brach meine Selbsterziehung auf dem Friedhof durch), XIX. Ekstasen; diese Punkte solle Coburn in sein auslaufendes Coburnsches System bringen inkl. der Reihe stiller Wochentage für sein Vorhaben.
Coburn war ungebildet; und Literatur ist für ungebildete Menschen weder hilfreich noch nützlich.
Millionen von Autoren haben vergeblich Millionen von Büchern geschrieben; ein furchtbarer Gedanke.
Altruistisch bis zum Exzeß schlug ich Coburn vor, sich eine schlimme Passion zu suchen, eine unselige, peinigende Leidenschaft, und erinnerte an Voltaire, der sein Lebtag schielende Frauen bevorzugte.
Ich bin nicht Voltaire, sagte Coburn. Wie wahr.
Meine Studien wurden zu meinem Leidwesen durch Coburns Versuche etwas zerstreut.
Dann kam der schwarze Sonntag, Versuch mit Pistole.
Normalerweise kann bei einem Suizid nichts schiefgehen, wenn Zeit, Ort und Gelegenheit glücklich gewählt wurden; gegen 10 Uhr morgens (immerhin eine commode Zeit) weckte mich ein Schuß.
Ich drehte mich aufs andere Ohr und dachte: Na endlich, er hats geschafft; den Rest kann man der schwerhörigen Wirtin mit ihrer Schmutzphobie getrost überlassen.
Aber dann blökte Coburn plötzlich los, schrie wie eine Sirene, jedenfalls sehr mechanisch, lebendig und wehleidig.
Er saß auf der Klobrille und plantschte mit einem Waschlappen an seiner rechten Schläfe herum.
Der Dilettant hatte sich eine Gaspistole andrehen lassen, angeblich aufgebohrt, hatte den Lauf auch richtig an die Schläfe gehalten und, double action, abgedrückt. Der Wachspropfen hatte ihn ver-

brannt, und wir schmierten viel Brandcreme auf die Stelle, die Wirtin und ich. An diesem Sonntag wurde uns gekündigt, und wir zogen in das sechste Stockwerk eines Studentenwohnheims à la Eiermann. Der Blick auf die City war erste Klasse, und ich schöpfte Hoffnung, wie Winnie the Pooh zu sagen pflegte.

Im sechsten Stock hatte ich an einem Sonnabend eine ernsthafte Unterhaltung mit dem Selbstmörder.

Ich sagte ihm ganz unmißverständlich, meine Geduld sei am Ende, entweder Erfolg auf der ganzen Linie oder Wohnungswechsel, und ob er sich nicht ein Tier halten wolle. Ein Tier sei stumm, freundlich, widerspräche selten und sende unausgesetzt Appelle ans Verantwortungsgefühl, Klo, Futter, Zuwendung und Ähnliches.

Coburn, auf seine langsame, britische Art, fragte, welches Tier. Ich erwiderte, ich hätte gute Erfahrungen mit Meerschweinchen und Hamstern gemacht.

Mein Tonfall war, glaube ich, ein bißchen kühl. Aber wenn man jeden Sonntag mit der Erwartung einer Explosion oder Implosion, heillosen Gebrülls und trostlosen Jammerns in seiner Bettgruft dahindämmert, wirft man viel konventionellen Ballast ab.

Coburn hörte aufmerksam zu, sagte dann aber, er leide an allergischen Reaktionen auf Tiere aller Art.

Wir verfolgten diesen Plan nicht weiter. Ich hatte selbst zu wenig Erfahrung mit domestizierten Tieren im Haus. Als Kind hatte ich einmal ein frostiges Frettchen besessen, das mich jeden Tag bis aufs Blut biß, und zweimal zu Weihnachten eine Gruppe debiler Tanzmäuse, die einer Katze zum Opfer fielen.

Durch meine Arbeit, die Studien und eine Grippe-Epidemie war ich eine Zeitlang abgelenkt. Coburn saß viel herum und studierte Higaru, das war eine komplizierte Form japanischer Disziplin, wie Coburn behauptete. Mir war egal, was er machte, Hauptsache, er trieb keine lästigen oder schmutzigen Dinge, nach denen man aufräumen mußte.

Und dann kam wieder einmal ein gewisser Endpunkt in der maßlosen Kette der boutons terminaux, ausgerechnet an einem Diens-

tag, der mich bis in die schlaffsten Nerven enervierte, wenn das der Ausdruck ist. Jedenfalls war ich stinksauer und mußte abermals neu disponieren.
Gegen vier Uhr morgens (Herbst) sah ich im Halbschlaf Licht im winzigen Badeklosett. Kroch aus Sparsamkeit aus dem Bett, um das Licht zu löschen. Coburn stand auf dem nilgrünen Klosettdeckel und versuchte, seinen hageren Oberkörper durch das sog. Oberlicht zu zwängen. Draußen regnete es heftig.
Ich fragte Coburn, ob ich behilflich sein könne.
Coburn grunzte und zuckte mit dem Arsch in Flanell. Dann ließ er sich wieder herab, zog seine Rübe aus dem Fenster und sagte, das Wetter sei falsch.
Das gab mir den Rest. Was hat das Wetter damit zu tun. Coburn weinte und trank Brandy, um einer Erkältung vorzubeugen.
Coburn, sagte ich, mir reichts.
Ich würde dich wirklich gern klaftertief unter der Erde sehen –
Ich werde verbrannt, sagte Coburn, cremiert, auch Raub der Flammen, cremation, lateinisch rogus, stues, lignorum, you understand.
Scheißegal, sagte ich, was danach mit ihm passiere, ob er nicht endlich einmal seine Aufgabe ernst nehmen könne wie so viele Suizidenten auf der ganzen Welt?
Wahrscheinlich, sagte Coburn betrübt, brächte er die ganze Suizidstatistik durcheinander.
Dann müßte es mehr solcher Versager geben, sagte ich, aber ernsthaft, was er zu tun gedächte?
Bist du verzagt, Coburn, fragte ich mit selbstloser Gründlichkeit, die mir später im Leben so oft schaden sollte.
What means ‚verzagt', fragte Coburn verzagt.
Ich schlug im dictionary nach.
To grow despondent, sagte ich, denn wenn das der Fall sei, ließe sich dieser Fall mit einer Textstelle des alten Kant verknüpfen, der die Vorstellungen hatte, daß die Erschöpfung der Geduld im Leiden durch Traurigkeit zum Versagen führe.
Die alten Denker muß man schon extensiv interpretieren, sonst kann mans gleich lassen.
An diesem Dienstag, nach vier Brandy, befahl ich ihm, sich am

Mittwoch zu verlieben. Er solle sich gefälligst eine große, brunette, emanzipierte, gewalttätige Frau mit kleinen Füßen aussuchen.
Wo, fragte Coburn, wo?
Das sei keine Frage des Ortes, sagte ich, sondern des Entschlusses; wenn er sich mit allen Kräften seines Seins (so drückte ich mich aus) diese Frau wünschte, dann bekäme er sie auch.
Danach ging ich sofort wieder ins Bett. Schlief mit dem Entschluß ein, am nächsten Tag, immer noch derselbe ominöse Mittwoch, mir wissenschaftliche Literatur zu besorgen, über all die klassischen Themen, die zum Selbstmord treiben, inkl. natürlich eines Handbuchs für Selbstmörder.
Träumte von Coburn, der sich routiniert vom Dach stürzte und nach fünf Minuten wieder auf der Matte stand, wieder aus dem Fenster stürzte, uswf.
Im Traum klappte alles mit Coburn, der Entschluß lag auf dem Tisch, der Selbstmörder auf der Fensterbank, überließ nichts dem Zufall und sprang wirklich, ohne viel Geschrei. Das rechnete ich Coburn hoch an. Wenn er nur nicht immer wieder blutend auf der Matte gestanden hätte wie ein Volltrottel. Fragte dann sofort (jedenfalls in dieser Serie) nach seinen Cornflakes.
Selbstmörder sind mir absolut unverständlich.
Die Literatur ist der allergrößte Fundus menschlicher Erfahrung, sagte der Verf. Hodkins (*Der Positive Augenblick*) in einem apokryphen Zusammenhang.
Coburns Schicksal, aber was heißt hier Schicksal ... seine synthetischen Zufallstreffer, die wahllosen Determinanten ohne Kalkulation, seine ewige Aufgeregtheit gingen mir auf den Keks. Garantiert, dachte ich, existierten Bücher für diverse Sachverhalte des Lebens und des Sterbens, bei der Bevölkerungszahl ließ sich sogar annehmen, daß es für jeden Sachverhalt auf der Welt ein dazu passendes Buch gab, so zwischen Literatur und Leben zum Sterben hin, wenn es denn schon sein mußte.
Also suchte ich mir die Quelle, und das war die Buchhandlung Lambert & Co., zwischen einem Bestattungsinstitut und einem Spirituosengeschäft, das einer einäugigen Dame gehörte, die einen unglaublich schönen Popo hatte. Den sah man immer dann, wenn

man Metaxa mit sieben Sternen verlangte, den sie nur über eine kleine Trittleiter erreichte.
Jedenfalls ging ich in diese Buchhandlung, Universitätszeug und schöngeistiges Misch-Bar-Sortiment, oder wie man das nennt, und fragte Herrn Lambert persönlich.
Lambert war der einzige Mensch auf der Welt, der neben meinen lieben Toten in Ehren bestand und nicht so aussah wie eine stupide, aufgewärmte Leiche. Seine speziellen Leiden ließen ihn angenehm geisterhaft aussehen, dünn und grau; in den berühmten Schloßgemächern, in denen unglückliche Geister klagen über vergessene Kalamitäten, wäre er rauchgrau mit den verblaßten Damasttapeten verschmolzen; dabei hätte er sich, ein bitterer Konjunktiv, nachträglich ein Leben verschaffen können, das leichter und luftiger als jede Seifenblase hätte sein können.
Er litt unter der Last der Verantwortung für das geistige Wohlergehen unerziehbarer Kunden; er litt unter seinen Damen, die alle Namen hatten wie Goethes Freundinnen; er litt unter den selbstgewählten Schönheiten einer Ehe mit einer sehr jungen Frau und einem debilen Kind; er litt über der Lektüre des Börsenblattes, unter den Besuchen von Vertretern, zwei mal pro Jahr, uswf. – Das wäre mit ein bißchen Stil und Stoizismus auszuhalten gewesen, war schließlich ein freier Geist, enorm gebildet, alles das, aber die Natur schenkte ihm nichts. Geistige Refugien besaß er en masse, aber sein Körper wollte ihm dahin nicht folgen.
Lambert litt entsetzlich unter plötzlichen Allergien. Faßte er ein ungeliebtes Buch an, brach an irgendeiner Stelle seiner physischen Oberfläche, eine ganze Menge Haut, wenn mans recht bedenkt, ein Pickel hervor, oder ein Herpes s. oder ein nässendes Furunkel. Aber am meisten litt er unter seiner unerwiderten Liebe zu Goethe; unerwidert deshalb (für den armen Lambert), weil er kein goethegemäßes Leben führen konnte, seine Souveränität beschränkt war und sich bestenfalls in majestätischen Affekten äußern durfte, eine unwürdige Kanalisierung unter den immer gleichen Bedingungen und am immer gleichen Ort.
Seine Damen trugen an den Füßen leider alle hospital happies, was die Schönheit ihres Ganges beeinträchtigte. Die göttlichen Ku-

gellager mit dem lieblichen up and down, von hinten oder von vorn oder von der Seite, rollen nur auf hochhackigen Schuhen; die sind in einer Buchhandlung natürlich unpraktisch.
Fand Lambert in seinem Kabuff auf der Galerie des Ladens über einem Börsenblatt sitzend; mit einem fetten Stift schwärzte er, das graue Kinn tief auf der Brust, Verlagsannoncen ein; es war ein Gemetzel.
Buchhändler hassen ungezielte oder vage Fragen nach obskuren Büchern, von denen man bestenfalls die Farbe weiß. Ich sagte also mit deutlicher Stimme: Ich benötige ein Buch über Suizidpraxis, mit Register, ein Buch über die Weibliche Anatomie, ein Buch über Verhütungsmethoden ohne Knaus-Ogino, ein Buch über pflanzliche und tierische Schädlinge an Rosen, wenn es geht, spezifische Friedhofszüchtungen, und zuletzt brauche ich ein Buch, in dem die besten Sprüche und Aphorismen enthalten sind, sie dürfen aber nicht christlich sein; am liebsten wäre mir eine Rubrikation nach einschlägigen Themen, die man fortlaufend lesen kann. Ach ja, und dann benötige ich noch ein Buch über Körper und Geist, Beziehungen und so, Leib-Seele, Dualismus oder ähnliches. Können Sie mir helfen.
Lambert erwachte aus einer gewissen Reptilienstarre und erwiderte: Schreiben Sie sich auf: *Selbstmord und Selbstmordprophylaxe in der klinischen Praxis* von Delmer –
Keine Prophylaxe, sagte ich, es sollten nur praktische Winke sein mit todsicherer Wirkung, Rezepte meinetwegen, Angaben von Dosen und Kontraindikationen.
Für Sie, fragte Lambert.
Wo denken Sie hin, sagte ich, für einen Freund.
Verstehe, sagte Lambert. Die weibliche Anatomie finden Sie am besten bei Frau Luise in der medizinischen Abteilung.
Bei Thieme gibt es ein vortreffliches Bändchen über Verhütung, ein Pariser ist unsensibel; Schädlinge erhalten Sie bei Fräulein Christiane, und den Büchmann, *Geflügelte Worte*, erhalten Sie bei der Kollegin Remsal. Für Ihre anderen Interessen lesen Sie Babbage, Kant, Descartes, la Mettrie und Skinner. Sollten Sie Fragen haben, dann kommen Sie getrost zu mir. Und wollen Sie wirklich

etwas lernen, dann lesen Sie Goethe, immer wieder Goethe. Das war ein Hinweis.

Purssius, der Kunsthändler und Historiker, hatte auf seiner großen Schiffsreise bis zuletzt immer wieder Goethe gelesen, viel Gepäck wahrscheinlich.

Purssius, sagte ich, habe in seinen letzten Jahren enorm viel Goethe verschlungen.

Sie meinen den Kunsthistoriker Purssius, fragte Lambert, den mit dem albernen Kenotaph auf dem Friedhof?

Ich sagte, das Kenotaph sei nicht albern, nur der Stein für Kopf, Mantel und Säule sei falsch gewählt, schwarzer Basalt wäre entschieden besser gewesen.

Ich sehe Sie oft auf dem Friedhof, sagte Lambert, das ist ein guter Ort für junge Menschen. Lesen Sie immer nur Standardwerke?

Alles andere, sagte ich, sei Zeitverschwendung.

Aber Lambert war schon zu einer neuen Schlacht auf den Seiten des Börsenblattes aufgebrochen und weit fort, im Dickicht der Lettern ohne Schatten.

Und ich schleppte Coburn all das Zeug heran, ohne Theorie keine Praxis, und Coburn las und las und las auch ziemlich schnell (für seine Begriffe), weil er gerade den Zielke studierte: *Schneller lesen.*

Zielke huldigte der Theorie, daß man nicht Sätze lesen müsse, sondern eine bestimmte Satzsumme blockweise, zuerst kleine Blöcke, dann größere, bis die Relation zwischen Textverständnis und Sinn- oder Bedeutungsverlust auf der Lesestrecke gleich Null sei.

Coburn lernte mit oder ohne Block ziemlich schnell. Machte sich auch ordentliche Notizen übers Thema; Erhängen stand ganz oben auf der Hitliste, gefolgt vom Vergiften mit Leuchtgas, Schlafmitteln, dem Ertrinken, dem Sturz in die alles rettende Tiefe. Erschießen hatte einen guten Mittelplatz, statistisch weit hinten lagen Methoden wie eigenhändige Stiche, Selbstverbrennung und künstlich herbeigeführtes Überfahren, was in ländlichen Gegenden nicht so oft vorkam.

Ich weckte Coburn an einem stillen Sonntag und fragte ihn, ob er

sich für eine Methode entschieden habe; mir schiene die Idee mit einem Zug am effizientesten, er möge sich doch eine schwarze Lokomotive vorstellen, die Funken sprühe, während sie frenetisch pfiff und auch Dampf ausstieße, wenn die beiden brisanten Massen sich begegneten.
Coburn sagte, er für seinen Teil verzichte gern auf diese Begegnung, zumal es keine Dampflokomotiven mehr gebe, alles sei technifiziert und elektrifiziert.
Ich weiß nicht, was du willst, sagte ich damals mit einer gewissen Verbitterung; entweder man will oder man will nicht – und wenn man will, sollte das Unternehmen nicht an überflüssigen nostalgischen Gefühlen scheitern.
Dann kam der schwarze 24. Dezember. Ich hatte schon viele schreckliche Weihnachtsfeste erlebt, aber das Fest 1965 wird mir ganz unvergeßlich bleiben. Unsere Beziehung kühlte natürlich ein bißchen ab, aber ist das ein Wunder?
Hatte schon am 23. meine Frauen geschmückt mit ein paar trokkenen Orchideen, die wie der Schoß der Königin von Saba rochen, einen Sonderposten Ölsardinen erworben, Schwarzbrot (ohne das kriegte ich den Schund nicht hinunter) und eine Flasche Chantré, den Liebling der Mittellosen.
Für streßlosen, verantwortungslosen Sex hatte ich mir damals drei Frauen ausgesucht, alle unmenschlich schön und immer erzbereit — Grace Kelly, Liz Taylor und Lana Turner, mit deren Glanzpostkarten, schwarz-weiß für den Liebhaber mit Tempotaschentuch, ich frohe Stunden verbrachte.
Am Nachmittag arbeitete ich bei meinen lieben Toten und brachte ihnen kleine Präsente mit. Pissimensky erhielt einen winzigen Amethyst, den ich einer Juweliersgattin bei einem gefinkelten Uhrenkauf geklaut hatte, Lebemann Schmettke schenkte ich ein ungebrauchtes, pinkfarbenes Präservativ mit Noppen, Traugott Müller, der Zoologe, erhielt die kleine Photographie eines Zweizehenfaultiers, das gerade liederlich an einer Banane kaut, Purssius kriegte eine Photographie von Winckelmann unter seine Schneedecke und der Kynologe Grieffenberg ein Glasauge, mit dem er sich im zugigen Jenseits bewaffnen sollte.

Dann verrichtete ich ein unorthodoxes Stoßgebet für den Theologen und Lebenskünstler Menne, Gott hab ihn, und schritt gegen five o' clock heimwärts, um mit Coburn den Punsch anzurichten. Aber Coburn hatte schon alles an- und zugerichtet, wie nur er es konnte.
Ich roch seine Präsenz schon im kartongroßen Flur. Sein Bett war zerwühlt wie nach einer Liebesnacht mit guten Entschlüssen. Mein Bett war bekotzt. Ich folgte der Spur, nichts als Eruptionen links und rechts, die nach Alkohol stanken, und fand Coburn im Badezimmer, auf dem Bauche liegend, das Gesicht in einer offenbar finalen Kotzlache. Oh, er hatte gründliche Arbeit geleistet, im Einklang mit seinen schwachen Kräften.
Die Badewanne war vollgekotzt, das Waschbecken, eine nachdrückliche Spur zog sich über die Kacheln, nur das Klosett hatte er aus unerfindlichen Gründen geschont. Fett, weiß und reinlich ruhte es hinter dem U-förmigen Frottéteppich, eine Anschaffung Coburns, der immer daneben pinkelte.
Ging zurück ins Zimmer und inspizierte die vorzeitige Bescherung. Die Flasche Chantré war leer. In einem Goldfischglas (Besetzung für zwei oder drei Fische) war ein Rest Punsch, weißer Arrak und eine zerfetzte Zitronenscheibe. Zwischen der Flasche und dem Goldfischglas lag ein Röhrchen Tabletten auf einem Stück Papier, beschrieben, sozusagen letzte fahrige Zeichen von Coburns Hand. Lieber Goff, stand da, benachrichtige bitte meine Eltern in London, die Adresse ist im Notizbuch, hinten. I am sorry. Du kannst meine vier Nummern von *Gondel* behalten wie auch die zwei Jahrgänge *Playboy*. Leg mir Miss November 63 auf mein Grab. Es ging –
Hier brach der Text ab. Ich fand, Coburn übertrieb mit seiner letzten Zeile, was immer er hatte schreiben wollen.
Im Badezimmer wälzte ich ihn auf den Rücken, um ihm die Augen zu schließen. Hätte ich noch etwas Chantré gehabt, hätte mich bestimmt ein sentimentaler Partikel dieser Atmosphäre erwischt; der Chantré im Eimer, Coburn über dem Jordan, ein vermasseltes Weihnachtsfest.
Hey, Goff, sagte Coburn und öffnete sein linkes Auge.

Er hatte es wieder nicht geschafft. Dabei weist das Büchlein über den Suizid explizit auf die Kontraindikation von Alkohol mit Tabletten hin. Aber vielleicht hatte er nach Zielke diesen Satz blockweise erfaßt und deshalb die ernste Konsequenz nicht kapiert.
O Coburn, sagte ich, was hast du angerichtet. Es ist Weihnachten, ein bedeutsames deutsches Fest, an dem man viel säuft und sich Geschenke macht; es ist jetzt sechs Uhr und die Läden haben alle zu. Ich habe meine letzten Kröten in diese Flasche Chantré gesteckt.
Es tut mir leid, sagte Coburn, das nächste Mal ...
Das versprichst du immer, sagte ich, und dann passiert wieder etwas, aber nicht das Richtige. Hast du wenigstens Geld für Bier?
Coburn gab mir seine letzten 20 Emmchen, ich ließ ihm ein Bad ein, zog ihn aus, begleitet von meinen Würgeanfällen, und holte 10 Büchsen Hansa-Pils in den weihnachtlichen Farben blau und weiß.

Es ist die Theorie der schönen oder großen oder auch nur angenehmen Augenblicke, sagte ich am 3. Mai des Jahres 1966 im Souterrain mit Büchern und folgenlosem Kundenverkehr unter der obszönen Photographie eines sog. Sacromobils aus dem Jahre 1915, das gerade von zwei fetten Priestern für den Fronteinsatz geweiht wurde; im Hintergrund lungerte das bikonfessionelle Personal herum.
Keine bedeutenden? fragte Lambert. Es war insgesamt ein Meilenstein unserer gesammelten Konversationen, außerhalb des Friedhofs, selbstverständlich.
Die Atmosphäre in der Buchhandlung hinderte Lambert am Denken wie am Sprechen, und auch die Relationen zwischen Denken und Sprechen klappten nicht so besonders. Der fluide Kontakt zwischen den blöden Büchern und dem Publikum beklemmte Lambert, belebte aber (säftetheoretisch) die Ausflüsse seiner schwarzen Galle, an die er fest glaubte.
Unsere Unterhaltung war äußerst zerstreut, weil der Buchhändler abgelenkt war. Seine Blicke warf er wie meschugge in alle Richtungen gleichzeitig; bahnte sich von ferne ein Kauf an, sträubten

sich wahrhaftig seine Haare. Seine Ekel-Reaktion mit dem Herpes s. auf der Oberlippe bildete Lamberts Natur erst später aus.
Nein, sagte ich, bedeutend müßten die Augenblicke nicht sein, mit solchen Momenten könne man schlecht leben.
Ein fetter Herr fragte Lambert unvermittelt nach einer Novelle von Edzard Schaper, in dem die pubeszenten Verwirrungen eines christlichen Knaben angesichts eines Ziegeneuters mit gewaltiger Kraft dargelegt werden – nomina sunt odiosa, sagte mein gelehrter Buchhändler und kehrte ihm einen gekrümmten Rücken zu.
Diese Typen, sagte Lambert und ballte die Fäuste; das richtige Leben sollte ohnehin immer nur aus bedeutenden Augenblicken bestehen, wie bei Goethe.
In diesem Augenblick enterte Anita unsere stille Ecke, das war die erste Sortimenterin, ein üppiges Geschöpf mit einem schneeweißen Busen, den sie gern unter schwarzen Chiffon-Spitzen zeigte. An gewissen Tagen des Monats strömte sie einen starken und sinnlichen Duft aus, der Transfer und Transit zwischen Büchern und Käufern verwirrte. Fragte nach einem Reiseauftrag des Artemis Verlages (Goethe). Lambert hielt die Luft an und gab Auskunft. Ich weiß nicht, sagte er noch in ihrer Aura, wie die Frauen um Goethe dieses Problem gelöst haben; aber es scheint mir schwierig. Gottlob veredelt sie ihr privates Odeur mit Chamade, dem besinnungslosen Geschenk eines Suhrkamp-Vertreters.
Welche Mittel haben Sie sich zur Herstellung dieser Momente oder Augenblicke erdacht? Denn die rücksichtslose Verfolgung des cui bono-Prinzips verlangt nach starken Mitteln.
Naja, sagte ich, cui bono und so, das wäre schon richtig, aber es wäre doch eher eine Frage der Kalkulation.
So, sagte Lambert, so, so, was ich denn wohl so kalkulieren wolle?
Eigentlich alles, sagte ich, ohne das kein Programm, die meisten Menschen lebten im Hinblick darauf wie die Schweine, einfach drauflos, aber ängstlich.
Jaja, sagte Lambert, die begreifliche Angst vor Schlägen; und er duckte sich.
Kein Schwein in Sicht, sagte ich.
Man müsse alles vermeiden, was nicht ins hedonistische Programm

paßt: Zufälle und Subzufälle, Menschen an falschen Orten und die falschen Orte selbst, Krankheiten muß man meiden wie die Pest, d. h. ihre Träger, ganz konkret; und den ganzen Rest, wie Kummer, Schmerz, Leid, Filzläuse, Fußpilz und Tod.
O Goff, sagte Lambert entsetzt, das ist das Programm eines Roboters, einer binären Maschine ... und was ist mit dem Gefühl ...?
Auch darüber, sagte ich wahrheitsgemäß, hätte ich meine Studien vorangetrieben, sei aber noch nicht zu brauchbaren Resultaten gekommen. Natürlich, die Literatur wimmelt von Gefühlen in allen Lagen und oppositionellen Positionen, aber für den vernünftigen Menschen sind Gefühle eigentlich Ballast, so überflüssig wie Kaugummi auf einer Türklinke.
Goff, rief Lambert, Sie sind ein Monster; aber Sie meinen das alles nicht ernst, nicht wahr?
In diesem Augenblick ergab sich eine neue Störung. Lambert mußte seinem Auftrag als Buchhändler im klassischen Sinn nachkommen – er sollte einer alten Dame mit Hut ein Buch empfehlen, ausgerechnet für eine kranke Freundin in einer Nachsorgeklinik.
Ein Buch, murmelte Lambert kraftlos, während er abwechselnd errötete und wieder blaß wurde, ein Buch, natürlich, ein Buch – und woran haben Sie gedacht?
Lieber Herr Lambert, sagte die alte Dame, aus diesem Grunde komme ich zu Ihnen. Sie ist so krank, so sehr furchtbar krank ... Es war ein Schlaganfall, ein schlimmer Schlaganfall. Und alle triffts, früher oder später, aber ein Schlaganfall ist schlimm. Links ist sie gelähmt, kann aber sprechen, ja sprechen und hören, aber nicht mehr recht lesen.
Das Lesen, sagte Lambert schwächlich, ist anstrengend und sollte bei Schlagfluß unterlassen werden.
Sie las gern Zenta Maurina, sagte die alte Dame. Sie hatte eine glockenhelle, durchdringende Altdamenstimme.
Lambert zuckte zusammen.
Damit kann ich nicht ... gnä Frau, sagte er, aber vielleicht – und sein Blick fiel auf einen Stapel kleiner broschierter Bändchen – Mit Goethe durchs Jahr.
Lambert zeigte sein schönstes Gingiva-Lächeln und sagte, das sei

das richtige für jeden Menschen, jeden Zustand und jede Krankheit. Für jeden Tag des Lebens, sagte er, gibt es eine vortreffliche Sentenz, ein herrliches Gedicht, eine schmackhafte Anekdote ... gnä Frau ... das Mousseux ist fein und dennoch gediegen ... nehmen Sie's schon ... jenseits der malolaktischen Gärung.
Den blödsinnigen letzten Satz sprach er gottlob beiseite.
So kann man nicht leben, sagte Lambert, gegen ein solches Programm ist das Leben resistent, mag die Theorie noch so gut sein.
Und was ist mit der Arbeit, fragte Lambert, ein jeder Mensch muß arbeiten, ohne Arbeit kein Leben, keine Würde ...
Klar, sagte ich, Arbeit muß sein, aber nur leichte Arbeit, Arbeit, die nicht anstrengt.
Haben Sie denn keine Wünsche, fragte Lambert, irrationale, leidenschaftliche Wünsche?
Aber sicher doch, sagte ich, seit ich denken und fühlen kann, wünsche ich mir einen größeren Schwanz und mehr Gehirn. Diesen Wunsch, fügte ich hinzu, verdanke ich der Lektüre eines französischen Philosophen, der 1650 in Stockholm an einem Schnupfen starb, ‚unbewegt und mit einer Ruhe, die der Unschuld seines Lebens würdig war'.
In Ihnen, sagte Lambert, steckt doch noch ein guter Kern, etwas wie simpler, aber unausrottbarer Lebensadel, wie die Placierung dieses Zitats verrät.
In diesem Augenblick, ich sagte ja schon, es war ein chaotischer Nachmittag, verfärbte sich Lambert. Im Laden war ein Herr in einem Kamelhaarmantel erschienen.
Ein Vertreter, sagte Lambert, von der schlimmsten Sorte. Er besticht meine Frauen immer mit Tobler-Schokolade und Piccolo-Flaschen, um dann seinen Schund hierzulassen. Dieses Gespenst aus dem Reich des subalternen Geistes verkauft eine Reihe mit dem Titel *Konturen des Tragischen.*
Goff, sagte Lambert, einen Punkt haben Sie ausgelassen ... Das sind die Frauen und die verwickelten Beziehungen zwischen Mann und Weib ... die zarten Involute des Herzens und der Seele, die Ergießungen –

Schon gut, sagte ich, ich liebe und verehre die Frauen, sind sie doch das Beste, was Gott bis zu seinem Tod geschaffen hat.

Aha, sagte Lambert, immerhin ein Bekenntnis ... Und wie gelingen so im täglichen Leben Ihre Herstellungen glücklicher Momente?

Nicht glücklich, sagte ich, das Wort ist tabu, schöne Augenblicke, angenehme Momente ... das sei die Linie. Im Augenblick leider behindert durch Coburn.

Ein unglücklicher Mensch, sagte Lambert, Sie kümmern sich um ihn?

Und wie, sagte ich.

Und diese Selbstmorde gelingen nie? fragte Lambert.

Leider nicht, sagte ich.

Er hat Angst vor dem Leben und vor dem Sterben, sagte Lambert, allzu verständlich. Da gibt es nur ein paar Möglichkeiten der Hilfe. Dieser Coburn sollte a) eine Seereise unternehmen, sich b) ein Idol suchen oder c) eine große Liebe oder aber Kataloge sammeln.

Wie ich Coburn kannte, leuchtete mir das Sammeln von Katalogen sofort ein. Alles andere kam nicht in Frage.

Welche Momente wovon man sich durch das Sammeln von Katalogen verschaffen könne?

Ganz einfach, sagte Lambert, die Vielfalt der Dinge, der Objekte, den Zauber der Warenwelt, Pelzkataloge, Waffenkataloge, Gartenkataloge uswf., für eine seßhafte, ängstliche Existenz eine Fülle unschlagbar schöner, gediegener, immer wiederholbarer Augenblicke ... Aber eine Seereise, sagte Lambert, vielleicht eine Kreuzfahrt, wäre für den denkenden Menschen das höchste, pardon, Glück.

Ach, Coburn gings nicht gut in der Zeit. Von irgendeinem der Stürze hatte er eine Delle im Keks; hockte herum, Aeroginosa Melancholia, wie der belesene Burton gesagt hatte. Lesen war nicht seine Stärke, keine Ahnung, warum er Germanistik studierte. Seine Lesegeschwindigkeit hatte in der letzten Zeit ein bißchen zugenommen. Konnte jetzt eine Taschenbuchseite nach der Stoppuhr in 2,4 Minuten erledigen. Nicht gerade eine funebre Leistung.

Durch fortwährendes Schlucken von Aspirin hatte er einen maroden Magen. Cephalgien unklarer Genese plagten seinen Schädel, so daß seine Gedanken sich nur in bestimmten Zonen bewegten. Mit seinen Synapsen war was in Unordnung. Faßte immer nur einen Gedanken auf einmal, suchte mit Hilfe der Grammatik und später schon spezieller mit Hilfe der Syntax einen passenden Satz, machte ihn situationsabhängig während der Aktualisierung und vergaß ihn dann gewissermaßen. Und alles ging langsam, wahnsinnig langsam.
Fand ihn nach meinem Besuch bei Lambert an unserem Doppelschreibtisch. Mußte was über Goethe schreiben, genauer gesagt Goethe und die Naturwissenschaft.
Sein erster Satz hieß auch richtig: Goethe war der Erfinder der Urpflanze und sistierte sie in ein taxonohmisches System, welches –.
Ein schönes System, sagte ich, aber das Fremdwort-Verb muß Du ersetzen durch das einzig wahre; das H aus Taxonomie muß verschwinden. Coburn hatte an diesem Satz vier Stunden und 20 Minuten gearbeitet. Im Lichte meiner späteren Erfahrungen mit Autoren war das eine gute Quote, eine sehr gute sogar.
Wie fühlst du dich, fragte ich, er sah ein bißchen weiß um die Nase aus.
Allright, sagte Coburn, nur Goethe mache ihn völlig crazy.
Ich sagte, er litte unter einer cerebralen Mangeldurchblutung.
Allright, sagte Coburn und legte sich sofort auf sein Bett.
Du bist schlapp, sagte ich, antriebsschwach, triebschwach, deine Leseleistung ist schwach, deine Entschlußkraft auf dem Nullpunkt. Das ist doch kein Leben.
Coburn zog sich die Decke über den Kopf, ein graues Ding mit Löchern. I cannot ... sagte er unter der Decke, mehr nicht.
Hatten dann eine längere Unterhaltung, ich auf meinem Stuhl, Coburn unter seiner Decke, über das Leben und das alles.
Er sagte, er fürchte sich vor allem, vor Menschen und Objekten, Verhältnissen, Lagen, Situationen etc., die ganze trübe Latte.
Wie er denn diese Angst oder Furcht konkret fühle oder spüre, frage ich. Er sagte, er müsse sich zwanghaft immer Vorstellungen von Menschen, Dingen, Situationen, Fällen etc. machen, die wahr-

scheinlich weit schlimmer seien als in Wirklichkeit; die aber wolle er in keinem Fall ausprobieren, und wenn er einmal etwas wirklich mit aller Kraft wünsche, dann gelänge die Ausführung nicht oder nicht die Technik, wie man leicht an seinen mißglückten Suiziden sehen könne.

Dabei sei es idiotenleicht, Selbstmord zu begehen, und er kenne in London mindestens vier Leute, denen es trotz Planung gelungen sei, von der Bildfläche zu verschwinden.

Ich gebe diesen Part von Coburn natürlich in meinem geschmeidigen Idiom wieder; Coburns schwarze, wurmartig gewundene Sätze dauerten eine sehr lange Zeit.

Ein Freund von mir, sagte ich, hat in Berlin während eines der Katholikentage in der Untergrundbahn suizidiert — sprang einfach vor den Zug, riß aber im Gedränge der Christen drei mit sich.

Ja in der Subway, sagte Coburn, sei alles einfach, auch das.

Coburn, sagte ich überredend und zu meiner eigenen Bequemlichkeit, du mußt dir unbedingt schöne, gute, wahre, kostbare oder erlesene Augenblicke verschaffen, koste es was es wolle.

Es kostet was, fragte er.

For anything price, sagte ich. Mein Englisch bei dem Fräulein mit dem blauen Zahnfleisch war damals noch nicht so perfekt ...

I see, sagte Coburn, was für moments?

Das Leben, sagte ich, besteht eigentlich aus schönen Augenblicken, man muß sie sich nur irgendwie verschaffen.

Wie, fragte Coburn.

Ich sagte, am besten wäre es für ihn persönlich, wenn er sich verliebte, eine Seereise machte und Kataloge sammelte, weißt du, fügte ich hinzu, Zauber und Vielfalt der Objekte, alles was so der Fall ist, you understand?

Women, sagte Coburn und rollte sich unter seiner Decke zusammen, Frauen, Mädchen, no.

Frauen, Mädchen, girls, femmes, jeunes filles, sagte ich beschwörend, sind das schönste auf der Welt. Sie seien wunderbar ausgestattet, viel besser als wir, sie hätten eine besser durchblutete Haut und röchen auch wesentlich besser; ihre Überlebenschancen seien

größer, ihre Nerven intakt, und vor allem seien sie alle irgendwie klüger.
Du redest nicht von meiner Mutter, sagte Coburn bestimmt und schwieg.
Die schönsten Augenblicke, sagte ich, könne man sich mit Frauen verschaffen, vorausgesetzt, es sei die richtige Frau. Aber bei der Riesenmenge, die herumliefe, könne man die richtige gar nicht verfehlen.
Ich schon, sagte Coburn.
Ein verstockter Fall von unadaptierter Hartnäckigkeit.
Und Liebe, sagte ich, sei überhaupt das Allerbeste, das Moment des Moments, der Gipfel, vorausgesetzt, man habe die richtige Frau auch gefunden.
Welche, fragte Coburn.
Die sich lieben läßt, sagte ich, dann hätte man alle Voraussetzungen zu einer großen Menge schöner Momente auf Zeit.
Wieso auf Zeit, fragte Coburn.
Wie die Literatur, sagte ich, übereinstimmend behauptet, dauert selbst die intensivste Liebesgeschichte inklusive ihrer Vorgeschichte bestenfalls drei bis vier Jahre, wenns hochkommt.
Das könne er nicht ertragen, sagte Coburn, wenn, dann solle so eine Liebesgeschichte dauerhafter sein als nur drei bis vier Jahre.
Ich erwiderte, die Literatur kenne auch Ausnahmen, aber in der Realität hätte ich noch keine längere Episode gesehen, unabhängig von der Vorstellung, die man sich von den Frauen und dem Liebesphänomen mache.
I see, sagte Coburn resigniert, alles sehr schwierig.
Vier Tage später verliebte er sich in eine kleinbusige Schönheit mit tigergelben Augen und rot gefärbten Haaren, die ein bißchen anglophil war. Ich hätte Coburn natürlich warnen können, aber wozu. Die Dinge müssen ihren Lauf nehmen, unabhängig von der Zahl der unliebsamen Augenblicke.

Ich trieb eisern meine Studien weiter, während sich Coburn dem Trieb ergab. Immerhin gab es kein panisches Aufwachen mehr an den sonntäglichen Morgen. Natürlich studierte ich das Liebessubjekt C. Das war hochinteressant. Bei diesem Phänomen wird Raum und Zeit vergessen, das Subjekt kennt nur noch die Vereinigungsintervalle, läßt seine Eier steinhart kochen und die Badewanne überlaufen uswf., der reine Streß.

Ein aus England flottierendes Tief ergab ein trübes Wetter mit Neigung zur Havarie in der niedrigen Atmosphäre – Regen und Sturm oder beides. Auf meine Gräber (lauter Neuerscheinungen) pflanzte ich Sträucher wie die Veronica Rupestris; auf eine arme Multiple Sklerose setzte ich eine Anthyllis Montana und auf einen Alzheimer, zwei Herzinfakte und eine rätselhafte Allergie mit letalem Ausgang diverse Dianthus-Mädchen. Die blühten wie verrückt blau-grün und auch violett-blau. Der feine Rasen sah aus wie ein Orgienhain für Elfen. Trotz Regen und Feuchtigkeit immer wieder schöne Momente.
Lernte eine Jeune Veuve kennen, die hatte schwarzes Gefieder auf dem belloiden Schädel, dunkle Augen, Farbe wechselte je nach Lichteinfall, sah aus wie eine phönizische Prinzessin.
Sie hätschelte das Grab ihres Verstorbenen, aber nur jeden Mittwoch. Ließ es zu meinem Leidwesen ziemlich kahl, nachdem die Schnittblumen auf dem Komposthaufen faulten.
Mit Schnittblumen, sagte ich, könne man gegen den Tod ohnehin nicht anstinken. Schlug für einen lieblichen Limbus auf ihrem Claim eine Berberis Thunbergii vor, wild, schön und widerstandsfähig.
Sie hieß übrigens Stella B.
Die Kaninchenplage fing an, als eines nachts (Ende November) unbekannte Arschlöcher ein jüdisches Grab beschmierten und Madame Caroline Testout schwarze Furunkel bekam und dahinsiechte. Die Kaninchen waren in diesem Fall unschuldig, liebe Tiere insgesamt, niedlich allemal, kopulierten auch bei Regen wie die Bekloppten; nach dem alten Brehm benahmen sich diese Tiere schlampig und lieblos zu ihren Kindern und kannten eigentlich nur zwei Momente des Lebens: fressen und vögeln.
Über diese Kalamitäten kam ich der Witwe näher. Ich beobachtete ihre sahnigen Lippen und die schrägen Augen und sagte mit

einem Blick auf ihr Ohrläppchen, daß man nur auf eine galoppierende Myxomatose bei den Kaninchen hoffen könne. Keine Agonie, sagte ich, keine Schmerzen bei der Myxomatose im finalen Stadium, und sie vögeln bis zuletzt wie die Weltmeister. Die Vorstellung eines vorzeitigen Todes, sagte die süße Stella, ist deshalb so bedrückend, weil man bis dahin immerfort weiterlebt. Ihr linker Mundwinkel war zart gerötet, wie von frenetischen Küssen. Ich bekam einen Steifen und sagte bewußtlos: Ein gewisser Friedrich Müller hat 1805 das Pappmaché erfunden. Ich friere, sagte Stella. In ihren Wimpern glitzerten Regenkristalle.
Das Nasse und das Feuchte, sagte ich zärtlich, hat Leonardo da Vinci in der Konfiguration einer Wasserturbulenz am besten dargestellt ... Der chaotische Schwall ... eine Ausgießung ... das Bild heißt *Die Sintflut* und hängt, ja hängt.
In diesem Augenblick bestieg auf Pissimenskys Grab ein Bock seine Häsin und rammelte auf Teufel komm raus.
Das ist, sagte ich, die grundlegende Rechnung zwischen dem Leben und dem Wrightschen Zufallsausgleich, und saugte mich blitzartig an ihrem rechten Mundwinkel fest.
Sie schnüffelte zart, und ich leckte ihr mit geschlossenen Augen die Nasenflügel ab.

Während ich mich auf dem Friedhof verliebte, entliebte sich Coburn am 22. November um 18.15 h; wegen Eifersucht, die er nicht ertrug. Dabei gehört die Eifersucht dazu, das weiß man aus der Literatur, ohne Liebe keine Eifersucht, das war sonnenklar.
Ich bat Coburn ernsthaft, nicht wieder die Wohnung zu verschweinen und kümmerte mich um meine Belange.
Gegen die Kaninchensippe beantragte ich bei der Verwaltung ein Kleinkalibergewehr der Marke Röhm.
Dem jüdischen Grab kam ich, wie anders, durch Zufall zu Hilfe. Ich hatte mir eine fette Ausgabe von *Vogue* gekauft, auf 290 Seiten im Format 14×31,5 über vierhundert Frauen und Mädchen, schwarzweiß und in Farbe, plauderte noch ein bißchen mit meinen vom Regen bedrückten Leutchen, also mit Pissimensky, Müller, Purssius und den anderen, und erwischte gegen 18 h an der West-

seite der Umfassungsmauer einen blonden Burschen, der seinen blutigen Pinsel schwang. Ich bin nicht sehr mutig. Der Bursche war groß und sah so aus, als könnte er kein Loch in den Schnee pissen.
Ich rollte die *Vogue* zusammen, extrem fest, und drosch ihm mit dieser kompakten Rolle quer über die Visage.
Wie ich später erfuhr, trieb ich ihm den Zinken samt Rahmen ins Gewebe; er kreischte und machte keinen besonders guten Abgang.

Mit meiner Liebesgeschichte ging es nicht voran, dafür hatte es Coburn hinter sich. Ich beneidete ihn ein bißchen.
Nun konnte er wieder, wenn er konnte, herumliegen und D. Duck-Hefte lesen, unbeschwert, unbelastet, nicht oktroyiert und fremdbestimmt. Von Glück keine Spur, kein Element.
Diesmal lag er auf der Decke, neben sich eine Schüssel mit heißem Wasser, auf einem Handtuch zwei Remington-Rasierklingen.
What happened, fragte ich. In seinem Idiom klang das kühler.
O, sagte Coburn, sie setzte was sitting auf ihm und ihre sweet Lefzen der Liebe verschlangen sein drahtiges cock, her cunt und her face in one moment only for me.
Ist immer eine Frage der Reaktion, sagte ich, der Kavalier wünscht much pleasure und geht seiner Wege. Ob er einen Steifen gehabt hätte? O no, sagte Coburn flennend, in der situation.
Pause.
Ob er diesmal seinen Abgang in der klassischen Manier machen wolle, fragte ich, dann habe er ein Detail vergessen. Ein Freund habe sich auch einmal mit Rasierklingen die Pulsadern aufschneiden wollen, habe aber leider die Klingen nicht erhitzt und deshalb sei es in die Hosen gegangen.
In die Hosen gehen, sagte Coburn automatisch.

Aber es war schon richtig; die Eifersucht gestattet, das lehrt die Erfahrung, ganz selten und nur bei großer Kaltblütigkeit friedliche Momente, aus denen man wirklich etwas lernen kann.
Was soll man auch in derlei flagranten Momenten als überflüssiger Liebhaber leisten.

Ein Bekannter Claude Goffs stach 1870 seinem Nebenbuhler, der auf der Dame seines Herzens gerade zum Stillstand gekommen war, einen Brieföffner ins Rektum; eine Riesenschweinerei natürlich, wenn darunter ein teurer Teppich liegt.
Aus der wissenschaftlichen Literatur habe ich selbstverständlich viele Fälle gesammelt; mit einer solchen Kollektion kann man gar nicht früh genug anfangen.
Ein Herr aus San Franzisko erwischte im Jahre 1901 seinen Freund a tergo mit seiner Geliebten und übergoß beide (von der Seite, das versteht sich) mit kochendem Wasser. Der Schaden war nicht so groß, weil die Liebenden es auf einem gekachelten Boden trieben.
Eine Freundin von mir, Paris 1971, erwischte ihren Freund mit einer unbekannten Dame, sammelte ihre Dart-Pfeile (12 Grain) und beschoß das mobil gewordene Paar. Da die Pfeile so fest staken, wie man es auf den Bildern mit dem Heiligen Sebastian nie sieht, wurde der Täbris nicht bekleckert.
Den schönsten Augenblick eines Abgangs verschaffte sich mein Freund Lloyd, der Zoologe aus Oxford, der einfach die Position des teilnehmenden Beobachters einnahm.
Lloyd setzte sich ruhig neben das kopulierende Paar und sagte zum perplexen Liebhaber:
Attention, please. Sie sind gottlob noch lange nicht bei der Plateauphase. Passen sie jetzt um Himmels Willen auf. Tarzana (so hieß die junge Dame) ist ein sehr zartes Geschöpf, bei dem man alles falsch machen kann, was Tempo und Komposition betrifft. Sie müssen ein bißchen taylorisieren. Sie kommt wie die Feuerwehr – natürlich nicht bei Ihrem Tempo! – wenn Sie ihre Zunge zwischen die Zähne nehmen und zart zubeißen. Zupfen Sie gleichzeitig mit zwei Fingern Ihrer rechten Hand ihre linke Brustwarze, und kneten Sie mit der anderen Hand die entgegengesetzte Arschbacke. Zitieren Sie jetzt ein paar Zeilen von Ralph Waldo Emerson und saugen Sie danach andächtig an ihrer Zunge, das baut sie in der Flush-Phase wieder auf uswf.
Ich fragte Lloyd, ob das Paar weiter gearbeitet hätte.
Nicht direkt, sagte er, sie klebten Bauch und Bauch, und Tarzana

hatte einen leicht glasigen Blick. Natürlich verließ sie uns noch am selben Tag, eine Frau mit Prinzipien.

Als ich Stella (zwei Monate nach ihrer Heirat in G.) in meiner coburnlosen Wohnung erwischte, mit einem muskulösen Traum-Mann, suchte ich in der Wohnküche das Filiermesser, fand aber nur ein Kartoffelschälmesser, an dem ich mich sofort schnitt. Ließ das Messer fallen und verband mich notdürftig während eines hysterischen Durchfalls auf dem Klosett.

Der Mensch, sagte ich mir, ist zum Leiden nicht geboren; es gibt Millionen Frauen und Prinzessinnen, die alle auf Goff warten uswf. In der Nacht redete ich Stella ins Gewissen und sagte, die menschliche Geschlechtlichkeit sei in einer unaufhebbaren Einheit auf eine letzte personale Vereinigung von Mann und Frau gerichtet, die kein drittes Subjekt stören dürfe. Diesen Satz hatte ich einer katholischen Broschüre entnommen. Ich las in der Zeit einfach alles.

Bist du blöd geworden, erwiderte Stella und machte sich ein Käsefondue aus der Fertigpackung, wie immer, wenn sie nervös war.

Akte mit Fremden in der Wohnung, sagte ich geduldig, seien sehr gefährlich. Fremde verstreuten Bazillen, Viren und anderes Zeug, von den Bakterien ganz zu schweigen; und läge nicht im ausschließlichen gegenseitigen Gebrauch im Sinne der Definition Kants eine gewisse Garantie für glückliche, wiederholbare Momente?

Stella trank das Kirschwasser noch vor dem Fondue, d. h. ohne den Gruyère, und sagte, ich sei ein kompletter Idiot. Eifersucht sei widerlich und verstoße gegen die goldenen Regeln der Polygamie.

Ich entschuldigte mich für meine Affekt-Lage und sagte, daß ein Amateur ohne Erfahrung in solchen Momenten selten etwas richtig mache; aber sie hörte nicht auf mich, und damit war diese schöne Affaire wieder zu Ende.

Auf den Friedhof kam sie Monate nicht mehr, später in Begleitung des schwarzgelockten Preziosensammlers TB, der das *Wallstreet-Journal* las, während sie den Exgatten bewässerte. In melancholischer Stimmung suchte ich Lambert auf, mein altes Toni-

cum; geht es einem schlecht, sollte man immer nur mit Menschen Umgang pflegen, denen es noch schlechter geht.
Gibt es Menschen, Leute, Individuen, fragte ich, die über alle Affekte der menschlichen Natur und Disposition erhaben sind oder sie unter allen Umständen, unverletzt gleichwohl, kaltblütig übergehen?
Man wird immer nur durch die Wirklichkeit belehrt, sagte Lambert und betrachtete in einem Taschenspiegel einen blühenden Herpes s. auf der Oberlippe.
Wolle man sich nicht belehren lassen oder nehme man die Lehren nicht an, müsse sich das Individuum dazu entschließen, ein komplexitäts-reduktionelles Leben in Perfektion zu führen, jenseits guter, wahrer, schöner oder auch nur bemerkenswerter Momente.
Ich verstehe, sagte ich, haben Sie denn für sich persönlich – objektiv und intersubjektiv — ein Lebens- oder Denk-Modell, das Sie nachahmenswert oder bewunderungswürdig finden? Ich hatte immer nur ein Idol, sagte Lambert, das war der große Bellin.
Und Goethe, fragte ich.
Natürlich, Goethe auch, aber anders, gänzlich anders.
Bellin war ein französischer Buchhändler, Bibliomane und Verehrer der Frauen aus dem 19. Jahrhundert, der seine Klientel nach ihrer vermutlichen geistigen Reife abschätzte. (Druckte auch selbst, aber bestenfalls drei auratische Autoren pro Jahr – goldene Zeiten).
Ein Herr z. B. verlangte Benjamin Constant oder Stendhal, was sagte Bellin? Wie, Sie Crétin wollen Constant lesen? Kommt nicht in Frage. Eugène Sue ist gerade gut genug für Sie. Sie wollen nicht? Hinaus!
Lambert teilte diese Beispiele mit feuchten Augen mit. Er ließ sich eben, sagte er gerührt, seine geistigen Sinneseindrücke nicht durch den Umgang mit Idioten schänden.
Er haßte im übrigen Kindergeschrei, lautes Sprechen, Kirchenglokken und Hundegebell. Ein vernünftiger Mann.
Bellin mußte ein schöner Mann gewesen sein, Habitus des sinnenfrohen Abbés, schwarzhaarig, mit dem bleichen Teint Savonaro-

las. Ein Held der Frauen, sagte Lambert, nicht nur zuhause, wo seine Frau mit zwei abgelegten Geliebten lebte (keine Kinder!) ... Nein, auch in seinem Lokal, in den Salons, lauter hübsche, gebildete, polyglotte, kleinfüßige, in den meisten Fällen dunkle oder südländische Frauen, die an seinen Lippen hingen und der Fanfare seines Genius.
Ein schönes Bild, sagte ich versonnen.
Lassen Sie ihre Unverschämtheiten, sagte Lambert.
Dieser lebenskluge Mann langweilte sich in seinen selbstinduzierten harmonischen Verhältnissen und unternahm, ohne eine einzige Frau, eines Tages eine Seereise in den nahen Osten, Tunis, Tanger und Algier, das war so die Linie. Das muß um 1858 gewesen sein.
Eine Schiffsreise, sagte ich, wie entsetzlich – Sturm, Wellen, Seekrankheit, Skorbut, Wanzen in der Koje, nein danke.
Alles das, sagte Lambert, traf auch glücklich ein. In Algier lernte er eine wunderschöne Kurtisane kennen, sie hieß Ushkaja Hemet und führte in der Kashba ein Freies Haus. Nach zeitgenössischen Beschreibungen muß sie eine vollendete Beauté gewesen sein, mit einer von der Wüstensonne gebleichten Löwenmähne, riesengroß mit göttlichen Brüsten, die der Stütze nicht bedurften, der Schokolade in jeder Form ergeben, wie mein Egmont.
Wer ist Egmont, fragte ich.
Mein Sohn, sagte Lambert, er ist sieben und auch der Schokolade ergeben – und dem Fernsehen, beides widernatürlich, ekelhaft und schandbar. Egmont schlingt heimlich und in Ängsten entsetzliches Zeug, das er der Schokoladenwerbung um 18 h entnimmt und gegen 20 Uhr wieder auskotzt, auch in Ängsten selbstverständlich. Er frißt Smarties ... die sehen aus wie mit Schokolade überzogene Eulenköttel.
Furchtbar, sagte ich.
Wenn ein Kind zuviel fräße, sagte ich (eine Frucht meiner vielfältigen Studien) dann sei es wahrscheinlich unglücklich. Infolge seiner beiden verinnerlichten Streßfronten (Verbot, Übertreten, Strafe) gäbe es wahrscheinlich eine gewaltige Fluktuation zwischen den Reiz- und Kontrollschemata ...

Reden wir über Kinder? fragte Lambert, passen Sie auf. Bellin legte der schönen, strahlenden Ushkaja seine Existenz zu Füßen, seine gesammelten Erfahrungen, seine generelle Liebe zu den Frauen, und eines abends, der Mond schien grün-gelb wie ein Katzenauge (diesen Vergleich hatte er Baudelaire geklaut) über dem Meer. Bellin lag in den Armen seiner Liebsten, die mit ihrer tiefen Stimme gurrte.

Nun kommt der fatale Augenblick ...

Man war in den seligen Mechanismen der Liebe schon vorangeschritten, die Musiker und die Domestiken lungerten im Vorhof herum, man küßte sich, man drückte sich, und Bellin, einer alten, männlichen Angewohnheit folgend, die der Augenblick verlangte, legte seine rechte Hand auf ihre seidigen Schenkel, während er ihren süßen, parfümierten Speichel trank –

Vielleicht, sagte ich, sollten Sie Egmont Diätschokolade verabreichen ...

Lambert warf mir einen bösen Blick unter sehr hohen Brauen zu und sagte, ich solle gefälligst aufpassen.

Hab ich, sagte ich, Kuß kurz vor der Kopulation, kenn ich, dann gibts kein Halten mehr. Das liegt physiologisch daran, daß –

Seine Hand wanderte weiter. Bellin war kurz vor dem Ziel schon am Schmelzen, wie bei noch keiner Frau nach so gedämpften Präliminarien, da stießen seine sensitiven Fingerspitzen auf harte, krause Haare –

Gott Gott, sagte ich –

und einen haarigen Doppelbeutel samt Anhängsel. Nun, Bellin erbleichte. Seine Seele erstarrte. Sein Blut vereiste. Sein Herz stand still.

Was für eine Situation; was für ein Moment unter dem Mond. Bellin reagierte wie ein Mann. Weinend erbrach er sich in ihren d. h. seinen Schoß, entschuldigte sich mit wohlgesetzten Worten für diesen seinen Reflex und setzte seine Reise gewissermaßen entmannt fort.

Doch hoffentlich nicht zur See, sagte ich. Welche Wirkungen und Folgen ergaben sich für sein Liebesleben?

Die notwendige Ataraxia in der Liebe, sagte Lambert, so unumgänglich für jeden Maniak (er kannte Goff sen. nicht), kam ihm abhanden. Sein Stern sank. Hatte er früher die kavaliersmäßige Reihenfolge der weiblichen Schönheit beachtet – Gesicht, Busen, Beine, Po –, fixierte er zuallererst mit großem Argwohn das potentielle Geschlecht. Bellin ging so weit, Damen, die nicht abgeneigt waren, direkt in den Schritt zu fassen; eine Angewohnheit, die keine Gesellschaft toleriert. Er geriet in den Ruf eines zügellosen und schweinischen Libertins, gab seine Buchhandlung und die Druckerei auf, zog sich aufs Land zurück und kultivierte seinen Garten.

Was hat er gezüchtet, fragte ich, Rosen?

Vernichtender Blick von Lambert.

Nach welchen Aspekten haben Sie Ihre Frau ausgesucht, fragte ich, um ihn zu versöhnen. Nach der heiklen Moral dieser Geschichte wagte ich nicht zu fragen.

Es war wohl, ästhetisch gesehen, sagte Lambert, die Bellinsche Reihenfolge, die das Weib ehrt und dennoch würdigt im Reiche der Sinne.

Zeigte mir eine verwackelte Amateurphotographie einer hübschen, leicht anämischen Frau (ca. 30) mit trägen, ägyptischen Augen. Früher, sagte Lambert, früher ein Satansbraten, dem ich zu Füßen lag, ein Abgrund von Weiblichkeit, aber nervös und reizbar geworden. Muß an mir liegen. Wie gesagt, früher das reine Ambra und Ambrosium, die Krone der Schöpfung, wie jede schöne Frau, wie Goethe einmal gesagt hat.

Tja, sagte ich, Frauen sind heikel und Männer meistens völlig unpräpariert. Da gäbe es viele ungelöste Fragen. Z. B. kenne man eine, kenne man alle? Kennt man eine, kennt man keine? Deswegen arbeitete ich an einem Frauenplan.

An einem ... sagte Lambert, Frauenplan? Mein Gott, Goff, was für eine Idee, die dazu noch so goethisch klingt ... und auf der Zunge zergeht ... Ein Frauenplan. Könnte man diesen Plan, nun, einmal ... sehen? In Augenschein nehmen? Unabhängig vom Stadium der Forschung und der Recherche?

Gewiß, sagte ich, besuchen Sie mich doch einmal auf dem Friedhof, Planquadrat VIII b.

Das ginge nicht, sagte Lambert, Friedhöfe seien ihm unerträglich, wie viele Orte. Ob dieser Plan nur Theorie sei oder auch schon Praxis.
Erst Theorie, sagte ich, dann Praxis und während der Praxis Überprüfung der Theorie und notfalls Revision, je nachdem.
Wissen Sie, ob Sturmvögel wie der Albatroß in Träumen eine symbolische Bedeutung haben, fragte Lambert.
Nein, sagte ich, nur die Eule habe im Traum eine symbolische Bedeutung.
Und welche, fragte Lambert.
Eulen im Traum, sagte ich, das heißt, Sie werden sich verlieben. Hat die Eule auf einem Ast gesessen oder ist sie geflogen?
Geflogen, sagte Lambert.
Große Liebe, sagte ich, aber eine gefährliche Frau.
O Gott, sagte Lambert an diesem Pfingstsonntag, das ist ja wirklich unerträglich.
Ich riet ihm zum Abschied, systematischer zu planen und zu leben; das reduziere die Elemente der Unerträglichkeit.
Sie müssen das Leben, sagte ich mit großer Überzeugungskraft, immer einteilen, dann wirds keine Strapaze, in Episoden, Intermezzi, Affairen, kurz, in Augenblicke, in schöne Momente, wie dieser Bellin.

Ging nach Hause, versunken in labyrinthische Gedanken. Alle Leute, die ich kannte, machten immer alles falsch, weil sie unbedacht handelten, fühlten, gingen, aßen, liebten etc. Alles war einfach.
Beschloß nach einer Büchse Erbsen, zwei Flaschen Bier und einem Joghurt, immer alles richtig zu machen.
Vielleicht war Purssius das wahre Beispiel, zu Tode gekommen beim Sturz von einer Leiter, in einem extrem kontemplativen Moment, bei der Betrachtung eines Stillebens von Huysums. Der nachdenkliche Fuß von Purssius verfehlte eine Sprosse – und; jedenfalls lautet so die Fassung A über das Ende eines passionierten Lebens, wie man es passionierter nicht leben kann.
Friedliche und passionierte Momente auch in meinem Paradies-

gärtchen A 45; Dorothy Perkins hatte ihre Tage, dann ließ sie die äußeren Blütenblätter schlaff und ein bißchen lasziv hängen und strömte einen zarten Duft von Verwesung aus. Mme. Jules Grolez, eine spanische, strenge Schönheit, vertrug Schmettkes Aura nicht und wappnete sich mit Dornen bis zur Blüte. Begoß ich ihre Rhizome, griff sie mich an und verhakte sich in meinem Schritt.
Meine anderen Damen waren alle gutwillig, nur Madame Abel Chantal entwickelte in ihrer Adoleszenz ein bestimmtes Pink, ein spezifisches Lachsrosa, das auf einem Friedhof einfach fehl am Platz ist. Was sollten die armen Toten denken, die ohnehin an nichts anderes dachten?

1910 dachte Purssius, eine Schiffsreise in den Orient sei die Krönung eines kunstsinnigen Lebens. Wollte endlich einmal die Kunstwerke in natura sehen, die er so oft in Katalogen mit Preisen beziffert hatte, die liebe, gute, antike Kunst in Ägypten, Kleinasien und Griechenland. In seinem Kajütenkoffer aus Juchtenleder, beschlagen mit Messing, schlummerten Goethe, Winckelmann, Kant und die Copie eines kleinformatigen Bildes von Huysums, Stilleben mit Rose, eine jungfräuliche, absolute, perfekt ausgeleuchtete, unverlauste Leslie Beckwitz aus dem Jahr 1751. Außer ein paar Hygiene-Objekten seine einzigen Begleiter.
P. schiffte sich an einem Februartag wohlgemut in Genua ein und begann kurz vor Messina ein Diarium zu führen. Der erste Eintrag lautete: nicht disponiert.
Dabei blieb es. Das Meer mißfiel ihm; der Himmel über dem Meer sprach nicht zu ihm. Das Essen an Bord war schlecht, ich nehme an, frühe jugoslawische Küche. Purssius saß in seiner Kabine und beobachtete den Kunsthändler P., der in der Kabine saß und Tagebuch schrieb. Immer nur kurze Notizen wie: Nicht besonders, hätte man sich schenken sollen, mußte das sein. Er hatte nicht einmal die Kraft, seine Eindrücke einzuteilen, wie es von Reisen professionell erschöpfte Reisende machen: Ein erhabener Anblick; nicht so erhaben etc.
Die Pyramiden waren eine Enttäuschung, Lärm, Gestank und mißgünstige Kamele, die ihn anspuckten. Nach dem Besuch einer

Moschee schenkte er sich den Besuch der anderen. Man sieht, schrieb er, nichts als fromm vor Allah gereckte Hintern.
Istanbul empfing ihn mit deprimierenden Grautönen und viel Staub. Die Hagia Sofia, schrieb er maßlos enttäuscht, sieht aus wie eine Bahnhofshalle. Im Topkapi besichtigte er pflichtgemäß ein paar Devotionalien. Törichte Collektionen irregeleiteter Leute, schrieb er in sein Diarium.
Den Rest der Reise blieb er eisern in seiner Kabine und las die *Wahlverwandtschaften* Goethes. Dieses Buch, sagte er seinem Diary, wird immer rätselhafter.
Hin und wieder sehen wir Purssius an Deck wandeln, eingehüllt in ein kariertes englisches Plaid. Seine innere Verfassung ist bestimmt ausgeglichen, und er sagt sich alle zwei Minuten: das Meer ist das Meer, der Himmel ist der Himmel, die Wolken ballen sich, wie es sich gehört, die Albatrosse ziehen ihre Bahn und sehen genauso aus wie auf den Abbildungen meiner Lexika.
Diese guten Momente seiner Reise notierte er getreulich und kam auf diese Weise zu einem durch nichts gefährdeten Zeitverbrauch, indem er die gebotenen Momente aus der Ferne betrachtete und endlich abhakte.
Tunis gesehen, gut so, schrieb er.
Kurz vor Algier schrieb er den Satz: Die schönsten Momente des Lebens sind wohl jene, in denen man auf die vielleicht noch schöneren zu verzichten bereit ist.
Während des Aufenthaltes in Algier saß er in seiner Kabine und betrachtete Skarabäen, alle gefälscht.
Was brauche ich Pyramiden, schrieb er, Gebirge, Meerengen, all das Monumentale, wenn im Anblick des Kleinen das Gefühl des Erhabenen erzeugt werden kann, ohne Reue, ohne Schmerz und ohne Anstrengung?
Den Anblick von Gibraltar ersparte er sich. Setzte sich vor sein Stilleben von Huysums und betrachtete die Rose mit Hilfe einer Lupe. Bei einem Landausflug in Rabat wurde eine der englischen Damen von einer Gruppe Jugendlicher in einer stillen Gasse ausgiebig vergewaltigt; wie gut es dem geht, schrieb Purssius glücklich in sein Diary, der stille hält und nur mit bescheidenen Mitteln

jene Augenblicke sucht, die einem nicht schaden können. Eine solche Reise ist wirklich ungeheuer lehrreich, und wäre nur die Nahrung an Bord ein wenig besser, ich hielte es noch länger aus.
Die Rückreise verlief ohne Zwischenfälle. Vor Barcelona liegend, verliebte sich der Kunsthändler in die Übersetzerin der Sor Juana Inez de la Cruz, eine liebliche Deutsche aus Göttingen, deren Brustgewölbe Wärme und Weiblichkeit verhieß.
Der vorsichtige Purssius verkroch sich nach den ersten untrüglichen Anzeichen einer Verliebtheit in seine Kabine, trank exzessiv Burgunder und las ohne zu stocken zwei Tage lang in den *Wahlverwandtschaften*, die er vor Marseille still dem Meer übergab.
Wäre diese Reise ein Horrortrip gewesen (ich kenne Beispiele ...), hätte ich Purssius Resignation verstanden; aber er hatte ausschließlich und systematisch das Geschäft des Vermeidens betrieben.
In G. wieder eingetroffen, ein bißchen bleich durch die Bordküche, das exzessive Trinken und die Kabinenatmosphäre, ließ er sich eine Sicherheitstür für seine kleine Villa bauen und verbarrikadierte sich bis zu seinem Tod vollständig. Im zweiten Stock ließ er Bullaugen statt der Fenster einbauen, während das Intérieur die Kabine der ersten Klasse imitierte.

Coburn verschwand eines Tages aus G. und ging heim zu seiner Ma nach London, Eastend. Ich fand das moralisch nicht richtig, obwohl seine Abreise zu den wirklich angenehmen Momenten meines Lebens gehört. Alte Damen sollten nicht von ihren Söhnen belästigt werden.
Warum gehst du wirklich, fragte ich.
Well, sagte Coburn, the germans are nasty, the women ugly, Germany ist so entsetzlich terrible, daß man sich an die Schrecken gewöhnt. In dieser Atmosphäre kann man nicht suizidieren, you understand? Und fast alle Deutschen sind Antisemiten. No. Ohne mich, Goff. Wir korrespondierten bis zu seinem Tod sporadisch.
Coburn lebte noch 10 Jahre mit seiner Ma in einer Zweizimmerwohnung, Parterre, heiratete 1976 die Besitzerin eines Hunderennstalls, kein glücklicher Entschluß, und seine Ma starb an Entkräftung. Bei ihrer Beerdigung wurde er von einem Daimler über-

fahren. Keine Ahnung, ob das ein freiwilliger Abgang war; da er sofort tot war, kann ich mir bei Coburns Ungeschicklichkeit diese Lösung nicht recht vorstellen.
Ich hätte gern seinen Grabspruch gewußt. Aus meiner privaten Sammlung vielleicht: Das Leben ist ernster als der Tod.
Auf meinem Acker war alles friedlich, unten wie oben.
Die dornige Grolez trieb rubinrote Blüten, die mich an die Lippen unerreichbarer Frauen erinnerten.
Die Bienen summten, die Kaninchen hoppelten, in der Ferne grollte der Baß der Orgel; man hörte das Blöken der Trauergemeinde, dazwischen das sonore Gebell der Priester.
Witwen erschienen leider nicht mehr, jedenfalls keine, in die ich mich verliebt hätte. Hin und wieder kam meine Stella in wachsamer Begleitung; nur allzu verständlich.
TB hatte in der letzten Zeit ein paar Pechsträhnen gehabt, so daß er gleichermaßen an die Theorie der Wahrscheinlichkeit glaubte wie an den Okkultismus.
Auch sein letzter Coup war in die Binsen gegangen; er hatte in Venedig tatsächlich das Bernsteinzimmer gefunden, das die deutschen Faschisten geklaut hatten, allerdings in der gewissermaßen endgültigen Form von 24 000 Zigarettenspitzen.
Aus der Ferne sah er ein bißchen mitgenommen aus, aber er hatte schon einen neuen Coup präpariert – er finanzierte eine Suchmannschaft für die Hebung des Nazischatzes im Toeplitz-See und verhandelte mit zwei amerikanischen Brüdern über die Goldbarrenbestände der Reichsbank, die im Stollenlabyrinth von Ohrdruf, Thüringen, todsicher deponiert waren.
Zwei Jahre später ließ er sich von Stella scheiden, lernte in Moskau eine sowjetische Butterfly-Spezialistin kennen; in deren starken Armen zeugte er zwei fragile Mädchen.
Stellas erster Gatte übrigens wurde mit einem Findling belastet, auf dem in goldenen Lettern stand: Er ist geworden, was er war, er blieb, was er ist.
Keine Ahnung, was sich Stella dabei gedacht hat; aber Frauen sind ja, Paris sei dank, rätselhafte Wesen, wahrscheinlich Engel aus den Nekropolen fremder Planeten.

2 Dann besuchte mich Lambert das erste Mal auf dem Friedhof, das heißt, er entdeckte mich bei der Arbeit; ich dekantierte das Unkraut aus meiner Kollektion sommerlicher Grabblumen, in der Hauptsache Chrysanthemen in diversen Farbvarianten am Rande des sogenannten Urnenfeldes für anonyme Bestattungen.
Ja um Gottes Willen, sagte Lambert, was machen Sie denn hier – Sie arbeiten?
Es ist gut, sagte ich prompt, wenn wir die nicht immer kennen, für die wir arbeiten, Goethe.
Lambert überging die Unverschämtheit mit olympischem Schweigen und fragte, ob ich mit meinem Frauenplan weitergekommen sei.
Die Zeit sei noch nicht reif, sagte ich und packte mit einer Pinzette eine widerspenstige Liane.
Schade, sagte Lambert, im Augenblick benötigte ich Ihren Frauenplan ganz dringend; es ist etwas eingetreten.
Was, fragte ich.
Eros, sagte Lambert.
Wo rekrutiert, fragte ich.
Wie bitte, fragte Lambert, ach so, nun, es handelt sich um eine junge Studentin, mittellos, der ich unter die Arme ... sie promoviert über den unbekannten Dichter Ernst Schulze, eine regionale Größe, ergreifend an Schwindsucht gestorben, 1817, sie heißt Caroline.
Wie ist das bloß passiert, sagte ich, oder wars Absicht?
Bereitschaft, sagte Lambert.
Und Ihr Satansbraten, fragte ich, Ihre schöne Frau? Das Kind im Smartie-Rausch? Die Ruhe und die Wohltemperiertheit, die Behaglichkeit des Regelmaßes?
Lambert schwieg, sah irgendwie kummervoll aus, als schwante ihm Unheil.
Wahrscheinlich hatte er sich auf diese Caroline geschmissen, weil er in der letzten Zeit ein bißchen vereinsamt war; die beiden Schwestern Herder waren gestorben, geschwisterlich mit einer Zeitdifferenz von anderthalb Tagen, beide an einer Fleischvergif-

tung, und der greise Emeritus konnte seinen quantentheoretischen Kosmos nur noch stocktaub durchqueren, so daß ein Gespräch unmöglich war. Wollen Sie, fragte Lambert, eine Photographie sehen?

Der Liebhaber reichte mir eine sepiafarbene Photographie, die junge Beauté saß, ganz boucheé, auf einer Schaukel in einem Gärtchen, ca. 27, leicht quellende Achataugen, einen kleinen Mund mit zartem Flaum über der Oberlippe, eine vollkommen geformte Entennase mit einem winzigen römischen Höcker, der auf gewisse Unbedachtsamkeiten schließen ließ.

Ein Leckerbissen, sagte ich.

Beim Himmel! sagte Lambert, nicht diese Ausdrücke ... ein Rokokogesicht.

Die Nase, sagte ich, ist umwerfend.

Nicht nur die Nase, sagte Lambert.

Gewiß auch der verborgene Rest, sagte ich.

Den kenne ich noch nicht, sagte Lambert, sie erlaubt im Augenblick nur keusche Küsse, gibts in Ihrem Frauenplan ein Kapitel ... über Technik, Fortschritte, Sie verstehen mich doch.

Aber sicher, sagte ich, wie legt man sie aufs Kreuz – da gibts nur eines –

Ja, fragte Lambert, was?

Aufmerksamkeit, sagte ich, Geschenke, Charme und Überrumpelung.

Tja, sagte Lambert, wohlan – in einem Augenblick gewährt die Liebe / was Mühe kaum in langer Zeit erreicht.

Zeit und Mühe muß man investieren, sagte ich, war das von Schiller?

Goethe, Tasso, sagte Lambert und beobachtete eine Gruppe liederlich flanierender Stare auf dem Rasen.

Diese Vögel, sagte Lambert, während ihn ganz offensichtlich die Verführung von Caroline und die Investitionskosten beschäftigten, kennen keine erhabenen Augenblicke, nur auf Futter aus, ziehen sie unbeholfen ihre Bahn.

Stare, sagte ich, haben Humor, andere Vögel nicht, vielleicht noch Marabus und Raben.

Tja, sagte Lambert, es ist eine heikle Situation; die Klienten werden tagtäglich vulgärer in ihren Wünschen und Zumutungen. Im häuslichen Locus –
Wo, fragte ich –
In meinem Heim, sagte Lambert, wird die Situation zunehmend untragbar. Egmont erbricht jetzt immer seine Schokoladenmassen und kriecht dann schlaflos und heulend in der Wohnung herum, während meine Friederike sich einer Atkins-Diät unterzieht, mich meidet und des Nachts indigniert hüstelt. Aber alles geschieht nach dem Gesetz der Metamorphose ... warum gehen Sie dieser unwürdigen Tätigkeit nach? Sie könnten studieren ... haben Sie keine höheren Interessen.
Nein, sagte ich, im übrigen sei ich Autodidakt, ich lernte bei einem Fräulein Scapetti die französische und bei einem Fräulein von Phalen die englische Sprache.
Was noch, fragte Lambert, Sprachen sind unerläßlich für eine wahrhaft universelle Bildung –
Betriebswirtschaft an der Volkshochschule, sagte ich, nebenbei photographierte ich auch, Porträts, Tiere, Landschaften. Dann, sagte Lambert, hätte ich ja überhaupt keine Zeit mehr für die Entwicklung des Frauenplans.
Sobald ich, sagte ich, mit der Steuererklärung für meine Wirtin, die Witwe v. C. fertig sei, wollte ich mich wieder an den Plan machen.
Bitte, sagte Lambert, ein paar letzte Instruktionen für das erste Rendezvous. Sollte man alles auf eine Karte setzen?
Unbedingt, sagte ich mit Bestimmtheit, sonst schleppt es sich ewig. Keine Macho-Allüren, Alkohol hilft immer, aber in Maßen. In diesem Augenblick tauchte die Sonne hinter einer Wolkenformation auf.
Wär nicht das Auge sonnenhaft, sagte Lambert, wie könnten wir das Licht erblicken.
Viel Glück, sagte ich, zur Not schicke ich Ihnen den Frauenplan in die Buchhandlung.

Für sein erstes Rendezvous im Studentenwohnheim stürzte sich

Lambert in Unkosten, ein neuer Anzug in einem dezenten Grau, ein blauweiß gestreiftes Hemd und Slipper mit hohen Absätzen, erschien pünktlich, unter dem Arm ein Cadeau, natürlich ein Buch und eine Flasche Picon Rouge, in der Annahme, junge Damen goutierten dieses Getränk.
Die mittellose junge Dame, das hatte Lambert nicht berechnet, kredenzte Pizza mit Plockwurst, dazu gab es eine Zweiliter-Flasche Silberadler, soviel ich weiß, war das ein Weißweinverschnitt übelster Art.
Sie saßen nach Lamberts authentischem Bericht auf zwei Matratzen, mit den Köpfen in Kniehöhe infolge der erschöpften Federn, und Lambert sagte, während er mit einem Aufstoßen kämpfte, mit Zärtlichkeit: Liebe flößest du ein und Begier, ich fühl es und brenne, Liebenswürdige, nun flöße Vertrauen mir ein.
So ein Goethezitat muß zum richtigen Zeitpunkt angebracht werden, da entscheidet immer der wahre Augenblick für alle Arten dieser Zitate, sonst fällt es platt auf jede Auslegware.
Lambert war von seiner Begierde so gefesselt und entkräftet, daß er eine günstige Antwort, Vertrauen und dergleichen, gar nicht erst abwartete, sondern sich mit Verve auf Caroline stürzte, die, fürchte ich, durch das Zitat noch nicht richtig präpariert war.
Vier Tage später besuchte mich Lambert in meiner Eremitage bei der adeligen Witwe, setzte sich schweigend in meinen Gesundheitsstuhl mit Blick auf den Hinterhof, reichte mir sein Diarium, Ballonleder, ein üppiges Ding, und sagte: Bedauern Sie mich, lesen Sie und bedauern Sie mich.
Seine Eintragung in einer peniblen Schrift, rundlich und exakt, hieß folgendermaßen:
Leitete unsere Beziehung, ach, was für ein Wort, durch ein zierlich-sinnliches venezianisches Epigramm Goethes ein. Als ich mit dem Zitat zu Ende war, sah mich C. an, als hätte ich auf den Tisch gespuckt; dennoch extrem begehrenswert. Ich stürzte mich im Taumel der Sinne –
Mich ergriff dann ein tiefes Unbehagen, meine Magennerven flatterten, mußte wohl an der Plockwurst liegen oder dem miserablen

Wein. Ich bebte am ganzen Leib, und was ist nicht der Leib in einer solchen Situation!
C. kicherte (!) und zog sich ihren Pullover über den Kopf. Mein Magenschmerz nahm zu, dazu Herzflattern. Ach, diese schlanke Gestalt, die wirklich auf die dürftigste Ernährung schließen ließ, das arme Ding. Rührung und Begierde. Du bist vielleicht ne schräge Tasse, sagte das süße Geschöpf (ihre Worte, ihre Worte!), bald im Zustand ärgster Kreatürlichkeit, nämlich nackt ... Ich solle nicht so blöd glotzen (!), meine ‚Präminilarien' könne ich mir sparen, ich solle mir die Zähne putzen, die kleine Rote von Dr. Best (sie hat also auch noch andere Männerbekanntschaften !) und dann ins Schlafzimmer gehen. Und dann sagte sie, über die Schulter, während ihre göttlichen Brüste bei der kleinen Bewegung lieblich, wie lieblich wackelten, dann sagte sie diesen Satz, diesen ungeheuerlichen Satz. Le charme est rompu.
Dieser Augenblick, sagte Lambert, ist von einer schrecklichen Untilglichkeit...
Ich entdecke, sagte ich, in Ihrem diaristischen Bericht einige Unstimmigkeiten ... Haben Sie sich denn im Taumel der Sinne auf sie gestürzt und sie aufs Kreuz gelegt oder nicht.
Die Fassung des Tagebuchs, sagte Lambert, die gilt.
Was war das für ein Satz, fragte ich und öffnete trotz der frühen Abendstunde eine Flasche Sherry-Cream, das Geschenk einer Angestellten der Spirituosenhandlung neben Lambert & Co.
Wie soll man ein solches Geschöpf, sagte Lambert, heranbilden.
Wie hieß der Satz, fragte ich.
Ich dachte, sagte Lambert, man müsse sie nur recht in die eigene Sphäre ziehen, so sei alles getan. Und mit einem Flüstern sagte er: Was für ein Aufwand für einen Fick ... das hat sie gesagt.
Ich trank in Gedanken auf Caroline und sagte, das sei ja ganz schrecklich.

Zweiter Akt auf dem Friedhof; abermals erschien Lambert ein paar Tage später. Ich begoß gerade die Wurzeln einer schäbigen Lobelie auf einem Babygrab.

Man darf sich, sagte Lambert, von der Realität keine Partikel liefern lassen, die nicht zu einem gehören. Ich habe mein Notat ersatzlos gestrichen und stattdessen geschrieben: 4. April. Zarteste Verführung, hoher Aufschwung mit viel Geschick, Kraft und Zartsinn, schönste Apprehension, o Eros.
Und wie wars wirklich, fragte ich, ich meine mit dem Sex?
Viel Akrobatik, sagte Lambert, ein paar kindliche Schamlosigkeiten, die possierlich waren, aber insgesamt ... es fehlte die Andacht ... Wissen Sie, die unschuldig-süße Hingabe. Außerdem hatte sie beim Küssen immer die Augen offen.
Oha, sagte ich, das sind gefährliche Frauen.
Wann sind Sie mit dem Frauenplan fertig, fragte Lambert, man darf sich, das ist mir jetzt sonnenklar, nicht in solche Affären stürzen, man muß planen und kalkulieren.
Und wie bedauerlich, daß man unbedachte Investitionen nicht einfach rückgängig machen kann ...
Was haben Sie denn investiert, fragte ich.
Altfranzösische Blasons, sagte Lambert bekümmert, ich dachte, wir könnten uns bei der gemeinsamen Lektüre auf den hohen Augenblick einstimmen.
Ach, sagte ich achtungsvoll, diese schweinischen und charmanten Elogen auf die primären und sekundären Merkmale, das Näschen, das Füßchen, das Möschen und das Brüstchen ...? Das Zeug?
Sie haben ein schmutziges Verhältnis zur Literatur, sagte Lambert verschnupft, nichtsdestoweniger – kümmern Sie sich bitte um den Frauenplan ... Ich bitte Sie.
Im Augenblick müsse ich ein bißchen Geld für die konstanten Lebenskosten verdienen, sagte ich, aber sobald ich fertig sei, wäre es mir ein Vergnügen, meinen Frauenplan wasserdicht und perfekt zu machen.
Wir schieden im Frieden.

3 Nach dem E. Menne-Prinzip (Arbeit, Schweiß und Gottesfurcht) oder dem Rudi Wehlack-Prinzip (Sport, Arbeit, Leistung) wollte ich mein Leben auf keinen Fall fristen; dann lieber vegetieren. Also suchte ich nach positiven Beispielen aus der Vergangenheit, inkl. Literatur und Film, und wurde im autobiographischen fündig, nämlich bei Goff sen., meinem Zufalls-Erzeuger. Mein begnadeter, armer Vater, Gott hab ihn ... hatte in den Zwanziger Jahren die Idee seines an Ideen wirklich nicht sonderlich reichen Lebens.

1927 erschien die Erstausgabe seines Lebenswerkes in einem Band: *Die Anmut des Frauenleibes* in dreihundert Abbildungen nach wissenschaftlichen Photographien meines emsigen Pa's.

Im Jahre 1927 erschien übrigens auch Hempelmanns *Praxis der Friedhofsgärtnerei*, ein gutes Omen.

Welch traumhafter Erfolg diesem Werk beschieden sein sollte, um es vorsichtig auszudrücken, konnte er natürlich nicht ahnen; alles Geschäftliche war ihm gleichgültig.

Das Ding hatte einen Umfang von 421 Seiten im Tiefdruckverfahren, kostete bei Erscheinen (in einem milden Frühjahr) 34 Reichsmark und war die köstliche Frucht eines Lebenstraums.

12 Jahre hatte Goff sen., unter Entbehrungen bis ins Mark leidend, aber dennoch wohlgemut wie jeder Maniak auf seiner Traumfährte, über 20 Länder heimgesucht, um dort die eingeborenen Schönheiten nackt in allen Lagen zu photographieren, insgesamt 932 in den meisten Fällen jüngere Nuditäten, von hinten, von vorn und vor der Seite. Die Schönheiten waren vollständig abgebildet, aber wegen der kleinen Formate lohnte sich die Suche nach Details nicht, die Texte waren halb wissenschaftlich mit physiologischen Details über Haupttypen, Lymphdrüsen und Schamhaarvariationen, halb schwärmerisch und zum Teil wahrscheinlich autobiographisch.

Alle Bildunterschriften hatte mein polyglotter Pa eigenhändig verfaßt, mit liebevollen Anmerkungen zu Sonderausstattungen. So stand unter einer fetten Dame mit schwarzen Haaren: Eine deutsche Wienerin – mit einem Ansatz zur Verfettung des Gesäßteils. Diese Aufmerksamkeit und sinnliche Anteilnahme verhalf wahr-

scheinlich dem Buch zum Erfolg bei Millionen Liebhabern, die vor anstrengenden Reisen zurückschreckten und sich lieber bequem mit einer Lupe am Schreibtisch delektierten.
Soviel ich weiß, kurierte mein Pa nach einem Besuch auf dem Monte Verità einen Tripper aus, als er das Kapitel XIII schrieb – Wie schöne Frauen küssen: Naturwissenschaftlich ist das Küssen seinem Ursprung nach entweder ein Beschnuppern oder ein Beschlecken oder beides oder alles dies zugleich ... Was für ein bestrickender, wissenschaftlicher Stil! Aus diesen Seiten steigt, post festum und für immer konserviert, ein gewisses Aroma der zarten Empirie der Sinnlichkeit auf; aus Gründen, die an der Zensur liegen mochten, ließ Goff sen. (zu seinem Bedauern, wie ich positiv weiß) den weiblichen Geschlechtsapparat links liegen, um sich erst wieder im Jahr nach seiner Entnazifizierung intensiv und mit Farbphotographien um ihn zu kümmern.
1935 erschien eine vom Verleger inspirierte Neuauflage, die mein ängstlicher Alter um ein Anfangskapitel erweitert hatte: Über die Schönheit des ostisch-dinarischen Weibes (mit Rücksicht auf die Rassenkunde eines gewissen Professor Ehlers, der sich schon 1933 pünktlich von seiner jüdischen Frau hatte scheiden lassen). In der Neuauflage wurden viele jüdische Schönheiten den ostisch-dinarischen Vollweibern geopfert, vier schwarze, offenbar rassisch verdächtige Schönheiten mit wunderbaren Brüsten und himmelwärts zeigenden Brustwarzen wurden herausgeschmissen, und eine tscherkessische Göttin mit einem unglaublich kahlen Venusberg flog auch heraus. Bei der neuen Rasse ersparte sich Goff sen. alle zärtlichen Spezifikationen und rubrizierte sie lediglich unter dem unverdächtigen, leicht kommunalen Generaltitel: Unsere Westischen und Ostischen Frauentypen, aber der Liebesblick fehlte, die wahre Leidenschaft; die Objektive seiner Kameras haben den gewissen feuchten und zärtlichen Blick auf die geliebten Objekte verloren. Seine Lieblingsschönheit, eine gewisse Judith Abraham, die er bis zum Wahnsinn und zur Auflösung seines Rückenmarks geliebt hatte, die schmuggelte er in das Kapitel: Von der Frauen schönem Haar, und besorgte ihr in der Schweiz einen Nansen-Pass, mit dem sie über Frankreich und Spanien nach Amerika

fliehen konnte. Wie sehr Goff sen. die Ideologisierung des ästhetischen Blicks mißbilligte, zeigt eine Bleistiftanmerkung zum eunochoiden Körper einer nackten KdF-Mieze in einem wogenden Kornfeld: Widerliches Schönheitsideal, strohblond, strohdoof, man muß sich nur vorstellen, wie sie reihenweise von blonden Bestien im Lebensborn e. V. mit arischem Sperma vollgepumpt wird, um neue, beschissene Nazis hervorzubringen.

Bis zu seinem Tod suchte Goff sen., um es harmlos auszudrücken, unaufhörlich die Gesellschaft von Frauen. Gegen die meisten lebenden Männer hatte er was; die Toten waren in Ordnung, vorausgesetzt, sie kümmerten sich um Kunst und Wissenschaft.

Wann er seine 80%-Theorie erfand, weiß man nicht.

80 % aller Männer, sagte Goff sen. (und notierte es auch in seinem Tagebuch zu vielen Gelegenheiten) sind schwachsinnig, vulgär oder beides zusammen. 10 % sind im Umgang halbwegs erträglich, die restlichen 10 % soll es geben, habe aber von der Species nur zwei insgesamt kennengelernt.

Er liebte die Frauen über alle Maßen, war keiner sexualästhetischen Norm verpflichtet, hatte natürlich seine Vorlieben, wie die zu kleinen Abweichungen oder appetitlichen Makeln, wie Sommersprossen auf einer Pobacke (1954); sein Liebesblick durchbohrte sie alle. Bei Frauen mit einem leichten Silberblick wurden ihm die Knie weich. In Paris verfolgte er vier Wochen lang eine wohlgebaute fünfzigjährige Schönheit, weil sie hinkte und auf diese Weise die Hüften absolut anders bewegte. Bei einer Exkursion im Jemen verliebte er sich in eine Dreizehnjährige mit gelben Augen, deren Familie er bis ins 21. Glied auszahlen mußte, ehe er der jemenitischen Tigerin teilhaftig wurde. In Basel hofierte er wochenlang eine langnasige Buchhändlerin (‚der reine Veneziano...!') deren Bauch vollkommen war. Er war stolz genug, sich in eine italienische Riesin zu verlieben, die ihn mit einer Hand auf ihr Bett heben konnte, das sie mit zwei muskulösen Liebhabern teilte. Eines Tages beschossen sie Goff sen., der gerade ekstatisch auf der Riesin herumkrabbelte, die Hände in ihren tizianroten Flechten, mit einem Smith & Wesson 357 Magnum. Goff stürzte aus dem Fenster, fiel auf die Markise eines Restaurants und wurde von der Marquesa Orchetta gerettet, die gerade in ihrem eisblauen de Soto vorbeifuhr.

So glücklich endeten nicht alle Abenteuer, vor allem dann nicht, wenn er bedenkenlos, d. h. flammend verliebt war, ohne Rücksicht auf Leben und Körper.

Bei Blondinen mit braunen Augen schmolz er zum Beispiel sofort. Man sollte nur auf eines im Leben gefaßt sein, pflegte er zu sagen, auf einen coup de foudre, gefolgt von einem Fluchtmanöver. Der gute Pa muß diverse, gut geölte, reaktionsschnelle Amores besessen haben; wahrscheinlich auch weibliche, wenn das möglich ist.

Um sich von den Exkursionen zu erholen, sammelte er natura morta-Bilder aus aller Welt ...

Kann mir das charmante Monster so richtig vorstellen (der Liebhaber als Insekt), wie er vierbeinig, zählt man Stativ und Schwanz dazu, durch die Museen kroch, voller Kunstsinn und Geilheit, im Focus die wunderbaren Details von Frauen, die geliebten Konstanten – rote Haare, grüne Augen, schwarze Haare, blaue Augen, hochangesetzte Popos, kleine Brüste, die beim Gehen wackelten – aber, so konstatierte Goff sen. eines Tages ärgerlich, schöne Frauen besuchen selten Museen, sondern eher Galerien zu unerträglichen Vernissagen; und diese Frauen, schrieb der Liebhaber, sind leider ganz und gar a little wet dummy.

Goff sen. zeugte mich während eines Champagnerabends aus Versehen (er dachte, meine immer zerstreute Mutter habe die notwendigen Vorsichtsmaßregeln getroffen, um der Peitsche des Zufalls zu entgehen, wie der Erzeuger sich später ausdrückte) und gab mich nach meiner Geburt sofort weiter an entfernte Verwandte. Meine Mutter, sagte er, sei zu zart für die Aufzucht, ja, wenn es ein Mädchen gewesen wäre, aber ein Männchen, dazu noch komplett behaart, das passe nicht ins Liebeshoroskop. In Wahrheit, wie ich den alten Maniak einschätze, wollte er nicht, daß sie ihre schöne Figur durch Stillen oder ähnliche Blödheiten ruinierte; er hing eben an ihren Titten.

Mein Alter muß über diese Lösung sehr erleichtert gewesen sein – Mama behielt ihre Figur, und er konnte im Geiste der Schönheit, der Kunst und der Wissenschaft weiter auf die Jagd gehen, um sein großes Unternehmen, 15 Jahre nach seinem Standardwerk, endlich zu vollenden – *Les Femmes du Monde*.

Während der Reisevorbereitungen verliebte er sich in eine Mathematikerin, Mitglied einer streunenden Bourbaki-Gruppe in der Nähe von Biarritz, die ihn nicht erhörte. Das kannte Goff sen. nicht, und er litt schweinisch. Sein Tagebuch wimmelt von Anspielungen auf Blut, schwächer werdende Pulse und vor Gift blaue Lippen.
Die schöne Margot (nach einer Photographie am Strand der Typus Laszive Giftmischerin aus der Borgia-Zeit) erlaubte ihm, ihre Taschen mit Büchern zu apportieren. Am Strand examinierte sie ihn über metamathematische Themen, ein bißchen Topologie und die Schönheiten nichtlinearer Paradoxa; der arme Pa versagte. Während dieser schwebenden Affaire schrieb er meiner Mutter leidenschaftliche Liebesbriefe und copierte in einem kleinen Museum das natura morta-Tableau Exzoris: eine kleine Spinne schaukelt graziös im inneren, leer geräumten Leib einer Libelle. Ein Beispiel dafür, daß er dem Streß mit den Frauen durch skrupellose Symbolisierung begegnete.
Dann tauchte ein Konkurrent auf (ich hätte in dieser mulmigen Situation schon lange die Kurve gekratzt, traurig und steif), ein materialistischer Mathematiker aus dem Balkan, der Goff mühelos mit seinem harten Französisch aus dem Feld schlug. Unbeirrt apportierte Goff sen. weiter ihre Taschen, entkleidete sie mit seinen Blicken und machte ihr schamlose Anträge auf arabisch, sehr klangvoll, wie ich weiß.
Der gnädige Zufallsapparat spielte mit; nach einer Geburtstagsfeier für den Mathematiker Dedekind († 12. 2. 1916) betrank sich seine Herzensblume. Er brachte sie auf ihr Zimmer, während sich der Balkan-Typ die Seele aus dem Hals kotzte, badete intensiv mit ihr und trieb es dann so lange und frenetisch mit ihr, bis sie nüchtern war; da warf sie ihn hinaus.

Tolle Frauen, diese Intellektuellen, sagte Goff sen., immer konsequent bis zuletzt.
Reiste dann befriedigt in den Nahen Osten ab, während ich bei meinen entfernten Verwandten (leider alle konfessionell gebunden, um mich vorsichtig auszudrücken) vegetierte.
Bevor ich im Philanthropischen Institut deponiert wurde, diesem Locus der Ordnung, dem Paradies der frommen Künste etc., bei R. Menne, hatte ich eine Menge Verwandte hinter mir, die ich wegen ihrer großen Zahl nur noch vage in Erinnerung habe.
Nur eine reifere Tante hat mein Nervensystem aufbewahrt, die mich mit der Hand züchtigte, indem sie den Knaben Goff bäuchlings auf ihren Schoß drapierte. Dieser Modus des Strafens hatte für beide Teile gewisse Vorteile, sie schlug nicht stark, geriet aber in Hitze durch den Rhythmus, nehme ich an, sie transpirierte orientalische Schweißpartikel, die sich mit dem zarten weiblichen Odeur mischten, sehr wollüstig. Ein abrupter Ortswechsel meines Pa riß mich von ihrem Schoß.
So kam ich zu Pfarrer Menne, mit 11 oder 12 Jahren, der ein kleines Privatinternat unterhielt, für unser geistiges Wohl sorgte und die Schularbeiten beaufsichtigte.
Seid, pflegte er zu sagen, Titanen des Glaubens und Athleten des Geistes.
Naja, wir mühten uns nach Kräften.
Menne hatte eine sanfte, etwas zu hohe Stimme, die sich vorzüglich für Gebete eignete. Ein englischer Scharfschütze hatte ihm in El-Alamein bei einer Patrouille die Eier abgeschossen; diese Tatsache hatte er seinem Gott niemals verziehen.
Was wäre aus mir geworden, sagte er oft nach der Abendandacht, die mit der Interpretation der Tageslosung endete, wenn Gott seine Hand schützend an diesem vierten November davorgehalten hätte.
Seine Prinzipien waren einfach und gesund: alles war aufs beste eingerichtet und konnte nach den Gesetzen der natürlichen Progression immer nur besser werden, bis zu einem Punkt, sagte er freundlich, an dem alles kippt, aus Ordnung Chaos wird und sie euch wieder die Eier abschießen.

Zum Jahrestag des Verlustes seines Genitals betrank er sich still mit einem Gesöff namens Bärenfang, setzte sich dann auf eine Mülltonne im Garten (mit Waldblick), haderte mit seinem wüstenuntauglichen Gott und heulte ein bißchen, während wir im Schlafsaal lagen, die Hände daseinsfromm über den kleinen Schwänzen gefaltet.
Von Menne lernten wir grenzenlosen Optimismus, den man sich erlauben durfte, wenn man das Regelmaß einhielt, die Ordnung liebte und die geplante Zeit.
Kein Augenblick verging ohne Planung, von sechs Uhr morgens bis 10 Uhr abends.
Des Morgens beschnüffelte Menne unsere Laken und suchte sie mit seiner Lesebrille nach Flecken ab.
Dieses wunderbare Laster, Jungs, sagte er, ach, wie weiß ich es noch bis ins letzte Detail, ist so fatal, weil es sich um Verschwendung handelt. Wartet ab mit dem Trieb, bis ihr euch würdig in euer künftiges Weib entleeren dürft. Wenn ihr wichst, und wenn ich euch erwische, dann werde ich euch bis auf die Wurzel strafen.
Und wir taten es und er tat es und seine Strafe war fürchterlich. Wir schrieben Aufsätze.
Die Themen gab Menne vor: Gott ist Richter, der uns erniedriget und erhöhet. Was sagt uns der Psalm 75,8?
Viel! schrieb ich. Gott darf nicht alles, und er muß mehr aufpassen, in der Wüste, im Gebirge, sogar in der Tiefe des azurblauen Meeres. Seine Qualität besteht in seiner Allgegenwärtigkeit, die da muß sein sichtbarlich. Er darf nicht versagen, gerade an dieser Stelle nicht. Das Mannes Glied verbindet die schöne Eva mit Ihm in Einem Akt. Und der ist so schön, wie Salomon geschrieben hat: laß mich beiwohnen hinsterbende Ewigkeiten deinem gesalbten Leib, laß mich saugen an deinen Bambussprossen und belutschen deine Zwillinge, die weich und warm sind wie die Rehe, uswf. –
Menne ließ mich nach dieser Strafarbeit rufen. Kind Goff, sagte er, schweinisch, aber poetisch gedacht. Gehe hin und schreibe eine neue Arbeit mit dem Thema: Gott läßt sich nicht mißbrauchen.

Der kleine Nielsson hatte geschrieben: Wenn Gott die Eier abschießen läßt, der tut nicht wohl.
Die Gebrüder Plettner, Vollwaisen und Melancholiker, hatten einen rührend autobiographischen Text verfaßt: Mama ist tot, Papa ist tot, und wir sind allein in der Hand des strafenden Gottes, der fürchterlich sein kann aber auch lieb.
Nach diesen Texten ließ uns Menne antreten und sagte, nun seien wir nicht mehr Gäste und Fremdlinge, sondern Mitbürger der Heiligen und Gottes Hausgenossen.
Epheser 2, 19, riefen wir im Chor.
Nielsson, der sehr gut malen und zeichnen konnte, stellte von dieser unitären Szene ein wunderbares Bild in Mischtechnik her, Bleistift, Buntstift und Deckweiß. Sah aus wie eine Illustration der Bibel für die reifere Jugend.
Immerhin lernten wir das Schreiben von Texten, eine Fertigkeit, die man gar nicht früh genug erwerben kann.
Menne strafte ungern. Physische Züchtigung verletzte ihn.
Er setzte auf ‚des Geistes Hieb'.
In der Zeit der geglückten Versetzung in die Quarta verfaßten Nielsson und ich ein Gemeinschaftswerk, eine perfekte Pornographie für den Hausgebrauch. Nach der Vernichtung von Dutzenden von Magazinen mit unbekleideten Frauen machten wir uns eigene Bilder privater Vorstellungen. Die Plettner-Brüder äußerten spezifische Wünsche (große Brüste, kleine, behaart, unbehaart, blond oder schwarz etc.), ich schrieb das Libretto, und Nielsson illustrierte mit all den Farben, die sein kleiner Faber-Castell-Kasten bot.
Schon damals hatte ich einen Hang zu sogenannten friedsamen Augenblicken und verschaffte sie mir um jeden Preis; eine Strategie, die ich in reiferen Jahren selbstverständlich änderte.
In Mennes Suff-Phase erlaubten wir uns alles; die Plettner-Brüder verschwanden dann in Richtung City, um sich endlich einen Film ‚über 18' anzusehen; immer glücklos.
Nielsson hatte seine impressionistische Phase hinter sich (man muß nur immer die Entfernung, Valenz und Dichte der Punkte in Relation zu allen anderen Punkten wissen) und machte sich über Lexika her (farbige Abbildungen aus dem Meyer des Jahres 1911)

nach Historienmalerei. Der kleine Goff genoß friedliche Lektüren im Dschungel (Tarzanhefte im Kupfertiefdruck), lernte ein paar Liebessphärensprüche wie (Tarzan zur schönen Prinzessin von Oran): Die Liebe muß wachsen wie eine Blume, hörte dabei kitschige Musik, Paul Anka, Elvis Presley und Pat Boone, und verliebte sich in Leslie Caron.
Die gesammelten friedsamen Augenblicke waren im Eimer, als Menne eine neue Küchenhilfe einstellte, ein üppiges, jugoslawisches Mädchen namens Elvira, eine träge Schönheit, übersät mit appetitlichen Muttermalen. Überall schwärzlicher Flaum; den Mund hielt sie immer geöffnet, egal, was sie tat. Ab und zu leckte sie sich ihre sehr rot pigmentierten Lippen. Die Unterlippe hatte einen kleinen Einschnitt, das Zeichen rastloser sinnlicher Energie, wie ich aus der einschlägigen Literatur wußte.
Diese Person brachte den frommen Haushalt gänzlich durcheinander. Schon morgens beim Frühstück mit Sauermilch und Vollkornbrot fing diese erzgeile Stimmung an. Menne befahl ihr, einen BH zu tragen, Elvira lächelte träge und betupfte ihre Unterlippe mit der Zunge. Die Plettner-Brüder hörten auf zu onanieren. Die Photographie von Leslie hing mir zum Halse raus. Nielsson fabrizierte wunderbare Porträts, gemalt mit Blut, Tränen und Sperma.
Dann überfiel auch Menne der männliche Koller; nach einer Abendandacht mit viel Schwefel, feurigen Zungen, die an armen Sündern leckten und anderen apokalytischen Visionen, überfiel er das schöne Geschöpf in der Küche, umklammerte von hinten ihre Brüste und vollführte mit dem Becken beherzte, sehr rhythmische Bewegungen, die immer langsamer wurden. Ihm ging es, das konnten wir sehen, wie einem kastrierten Kater, der aus Versehen ein rolliges Katzenmädchen besteigt.
Mit einem tiefen Seufzen setzte er sich auf einen Küchenstuhl und beobachtete unendlich traurig Elviras Hinterbacken unter einem engen Rock, von unsichtbaren Muskeln gespannt.
Nichts auf der Welt war mehr aufs Beste eingerichtet, und alles wurde schlechter nach den Gesetzen der natürlichen Regression.
Menne verhängte rigorose Strafarbeiten.
Elvira wurde entlassen.

Die Plettner-Brüder erschienen schon zum Frühstück verheult.
Menne entschloß sich zu einem dezenteren Alkohol und trank Gordons Gin aus kleinen Flaschen.
Nielsson malte Elvira als Madonna, die auf einem schwarzen Kater gen Himmel fuhr, ein rotgoldenes Loch, bei näherem Betrachten eher ein Spalt; ich hatte ihm gerade einen in der Bibliothek geklauten van de Velde geliehen.
Unser Liebesleben kam durcheinander.
Man muß mehr beten, sagte Menne, verstärkt beten zu allen Gelegenheiten.
Für die versäumten gibt es keine Stoßgebete, sagte der kleine Nielsson.
Wir brauchen Elvira, sagten die Gebrüder Plettner.
Ich holte schweigend, o Fleisch und Blut, wo bist du, Leslie Carons Photographie aus dem Koffer und verschaffte mir freudloses Herzklopfen.
Eines Tages überraschte mich Menne, der meine süße Leslie zerfetzte und mich mit Tränen in den Augen mehrmals schlug.
In aller Abgeschiedenheit mußte ich eine Arbeit verfassen unter dem Titel *Gott sieht alles und straft auch gern.*
Eine Weile ging ich in mich, Askese oder ähnlicher Mist, edle Gedanken beim Einschlafen, Wichsen nur einmal die Woche. Zur Belohnung fiel mir D. Duck in die Hände, ebenfalls eine unwürdige, geknechtete Existenz, die erniedrigende Arbeit verrichten muß, während G. Gans mit Daisy vögelt.
Fing an, Tagebuch zu schreiben, aber nur ernste Gedanken, Tod, Eros etc. In diese ernste Phase platzte bedauerlicherweise mein Pa und brachte das honnette System wieder durcheinander, die asketischen Augenblicke und die neuen friedsamen.
Er brachte Süßigkeiten mit, die konfisziert wurden, aber auch seine Ausbeute, die herrlichen *Frauen dieses Planeten.* Schau nur, sagte er und zeigte mir eine nackte, schokoladenfarbene Schönheit vor einem Zelt in der Wüste, sieh nur diese Haut ... Der Haut hatte mein Alter in seinem rasenden Erstling eine Passage gewidmet, die mir im Laufe des Lebens immer mehr einleuchtete: Der Sinn für die Würdigung der Hautschönheit entwickelt sich erst ziemlich spät

in der Kultur (sic!) und tritt mit der Verfeinerung des Geschlechtstriebes auf.
Weißt du, sagte mein Pa träumerisch, La Tunisienne, diese tunesische Schönheit und ihre Haut . . . diese Mädchen sind einfach durch das Feuer der Sonne anders durchblutet.
Wenn du sie küßt oder ein bißchen beißt oder ein Stück Haut zwischen die Zähne nimmst und ein wenig saugst, dann entsteht eine glühende Hitze, die sich den Lippen mitteilt. Und die Lippenhaut bei La Tunisienne . . . sie ist wie das Fegefeuer einer feuchten, erhitzten, unendlich weichen Membrane, und wenn sich erst durch das systematische Küssen (deep kisses, sagte mein lüsterner Alter) die berühmte Talgsschicht bildet, die Horaz schon so unübertrefflich beschreibt, dann ist es, als hörtest du den gemischten Chor androgyner Engel.
La Tunisienne, sagte er, merke dir die Namen . . . La Maroquaine, exzellente Frauen von schmachtender Gewalttätigkeit beim Liebesspiel. Man darf die Gewalt in der Liebe, sagte er plötzlich ernst, nie unterschätzen, in den Legierungen, die bei diesen Hitzegraden entstehen, schmilzt alles; darum ist sie so gefährlich. Du darfst alle Photographien behalten, sagte er und sah mich mit seinen giftgrünen Augen an, sie sind besser als die üblichen Konfektionsphotos.
Und dann reiste er wieder ab. Der kleine Goff träumte von den Umarmungen ganz unerhörter Frauen, von schmelzenden Schwindeln und korrupten Nervenenden, die vor Wollust zuckten.

Damals dachten wir das erotische Zeug natürlich simpler; die Grenzen unserer Sprache waren auch die Grenzen unserer Welt. Der große Philosoph W. war in vielem fragwürdig und hat vieles fragwürdig gemacht, aber hier hat er in jedem Fall recht.
Der Verfall des frommen Hauswesens machte unmerklich Fortschritte. Der Schriftsteller T. (wir hatten weit hochkarätigere Autoren in der EDITION AVICENNA . . .), der mit seiner Sprache immer so gern allein sein wollte, hätte geschrieben: Das Unheil nahm seinen Lauf auf den Kugellagern des Schicksals. Hatte eine Schwäche für Metaphern, die nicht seine Stärke waren.

Die Köchin wurde entlassen. Das alte Faktotum (mit einem faszinierenden Glasauge, krankhaft gelb) hatte unsere Mahlzeiten bereitet. Nach der Schule klauten wir bei Edeka lebenswichtige Vorräte. Die Plettners schenkten Menne ein Abonnement für Chantré.

Die Morgenandachten wurden immer kürzer, die Abendandachten fielen aus. Durch den Besuch seiner frommen Schwester Louise ordnete Menne ein letztes Mal sein korruptes Gemüt, kein Wunder bei der Schwester, Pastorin im Oldenburgischen, ein Albtraum. Diese hybride Hexe schrieb monatlich Rundbriefe an ihre Verwandtschaft; empfing Menne einen dieser Briefe, versank er in tiefe Schwermut und kratzte sich an seinem Sackrest. Auf dem unschuldigen Briefkopf stand immer GRUSS ZUVOR, und dann ging es los:

Ich begreife allmählich, daß die Predigt mit Worten zu wenig ist. Wir bestehen nicht nur aus Ohren. Gott rührt auch die anderen Sinne an (weiß Gott, davon wußten wir ein Lied zu singen) und redet zu uns über die Augen, den Geruch, über Essen und Trinken (ich denke, die Linie dieser Passage ist klar).

Franz-Hermann (das war ihr Gatte, ebenfalls Pfarrer) lernt jetzt die anderen Sprachen: Blumen, Vögel, Bäume, Tiere. (Zum Stil dieser Epistel: Flora und Fauna wäre kürzer gewesen, prägnanter.) Unser Hund ist unser Lehrmeister. Er hat mir erst kürzlich eine Weihnachtspredigt gehalten, einfach, klar, überzeugend. (Stimmt, das mögen die Christen in toto.) Thema: Gott läßt uns nicht allein. Ich hatte Alma (so hieß das arme Vieh) allein gelassen, frühmorgens im Hause Muthesius vor der Haustür. (Man beachte die Satzstellung.) Während ich im Haus werkelte, blieb sie vor der Haustür stehen wie ein Denkmal. Sie rührte sich nicht. Als ich schließlich aus der Veranda herauskam, stürmte sie heran, hüpfte und sprang an mir hoch und hörte nicht auf, mich zu liebkosen. Sie war also nicht ausgesetzt, nicht verstoßen. (Hunde sind nun einmal saublöd.)

Die Botschaft ist dann ziemlich eindeutig, inklusive einem Indentitätsnachweis, und lautet (bei dieser Stelle schüttelte sich Menne): So haben die Engel zu Weihnachten gepredigt: Gott kommt zu euch. (Der Hund war bestimmt enttäuscht.) Ihr seid nicht mehr allein, nichtausgestoßen (in einem Wort, bedenkenlos), nicht verlassen. Der Hund jedenfalls hat dies als große Freude erlebt und zum Ausdruck gebracht. Wenn wir so eindeutig predigen könnten! Finis wie wahr. Hundegebell geht einem auf den Keks.

Diese Schwester und Verfasserin solcher Briefe räumte ab, putzte, schwemmte aus, polierte, trieb aus und sang.
Menne zog sich zurück, und wir versorgten ihn heimlich mit Batterien von Chantré, bis der schlimme Finger Gottes uns erwischte. Louise vernichtete alle Flaschen mit viel Aplomb, gewissermaßen zeremoniell, und gab uns Hausarrest.
Ein sterbendes Familienmitglied in der Ferne verlangte ihre Präsenz und sie reiste gottlob ab, um ihm den Rest zu geben.
Der Abend wurde mit Chantré und Bärenfang gefeiert.
Wir saßen in der Küche. Menne sagte, alles sei unerträglich, was wir denn unerträglich fänden.
Die Schule, sagten wir, der Verlust von Elvira, das schlechte Essen.
Ihr führt ein gutes Leben, sagte Menne, ihr kleinen Scheißer. Was haltet ihr vom Selbstmord?
Och, sagten wir.
Aber es ist eine Todsünde, sagte Menne und stöhnte.
Wir blätterten im Licht eines staubigen Lüsters und suchten in vier Nummern der *Constanze* nach Miederreklame-Photos.
Der kleine Nielsson triumphierte mit einem Triumph-Büstenhalter und die Plettner-Brüder mit einer Triumpf Adler-Schreibmaschine, an der eine hochbrüstige Dame tippte.
Das ist alles, was euch interessiert, sagte Menne, der Sexus, der blutige, gemeine Sexus.
Tja, und dann passierte es.
Menne rumorte im Haus, Möbelstücke fielen um, Spiegel zersplitterten, Betten wurden ihrer Matratzen beraubt – kurz, Menne suchte verantwortungsvoll nach den Spuren unserer inneren Verseuchung – die materiellen Ergüsse, Bilder, Photographien, zwei Löckchen einer gewissen Armgard, unsere Privatpornos mit Nielssons Illustrationen.

Wir tranken stumm Mennes Chantré und verfolgten seine Schritte im Obergeschoß.
Schließlich kam er mit einer schönen Malerei Nielssons in der Hand zurück in die Küche. Das Bild zeigte ein süßes weibliches Genital in duftigen Farben (Mischtechnik selbstverständlich), angerichtet auf einer silbernen Platte mit Erdbeeren, Silberzwiebeln und Vergißmeinnicht.
Ah, sagte Menne, so gut er konnte, ihr beleidigt Gott mit dieser Schändlichkeit ... das schamlose Organ allein ...
Es war eher als eine Huldigung gemeint, sagte der kleine Nielsson, geben Sie's her.
Menne zerfetzte es und ging nach diesem dummen Augenblick hinaus in den Garten. Mc Fatum ist nicht bei den Quartalssäufern, jedenfalls nicht der wohlwollende; auch seine Schutzengel waren betrunken. Er setzte sich, wie gewohnt, auf seine Mülltonne und fror fest. In diesem Suff-Stadium, dem fortgeschrittenen der Seligen, in dem man die Engel so recht singen hört, brachte er es nicht fertig, sich seiner Hosen zu entledigen.
Er rief mit lauter Stimme nach uns, die wir nichts hörten, und als wir nicht kamen, nach seinem unaufmerksamen Gott, der, wie schon in der Wüste, nichts sah.
Nach einer Stunde sahen wir nach unserem Erziehungsberechtigten; er hatte die Mülltonne umgeworfen, sein Arsch klebte immer noch am Deckel. Er lag da in alten Milchflaschen, Teebeuteln, Schnapsflaschen und Küchenabfällen der mönchischen Menus. Auf seiner rechten Wange klebte eine lanzettförmige Kartoffelschale. Ein Rest Kunsthonig verschmierte sein massiges Predigerkinn. Er bewegte die Lippen.
Wir hielten auf eine heilige Ordnung aller Augenblicke, der einzelnen wie der Summe aller.
Es war ein gültiges Ende von etwas.
Lasset uns beten, sagte der kleine Nielsson, und so knieten wir Zöglinge im Schnee und murmelten spontan kleine Gebete vor uns hin. Uns war feierlich zumute und friedlich. Jeder Augenblick kam und verging, wie er sollte. Die Reihenfolge war perfekt.
Die Plettner-Brüder beteten synchron zu einer schwarzen Ma-

donna. Der kleine Nielsson schwieg und rieb sich die Nase, während er den Atemgeräuschen Mennes lauschte. Regelmäßig senkten sich die perfekt geformten Kristalle aus einem taubenhalsgrauen Himmel herab, es war auch poetisch. Ich hatte mir bestimmt eine café au lait-farbene Göttin ausgesucht, die hoch oben auf schwarzen Wolken residierte und mich lieblich anlächelte, während sich ihre Brustwarzen zart kräuselten.
Bald hatte der Schnee Mennes Gesicht vollständig bedeckt; sein Mund stand offen und wir konnten sehen, daß er seine Zunge bewegte, so schwerfällig wie eine Schildkröte. Als sein Mund voller Schneeflocken war, schlossen wir aus der Tatsache, daß sie nicht mehr schmolzen, auf eine elementare Abkühlung seiner Körperhülle, die bedeutete, daß er tot sein müsse, verrichtete noch ein Stoßgebet für eine reibungslose Himmel- oder Höllenfahrt (uns wars schließlich egal, wohin) und begaben uns ins Haus, um den Rest Chantré zu trinken und eine Zigarette zu rauchen, Juno oder Lux, ich weiß es nicht mehr genau.
Dann schlossen wir uns im Schlafraum ein, machten ein bißchen Ordnung (Mennes Vernichtungsfeldzug war nicht sehr effizient gewesen) und warfen den Schlüssel in die Jauchegrube hinter dem Mülleimer.
Über die vergangenen Augenblicke verloren wir kein Wort.
Was willst du einmal werden, fragten wir den kleinen Nielsson.
Starkstromingenieur, sagte der.
Du bist ein großer Maler, sagten wir.
Man muß seinem Stern folgen, sagte der kleine Nielsson.
Die Plettner-Brüder wollten große Verbrecher werden, so groß wie Stavisky, Cravan oder Spaggiari.
Und du, fragten sie, was willst du werden, Goff?
Nichts bestimmtes, sagte ich, umgeben von liebenswürdigen und schönen Frauen.

Alles klappte, wie kalkutiert.
Am nächsten Tag kam der Briefträger, punkt 9 h morgens, fand auch richtig Mennes Leiche, informierte die Umgebung, unser Schloß wurde aufgebrochen, die Knaben befreit.

Mir brachte die Post eine Karte aus Japan mit einer hübschen Geisha und mit Text: habe endgültigen Titel für das Buch gefunden: *Le guide international de l'amour;* Forschungen an *La Japanoise* noch nicht abgeschlossen.
Sei fleißig und freundlich.
Dein G. G.
Menne wurde abtransportiert. Der Zinksarg war mit Silberfolie ausgeschlagen.
Man informierte unsere Erziehungsberechtigten, eine etwas überstürzte Beerdigung in aller Stille wurde abgehalten, nicht ganz verständlich bei der niedrigen Temperatur. Die Predigt stand unter dem Motto: Der Mensch in seiner Herrlichkeit kann nicht bleiben, sondern muß davon wie das Vieh, Psalm 49, 13.
Das hatte Menne nicht verdient.

Eine entfernte Tante namens Olga holte mich ab, eine Kußcousine meines vitalen und virilen Vaters, wie ich erfuhr. Diese Dame nahm mich drei schöne, friedsame Jahre zu sich ins zugige Norddeutschland.
Im Zug (das erste Mal Erster Klasse) fragte sie mich, was ich einmal werden wolle.
Photograph, sagte ich und holte aus dem Koffer die erlesene Kollektion meines Pa, großformatige Photographien, unter die, kalligraphisch, leicht nach rechts geneigt (eine Schrift der tornüre ...) er seine Spezifikationen angebracht hatte: La Flamande, La Hongroise, La Danoise oder La Suédoise, lauter üppige, europäische Schönheiten, die sehr klar und liebevoll ins Objekt meines Photographen geblickt hatten.
Fi donc, sagte die Tante, das appeliert ja an die niedersten Instinkte –
Das ist ja das Schöne, sagte ich, und die Tante lächelte und betrachtete die Photographie einer schwarzen Beauté, deren Haare über die wohlgeformten Pobacken fielen. Sie sah sehr aufmerksam in die Camera, das linke Knie leicht angewinkelt, liegend auf einem Leopardenfell, die Zungenspitze auf der Oberlippe, ein sehr sinnliches Bild.

Fi donc, sagte die Tante, er ist ja wohl nicht nur Photograph. Hat er das schon immer getrieben?
Aber nein, sagte ich, ursprünglich war mein Pa Kriegsphotograph, am Atlantikwall und später in der Normandie.
Soso, sagte sie zweifelnd und atmete ein, so daß sich ihr Busen hob.
Wie ich ihn kenne, wahrscheinlich ein ängstlicher Photograph mit Kunstausübungen in der Etappe. Aber ein sehr charmanter Mann, das muß man sagen.
Frauen soll man nicht widersprechen; außerdem platzten die Ps von ‚Etappe' so appetitlich auf ihren Lippen, daß ich mich sofort verliebte.
Mein Lebtag werde ich mich an diesen Augenblick erinnern, in dem die Eiskristalle den stillen Leichnam Mennes besetzten wie den Körper eines Feindes; dieser Moment gehört zu den ersten Solitären in der Hierarchie aller friedsamer Augenblicke meiner Karriere.

4

Kunst ist schön, macht aber viel Arbeit.
(Zitat meines Alten auf einer Postkarte aus Mallorca (Studien über sommerlichen Tourismus).

Mein Frauenplan war ziemlich perfekt. Leider mußte ich jetzt die Phase der Vorbereitung verlassen, die wollüstig und gefahrlos ist. Die Finanzlage entsprach dem diesigen Jammertal.

Mit hochkarätigen Liebesblicken, Komplimenten und kleinen Präsenten allein kann man keine Frau charmieren.

Immerhin hatte ich meine Kandidatinnen komplett ausgesucht, liebe, schöne und sanftmütige Mädchen, dachte ich.

Bewaffnet mit meinem Notizbuch samt Kalendarium und Horoskop zog ich durch meine Bannmeile zu regelmäßigen Besuchsrunden. Da war z. B. Christiane in der Lambertschen Buchhandlung, eine belesene Seele, voller Ehrfurcht vor Autoren und ihrer Produktion. Leicht zu beeinflussen, hoffte ich, ein Vulkan unter Asche, hoffte ich (von diesen Frauen hatte Goff sen. immer mit Hochachtung gesprochen). Sie hatte wasserblaue, leicht quellende Augen, einen hohen, immer eingesperrten Busen, IV a, wenn ich mich recht entsinne. Ihre Lider waren durch das unaufhörliche Lesen gerötet. Zu ihrem Unglück benutzte sie einen roten Lidstrich und ihr Parfum war zu schwer. Aber das ließ sich alles durch eine heftige gegenseitige Neigung oder Liebe oder Leidenschaft verbessern. Ich wußte noch nicht genau, welcher Temperaturgrad optimal wäre.

Für die wissenschaftlichen Notate zu meinen Frauen benutzte ich selbstverständlich jene Spezifikationen, die mein Pa auf seinen Jagdausflügen benutzt hatte.

Ich schenkte ihr den Kinsey-Report mit einem Zweizeiler von Goethe als Widmung:

Zierlich denken, süß erinnern,
ist das Leben im tiefsten Innern!

Die zweite Kandidatin war Angela, Kellnerin in einem jugoslawischen Restaurant mit verblüffend schlechter Küche. Roch immer leicht gegrillt, mit Barbecue-Odeur unter den Achseln. Man mußte wahrscheinlich exzessiv mit ihr baden. Aber das Baden mit Frauen

ist ja immer etwas schönes und verursacht vor allem keine Kosten.
Sie hatte eine berufsbedingte Neigung zu Krampfadern, die würde ich aber schon wegmassieren. Der Busen war ein weicher III b, sehr weiblich, aber nicht allzu mütterlich. Insgesamt eine schöne Figur, aber eine Stierfrau. Alle Stierfrauen, das wußte ich, sind extrem launisch, gewalttätig und neigen zum Luxus.
Sie hatte eine Mickey Mouse-Stimme und wollte Schlagersängerin werden wie Bibi Johns oder wie die Schnepfen hießen. Warum nicht, unausgelebte Träume stimmten sie vielleicht sanft. Wer brauchte in dem Geschäft schon eine Stimme.
Zu Kerlen war sie sehr distanziert. Hatte vielleicht Reserven gegen alle, ein guter Nährboden für meine beinahe weibliche Hingabekapazität; erotischer Humus, wie mein Pa einmal in einem anderen Zusammenhang notiert hatte.

Die schöne Irina war mehr Style als Stil, leider. Arbeitete in einer Parfumerie und sprach wie die illustrierte Werbung ihrer kosmetischen Industrie. Erinnerte leicht an das altmodische Grundmodell von Estée Lauder. Sie war die Besitzerin eines bemerkenswerten Popos von großer Arroganz, den sie auf Hochhackigen am stolzesten bewegte, ein I a, mindestens; nur für ihren Po hätte ich meine Seligkeit hingegeben, hätte ich nur gewußt, welche bei der Riesenauswahl. Ihre Augen unter einer honigblonden Hochfrisur ohne Kämme waren grün und ein bißchen träge. Ihre Hausmarke war das gute alte Jicky. Paßte nicht zu ihrer strengen Kopfnote. Las ungern, wollte ins Starfach, Typ Lana Turner. Nicht sehr bildsam, bei Komplimenten, die komplizierter waren als gewöhnlich, leicht düpiert.
Bei der Floristin Cordelia (viel Cordelia, wenig Shakespeare) duftete es immer nach Rosen und Moder. Benutzte kein Parfum, sondern Wasser und eine französische, etwas ländliche Seife. Als Typ war sie ein wenig erdhaft, Typ enttäuschte Lilie, im übrigen ohne Anhang, Vollwaise mit vollen, nicht allzu großen, BH-losen Brüsten. Hatte dreieckige Nasenlöcher. Das bedeutete nach meiner privaten Typologie viel Andacht im Bett, ein Hauch von Aggressivität und apodiktische Meinungen über Gott und die Welt.

Ihre Zähne waren auf sehr reizvolle Weise unregelmäßig, beim Lächeln zeigte sie eine überaus rosige, sehr lange Zunge, die sie beim Lachen wie eine Katze einrollte.

In der Apotheke ‚Zu den Cephalgien unklarer Genese' versorgte ich mich mit Aspirin. Die mollige Schönheit hieß Ellen (wie eine bestimmte englische Rose, die in der victorianischen Zeit gezüchtet wurde). Hatte ein pikantes Gesicht mit hohen Jochbögen und breiten Backenknochen, als ernährte sie sich ausschließlich von Fleisch.
War von großer Arbeitsfreudigkeit, Exaktheit und Verantwortungsgefühl. Nicht übermäßig gebildet, las aber gern. Am besten konnte man sich mit ihr (im pharmazeutischen Sinn) über Depressionen und anhängende Zustände unterhalten. Mutter lebfrisch, Vater tot – hatte sich in einer Welle von Depression ertränkt, nachdem er vorher ein Röhrchen Schlaftabletten geschluckt hatte.
Schenkte ihr bei meinen täglichen Aspirin-Käufen diverse Bücher, die ich bei Christiane kaufte, und Blumen, die ich bei Cordelia aussuchte; immer solitäre Lilien.

Auch in der Sphäre der Victualien existierte eine Kandidatin – Susanne, die Schlachtergesellin, eine rothaarige mit winzigen Brüsten. Und wie sie mit den Riesenmessern voller Mitgefühl das Fleisch tranchierte, die Zunge im Mundwinkel, war von fataler Sinnlichkeit. Manchmal sah sie mich kurz vor dem letzten Schnitt aus ihren grauen Augen an. Fühlte mich immer unter diesem Blick wie ein wohlgemutes, sehr opferbereites Lämmchen auf der Schlachtbank. Überhaupt so ein Kapitel – die Blicke der Frauen. Bei gewissen Blickachsen, schon in der parfumierten Aura (also verhältnismäßig nah am geliebten Objekt) wurden meine Knie weich. Ich senkte den Blick gen Himmel oder auf den Boden, um Kraft zu sammeln. Ohne diese künstlichen Unterbrechungen wäre ich geschmolzen, wahrscheinlich mit dem Blick eines sterbenden Hasen.
Wegen der Fleischdünste, vermischt mit Zwiebeln und anderem Zeug, wußte ich leider nicht, wie sie duftete. Vermutete nach ihrer

weißen Haut (auf der manchmal ein rostrotes Tröpfchen Blut klebte) entweder Chamade oder Mitsouko.
S. war ein Stiermädchen. Das konnte man richtig sehen, wenn sie die Köpfe der toten Enten, Gänse und Hühner abhackte, immer mit der tiefroten Zungenspitze im blassen Mundwinkel.

Dann hatten wir noch eine Hortense, eine großbürgerliche Tochter. Verkaufte nach dem Bankrott ihres Alten (Kohle oder Puddingpulver o. ä.) in einer kleinen Buchhandlung esoterische Literatur, Yogaliteratur und andere spirituelle Bodengymnastik. Hatte einen extrem trainierten Körper und die Schultern eines Boxers. Die Hüften war wohlgeformt, der Po wirkte etwas eigensinnig. Ihre sportlichen Brüste modellierte sie durch extra dünne Angorapullover (eine glatte II im übrigen.)
Hortense war gebildet, lebte in einer verrotteten Villa in der Nähe meines Friedhofs und las auch in der freien Zeit nach den sportiven Verrenkungen Feldenkrais, Graf Dürckheim und Yoshida Kenkô. Das Horoskop war nicht gefährlich – ein Fischemädchen. Zu meinem Leidwesen versteckte sie ihre gletscherblauen Augen unter einer Hornbrille. Aber gottlob war sie kurzsichtig, und Kurzsichtigkeit ist ein ganz wunderbarer Effekt bei Frauen; stellte mir jedesmal vor, wie ich die Brille von ihrer stupsigen Nase nahm und dann in der Samsara-Aura – uswf.

Bei Gabriele aus dem Bijouterie-Laden versorgte ich meine anderen Frauen mit billigen Preziosen wie Kämmen und Klammern, viel Straß und Zelluloid.
Gabriele war eine Aschblonde mit dunklen, changierenden Augen. Trug um den Hals ein dunkelbraunes Samtband mit einem silbernen Glöckchen ohne Klöppel. Das war gut so. Ein funktionierendes Glöckchen wäre abschreckend gewesen. Sie verfügte über träge Blicke und langsame Bewegungen. Ging wie eine schwangere Katze. Hatte, insgesamt, grundsätzlich, die schönsten Beine und den perfektesten Busen. Aber man darf eine Frau nicht nur wegen ihres schönen Gesichts, ihrer schönen Beine und eines schönen Busens lieben, das wäre unmoralisch. Es müssen mehr Qualitäten

vorhanden sein, wie z. B. ein gutes Herz, eine hohe Lesegeschwindigkeit etc.

Natürlich enthielt dieser mein Plan auch ein paar überflüssige, d. h. hoffnungslose Fälle von Verehrung oder Anbetung. Neben den Fixsternen der Bannmeile verliebte ich mich auch in die Besitzerin einer Galerie, eine majestätische Dame, ca. 50; hatte eine runde Rubensstirn und tizianrote Haare, die über ihre üppigen Schultern flossen, sagt man glaube ich. Mein Geständnis machte ich ihr während einer Vernissage. Sie wandte langsam ihren Kopf, ihre Pupillen erweiterten sich wie unter dem Einfluß von Belladonna, auf ihrem Unterarm, nahe an meinen Augen, sträubte sich ihr Gefieder. Sie stieß ein Seufzen aus, das so ähnlich klang wie das der Königin von Saba, nachdem sie einen Liebhaber erdolcht hatte. Kratzte die Kurve und sah mir einen alten Film mit Gene Thierny in der Hauptrolle an, ebenfalls die Königin von Saba.

Ferner liefen noch eine Ulrieke, ein nervöser, hochmütiger Botticellityp mit bleichem Teint (in einer Papeterie) und eine junge Matrone mit einem wunderschönen, etwas fetten Gesicht (in einem Photogeschäft), die mich immer lasziv anlächelte, wenn wir Negative betrachteten. Sie duftete nach einem schweren, mir unbekannten Parfum und sah aus, als atmete sie unaufhörlich ein.
Auf meine Art liebte ich eine jede von ihnen und verehrte jede individuell. Fiel mir nicht schwer, weil sie alle so verschieden waren. Mit Liebeserklärungen hielt ich mich streng zurück; die sind Augenblicken vorbehalten, in denen man keinen Rückzug mehr wünscht.
Auf meinen Exkursionen besuchte ich sie jeden Tag, um die Kontrolle nicht zu verlieren. Konkurrenz (andere Männer, meine ich) gab es kaum. Die wenigen, die ebenfalls gewisse Interessen zeigten, waren trübe, phantasielose Tröpfe, die nur ihre Ficks im Kopf hatten. Ein fischmäuliges, blondes Schwein mit Schnurrbart war auf meine Schlachtergesellin scharf, hatte aber nur begrenzte Zeit für seinen Fischzug. Paßte ihn also regelmäßig ab, betrat kurz vor ihm den Laden und verwickelte meine Süße in opulente Käufe

mit viel Tranchieren, Entbeinen und Auswiegen, bis der Besitzer kam, ein feister Mann mit einer Neigung zu Gerstenkörnern; neigte auch zur Schwermut.
Meine schöne Kollektion komplettierte ich in meinen Notizbüchern – alle Daten aller Frauen, inkl. der Zeit ihrer Periode, in der ich besonders liebevoll und aufmerksam war.
Als ich genug Details hatte, mietete ich mir, trotz der hohen Fleischpreise bei meiner präsumptiven Geliebten, ein Photoatelier im Souterrain einer Villa, mit Trottoirblick.
Während täglich ca. 300 Frauenbeine flanierten und ich mir zu den Beinen die Körper und zu den Körpern die Gesichter vorstellte, gab ich eine Annonce auf. Den Text entnahm ich einer Nummer der alten Photozeitschrift *Der Satrap;* etwas windig, aber erfolgversprechend.
Auch unser Goethe, sagte mir Lambert damals, habe viel Zeit und Mühe in Weimar investiert, um sich der Frauen zu versichern. Er sagte natürlich: Umringt von einem Kranz schöner, feingebildeter, geist- und kenntnisreicher Frauen, die ihm (er meinte Goethe), durch Liebe und Freundschaft, geistige und gemütliche Anregung verbunden, ein unvergängliches Geleit gaben.
Kein schlechtes Programm, sagte ich, glaube ich, damals.

Reisen Sie in die Zeit!
Lassen Sie sich nach Ihren Wünschen
in ihrem Lieblingsjahrhundert photographieren.
Garderobe wird gestellt, vom Neanderthaler bis
zum Künstler.
Keine Nebenkosten. Negative inklusive.
STUDIO M. GOFF

Bei der heiligen Camera Obscura, die Kunden strömten nicht gerade, kleckerten aber verschämt bei Nacht und Nebel ins Studio.
Ein Altphilologe ließ sich samt Spitzbauch, in ein Laken gehüllt, als Julius Cäsar porträtieren; für seine Kinder, sagte er.
Ein junger Theologe wollte eine komplette Serie der Martirio di San Sebastiano nach alten Photographien von Federico Maria Poppi. Ich variierte die Darstellungen des Martyriums (im Hinter-

grund eine Gruppe Gummibäume in einer Wüste aus Vogelsand) nach Bildern von Pontormo und Mantegna.
Wahnsinnig authentisch, sagte der Theologe, und dennoch Kunst; zahlte eine horrende Rechnung.
Einen Abzug hob ich für die Kollektion auf – meinen ersten Versuch, den heiligen Sebastian mit Pfeilen zu spicken. In seinem bleichen Fleisch steckten sie in einem Winkel, als hätten die Schützen aus dem offenen Grab geschossen.
Dann erschien ein Dr. M., Gynäkologe und Cervantes-Spezialist; der wollte zu jedem Kapitel je eine Photographie in Rüstung. Er war mit meiner Arbeit sehr zufrieden und beugte sich über den gynäkologischen Marterstuhl mit einem weißen, etwas inquisitorischen Spitzbart.
Obskure Wünsche, für die ich viel Geld verlangte, gab es, der Dunkelkammer sei Dank, in Fülle.
Ein Studienrat wünschte eine Photographie als Hitler im Führerbunker, während ihn Eva Braun zu den Entladungen eines Flakgeschützes (ich nahm Magnesium) innig fellierte. Für Eva Braun trieb ich einen debilen Soziologiestudenten auf, Altsemester, dem ich eine Perücke aufsetzte. Alle waren zufrieden. Der Studienrat über den madonnenhaften Ausdruck seiner Eva, der alte Student über das viele Geld, und ich hatte meine Kollektion wieder um eine Blüte ergänzt.
Ein junger Mann (Typus Akzelerationsidiot) erteilte mir den Auftrag, eine attraktive Aufnahme von ihm, vollständig und mit Genital, für ein Porno-Kontaktmagazin anzufertigen. Ob er mit seinem Photo (auf einem schwarz gefärbten alten Kalbsfell) Erfolg hatte, weiß ich nicht, er war als Mann etwa so reizvoll wie ein Satz weißer Gummibärchen.

Die Aufgaben wurden komplizierter, und ich ließ den Künstler in Goff raus.
Mein erster weiblicher Besuch (ich hatte wirklich mit mehr gerechnet) war eine alte Dame, die ihren überfahrenen Schäferhund ablichten lassen wollte.
Ich will, sagte die alte Dame, eine schöne Photographie von mir

und Harmsdorf (so hieß der tote Köter), vielleicht mit seinem lieben Kopf auf meinen Knien, sitzend auf seinem Lieblingskissen. Der Kadaver des Hundes war so ziemlich im Eimer – er hat wohl ein bißchen gelitten, sagte ich – nein, sagte die alte Dame, gottlob nicht, er war so gut wie sofort tot, wissen Sie, es war ein Lastwagen.
Ich beauftragte einen Taxidermisten, Harmsdorfs sterbliche Hülle auszustopfen. Drei Wochen später brachte sie mir Harmsdorf im Taxi, in einer Sitzposition präpariert, als lecke er seine Geschlechtsteile. Ich finde, sagte die alte Dame mit schiefem Kopf, er sieht in dieser Haltung irgendwie glücklich aus.
Ganz entschieden, sagte ich nach einem flüchtigen Blick auf Harmsdorf, ganz gewiß, wenn Sie sich jetzt bitte auf dieser Chaise placieren wollen . . .
Sie placierte sich und den Hund, die Schnauze auf dem Knie ihres gestreckten Beines, anders ging es nicht.
Unter dem Tuch sah ich durch meinen Focus, daß der Hund grinste. Es war kein zartes Lächeln, wie es manchmal junge Hunde haben, die von Palais de Bœuf auf Meißener Porzellan träumen.
Die Photographie gefiel Frauchen sehr gut, und hätte sie noch mehr Hunde gehabt, die von Lastwagen überrollt wurden, hätte ich bestimmt noch mehr Aufträge bekommen.

Leider wirkte der natürliche Magnetismus meines Studios überhaupt nicht auf junge Frauen oder Mädchen.
Deswegen machte ich eine neue Annonce, in der ich Porträts anbot: Ihr Persönliches Starporträt, Modell-Photographien vorhanden – (was immer das heißen mochte, die Kombination mußte es machen . . .)
Am Vormittag arbeitete ich bis 14 Uhr auf dem Friedhof, ein ruhiger Sommer, dann aß ich eine Kleinigkeit, machte mich auf zur Exkursion und erwartete ab 17 Uhr meine Klienten.
Die Augenblicke, in denen man Geld verdiente, waren anstrengend, aber einmal im Leben muß man Streß aushalten für das Große Ziel.
Große Augenblicke gibts bei der Arbeit, egal welcher, natürlich

selten, aber dann gelang mir die experimentelle Verführung von Angela aus dem jugoslawischen Restaurant, und das war ein wahrhaftig wahrer und wichtiger Augenblick, eine Zäsur; der alte Claude Goff hätte jede Teilphase wahrscheinlich einen Instant décisif genannt, und zu recht.

5 Meine Pläne (Frauen, Lebenskunst und Geld) waren soweit gediehen, als Lambert wieder auf dem Friedhof erschien; muß noch im Sommer gewesen sein. Hob gerade das Grab für einen athletischen Riesen aus, der unter einen Omnibus gekommen war.
Die Vögel machten ihren Lärm in den Ästen der Bäume, Schmetterlinge suchten die wahre Blume, die Erde war weich und ich schwitzte. Lambert trug einen saffiangelben Anzug, um den Hals ein Seidentüchlein. Sah sehr durchgeistigt aus, irgendwie.
Na, sagte ich, was machte der alte Eros?
Graben Sie, sagte Lambert grämlich, graben Sie immerhin, wie geht ihr Studio? Neue, obskure Wünsche?
Allemal, sagte ich, einer ließ sich als aufgebahrte Leiche ablichten, um das Bild seiner Geliebten zu schicken, die ihn gekränkt hatte.
Immerhin, sagte Lambert achtungsvoll, kindlich, aber wirkungsvoll. Und Ihr Lebensplan? Der Frauenplan? Das Kunstwerk? Vorangekommen?
Man kann sich durch zu viel Planung viel vermasseln, sagte ich, dadurch entstehen mehr Fehler als erlaubt.
Aha, sagte Lambert, in der Stimme einen Ton von Triumph, das heißt, man sabotiert sich gewissermaßen selbst ... Aber andererseits sagt unser Goethe: Eben daran erkennt man den Meister, daß er zu höheren Zwecken mit Vorsatz einen Fehler begeht.
Alle Achtung, sagte ich, das sei praktisch gedacht; wie es Frau, Kind und der Geliebten ginge, alle wohlauf?
Nicht so laut, zischte Lambert.
Am Grab nebenan beugte sich eine alte Dame mit Kapotthut über einen kahlen Grabhügel (einem Termitenhaufen sehr ähnlich) und entfernte mit einer Pinzette Grashalme, während sie sich mit der freien Hand auf einen heidnischen Menhir aus Basalt stützte.
Es geht nichts mehr, sagte Lambert und stieß mit dem Fuß einen Stein in mein Grab. Wissen Sie, der Ekel nimmt zu, Ekel vor Menschen, Ekel vor den Verhältnissen –
Was ekelt Sie denn so konkret, fragte ich, die Leute können ja nix dafür, daß sie so geboren sind, hat sie ja keiner gefragt, die Situation ist eben beschissen.

Konkret, sagte Lambert mit Verachtung, wenn man das exakt sagen könnte, es sind eher Stimmungen ... Atmosphären von latenter Blödheit ... Gewalttätigkeit und ... ja, Vulgarität – und dann die scheußlichen Bücher, die im Übermaß erscheinen; ich ertappe mich dabei, wie ein Trottel in Büchern zu blättern, dabei suche ich nur eines, in dem keine Menschen vorkommen, keine Psychologie, keine zwischenmenschlichen Beziehungen. Und das alles ist unerträglich. Sehen sie selbst. Lambert enthüllte seinen Hals unter dem Seidentuch. Er hatte da ein stattliches Ekzem bis zum Schlüsselbein.
Aus Ekel, sagte Lambert stolz.
Sie sollten eine Reise machen, sagte ich und grub, während der Schweiß mich kitzelte, einfach fort und weg, abhauen, aber richtig. Kotzt Egmont noch immer Schokolade?
Oh, alle möglichen Dinge, sagte Lambert, ist Ihnen aufgefallen, daß die meisten Menschen quaken oder bellen und nicht sprechen? Alle unterelaboriert, Kroppzeug, diese Huster und Spucker, Drecksäcke und Schleimbeutel. Wovon sollte ich verreisen? Die Buchhandlung zehrt an mir, meine Frau, der Balg, der unglückliche, Caroline, alle ...
Nun ja, sagte ich friedlich, wahrscheinlich nicht ganz die unterhaltende Technik Goethes oder Herders. – Macht Ihre Frau noch immer die Atkins-Diät?
Mein Grab hatte inzwischen die Tiefe von einem halben Meter erreicht. Lud Lambert zu einer Tasse Tee aus meiner Thermosflasche ein.
Sie sehen hohläugig aus, sagte Lambert nach einem Schlückchen Tee, Sie sind bleich, Sie haben einen niederträchtigen Zug um die Mundwinkel, kurz, Sie sehen miserabel aus. Aber mir geht es auch nicht besser, zu den Allergien habe ich noch eine chronische Gastritis. Sie wirken überanstrengt, mein lieber Goff.
Das war ich auch. Die unausgesetzte Arbeit am Frauenplan, die Beobachtungen bei jedem Wetter hatten mich erschöpft; bei der Steuererklärung für die Witwe von C. hatte ich einen Lapsus begangen. In der Volkshochschule war ich bei dem Kurs Grenznutzenkostenkalkulation eingeschlafen; vier Tage lang hatte ich kei-

nen einzigen Auftrag, nicht einmal eine tote Katze. Frauen mieden mein Studio trotz der nagelneuen Annonce. Für die Miete bei der Witwe v. C. hatte ich kein Geld, und meine Konserven (ein Sonderangebot grätenloser Sardinen aus Portugal) gingen zur Neige. Ich war groggy.

Vor jedem Rendezvous mit Caroline, sagte Lambert gerade, schütteln mich Koliken, natürlich, alles psychosomatisch, aber warum –? Und so eine Kolik schwächt natürlich, Sie verstehen mich – Schwächung ist nicht gut –

Ganz und gar, sagte ich, Impotenz infolge –

Nein, schrie Lambert gedämpft, es ist diese folgenreiche Insuffizienz ... diese Ohnmacht ...

Ach so, sagte ich und ventilierte regelmäßig, um mehr Sauerstoff abzufiltern, Sie meinen: Der Mensch schlechthin und so gegen die Gleichgültigkeit des Weltalls oder so ähnlich? Dann wäre sie eher folgenlos, die Insuffizienz, oder?

Goff, sagte Lambert mit zusammengebissenen Zähnen, Sie mißverstehen mich mit aller Kraft.

Jeder gibt sich soviel Mühe, wie er kann, sagte ich, hätte ich regelmäßige Einkünfte, es ginge mir besser.

Die Wiederkehr des Immergleichen, sagte Lambert, ganz unerträglich, ich stehe auf der Galerie oder throne in meinem Kabuff, da unten realisieren Heerscharen junger Dumpfköpfe ihre obskuren Wünsche, blöken nach ihren trüben Studienbüchern ... Schütteln will ich sie, bis sich ihr Gedankenkaleidoskop endlich ordnet. Ein Gedanke pro Tag ist doch nicht zuviel verlangt?

Jeder hat so seine Wünsche, sagte ich schläfrig.

Ich habe nur zwei Wünsche, sagte Lambert, eigentlich.

Nur zwei, sagte ich, ich hätte viel mehr.

Zwei sind schon zuviel, sagte Lambert, ein Wunsch müßte genügen, der alle anderen enthält. Primo eine große Reise, secundo ein Haus für den Totalen Rückzug.

Das Pontormo-Syndrom, sagte ich, hat ein italienischer Psychiater bei Intellektuellen und Künstlern und anderen Freaks festgestellt. Erwischt beinahe jeden, aber nicht jeder reagiert konsequent.

Was hat Pontormo damit zu tun, fragte Lambert, was ist das für ein Syndrom- was hats mit mir zu tun?
Pontormo zog sich frühzeitig auf seinen Dachboden zurück, sagte ich, und zog dann die Leiter hoch, wirklich schon klassisch, so ein Rückzugsmanöver.
Trennung von Frau und Kind, sagte Lambert, Herstellung eines vollkommen unabhängigen Lebens in der Form unaufhörlicher schöner Augenblicke, die sich mühelos kontrollieren lassen. Naturalienkabinette, viel Kunst, eine große Bibliothek, Lesepulte, hin und wieder Damenbesuch ohne Verpflichtung oder sublime männliche Geselligkeit; vertiefte Betrachtungen ...
Sie müssen sich auch einen Frauenplan machen, sagte ich, sonst klappt das nicht mit der sublimen Damengeselligkeit ohne Verpflichtung...
Einen Frauenplan, sagte Lambert und setzte sich auf eine Bank, ein Plan mit Frauen, Pläne mit Frauen ... wie das klingt. Ist Ihr Konzept denn schon fertig?
Ich bin mitten drin, sagte ich, faßt mans als Kunstwerk auf, ist das ja immer ein work in progress, weil man die Konzepte von Fall zu Fall ändern muß. Frauen sind wahnsinnig unberechenbar.
Und wie sieht das Konzept aus, fragte Lambert.
Ich stieg wieder in mein Athletengrab und grub weiter. Lambert hockte sich ziemlich unbequem an den Rand und fragte, ob dieser Frauenplan auch für ihn brauchbar werden könnte.
Ich habe mir, sagte ich, 10 Frauen ausgesucht, alle erlesene Exemplare ihrer Gattung, eine Art Blumenbeet, und alle diese verschiedenen Blumen sind potentiell passende Gefährtinnen für ihren armen, hilflosen Goff, eine jede spezialisiert oder qualifiziert für diverse Aufgaben des Lebens.
Mein Gott, sagte Lambert. Und was für Aufgaben?
Was im Leben eben so anfällt, sagte ich damals, Erotik, die Häuslichkeit, Ordnung und Sauberkeit, die Präsentation, Arbeitsteilung, wenn es darauf ankommt, und natürlich Abwechslung, viel Abwechslung.
Meine Güte, sagte Lambert, der geistige Mensch sollte ein monogames Wesen sein.

Ich finde meinen Plan besser, sagte ich, wenn er klappt. Viele Orte, wechselnde Frauen, wenn Sie so wollen. Monogam leben ist, glaube ich, voller Streß.
Sie mit ihrem Streß-Wahn, sagte Lambert, erzählen Sie weiter. Was ist mit dem Prinzip Liebe?
Naja, sagte ich, mit seiner großen Liebe, wenns die gibt, könnte man eine Zeitlang schon monogam leben, aber das ist wahrscheinlich sehr anstrengend.
Kennen sich diese Frauen, fragte Lambert.
Ich weiß bis jetzt nicht, sagte ich aufrichtig, ob sie sich kennen sollten, soweit bin ich mit meinen Recherchen noch nicht, das hätte Vorteile, aber auch Nachteile, würde natürlich die Kosten senken, allgemein betrachtet. Es wäre natürlich sehr bequem, wenn sie alle gute Freundinnen wären, ja, das wäre der ideale Zustand, das Paradies, aber ich glaube, man separiert sie besser, dann kann man sich auf jede auch besser konzentrieren.
Du lieber Himmel, sagte Lambert, was für eine Idee.
Man muß mit den Zeitüberlappungen sehr vorsichtig sein, sagte ich. Diesen Punkt hatte ich mir sorgfältig überlegt.
Womit, fragte Lambert.
Bei den Rendezvous' an den verschiedenen Orten, sagte ich, man muß einen Zeitplan machen.
Gewiß, sagte Lambert, selbstverständlich, freilich, einen Zeitplan muß man machen.
Aber wie stellen Sie sich das alles vor? Was sind das für Frauen, und wissen sie schon alle von ihrem Glück eines Liebhabers, dividiert durch 10?
O nein, sagte ich, noch bin ich in der Phase der Analyse ... habe ich alle Details, dann tritt man sozusagen in die Phase der Leidenschaft, das heißt die Motionen müssen in Emotionen transformiert werden; das ist ein Heidenaufwand ... reiner Streß, aber da muß man durch.
Du liebes Bißchen, sagte Lambert, Sie wollen damit sagen, Sie machen die diversen Frauen oder Mädchen ... wie soll ich mich ausdrücken ...
Lambert, sagte ich, ich muß jede aufs Kreuz legen, egal wie, das

ist die Basis des Plans. Nehmen wir ein Beispiel: Susanne, die schöne Schlachtergesellin, die ist eine harte Nuß. Am Anfang häufige Besuche, also Kosten wegen Wurst oder Fleisch. Freund im Augenblick nicht in Sicht. Hin und wieder ein Cadeau. Durch die Parfumverkäuferin, das ist Nummer 3, Irina, weiß ich, daß sie gern teure Kosmetika auf die Haut schmiert.

Kommen Sie bloß nicht mit den vielen Namen durcheinander, sagte Lambert, so ein Versprecher kann fatale Folgen haben.

Keine Angst, sagte ich, ich trüge meine Liste der Namen samt den Spezifikationen immer bei mir.

Wie das klingt, sagte Lambert, Spezifikationen ...

Hortense, sagte ich, hats mit der Erotik des Esoterischen, wir glauben beide an die Reinkarnation und führen darüber auf dem Friedhof tiefe Gespräche.

Aber Sie glauben doch nicht wirklich an Reinkarnation, fragte Lambert.

Ach was, sagte ich, das ist aber das Tor zum Paradies, und so ein Tor hat jede von ihnen ... Nehmen wir zum Beispiel Angela aus dem üblen jugoslawischen Restaurant.

Gott, wie furchtbar, sagte Lambert mitfühlend, Sie müssen dort essen ...

Jeden Tag, sagte ich, mein Magen macht bald nicht mehr mit, aber dieses Opfer muß man eben bringen. Bei ihr investiere ich in Platten und Bücher. Sie ist sehr bildungshungrig, während mein Appetit abnimmt. Das muß man aushalten.

Meine Güte, sagte Lambert wieder, und Ihre Gefühle für die vielen Damen ... sind immer noch gewissermaßen souverän? Sie werden es immer mehr, sagte ich, in der Apotheke, Moment, das ist Nummer V, Ellen, kaufe ich tonnenweise Aspirin gegen meinen Kopfschmerz durch Schwermut. Sie sagt, ich hätte Cephalgien unklarer Genese, das sei gefährlich. Nächste Woche begleitet sie mich zu einem Neurologen.

Sie sind ein Ungeheuer, sagte Lambert, wie schaffen Sie das bloß ...

Ich schenke einer jeden, sagte ich, ein Teilchen meiner souveränen Persönlichkeit, die sich auf diese Weise natürlich sehr zer-

streut entfaltet ... Das macht die magische Wirkung aus, glaube ich.
Sie sind ein Schwein, sagte Lambert, aber recht haben Sie, die schrankenlose, egoistische Entfaltung einer souveränen Persönlichkeit ist in den meisten Fällen mit Lärm und Dummheit verbunden. Also ... Sie machen Fortschritte?
Plötzlich fing es an zu regnen, ein Windstoß fegte über die kleine Nekropole. Wir flüchteten samt Schaufel und Spaten in die Baracke neben dem Brunnen. Dort setzten wir uns auf zwei Torfpakete. In einer Ecke, unter einem Pin-up-Girl mit milchweißen Brüsten und blutroten Brustwarzen, wälzten sich ein paar Schädel und Knochen. Die Folge einer Neubelegung im Planquadrat VII.
Fortschritte, sagte ich (ziemlich bitter, wenn ich mich recht erinnere), das könnte man nicht sagen. Allein die Phantasie-Arbeit, von allen anderen Kosten abgesehen, sei enorm, denn für jede potentielle Geliebte müßte ich ja ein reich facettierter Goff sein, für die eine je gesalbt von der anderen.
Mann, Goff, sagte Lambert, während die Blitze zuckten und der Donner krachte, wie es bei einem Gewitter üblich ist, warum diese Mühe, warum dieser Aufwand?
Ich bin, sagte ich, erzählen Sie's nicht weiter, um Himmels Willen, meine Reputation wäre im Eimer, ein ängstlicher Mensch ... Ich muß so leben, anders gibt es für mich keine Sicherheit als eben in der Obhut von Frauen, die für mich sorgen und mich lieben. Deswegen muß ich alles berechnen, weil alles so unberechenbar ist.
Tja, sagte Lambert, das kann ich verstehen, das ist triftig. Und Frauen, nun, Frauen haben eben diese eigentümlichen Reize, wie sagt Goethe zu recht: Denn das Naturell der Frauen / ist so nah mit Kunst verwandt.
So ist es, sagte ich, ein Stück Lebenskunst, das will präpariert werden.
Ich sehe da noch Fährnisse, sagte Lambert, stand auf und betrachtete mit unbewaffnetem Auge die Brustwarzen der jungen Dame. Allzu verständlich, sagte er kopfschüttelnd und setzte sich wieder auf seinen Torf.

Sie wollen doch auch in Sicherheit leben, sagte ich, finden aber Frauen viel zu gefährlich, darum wollen Sie Abgeschiedenheit und den vorsichtigen Umgang mit ihnen, hin und wieder ein problemloser Fick und dann wieder das Schöngeistige, Klassizismus und das ganze Zeug. Hätte ich Ihre Affektlagen –

In diesem Augenblick illuminierte ein Blitz die Ecke mit den Knochen. Zwei Schädel lagen Unterkiefer an Unterkiefer, als wollten sie sich küssen.

Was dann, fragte Lambert, was ist mit meinen Affectationen? Sie leisten Sie sich, sagte ich, aber ängstlich, Sie müssen endlich mehr aus sich herausgehen ... Sie haben eine schöne Frau, eine nicht unansehnliche Geliebte (Nana, sagte Lambert), hassen die moderne Welt ... Das sind doch astreine Bedingungen für ein schönes Leben.

Ein Donnerschlag fiel eine Riesentreppe hinunter, gefolgt von einem Blitz.

Mir fehlt es an Kaltblütigkeit, sagte Lambert, ja, bei Ihrem gänzlichen Mangel an Affekten und Affektlagen ... da sähe die Sache freilich anders aus. Und Sie wollen sich wirklich nicht mit einer großartigen Frau begnügen? Einem klugen Vollweib von herrlichen Qualitäten?

Ich liebe alle Frauen, sagte ich fromm und ernst in diesem Augenblick, und es gibt Millionen von Frauen ... Warum dann nur eine, die womöglich mit mir ganz allein unglücklich wird?

Ich muß gehen, sagte Lambert, der Diogenes-Vertreter kommt, ein gewisser Andreas K., ein großer Erzähler, meine Damen sind immer ganz hingerissen und kaufen zuviel, ohne die Reiseaufträge zu prüfen. Auch so eine gespaltene Existenz – er ist schon in soviele Romane geschlüpft, daß er kaum noch weiß, wo ihm der eigene Kopf steht.

Die Sonne schien wieder, und wir gingen zum Grab, das halb mit Wasser gefüllt war. Ein paar ertrunkene Regenwürmer schwammen herum.

Der friedsame Augenblick, sagte Lambert, ist immer noch das ferne Ziel?

Tja, sagte ich und stieg wieder ins Grab, an eine noch nicht feuchte Stelle, den exakten Ausdruck habe ich noch nicht gefunden, aber vielleicht läufts darauf hinaus.

Kommen Sie mal zum Essen, sagte Lambert über die Schulter, viel Glück.

Das konnte ich wirklich gebrauchen.

Leben Sie wohl, sagte ich und verbohrte mich wieder in den Plan.

Dann beugte Lambert seinen gepflegten Vogelkopf noch einmal über das unfertige Grab und fragte, was man mache, wenn etwas schiefginge, mit diesem oder mit ähnlichen Plänen?

Man macht, sagte ich, einen Rückzug, man zieht sich zurück, man haut ab, man macht sich dünne.

Danke, sagte Lambert, das habe er nur wissen wollen, und entfernte sich.

6 Der stille Rückzug, schreibt Hodkins in *Der Positive Augenblick,* ist ein Manöver, das als Verb bedeutet, daß man sich zurückzieht; es geschieht dies ohne Hast, ohne Schmerz, ohne Wehmut, ja mit heimlicher Freude, läßt man doch etwas ‚zurück', das zum Schlusse ganz unerträglich schien. Beinahe jeder geordnete Rückzug ist ein positiver Augenblick und ein Meilenstein des Fortschritts bei der Entfaltung einer souveränen Persönlichkeit.

Bei meinen Frauen machte ich ganz gewiß Fortschritte, die ließen sich an den steigenden Kosten ablesen; mit der Miete bei der Witwe von C. war ich immer noch im Rückstand.

Bei Christiane, der Buchhändlerin, machte ich gewaltige Fortschritte. Sie lud mich in *Dr. Schiwago* ein, ein entsetzlicher Film mit viel Rapsfeldern. An mehr kann ich mich nicht erinnern.

Christiane schnüffelte unaufhörlich und bog ihren Rücken durch, um ihrer Rührung Herr zu werden, wenn das der Ausdruck ist. Jedesmal, wenn sie das unternahm, starrte ich auf ihre Brüste. Der Blick irritierte sie, und sie änderte ihre Atemtechnik. In ihrer kleinen Wohnung las sie mir dann Pasternak-Gedichte vor, dabei leierte sie ein bißchen, war aber nicht mehr gerührt. Als ich sagte, ich schriebe eigenhändig Gedichte, gab sie sich beinahe hin; leider verbrannte in der Backröhre ein chinesisches Fastfood-Gericht. Bei den Löscharbeiten verging mir die Lust; aber sie arbeitete in der Küche mit routinierten Griffen, so daß der Lapsus mit Pasternak verzeihlich war.

Mit Angela vom jugoslawischen Grill kam ich nicht von der Stelle. Das Essen wurde immer ungenießbarer. Lud sie in ein teures Restaurant ein, dachte an Preziosen wie Austern, Lachs und Kaviar. Kaviar schmeckte für sie nach Fisch, Lachs zu wenig nach Fisch, und vor Austern ekelte sie sich. Als ich sie nach Hause brachte, setzte sich ihre horoskopische Destination durch (sie war schließlich ein wohlgebautes Stiermädchen), und sie beschimpfte mich. Als ich sie vor der Haustür küßte, biß sie mich in die Unterlippe. Majestätisch blutend ging ich zurück ins Studio und strich Angela aus meinem Leben.

Das Verhältnis mit der lieblichen Schlachterfrau stagnierte, zudem belastete mich der Fleischkonsum. Sie war ziemlich kühl, als ich sie in *Dr. Schiwago* führte (übrigens ein vorzüglicher Film, vor allem die Winterszenen), nicht gerührt, roch durchdringend nach einem Parfum von Gucci und richtete, unaufhörlich Gummi kauend, ihre grauen Schlachteraugen auf die Leinwand. Der Haustürkuß war ausführlich, und als mir schon die Knie weich wurden und das Rückenmark zu schmelzen anfing, knallte sie die Haustür zu.

Auch mit Irina aus der Parfumerie ging ich essen; das wurde sehr teuer. Sie mochte Austern und verschlang 36 Stück und danach noch eine Platte mit kanadischem Lachs. Hier stimmten, ähnlich wie bei Angela, die Kosten-Nutzen-Relationen nicht; gestrichen.

Mit der athletischen Hortense machte ich den anderen Test – ich ging wieder ins Kino, und wir sahen uns *Herbststürme* mit Joan Crawford an – (vielversprechendes Thema: Frau heiratet jüngeren seelisch Erkrankten); hatte ihren Angorapullover an, der ihre Brüste modellierte, ging mit, war aber nicht gerührt.

Schmuggelte mich nach der Vorstellung in die elterliche Villa. Ihr Zimmer ein Chaos – Hunderte von Teddybären mit Namensschildchen von Erwin bis Moppel, dazwischen Stapel esoterischer Literatur; setzte sich auf ihr mädchenhaft weißes Bett und lud mich ein, mit ihr zusammen ein Mysteriendrama Rudolf Steiners zu lesen, *Hüter der Schwelle* oder so ähnlich hieß das Garn.

Während sie las, streichelte ich ihren muskulösen Rücken unter dem Angorapullover oder küßte sie systematisch auf die Boxerschultern. Keine Reaktion, las ungerührt weiter. Schob meine Hand unter ihren schwarzen Wickelrock, keine Reaktion. Ich war noch nicht ganz am Slip, da erschien der liberale Vater, ein Riese. Geistesgegenwärtig legte Hortense Steiner auf meine Hand. So entging ich einer Szene, durch den Schutz esoterischer Literatur. Kann man mehr von ihr verlangen? Verabschiedete mich und lud sie fürs Wochenende zu einem Restaurantbesuch ein, wegen der Kosten natürlich zum üblen Jugoslawen. Wer so löwenstark war und dabei so zartfühlend, der mußte auch schlechtes Essen über sich ergehen lassen. Ein nützlicher Test.

Die Floristin Cordelia fiel aus; erhörte in der Phase meiner ersten,

noch kostenfreien Werbung einen robusten Gebrauchtwarenhändler, der sie vom Fleck weg heiratete.
Mit der molligen Schönheit Ellen (Pharmazeutin) ging ich in *Some like it hot;* sie duftet nach Chamade und schlug dezent ihre Beine übereinander. Ihr Blick hatte den gesammelten Ernst einer Nonne bei einer besonders spritzigen Himmelfahrt. Sie lachte kein einziges Mal. Damit war der Fall erledigt.
Bei Gabriele aus der Bijouterie versuchte ich es mit *Niagara,* diesem sehr wasserreichen Melodram; ihre nackten Beine waren göttlich schön, und ich atmete kaum vor lauter Andacht. Was den Film betrifft – sie ging mit voller Seele mit, aber wie.
Lud sie danach in ein neutrales Lokal mit deutscher rustikaler Nahrung ein. Aß sehr appetitlich Tartar und trank dazu Bier. Durfte ihr zu später Stunde den Schaum von der Oberlippe küssen. Ließ sich nicht nach Hause bringen. Ein Mädchen mit Grundsätzen. Sehr vielversprechend.

Fand in derselben Woche eine Wohnung in einer hübschen Gegend, Parterre, mit einem behindertenfreundlichen Eingang. Man weiß ja nie. Die Affäre mit Stella hatte ich in der Zeit des Frauenplans natürlich auf Eis gelegt. Meine Lebensgefährtinnen hätten in dieser entscheidenden Phase garantiert die andere Frau gewittert, ums mit Goethe zu sagen.
Tja, das waren so die Fortschritte.
Die anderen, die finanziellen, waren nicht so besonders. Der kleine Boom mit den Photographien hatte sich aufgelöst, und ich mußte mir dringend einen Job suchen, der die Lebenshaltungskosten und die Außenposten für die Frauen deckte.
Da fiel ich Opal in die Hände, ebenfalls eine Stierfrau und wohlgebaut, es war Liebe auf den ersten Blick, und ich machte meinen ersten planvollen Rückzug, still, wie Hodkins es vorschlug in seinem unsterblichen *Der Positive Augenblick,* Seite 144 ff.

7 Mein erstes waschechtes Rückzugsmanöver (ein infantiles Retraite, hätte Hodkins in einer seiner gelehrten Minuten gesagt) vollzog sich in einem Kinderhort mit vier Jahren, als ich mich am Mundwinkel einer kastanienbraunen Schönheit, drei, festgesaugt hatte wie ein Neunauge. Ein schöner Augenblick für mich, aber nicht für die kleine Brunette. Der kleine Lüstling wurde von der Wange abgepflückt; prompter Rückzug des kleinen Goff auf die kindergerechte Montessori-Toilette.

Die Kollektion meiner Rückzüge (oder Fluchten) sind nicht mehr zu zählen, aber immerhin deckt sich die Zahl der Manöver mit der Zahl der Anlässe zu den Manövern.

Beim Opal-Manöver lieh ich mir für den Transfer in die Dolomiten Geld von der reichen Stella; dort hatte ein Freund (Kunsthistoriker, Spezialist für Hospital- und Spitalbauten der italienischen Renaissance) eine rustikale Hütte mitten im Gebirge, unter oder nahe einem, wie er sagte, malerischen Wasserfall.

Idyllisch, sagte mein Freund Basorgia, von schlichtem Charme, nicht besonders komfortabel, aber von geradezu erhabener Einsamkeit, unerhörter Stille, zum Nachdenken und Meditieren unübertrefflich.

Die Hütte lag wirklich ziemlich hoch oben, nach einem Fußmarsch von einer Stunde via Bahnstation, ein nebelgrauer Backsteinbau im Nebel.

Die Lage war idyllisch und von erhabener Einsamkeit.

Im Tal unterhalb des Domizils weideten Ziegen. Der Wasserfall war ganz großartig und erzeugte eine unübertreffliche Luftfeuchtigkeit, die bestimmt gut war für die Lungen.

An ordentliche Spaziergänge war nicht zu denken, weil überall Felsen herumstanden, um die Pfade führten, die im Nichts endeten oder wieder vor einem Felsen.

Schien die Sonne einmal, dann sah man einen diffusen Punkt von einem matten Gold-grün; dann sah der Wasserfall noch unheimlicher aus. Das Geräusch des Wasserfalls war nicht so schlimm, wenn man sich von ihm entfernte, klang er wie ein undichter Klosettspülkasten. Das Innere des Hauses war von der Schlichtheit, von der überlastete Kunsthistoriker nur träumen – ein Bett, ein Stuhl, ein Tisch. Hier an diesem Holztisch hatte Basorgia seine bahnbrechende Arbeit *Leprosenhäuser im Cinquecento* verfaßt; kein Wunder.

Immerhin hatte das trostlose Ding einen Kühlschrank in der eisigen Küche aus Backsteinen, die besetzt waren mit winzigen Wassertröpfchen. In einer kleinen Kammer fand ich eine Art von Lavabo, einen trichterförmigen Trog mit viel Kondenswasser.

Das Klosett in einer anderen Kammer war eine Holzkiste mit einem Loch, an beiden Wänden zwei Lederschlaufen, hinter dem Haus, mit Blick auf den Wasserfall, hatte der fürsorgliche Basorgia Holz für den Kamin gestapelt.

Wie es so schön in der Literatur heißt, die Nacht brach an, jedenfalls wurde es plötzlich dunkel.

Über dem rustikalen Tisch mit Scherenbeinen, venezianische Arbeit, hing eine Vierzig-Watt-Glühbirne, die hin und wieder flackerte. Für alle Fälle suchte ich ein paar Kerzen, fand vier schwarze Stearinkerzen (vielleicht hielt Basorgia hier oben rustikale Schwarze Messen ab, um sich von der Kunst zu erholen) und stellte sie auf Untertassen, schloß die Fensterläden mit ihren maroden Lamellen und holte mir das Zeug, das ich im überflüssigen Kühlschrank deponiert hatte, luftgetrockneten Schinken und eine Flasche Chateau Margaux 63.

Das Geräusch des Wasserfalls war ein bißchen gedämpfter. Klang jetzt wie ein defekter Spülkasten.

Mit klappernden Zähnen breitete ich Opals Photographien aus (sie hieß eigentlich Jutta Wiczinsky), die nach einigen Minuten mit Kondenswasser beschlugen.

Zog drei Pullover an und sah aus wie ein Dunlop-Männchen. Die Kälte drang durch die hohe Luftfeuchtigkeit.

Hodkins hatte wohlgemut exakt für diese Situation (der kontemplative und reuige Wanderer bedenkt seine Untaten) einen würdigen Satz parat:

Nun setze dich an deinen Kamin, in dem das Feuer brennt, welches einst Prometheus uswf. (die Abschweifungen Hodkins sind nie ganz zweckmäßig, was die genuine Qualität seiner Prosa ein wenig

mindert). Die Wärme des Feuers, ein Schluck Wein, wird das arme Herz wärmen, die Stimmung endlich Ruhe und Ordnung, Frieden und Heiterkeit in deine jagenden Gefühle und Gedanken bringen – wegen des hochherzigen Schlußsatzes verzieh ich ihm das schwache Verb –, unerläßlich ist jetzt die unaufhörliche Produktion wacher, klarer und bewußter Gedanken in jedem Augenblick.
Da hatte Hodkins (das merkte ich bei späteren Rückzügen) mehr als recht; ließ man sich gehen, wurden die Kuren und Touren zerstreut und eigenbrötlerisch und erzeugten nicht den gewünschten Erfolg.
Während meiner streßreichen Tätigkeit als Lektor und Autorenkontaktagent im Verlag EDITION AVICENNA sagte mir einer unserer Autoren, ein Psychiater (Sachbuchautor für seelische Alltagsdefekte im weitesten Sinn), fortgesetzte Fluchtmanöver deuteten unweigerlich auf einen zerrütteten Geist und elementare psychische Instabilität.
Lieber Goff, sagte er zu mir, wir haben nur dieses eine Leben, und es ist mühevoll; aber wo kämen wir hin, wenn jeder bei der geringsten Schwierigkeit die Flucht ergriffe. Man muß standhalten; und er schenkte mir eine frühe Publikation aus goldenen, universitären Tagen in Göttingen, *Der Voluntarismus als Lebensprinzip*.
Nach einer halben Flasche Margaux war mir wesentlich besser, von innen, sozusagen, die Gedanken wurden ein bißchen freier, ab und zu überkam mich ein Anfall von Schüttelfrost.
Alles verläuft gewissermaßen zyklisch, bemerkt der gedankenvolle Hodkins in Kapitel VII oder VIII, und will ans Licht; Hämorhoiden, bestimmte Krankheiten, unbestimmte Absencen, bestimmte Frauentypen, die nicht gut für einen sind, Abszesse, Prozesse, wie die dunklen Augenblicke, wie Schüttelfrost und Fieber, aber alles geht vorbei, immer geht alles vorbei.

Opal war eine von den Frauen gewesen, die Hodkins in seiner Aufzählung bitteren Tons nicht ausgelassen hatte; bei der war ich mit dem Prinzip Voluntarismus nicht weit gekommen; sie war stärker und reaktionsschneller. Wir schliefen in flammender Hast ca. 20 Mal zusammen. An einem belanglosen 16. Mai (der Geburtstag

des Heiligen Nepomuk, wie ich meinem Kleruskalender entnahm, in den ich meine erotischen dates eintrug), um 23.17 war die bekannte Hitze vorbei, die lieblichen Liebesphantome unserer Bettgruft lösten sich auf, das Herzflimmern verschwand, und die Liebes-Personen, eben noch hitzig vereinigt, zogen ihre Verträge aus der Tasche, symbolisch gesprochen, selbstverständlich.
Wir lagen nackt auf dem Bett, Opal richtete im Licht einer Tiffanylampe ihre kalten braunen Augen auf meinen Sack (der Emailleschimmer der Liebe war wirklich fort) und sagte: So geht das nicht weiter.
Was, meine Liebe, fragte ich arglos.
Mein lieber M., sagte Opal, ohne Planung und Lebenskalkül läuft bei mir gar nichts.
Das ist absolut richtig, sagte ich. Wer wußte das besser als ich.
Ein Typ wie du, sagte Opal und streichelte mit einer tizianroten Strähne ihre rechte Brustwarze, die unschlüssig war, ob sie sich wieder aufrichten sollte, ein Mann, der wie du gebaut ist, psychisch, meine ich, genügt nicht.
Was du nicht sagst, sagte ich, Männer sind eben unvollkommene Geschöpfe, von ein paar Einzelleistungen auf den Gebiet der Kunst, der Wissenschaft und der Erotik einmal abgesehen.
Schau, sagte sie, du bist im Bett recht lebhaft, du küßt wie eine Lesbe, gar nicht so schlecht, deine Ausdauer läßt zu wünschen übrig, du hast kein Geld, ich meine wirklich Geld, und du solltest dich nach 18 Uhr noch einmal rasieren.
Einverstanden, sagte ich, soll ich mich gleich rasieren, bevor wir wieder in den Ring steigen?.
Es gibt keine nächste Runde, sagte Opal, damit ist Schluß, mit der Geschichte ist Schluß, mit uns beiden ist Schluß, kapiert?
Schweigend ging ich zu einem kleinen, rostigen Waschbecken (auch Opal hatte kein Geld) und rasierte mich, schnitt mich vier Mal und legte mich schweigend auf das Lager neben ihre schöne Nacktheit.
Ich leckte ihre rechte, mir zugewandte Brustwarze und versuchte, sie zu küssen.
Laß das, sagte sie, du wirst denken, das sind kleinliche Bedenken,

kleinbürgerliches Sekuritätsdenken, aber wenn man etwas bestimmtes für eine bestimmte Dauer will, muß man alles berechnen.
Nimm mich auf bestimmte, berechenbare Dauer, sagte ich.
Nein, danke, sagte Opal, die Löckchen ihres Quoniams, um es poetisch zu sagen, schimmerten wie Kupfer.
Nimm deine Zunge da weg, sagte Opal, lenk dich mit einer Zigarette ab, was ich sagen wollte –
Fahre fort, sagte ich, mit diesem bekannten Text. Du brauchst für deine persönliche Sicherheit und Freiheit ein paar Kerle mehr, stimmts?
Opal wandte mir den Rücken zu. Ich streichelte mit den Fingerspitzen ihren Rücken und fuhr mit den Knöcheln immer wieder die seidige Rückenlinie entlang bis zum Popo.
Aber klar, sagte sie, mindestens fünf, ich hab da meine Theorie.
Laß hören, sagte ich und ließ zärtlich meine frisch rasierte Fresse auf ihrer Haut wandern.
Männer, sagte sie, sind ziemlich blöd und können als Einzelwesen nicht alles für eine anspruchsvolle Frau tun; also muß man sie aufteilen in Funktionen und ihre Funktionswerte, je nach dem Stand ihrer Bildung und ihres Vermögens. Sie wurde wieder ein bißchen warm; meine Pulswerte waren in einem Himmel, den man nur mit aufsteigenden Pentametern erreichen konnte.
Du meinst, sagte ich unregelmäßig ventilierend, du willst für jede Seinskategorie einen bestimmten Mann mit bestimmten Funktionen. Einen fürs Bett, einen zweiten zum Einkaufen, einen dritten für den Haushalt, einen vierten für potentielle Kinder, die nicht von ihm sein müssen, einen fünften für repräsentative Reisen zu Lande und zu Wasser, uswf.?
So ähnlich, sagte Opal und legte sich flach auf den Rücken. Ich stürzte mich sanft auf sie. Die Temperaturdifferenzen ihrer Körperzonen opalisierten, während ich pulsierte nach den klassischen Gesetzen der selbst herbeigeführten Atumeszenz. So hatte es zu sein.
Man müßte, sagte Opal erstickt, natürlich bei jedem Typ ein paar Tauglichkeitstests durchführen –

Du kriegst nie wieder einen infertilen Liebhaber, sagte ich, der so gut ist, sanft, freundlich –
Mach schneller, sagte Opal, laß uns nicht den Kopf verlieren, ich habe noch eine Verabredung.
Natürlich verloren wir ein bißchen den Kopf.
Opal machte süße Komplimente während unserer allerletzten Kopulation.
O, Scheiße, sagte sie, du Hund weißt wirklich, was du machst.
Zogen uns dann schweigend an. Meine Extremitäten waren eiskalt.
Machs gut, sagte Opal, wenn ich mich recht erinnere.
Laß dich nicht anbuffen, sagte ich, paß auf dich auf.
Das war meine Romanze mit Opal, die mich in diese Via Mala-Einöde gelockt hatte; ein bißchen überstürzt, die Nerven ein wenig ramponiert und noch immer gesalbt und geölt, wie ein großer Liebender sagte, von ihren süßen Säften und Giften.

Wähle die Einsamkeit, schreibt Hodkins, und sodann überprüfe dein Problem von allen Seiten.
Du lieber Himmel, das tat ich immer gründlich. Wo immer sich ein Problem ergab, ich retirierte und betrachtete mein Problem in selbstgewählten Einsamkeiten von allen Seiten, vom Loch im Kopf bis zum Hühnerauge, sozusagen.
Dieser Aufenthalt (selbst gewählt, eigenhändig ausgesucht) in der Einöde der Berge war ein Modell-Rückzug.
Mit den verdammten Zyklen hatte Hodkins absolut recht. Zuerst die Phase eigenhändig induzierter Unerträglichkeit (die Geliebte kündigt einem überraschend im Bett, die Hauswirtin kündigt, ein Plan geht in die Binsen etc. ff.) – das Lambertsyndrom, wie es so schön heißt, und danach, folgerichtig, der Rückzug aufs Land, das typische Pontormo-Syndrom.
Ich glaube, alle Leute, die unter häufigen Ortswechseln leiden und andere Menschen dadurch zum Leiden bringen, haben diese beiden Syndrome in aufhörlichem Wechsel; logisch zwischen zureichendem Grund und flottierender Folge, kausaltechnisch zwischen der sog. Ursache und der sog. Wirkung.

Nicht verwechseln! schrieb Hodkins im Kapitel II, IV oder VI. Da saß ich nun mit Schüttelfrost in eine frostige Decke gehüllt, im Lichte einer Vierzig-Watt-Birne an einem Holztisch; draußen regnete es schon seit vier Stunden, wahre Trommelfeuer von Tropfen auf Schiefer, die Fenster beschlugen, es wurde immer kälter, der männliche Teil der Person Goff flennte und machte dem Scheißregen Konkurrenz; faßte nach zwei Stunden den Entschluß, Feuer im Kamin zu machen, bestimmt besser als fruchtloses Grübeln. Suche Dir, schrieb Hodkins zu diesem Komplex, eine nicht allzu schwere Aufgabe, vielleicht kleine Särge aus Balsaholz schnitzen, beleidigende Briefe schreiben, einen Baum pflanzen, ein Tier zeugen (er meinte bestimmt ‚Kind', ein Lapsus des Setzers) oder Feuer anzünden.
Ich weiß nicht, wie Basorgia den Kamin in seiner Hütte fütterte; ich jedenfalls schichtete einen Haufen Papier, schmiß einen anderen Haufen Tannenzapfen darauf und auf die einen dritten Haufen Holz, pyramidenförmig. Hatte ich einmal bei einer Exkursion mit Lloyd gesehen.
Das Papier brannte prachtvoll, aber die Tannenzapfen, alle grün, kokelten nur so vor sich hin und stießen nach einer Weile dichten, hellgelben bis senffarbenen Qualm aus. Ich hielt mich tapfer an der Flasche Bourdeaux fest, bis der Qualm so dicht wurde, daß ich die Hütte verlassen mußte.
Hockte also unter einer grauen Regenpelerine im Regen. Die Einzeltropfen sprangen von den Mauern und besprühten mich extra. Ähnliche Fälle wie diesen speziellen Tiefpunkt machte man auf jedem Rückzugsmanöver mit; daran ist nichts Besonderes. Man geht in sich und beschließt jedesmal, künftige Manöver mit mehr Bedachtsamkeit zu vollziehen; manche gelingen sogar, aber nicht alle, wirklich nicht alle.
Ich habe wirklich diverse Einöden, Steppen, Wüsten, Tundren und andere, noch schlimmere Landschaftsflops erlebt, aber diese Via Mala-Wildnis mit Wasserfallmusik war ein bißchen knitteldick, um es salopp auszudrücken.
Aber denke ich an meine unzähligen Fluchtmanöver, geplante oder ungeplante, konnte man die Berghütte als Gewinn verbu-

chen. Ich sollte, von diesem privilegierten point of view (bei gleichförmiger Bewegung), einmal alle Fluchten notieren, vom Kinderhort (Flucht ins Klosett wegen zugefügter Kränkung) bis zur Seereise. Leider habe ich Zahnschmerzen, Nummer vier, oben; im Augenblick, es werden bessere Augenblicke kommen, geht es weder dental noch mental.

Die Exkursionen mit den Zoologen, Anthropologen, Ethnologen und Entomologen Lloyd oder Nimroth, mit Helm oder Miller waren bestimmt extrem gesund, bestimmt von den Schönheiten rauchloser Lagerfeuer, warmer Schlafsäcke, gehaltvoller Dosennahrung, männlicher Gespräche und großer Mengen von Dosenbier.

Man absolvierte lange Gewaltmärsche, die den Sauerstoffhaushalt aus dem Keller hievten, und war viel an der undomestizierten Natur, die mir immer viel gegeben hat, in welchem Licht man sie auch betrachtet. Viel geschleppt auf diesen Märschen habe ich allerdings nicht – schützte immer einen inoperablen Nabelbruch vor, sorry.

Mein Verleger Rantzow, ein cholerisches Temperament, wurde nach jedem Frühjahrs- und Herbst-Produktionsausstoß derart nervös (nahe einer Neurasthenie), daß er eine Ortsveränderung und andere Aktivitäten brauchte; die schönste Aktivität für Rantzow war das Töten von Tieren.

Also fuhr er in seinem alten, aber gepflegten Daimler mit Chauffeur zur Wildschweinjagd nach Polen, nach Schweden, um Elche abzuknallen oder in entlegene düstere Gebirge wie Transsylvanien auf Hochwildjagd; schöne Erlebnisse hatte er bei Wolfsjagden in Kanada, im Helikopter, bewaffnet mit einem sportiven Unterhebelrepetierer, und eine Perle aller dieser Aktivitäten war natürlich die Bärenjagd in Rußland.

Mitunter hatte der Verleger die Freundlichkeit, beliebte und geschätzte Autoren auf diese Jagdausflüge einzuladen, Autoren, die er wegen ihrer hohen Auflagen liebte. So bekam auch Wolffson ein Billett, der Verfasser einer erzgelehrten Studie mit dem Titel *Mythos Baum*. Ich weiß nicht, ob Wolffson diese schwedische Ex-

kursion als Abenteuer-Urlaub oder als Fluchtmanöver auffaßte.
Er hatte noch nie eine Büchse in der Hand gehabt; und warum sollte man auf einen Elch schießen.
Also stapfte er lustlos hinter Rantzow und dem Chauffeur durch winterliche Birkenwälder, wahrscheinlich schlug der Kolben seiner Sauer-Doppelbockflinte schmerzhaft bei jedem Schritt an seinen Hüftknochen, weil das Gelände ein bißchen lochreich war, dachte an seinen Zettelkasten mit den Notaten zu seinem neuen Buch, einem Standardwerk über die Belle Epoque, und dann standen sie plötzlich einem Elch gegenüber. Es handelte sich um einen Elch der zutraulichen Sorte mit viel Picknick- und Campingerfahrung, und der trabte mit freundlichem Grunzen auf sie zu, während Wolffson sich hinter einem Baum versteckte. Rantzows Mörderseele rumorte nach den Regeln des Jägers – das Wild war zu nahe für einen waidmännisch korrekten Schuß, also versuchten Jäger und Chauffeur, den Elch wieder fortzutreiben.
Aber der Elch witterte Wolffsons zarte Seele, gesellte sich zu ihm und berührte mit dem weichen, voluminösen Maul seine Wange. Fort, fort, kreischte Rantzow und gab einen Schuß in die Winterluft ab. Während er einen Lauf nachlud, schlingerte der Elch in Richtung des Picknickplatzes. Ich nehme an, Rantzow sah durch das Kreuz seines Mikrodiopters den Arsch des Elches, drückte ab (so ein Stecher ist sehr sensibel) und traf glücklich den armen Wolffson in die Schulter, der sich gerade von seinem Baum getrennt hatte.
Egal wie die Exkursionen verliefen, Rantzow erholte sich immer blendend. Während sie den armen Wolffson verarzteten, trank der Verleger Unmengen von Gintonic und diktierte auf der Heimfahrt ins Quartier jene Einfälle, die ihm nur auf der Jagd reichlich zuflossen. X. in den Arsch treten, so hießen dann seine Anweisungen ins Diktaphon und später für seine Sekretärin, B. Rübe ab, Y. unbedingt abstoßen, untragbar, C. keine Vorschüsse mehr bis Ablieferung des Rohmanuskriptes, M. keinen Optionsvertrag mehr anbieten etc.
Auf diese Weise brachte er von jeder Jagd, bis zur vorläufig letz-

ten, auf der ihm ein Keiler den Arsch aufriß, eine Menge hübscher Ideen mit, von denen mindestens 5 % realisierbar waren. Das waren so Rantzows Fluchten vor dem Streß mit dem gedruckten und vertriebenen Geist.

Mein Freund, der Kunsthistoriker Basorgia, unternahm eigentlich keine Fluchtmanöver, denn diese Hütte, dieses klamme Relikt fehlgeleiteter Naturliebe als Fluchtpunkt zu akzeptieren, wäre jedem professionellen Flüchtling abwegig vorgekommen.

Erst als er an seiner schrecklichen Krankheit laborierte, einer amyothrophen Lateralsklerose, fing er mit seinen Fluchten an, d. h. er floh, immerhin noch ein bißchen mobil in seinem Rollstuhl, vor seiner Krankheit, doch die Fluchtmobilität wurde immer schwächer. Ohne fremde Hilfe kommt ein solcher Morbus nicht weit.

Die Motive für eine Flucht vor dem gewöhnlichen Ungemach des unleidlichen Alltags, schreibt Hodkins ungewöhnlich klar, sind so verschieden, wie es die Menschen sind; findet der eine die Verhältnisse unerträglich und flieht sie dementsprechend, so sieht der andere sich als Subjekt als das eigentlich unerträgliche Momentum seines Lebens und Trachtens.

Aber wie könnte man, bei aller Planung, vor sich selbst fliehen, zu stark, um aufzugeben, zu schwach, standzuhalten?

Ein ganz wunderbares Stück Präventionsprosa, finde ich.

Lambert plante seine Fluchten sehr präzise. Je unerträglicher eine Situation ist, der man entgehen möchte, desto präziser plant man mit allen Elementen, als wollte man nie zurückkehren. Ein Fluchtmanöver ist die reine Produktion, genau das Gegenteil des obskuren, immergleichen Urlaubs normaler Fluchtpsychopathen, denen es immer nur um wiederholbare Ortswechsel geht.

Lamberts Manöver vollzogen sich regelmäßig in der Form simpler Umzüge oder exakt geplanter Reisen an Orte, die schon von berühmten und approbierten Gewährsmännern abgegrast worden waren. Für die beiden Schweizer Reisen Goethes arbeitete Lambert vorher auf Koordinatenpapier alle Routen aus, die erste

Reise von 1775 streng nach den authentischen Tagebüchern. Die zweite Reise kam nicht zustande, weil die erste, wie Lambert sagte, nicht erquicklich war.
Warum, fragte ich damals, zuviele Schweizer?
Das wars nicht, sagte Lambert, erstens war es nicht mehr Goethes Schweiz, man erkennt nichts wieder und alles hat sich verändert. Zweitens muß es eine Grunddisposition des Reisenden für die Schweiz geben; ich kann Berge nicht ausstehen und verstehe auch das Schweizer Idiom nicht. Das Essen war recht annehmbar, wenngleich ich nie die Raclettemahlzeit auf dem Gotthard vergessen werde – Durchfall, nichts als Durchfall. Und mit meinem Körper leidend, war ich wieder auf die Existenz geworfen, die ich in der Schweiz mit Goethes Hilfe endlich ein wenig loswerden wollte ...
Elliott, mein Chef aus dem Institut FELICITAS, dem edlen Puff, zog sich immer dann zurück, wenn die Ressourcen hübscher Epheben in seiner Umgebung abnahmen. Dann verabschiedete er sich mit leichtem Gepäck, unter dem Arm André Gides orientalische Perlen, flog nach Tunis und suchte dort nach den Knaben mit den samtweichen Gliedern und den mandelförmigen Augen.
Denkt man über die Motive einer Flucht nach, schreibt Hodkins (sehr einleuchtend, finde ich), so gibt es Kardinalmotive, Submotive und auch Nebenmotive, die vom kardinalen Motiv gespeist werden.
Jetzt fällt es mir wieder ein – Lambert floh nach der rohen Kündigung seiner neuen Putzfrau, die eine Schmutzphobie hatte. Ein seltener Fall (aber wahrscheinlich verbreiteter, als man annimmt), den er sehr bedauerte, denn sie war sehr hübsch und verhieß eine Entlastung von Caroline, dazu noch bequem zu Hause.
Lambert empfand die weibliche Transpiration anregend, aber diese Putzfrau geriet niemals ins Schwitzen.
Man kann sich vorstellen, wie Lambert den Schatten von Lila, so hieß sie, mit geblähten Nüstern beschattete, immer in der Hoffnung, ein Partikelchen des geliebten Aromas zu erschnüffeln. Sie benutzte selten den Staubsauger, dafür einen Federwisch, Taubenfedern oder ähnliches, mit dem sie träumerisch durch die Zim-

mer schritt, hin und wieder Materie am falschen Ort in der Form von Staub in Panik versetzte, aber die Objekte verschonte.
Nasse Lappen mochte sie nicht.
Lambert beobachtete sie gierig beim Abstauben der Goethebüste. Sie nahm ein Tüchlein und wedelte vor seiner Nase.
Nach jedem Zimmer schloß sich Lila im Bad ein und wusch sich ausgiebig. Wegen ihrer Lärmempfindlichkeit mußte ein neuer Staubsauger von Hoover angeschafft werden. Der gab nur ein Summen von sich, und Lila mochte ihn, ja benutzte ihn sogar gelegentlich.
Lambert sah ihr gern zu, wenn sie sich bückte und sich ein gewisser, sehr zarter Arbeitsrhythmus den wohlgeformten Hinterbacken mitteilte.

Natürlich gibt es Fluchten, die man in aller Immobilität absolvieren kann. Sylvanus mit seinem Alzheimer war so ein Fall.
Lebte unbehelligt im Schoße seiner großen Familie, inklusive einer geschiedenen Frau, an der er sehr hing, mit unzähligen Kindern, und machte seine Umgebung fertig.
Bis zu seinem Tode hat niemand so recht herausbekommen, ob sein Alzheimer-Syndrom echt war oder gefinkelt, denn die Freiheiten, die sich Sylvanus unter den Fittichen seiner Krankheit herausnahm, waren so umfassend, geschickt ausgesucht und gut placiert, daß nur ein erstklassiges, funktionierendes Gedächtnis mit der Fülle der Verwechslungen von Menschen und Verhältnissen fertig geworden wäre; aber ich will nichts unterstellen.
Sollte Sylvanus nur simuliert haben, so hätten wir eine Leistung großer Qualität vor uns und einen der geglücktesten Rückzüge von der Realität, den ich je erlebt habe.
Es gab schreckliche Auftritte, die Sylvanus mit stoischer Miene genoß. Erschien zum Beispiel ein alter Freund, der Familie seit 20 Jahren bekannt, um seine Visite zu machen (Standard-Frage: macht denn sein Alzheimer Fortschritte?) – Sylvanus segnete sich mit Blindheit, zog sich zurück und erkannte den alten Freund nicht, bis zum nächsten Besuch. Da war der Freund willkommen.
Die greise Mutter Sylvanus', selbst schon nahe dem Grab, versuchte

seit 10 Jahren ihren Sohn davon zu überzeugen, sie sei seine leibliche Mutter.
Was Sie nicht sagen, erwiderte dann Sylvanus, meinen Sie wirklich? Ich kann mich leider nicht an Sie erinnern.
Ich bin deine Mutter, sagte dann wohl die alte Dame schluchzend. Und dann reichte ihr Sylvanus mit indignierter Miene ein Taschentuch und verließ den Raum, um andere Leute zu erschrecken.

Vielleicht ergriff ich so oft die Flucht (oder empfahl mich, wie man zutreffender sagen könnte), weil meine Jobs streßlos waren oder ich die kumulativen Werte der Streßentwicklung durch meine Planungen nicht überschaute; vielleicht war ich ein verkappter Abenteurer, aber das ist, nachträglich und im Sinne meines wohlorganisierten Nervensystems betrachtet, verhältnismäßig unwahrscheinlich. Mein letzter Rückzug (the final station) auf den Dachboden in Paris (1988) in der Rue de Répos mit einem wunderbaren Blick auf den Cimetière Père Lachaise war das wohl überlegteste aller Rückzugsmanöver, dem reifliche Planung vorausging, auf dem Fundament reicher Erfahrung (wie Emerson einmal schrieb) und bescheidener Manöver; sozusagen ein echter, unverwechselbarer Pontormo-Rückzug, wie er nicht in den Büchern steht, es sei denn bei Pontormo selbst.
Als ich den Dachboden bezogen hatte (die symbolische Leiter zu meinen Füßen), schrieb ich an meinem behinderten Tischchen das erste Notat im authentischen Stil meines endgültigen, durch nichts mehr zu modifizierenden Rückzugs:

19. November.
Dergestalt, daß es dich
in wenigen Tagen
umbringen oder dir schaden kann,
wenn es dich außerhalb der
Regeln antrifft in Bewegung, Gewand oder Beischlaf oder
unmäßig im Essen; drum sei auf der Hut –
So will ich es halten nach allem, heute, endlich
in Paris mit diesem Blick,

der niemals langweilig werden wird,
wie soviele andere Blicke meiner
Vergangenheit.
Zwei Mäuse wohnen mit mir, sehr mager.
Unter mir wohnt ein blinder Pianist mit Händen,
halb Klauen, halb Pfoten.
Ein großer Feinschmecker, sagte mir die Concierge.
Keine Fehler der Vergangenheit wiederholen.
Nie wieder Streß!
Nie wieder Autoren!
Nie wieder Frauen!
Nie wieder so viele verschiedene Frauen.

Ja, das war die erste Eintragung. Hätte ich danach nicht in der Klassenlotterie gewonnen ... ich hätte diesen nun wirklich letzten, charakterlosen Rückzug nicht unternommen; aber der Zufall ist manchmal zu stark, zu tückisch und zu reizvoll, als daß man ihm widerstehen dürfte.

Außerdem hatte mein Gewährsmann Hodkins ausdrücklich im Kapitel XVII über Orte, unerträgliche, geschrieben (und mein Ort, der Dachboden war ja dagegen der erträglichste Ort der mir bekannten Welt ...): Sollte ein Ort, den man wissentlich gewählt hat, ganz und gar unerträglich sein, so beuge man sich einem bewährten Fluchtmittel, einer langwierigen Seereise mit dem Schiffe, die einen in entlegene Gegenden der Welt entführt. Man sammelt Eindrücke von Land und Leuten und verschafft sich auf diese Weise bleibende Eindrücke.

Ich fand immer, daß diese Stelle die Qualität eines sehr fahrlässigen Baedekers hat.

8

Endlich an Bord der *Omphale,* muß mal bei Ranke-Graves nachschlagen, was es mit dieser Dame in der griechischen Mythologie auf sich hat; symbolisch ist alles klar – Opal, mein geliebtes Miststück.
Im Januar, am 8. Januar, schiffte ich mich ein, nach einem anstrengenden Flug, in Cartagena/Kolumbien, 22 Jahre nach dem bemerkenswerten Gespräch mit Lambert auf dem Friedhof stach ich in See, hoffe, einer dieser Ausdrücke ist korrekt.
Endlich an Bord, Außendeck, Kabine Numero 24; der Kabinensteward ist Jugoslawe, leider, eine laute Nation, aber nicht so aufdringlich wie dubiose Deutsche auf ihren Trips; die Reederei englischer Provenienz, Ladung unbekannt, ca. 25 Passagiere, Passagierliste sofort verlegt. Der Steward spricht weder gut deutsch noch französisch, kein bißchen englisch; deutsche Passagiere in der Minderzahl, Gott sei Dank.
Die Sonne schien, 21 Grad C, das Meer so gut wie unbewegt, über den Wassermassen oder den Wassern (klingt ein bißchen biblisch) eine Unmenge kleiner, schnell um ein Zentrum flottierender, leicht zerzauster, hellblauer Wölkchen.
Endlich an Bord und in Bewegung, das Schiff, meine ich, das Schiff. Möge mir Kairos (von den pragmatischen Römern nicht umsonst Occasio genannt) günstig sein, betreffend (an dem Tag notierte ich alles wie ein seniler Buchhalter) schöne Augenblicke, Gesundheit, gutes Essen, Rekonstitution und Erholung von meiner Dachboden-Eremitage ...

Seeluft, so hatte meine Internistin, Frau Dr. Magda M. S. in der Rue de Lesseps gesagt, ist gut für jede Form labiler Gesundheit; du mußt nur zu allen Gelegenheiten ruhig und regelmäßig atmen und dir keine unnützen Gedanken machen, also Gedanken über Geldnöte oder rachsüchtige Frauen, eifersüchtige Gatten und enttäuschte Liebhaber etc.
Die Gleichförmigkeit einer solchen Reise, fuhr sie fort, ist überhaupt nicht zu überschätzen und tut jedem vasolabilen Organismus wohl. Die salzige Luft ist auch für deine vegetative Dystonie gut –

Liebste Magda, sagte ich, was ist zum Beispiel, wenn ich seekrank werde und dauernd kotzen muß?
Die Seekrankheit, sagte Magda die Praktische, sei immer eine Frage der Position, die der verständige Passagier jeweils zu der Position des Schiffskörpers einnehme, beachte man Position und Juxtaposition, könne absolut nichts passieren.
Gut, gut, sagte ich, was mit Essen und Trinken sei, Cholesterin in exotischen Gerichten etc.?
Der kluge Passagier, sagte Magda, versorge sich mit den notwendigen Grundkonserven, z. B. mit Ölsardinen gegen Alkoholmißbrauch, Vollkornbrot mit Ballaststoffen und Schokolade für einen konstanten Blutfettspiegel. Es kann sein, daß meine gelehrte Ärztin den rätselhaften Glucosehaushalt erwähnte. ...
Wenn du an Land gehst, sagte sie, iß keine Salate, vermeide Leitungswasser und laß dir deine Drinks ohne Eis machen.
Beste Magda, sagte ich, ich habe noch niemals im Leben Leitungswasser zu mir genommen, eine aberwitzige Idee – und außerdem hätte ich keineswegs vor, an Land zu gehen.
Dann geh eben nicht an Land, sagte Magda.

Meine Erwiderung zeugte von dem Grad blöder Verwirrung, denn ich sagte, ich hätte nun einmal forciert eine Grand Tour gewählt, mitten auf dem Ozean, um den Unbilden, Zufälligkeiten und Blödheiten auf dem Lande zu entgehen. Ich wollte nur einfach eine andere Art von Einsamkeit und Abgeschiedenheit, eine Klausur, gewissermaßen, ein blindes Auge im Zentrum des Orkans. Derlei unsinnige Sätze äußerte ich, weil ich keine Ahnung hatte, warum ich zum Teufel diese Seereise 192 Tage lang über mich ergehen lasse.
Ich frage mich, sagte Magda nach einem zweifelnden Blick auf meine Existenz, ob du einer Seereise mit Copassagieren überhaupt gewachsen bist ... Sieh dich einmal im Spiegel an ... du siehst aus wie ein Dostojewskiheld in einer Zefirelli-Inszenierung, orthopädisch gesehen, bist du ein Wrack mit deinen schweren Haltungsschäden ...
Das macht der Job als Portier, sagte ich, wenn man vier Stunden

stehen muß, bückt man sich unwillkürlich und verinnerlicht dann das neue Format.
Deine Gedanken, sagte Magda, mein lieber Maurice, sind zerfahren – ich sprang auf und küßte sie leidenschaftlich auf die duftenden Hügel ihrer Brüste –
Ich sags doch, sagte Magda, du kriegst keinen Gedanken mehr hin, ich fürchte, du bist außerstande, überhaupt einen Tag auf dem Schiff zu planen, geschweige, mit den aktuellen Vorbereitungen fertig zu werden.
Vier, sagte ich, vier, nicht mehr, vier Freundinnen, liebenswürdige Gefährtinnen meiner Seele usw. packen gemeinschaftlich meine Bagage, wirklich, alles ist in Butter. Olivia kümmert sich, glaube ich, um Unterwäsche und Socken, Mathilda um die Garderobe und andere Roben, Elena –
Merde, sagte Magda, Elena ist mit von der Partie, das Luder, das konntest du nicht verhindern?
Du kennst doch Elena, sagte ich gefaßt, eher bietet man einem Blizzard die Stirn, außerdem ist Packen ihre Leidenschaft.
Welche Aufgabe hat sie, fragte Magda.
Hygiene, sagte ich, Kulturbeutel und so, Lektüre und dergleichen. Es ist für alles gesorgt, wirklich. Sie sind alle sehr fürsorglich, um den Ausdruck ‚mütterlich' in diesem Zusammenhang zu vermeiden. Und Irma ist Herrin der Rest-Logistik ...
Deine elende Elena in einer so subalternen Rolle, sagte Magda, ist sehr verdächtig, kontrolliere lieber noch einmal das Gepäck vor deinem Reiseantritt.
Ich trete schon noch an, sagte ich, worüber sprachen wir gerade?
Meine Güte, sagte Magda, du bist ja völlig verblödet, wahrscheinlich pinkelst du in deinem Dachklosett systematisch daneben ...
Wohin, fragte ich und schwieg.
So eine Seereise ist vielleicht wirklich nicht so schlecht für dich, sagte Magda, in deiner Verfassung ... hast du dir eine Liste gemacht? Über alles, was noch erledigt werden muß? Wer kümmert sich um die Katzen und die anderen Tiere? Wer bekommt die Schlüssel?
Eine Liste wurde von mir, sagte ich, gestern um Mitternacht an-

gefertigt, bei einer Flasche Château Margaux ... eine Reminiszenz an einen gelungenen Rückzug in eine Berghütte in den Dolomiten. Mein Gott, Basorgia hats auch schon lange erwischt.
Du wirst dich an Bord sehr wohl fühlen, sagte Magda (und ich glaubte ihr wirklich), weißt du, regelmäßiges Essen, viel Schlaf, als Ausgleich ein bißchen Sport, nach dem Dinner heitere Gespräche mit den Copassagieren, alles passionierte Anhänger eines ruhigen, streßlosen Lebens, wie du ...
Während ich mich zu einer letzten Untersuchung auszog, stellte sie aus ihren Ärztemustern eine Kollektion diverser Medikamente zusammen, Kohlecompretten gegen Durchfall, Rimus-Gesundheitsriegel gegen etwaige Flüssigkeitsverluste, Laevolac-Lactulose gegen chronische Verstopfung und Leberstörungen, Lecicarbon für blitzartige Ausscheidungen des Darms, Bifiteralsirup gegen Übelkeit, Erbrechen und Blähungen, Dulcolax gegen Darmkrämpfe, Glycilax-Zäpfchen für einen reibungslosen Stuhlgang und endlich, für alle Fälle, Gastricholan, ein homoöpathisches Mittelchen gegen Magensäuremangel.
Schön und gut, dachte ich in meinen Vollständigkeitswahn, auf der Reise gegen alle Eventualitäten gewappnet zu sein, das alles ist sozusagen für den physiologischen Menschen; was fehlt, das ist ein universaler Stimmungsaufheller, ein gesundes Medikament, tropfenförmig oder pulverförmig gegen Schmerz aller Art und natürlich eine andere Kollektion gegen die Folgen von Unfällen, die mit Blut, Schweiß und Tränen verbunden sind.
An Bord, sagte Magda, wird dir derlei nicht zustoßen; da müßtest du dich schon sehr unsachgemäß bewegen.
Da ich keine unsachgemäßen Bewegungen vorhatte, war ich über diesen Punkt beruhigt.

Mein Urteil zum Leseexemplar

Sara Paretsky
Brandstifter

Wir sind auf Ihr Urteil gespannt!

Mit freundlichen Grüßen
R. Piper GmbH & Co. KG

Absender:

Postkarte

R. Piper GmbH & Co. KG
Georgenstraße 4 · Postfach 430 120
8000 München 40

9

Muß während der Konsultation bei Frau Dr. Magda M.-S. einen leicht debilen Eindruck gemacht haben; aber der Entschluß zu dieser Reise, alle Schritte, die zu diesem Entschluß geführt hatten und alle Folgen und Konsequenzen dieses Entschlusses hatten meine Nerven in Mitleidenschaft gezogen. Im letzten Stadium des sogenannten Lambert-Syndroms hat man keinen Sinn für Kleinigkeiten, Details etc., man sieht nur die große Linie und das gesteckte Ziel, in diesem Fall die Erleichterungen des Pontormo-Syndroms. Gottlob wußte ich Bescheid. Diese beiden Syndrome suchen mich zyklisch heim; so kann man seine wohlüberlegten Präventivmaßnahmen noch zu Lebzeiten treffen. Hatte eine kleine Liste der wichtigsten Reisepunkte angefertigt, Medikamente, Sedative, Palliative und Anticonzeptiva. Aber ich verirrte mich in der Praxis von Magda immer in den Spalten und Rubriken ...

Laß mal, sagte Magda und befahl mir, mich auf die Ledercouch zu legen.

Hund, sagte sie, was bedeutet ‚Hund'?

O, sagte ich, Hund, das heißt eigentlich Daisy ... will sagen, den Namen des Hundes.

Ich weiß, daß deine Hündin ‚Daisy' heißt, sagte Magda.

Ich will sie, sagte ich, vor der Reise sterilisieren lassen.

Warum, fragte Magda.

Sie könnte andere Hunde belästigen, sagte ich.

Lektüre, sagte Magda, lesen an Bord ist sehr vernünftig. Hast du schon Vorstellungen?

Vage, sagte ich, sie, ich meine die Lektüre, soll beruhigen, nicht im 20. Jahrhundert spielen, das Format muß handlich sein, die Schrift nicht allzu groß, aber auch nicht zu klein ... der Satzspiegel sollte übersichtlich sein, nicht viele Dialoge. Wenn es geht, Liebesgeschichten, aber alle mit Happy-End ... tja, was noch ...

Dafür bin ich nicht zuständig, sagte Magda, geh in eine Buchhandlung oder plündere deine Bestände. Was heißt ‚Anticonzeptiva'? Ich dachte, du wolltest dich an Bord erholen. ...?

Ich glaube, ich raffte mich wieder auf und zeigte meine Wunden.

Herrgott, sagte Magda, ich habe dich eine halbe Stunde untersucht,

die Labortests kriege ich übermorgen ... du bist kerngesund. Was willst du mit Anticonzeptiva auf dem Schiff?
Ich weiß es nicht mehr, sagte ich, vielleicht hat eine der Frauen ...?
Ist das überhaupt meine Schrift?
Es war meine Schrift.
Ich weiß nicht, sagte ich, wo mir der Kopf steht, und du löcherst mich mit Kleinigkeiten. Weißt du, dieses Syndrom ... und dann diese unberechenbaren endogenen Ursachen und die Ursachenforschung und – Was, fragte Magda, faselst du unaufhörlich von diesem Syndrom –
Lambert-Syndrom, sagte ich. Und, beste Magda, es steht nicht im Lexikon. Du mußt nicht blättern.
Hör mal zu, Goff, sagte Magda und setzte sich zu mir auf die Couch. Ich kenne dich jetzt seit acht Jahren. Alle drei Jahre, zuletzt alle zwei Jahre packt dich ein Koller, du bist unbrauchbar, zerstreut, nervös ... vom Bett will ich nicht reden, derlei kommt vor, jedenfalls bist zu unausstehlich, findest alles unerträglich bis zum Kotzen, bist dir selbst zum Ekel, siehst verwahrlost aus –
Was ist das?
Genau das, sagte ich, ist das Lambert-Syndrom.
Gut, sagte sie, aber was bedeutet es?
Alles das, sagte ich, was du so gesagt hast in geraffter Form; man hält nix mehr aus.
Was hält man nicht mehr aus, fragte Magda.
Nichts, sagte ich.
Das ist keine Antwort, sagte Magda, sei nicht so bequem.
Ich kann die Arschlöcher nicht mehr sehen, sagte ich.
Welche Arschlöcher, fragte Magda.
Alle, sagte ich.
Frauen auch, fragte Magda.
Nein, die schon, sagte ich, aber auch schwer.
Das ist nur ein Aspekt, sagte Magda, was hält man außerdem nicht aus?
Liebste Magda, sagte ich, die Aufzählung dessen, was ich im Augenblick nicht ertrage oder aushalte, wäre allzu groß, es wäre besser, du fragtest, *was* ich aushalte.

Hast du Schwierigkeiten beim Pinkeln, fragte sie.
Noch nicht, sagte ich, sollte ich darauf achten, werde ich sie bekommen.
Du weichst aus, sagte Magda, wahrscheinlich hast du, wie Millionen, eine schlichte depressive Gemütsstörung. Wie sieht dein Stuhl aus?
Welcher, fragte ich, Pardon – ganz großartig.
Willst du mit mir schlafen, fragte Magda, ich werde dich nicht vermissen, aber immerhin bist du ein halbes Jahr fort.
Sehr lieb von dir, sagte ich, aber sexuelle Aktivitäten wären jetzt nicht programmgemäß.
Na dann, sagte Magda, dann kümmere dich mal um deine Reiseliste. Du kannst dich wieder anziehen.
Zog mich an und bedeckte schamhaft die durch Magdas hochherzigen Vorschlag ausgelöste halbherzige Erektion. Sie kam mit einer überfüllten Plastiktüte zurück, die links ein bißchen durchhing. (Dieses Detail fällt mir erst jetzt auf, an Bord der *Omphale;* muß schon sehr zerstreut gewesen sein, damals.)
Hier hast du, sagte sie, die ganze europäische Palette: Ovulationshemmer, hübsche Pessare in allen Farben, Kondome, genoppt wie deine Gehirnwindungen, Vaginalzäpfchen, steckt sie dir sonstwohin, Diaphragmen und ganz süße Portiokappen nach Dr. Wilde. Aber vielleicht, mein Lieber, findest du auch einen Veterinärmediziner an Bord, der schon den Schiffskater kastriert hat.
Danke, sagte ich, du bist zu gut zu mir.
An der Tür gab sie mir ein broschiertes Bändchen von einem Karlfried Grad Dürckheim, das hieß *Der Alltag als Übung*. Ein vortrefflicher Titel fürwahr.
Wie soll ich dir bloß danken, sagte ich matt.
Lies dieses Buch, sagte Magda und lächelte mit ihrem schönen, großen Mund, mach alle Übungen mit. Der Text ist sonnenklar, sozusagen idiotensicher, man kann gar nichts falsch machen. Praktiziere jeden Tag ein bißchen Dürckheim, und es wird dir prächtig gehen.
Adieu Magda, sagte ich wohl.
Fall nicht von Bord, sagte Magda, am Meeresgrund ist es ziemlich unerträglich.

10 Zu meinem Leidwesen stellte ich fest, daß man nicht alle Vorbereitungen delegieren kann.

So mußte ich eigenhändig, an einem diesigen Dienstag, mit Daisy zu Dr. Marzan gehen. Auf dem Gang zur Praxis sträubte sich ihr Fell und ihre seelenvollen Augen quollen, während sie unaufhörlich sprach.

Halts Maul, sagte ich, mach die Sache nicht noch schwerer, als sie schon ist. Aber natürlich hörte sie nicht auf mich.

In einem Zoogeschäft mit einem kahlen, mürrischen Ara kaufte ich einen komfortablen Reisekorb, der Daisy gefiel. Den Rest des Weges transportierte ich sie in diesem Korb, versehen mit einem Kissen aus Baumwolle.

Das Wartezimmer war überfüllt und stank nach dem Angstschweiß der Tier-Eigentümer. Neben mir hockte eine junge Dame mit schwarz geschminkten Lippen, in einem Korb eine Angorakatze, schwer verfettet. Laborierte an einem inneren Leiden und quakte alle zwei Minuten. Dann klopfte die junge Dame auf den Korb, öffnete den Mund (ihre Zähne waren ein bißchen kariös) und sagte Nee. Mir gegenüber saß eine muntere alte Dame, zwischen den Beinen eine geräumige Tasche, Besetzung eine Ente, auf der die Pfote eines Pudels ruhte, der unaufhörlich zitterte. Quakte die Angorakatze des Mädchens mit dem schwarzen Mund, zuckte der Pudel zusammen und leckte den Kopf der Ente, die ein zartes Schnattern hören ließ.

Er geht, sagte die alte Dame, ohne seine Ente nie zum Tierarzt.

Wer von den beiden, fragte ich, krank sei, die Ente oder der Pudel.

Der Pudel, sagte die alte Dame, Darmkrebs. Und sie seufzte, die Angorakatze stieß ihren Klagelaut aus, das Mädchen sagte Nee – usw.

Ein großer Kerl mit einer Wollmütze in den Spektralfarben hatte auf seinem Schoß einen Schimpansen, der mit depressiver Miene seine Zunge streichelte.

Ich ersparte mir die Frage nach seinem Leiden; hätte auch in meinem Zustand meine soziale Kompetenz überfordert.

Die Eigentümer sahen beträchtlich leidender aus als ihre Tiere; ein Mops röchelte und verpestete die Luft; offenbar ein Magenleiden. Ein alter Airedale-Rüde weinte vor sich hin. Der Besitzer hatte enorme Ähnlichkeit mit seinem Hund. Ab und zu zog er ein Taschentuch aus dem Sacco, wischte die Tränen ab und schneuzte sich dann geräuschvoll.

Eine fette Boxerhündin stieß hin und wieder ein flatterndes Seufzen aus, wohl eine chronische Herzinsuffizienz samt einer Bronchitis; die junge Dame, die sie hütete, hatte einen engen Minirock an und wechselte nach jedem Seufzen der Hündin die Stellung ihrer Beine, so daß ich eine Menge sehen konnte.

Asthma, fragte ich?

Schwer gravide, sagte die junge Dame mit einem besinnlichen Lächeln, sie kann einfach nicht widerstehen. Ihr letzter Kavalier war ein Terrier.

Ich unterdrückte die Frage, wie ein Terrier diese Dame im Großformat hatte besteigen können; vielleicht wars eine Schändung während des Mittagsschlafs gewesen.

Und dann gähnte ein ritterlich aussehender, stattlicher Schäferhund und kotzte auf das Linoleum.

Kurz, eine Bombenstimmung. Nach anderthalb Stunden wurde ich aufgerufen.

Dieser Dr. Marzan war ein schwerer, fleischiger Mann mit Bakkenbart. Seine Ohren waren groß und an den Spitzen geknickt, versehen mit krausen, grauweißen Haarstauden. Vor seiner letzten Reinkarnation als Veterinär garantiert ein Basset.

Ich trug mein Anliegen vor. Daisy hockte auf dem OP-Tisch und zitterte nach ihrer bewährten Methode, während ihre Augen quollen. Aber sie sagte tatsächlich kein einziges Wort ... Wenn ich Sie richtig verstehe, sagte Dr. Marzan, so wollen Sie diese wunderbare Wolfsspitzhündin nicht einschläfern lassen, sondern, ich wiederhole, ihre Stimmbänder entfernen lassen? Haben Sie sich das auch reiflich überlegt?

Mehr als reiflich, sagte ich, die Hündin oder ich, ich bin sonst reif für die Klapsmühle.

Aber, mein Gott, sagte Dr. Marzan bekümmert, warum?

Sie spricht zuviel, sagte ich, und dabei blickt sie mich seelenvoll an, beides auf einmal ist schwer zu ertragen.
Sie wollen sagen, sagte Dr. Marzan, diese Hündin – Daisy, sagte ich, Daisy – gut – Daisy ‚spricht'? d. h. sie gibt, wie jeder normale, gesunde Hund, Laut?
‚Laut', sagte ich, ist ein schwacher Ausdruck für ihre Ausdrucksfähigkeit. Nein, sie spricht, sie äußert gezielt sentimentale Sätze, und da sie auf alles sensibel reagiert, können Sie sich bestimmt die Fülle der Sprechakte vorstellen.
Ich bin bereit, das Tier einzuschläfern, sagte Dr. Marzan, aber die Stimmbänder ... nein, niemals. Das Einschläfern wäre ein humaner Akt, aber was Sie vorschlagen ... nein.
Gewissermaßen, sagte ich, hinge ich an dem Tier.
So so, sagte der Veterinär, Sie hängen an dem Tier? Und dann ertragen Sie seine natürlichen Lebensäußerungen nicht?
Daisy, sagte ich, wird ihre Elaborationsfähigkeit nicht vermissen, und ich machte ihn auf das großartige Augenspiel der Hündin aufmerksam.
Sie kann, sagte ich, auch ohne Stimmbänder allein durch die Augen mehr ausdrücken, als die meisten Menschen mit ihren Stimmbändern.
Abgesehen von diesem seltsamen Vergleich, erwiderte Dr. Marzan, halte ich das Einschläfern für die bessere Lösung. Wir haben einen hauseigenen Schlummerraum mit gedämpfter Beleuchtung und ein hauseigenes Krematorium, ja sogar einen eigenen kleinen Friedhof, ein bißchen eng, trotz der Urnen, aber für jede andächtige Erinnerungsbegehung benutzbar.
Machen Sie's oder machen Sie es nicht, fragte ich.
Der Geschäftsmann im Veterinär siegte, und er nannte mir sein Honorar, das ich angesichts der künftigen Erleichterungen nicht überzogen fand.
Habe Daisy in ihrer Quarantänestation auf dem Schiff noch immer nicht besucht; aber ich kenne ihre Blicke, und denen bin ich noch nicht gewappnet.
Zwei Tage später holte ich Daisy aus der Praxis ab. Sie saß in einem Käfig mit Blick auf den Friedhof und das kleine Kremato-

rium, aus dem gelber und schwarzer Qualm drang. Mir kommen jetzt noch die Tränen, wenn ich an ihren ersten, stummen, nie wieder von einem Laut begleiteten Blick denke. Du dämliches Arschloch, sagte ihr Blick, was hast du da angerichtet ... Habe ich nicht jeden deiner idiotischen Lebenshaken mit verständigen Kommentaren gewürzt? Spendete ich dir nicht ungefragt Trost, wenn dein Lambert-Syndrom ins Pontormo-Syndrom überging? War ich nicht die vitale Quelle des Frohsinns und der voraussetzungslosen Heiterkeit bei allen Gelegenheiten des trostlos geregelten, abgesicherten, langweiligen Lebens? Während wir uns anstarrten, machte sie mir noch mehr Vorwürfe, man kann sagen, sie ließ nichts aus. In den meisten Fällen hatte sie recht.

Ich kaufte ihr ein neues Halsband aus Wildleder mit Goldprägung, aber das machte keinen Eindruck auf sie.

Ich kaufte ihr das Herz eines Hirsches aus den Karparten, geringe Bequerelwerte, will ich hoffen; sie verschmähte, sah mich an und ihr Blick sagte: Du dämlicher, gemeiner Hund, deine Daisy.

Mit ihrem Hinweis auf die verständnisvolle Kollegialität beim Lambert-Syndrom hatte sie natürlich recht; sie merkte die Anzeichen jedesmal vier Wochen früher als ich und ihre Rede wurde fließend, ihr Blick noch beredter. Sie hielt mich dann in der Wohnung fest, indem sie die kranke Hündin simulierte, und apportierte das Fernsehprogramm schon morgens.

Laß uns diese Krise, sagte sie wohl, gemeinsam meistern, laß uns ins Bett mit ausreichend opulentem Hundefutter und Schnaps, und auch diese Krise wird vorübergehen, wie alles im Leben.

Ach, hätte ich nur immer auf Daisy gehört.

Gegen meine Frauen hatte sie kleine Reserven bis zur ausgebildeten Animosität; blonde Frauen (echt oder nicht, war gleichgültig) behandelte sie mit Verachtung, schwarze mit einem gewissen Respekt, wer weiß warum.

Daisy war die verständnisvollste Frau meines Lebens; jetzt in Quarantäne, wahrscheinlich gequält vom Seegang, dem Vollmond (sie hatte Vollmond nie gut ertragen) und dem schlechten Essen. Daisy besuchen, schrieb ich in mein laufendes Notizbuch; Magda schreiben und mich entschuldigen.

11 An Bord der *Omphale,* 2. Tag.

Die Passagierliste wurde verteilt, meine mit vier asymmetrischen Kaffeeflecken.

MR. BHUTAN, KALKUTTA
MR. CASTOR –
MR. GOFF, GERMANY
MR. ERMEL, GERMANY
MR. HENSCHEL, FRANCE
MR. HUBBLE AND FAMILY
MR. ILLEOTT, GERMANY
REV. JORDAN, USA
MRS. SALLY KEACHER, USA
MRS. LAMMERT, AUSTRIO
MR. AND MRS. LEACH, GREAT BRITAIN
MR. LIMMER, GERMANY AND FAMILY
DR. MAKKAWY, CAIRO, EGYPT
MR. MELLWICK, GB
MR. MOERMANN, GERMANY (EAST)
MR. NILSON, SWEDA
MR. AND MRS. PRAYER, USA
MR. PRIOR, PROF. DR. DR., GB
MR. QUAN KHUAN, TOKIO
MDME. LEYDOUX, FRANCE
MR. VIGOR, AUSTRALIA

Auf der seegrünen Rückseite des Blattes stand in Maschinenschrift einer offenbar seekranken Maschine der folgende Text:

PREISEN PRICES VON DIE #### DINERS/LUNCH/ LUNCHEON (sondey allwais BRUNCH) FREI TAGS bis DONARSTAG (thusday) opened geöffnet (ouvert *) 9 bis $ 22 h % bis in night 2.15 h
ANIMALS EVERYBODY FORBIDDEN
WOMEN WELCOME/damen WILLKOMM – MESDAMES BIENVENUE
our doctors name for alle accidents is: DR. ZYLINSKI
sprechstunde nach agreement/vereinbarung

SPIRITUAL ACCOMPAGMENT MONSIGNORE SHILP M. S.
kabin 234
CONSULTATION AFTER KNOCKING&&&
''' WELCOME ≠≠≠
dear guest, you can choose – FOUR BARS – please, look THE ≠ Map –
BAR mistinguette on the left side, FRENCH AND INTERNATIONAL DRINKS/
THE GOLDEN BALLS, ≠ american bar with snakes ≠
TROQADERO, italaien BAR, international drinks.
PLAYS – SWITCH ON / LADY BUG / POKER / BLACK JACK / CHEMIN DE FER – in the CASTINO OMPHALE, opened striktley only friday.
LA PHARMACIE opened samerdy.

signatur: 

12 Alle Namen auf der Passagierliste waren mir unbekannt, bestimmt Reisende wie ich, die ein bißchen Ballast abwerfen wollten, passionierte Liebhaber friedlicher Augenblicke, kontaktscheu, trinkfest und dezent.
Hätte ich an jenem zweiten oder dritten Tag an Bord der Liste mehr Aufmerksamkeit geschenkt, vielleicht durch das Zufalls-Prisma anagrammatischen Lesens, hätte ich seinen Namen entdecken müssen, in einer nur leicht geschüttelten Version seines vulgären Pseudonyms, an zwei Stellen legiert mit seinem richtigen Namen, seinem nom de vie.
Aber wer hätte das gedacht – ich hatte seine Fähigkeiten, Buchstaben zu benutzen und einem lässigen Würfelwurf zu unterziehen, gründlich unterschätzt.
Das kommt davon, wenn man jahrelang morose bis blödsinnige Texte aus sämtlichen zwielichtigen Zonen des menschlichen Geistes liest, lektoriert, emendiert, redigiert, rektifiziert und endlich in die Welt entläßt, dimittiert, das war das Wort, das ich suchte. Ich weiß noch, daß ich den Schlüssel zu meinem unförmigen, von vier Frauen gepackten Kapitänskoffer auf die Passagierliste legte, die Spitze zeigte über Mdme. Leydoux, France auf Mr. Vigor, Australia.
Nach diesem Akt der Ordnung begab ich mich, es war 5 Uhr Morgens, befriedigt an Deck zu einem kleinen Spaziergang.
Es regnete, kleine graue Wolken zogen blindlings in verschiedene Richtungen. Ziemlich weit draußen sah ich eine Person im graugrünen Wasser, die regelmäßig hinter einer Woge verschwand und mir heftig zuwinkte.
Oha, dachte ich automatisch, vielleicht wäre es doch besser, den Koffer auszupacken und das leere Promenadendeck Passagieren mit besseren Nerven zu überlassen.
Es ist sozusagen meine eingefleischte Gewohnheit (und zweite Natur), zweideutigen Situationen immer aus dem Weg zu gehen, d. h. alle jene Situationen zu vermeiden, die einen potentiellen Konflikt enthalten könnten.
Das Wort ‚Konflikt‘ hat im alltäglichen Lebenskampf leider eine trübsinnige Bedeutung durch die Psychologen bekommen; der

Ausdruck ist gewissermaßen entwertet. Man kann keinen semiwissenschaftlichen Schmöker aufschlagen, ohne auf Konfliktlösungsmodelle für verstörte Leser zu stoßen, populär eingerichtet für den Hausgebrauch.
Etymologisch gesehen – und man mußte Wörter dieser Art (arme, belastete Familien von Wörtern) immer etymologisch entschlüsseln – hieß ‚conflictus' im lateinischen ursprünglich Zusammenstoß/Kampf, während im verrotteten Psycho-Gebrauch der ‚Konflikt' nichts als wässerige pêle-mêle ist.
Trotz meines maroden Gesamtzustandes, davon später, funktionierte meine Reaktion ganz großartig, und ich verfolgte, beinahe wie immer, die Leitlinien des KVS nach der Goffschen Methode. KVS ist eine Abkürzung und heißt schlicht Konfliktvermeidungsschema, klingt aber an dieser Stelle bedrohlicher, als es in Wahrheit ist.
Ich winkte der Person im Wasser also zurück, wie es die Höflichkeit gebot, und begab mich unterhalb eines rotgelben Schornsteins, der keinen Kommentar abgab, auf die Steuerbordseite, um dort den unterbrochenen Spaziergang fortzusetzen.
Neben einer üppig mit Messing beschlagenen Tür fand ich einen Deckstuhl, auf den ich mich setzte, um ein bißchen Logistik des Auspackens und Einräumens zu treiben.
Die Sonne schien plötzlich, die Wolken färbten sich blau, und ich konnte, retrospektiv, einen friedlichen Augenblick verzeichnen. Dann öffnete sich die Tür, der Kopf eines mißgelaunten Schäferhundes erschien, gefolgt von einer Leine, an der eine junge Dame mit einem weißen Stock hing; die junge Dame hauchte: Le commencement de la fin, und orderte ihren Hund zur Reling, einen Augenblick später erschien eine ältere, sehr dicke Dame mit einer gelben Plastikhaube.
Ich simulierte einen schweren Katerschlaf.
Der Schäferhund, der übrigens auf den Namen Anatole hörte, wenn er wollte, postierte sich auf seine Hinterkeulen und wartete ab. Die Damen umklammerten, immerhin leichte Dünung, die Reling.
Mais Nadine, sagte die ältere Dame, pourquoi pas?

Die junge Dame erschauerte leicht und seufzte.
Wie ich später erfuhr, kämpften die Damen gegen eine Form der Seekrankheit, erzeugt durch ein allzu spätes und schlechtes Dinner am Vorabend.
Tja, dann passierte etwas, was mich zur Aufgabe meiner üblichen Strategie zwang. Der Köter sprang plötzlich auf und wetzte in Richtung Heck, die junge Dame verlor ihre Balance und fiel gegen die Reling, die ältere Dame machte einen beherzten, aber sinnlosen Griff, und dann saß die unbekannte Nadine auf den Planken des Decks und entblößte ein paar sehr schöner Beine.
Ich ließ mein KVS auf sich beruhen und eilte zur Unfallstelle, zog den Staubmantel über ihre Knie und massierte ihre Schläfen.
Mon Dieu, murmelte die ältere Dame immer wieder, während sie an der Leine von Anatole zerrte.
Dann öffnete die junge Dame ein Auge und erbrach sich nach einem neuerlichen Seufzen auf meine Knie in der Samariterposition.
Pardon, sagte sie.
Schönes Wetter, sagte ich, es wird wohl aufklaren.
Sie keuchte ein bißchen und umklammerte meine rechte Hand.
So ein Vomitus, sagte ich, wirkt immer befreiend.
Sie schluckte und sah nicht sehr befreit aus.
So fing meine Bekanntschaft mit Frau Dr. Nadine Leydoux an, Numero 20 der Passagierliste, wie ich später recherchierte.
Wir hoben sie auf und setzten sie auf meinen Deckstuhl.
Der Schäferhund schielte vor Schuldbewußtsein, und die ältere Dame überschüttete mich mit französischen, unverständlichen Sprechakten.
Sie hat ihre Prothese in der Kabine vergessen, sagte Nadine L.
Die Unterhaltung war derart unübersichtlich, daß ich alle meine schwachen Kräfte zusammennahm.
Man muß das alles ordnen, sichten und zusammenfassen, sagte ich, mir war ein bißchen übel, meine Hosenbeine in Kniehöhe feucht, und es ist an diesem Ort zu gestehen, daß mich eine ge-

wisse, ganz unvorsichtige, ja unbedachtsame, im Augenblick nicht berechnete Begierde erfaßt hatte, wie sich die Meister des 19. Jahrhunderts ausdrücken.

Ich gab ihr meinen Arm (den unsensiblen linken), und sie lehnte sich schwer an meinen Körper; so schwankten wir beide zur alten Reling. Gottlob schickte sie den Schäferhund mit der prothesenlosen Dame unter Deck, d. h. in die Kabine, und ich konnte ein bißchen sondieren. Sie hatte ein ovales, etwas bleiches Gesicht mit einem kleinen, sehr vollen Mund, und sie sah mich immer wieder mit ihren grauen Augen an, d. h. die Augen fixierten nicht meine Augen, sondern wanderten. In diesem Augenblick verschwand die Sonne, Steuerbord oder ähnlich, der Schiffskörper machte eine unsachgemäße Bewegung, die eine gewisse Unstimmigkeit unserer Positionen einleitete, jedenfalls hob sich, leider nicht berechenbar, mein Magen.

Nun hatte ich, streng nach Magdas Vorschriften, schon in der Kabine Prophylaxe gemacht, wenig gegessen, den Magen mit einem milden Antazidum geschmiert und in der exakten Vorstellung alle Grade entsetzlicher Übelkeit durchlaufen – denn wenn man sich das Schlimmste präzise vorstellt, dann hat man's in den meisten Fällen gebannt, und die Realität blendet die schlimmste Wendung automatisch aus.

Ich bot ihr eine Vertigo Vomex-Tablette mit dem guten Vitamin B 6 an, aber für mich war's schon zu spät ...

Habe lange nachgedacht, später, wie immer später, warum das passierte und bin zu dem Schluß gekommen, daß die Ablenkung daran schuld war. Anstatt meine Gedanken zu sammeln, die korrekte Reihenfolge einzuhalten – du mußt jetzt wahrscheinlich sofort kotzen, so ein Vomitus ist ein sehr geselliger Akt, machs dezent, fabrizier' kein Geschrei etc. –, verschlang ich Nadine mit Blicken, die hoffentlich neutral wirkten, streichelte in Gedanken ihre Kinnpartie und nagte an ihrer vollen Unterlippe.

Ich spreizte die Beine, wie die Vorschrift es befahl, und nahm meine Juxtaposition zur augenblicklichen Position des Schiffes ein, beugte mich über die Reling, die innere Hydraulik zwischen Sehnen und Hoffen, gewissermaßen.

Dann passierte es, und ich benutzte ausgiebig das Taschentuch aus Seide mit den Initialen M. G.
Erst als ich Nadine L. eine zweite Vertigo Vomex-Tablette anbot, merkte ich, daß sie blind war. Diese Tatsache verstärkte meinen Appetit erheblich, und ich ließ alle meine Skrupel fahren.
Mein Name ist Goff, sagte ich, Maurice Goff, und stets zu Diensten.
Nadine Leydoux, sagte die junge Dame und entblößte zwei süße Schneidezähne – bei dem Labial erschien ihre wunderschön geformte Zunge.
Ist das, fragte sie, Ihre erste Kreuzfahrt?
Die erste und die letzte, sagte ich, das Landleben hat entschieden seine Vorteile.
Der Himmel färbte sich schmutzig rosa; an Deck ein Steward, der ebenfalls schwankte. Ich orderte zwei Armagnac für die pomphafte Wiederaufstehung der Goffschen Libido.
Warum dann eine Schiffsreise, fragte sie.
Ich will mir ein paar positive Augenblicke verschaffen, sagte ich wahrheitsgetreu.
Positive Augenblicke, sagte die Blinde, gibt es nicht.
Natürlich nicht, sagte ich aufgeräumt, aber wenn man mit den Nerven so down ist, freut man sich auch über Kleinigkeiten ... Die Sonne, kleine Wolken, den ganzen Schmus. Im übrigen muß man solche Augenblicke methodisch herstellen; das ist eine Frage der Kunst der Vorausschau.
Sie sind, sagte sie sanft, glaube ich, ein ziemlich übles Subjekt.
Kein Zweifel, sagte ich, aber in Anbetracht aller Umstände gibt es garantiert üblere.
Suchen Sie die Erholung, fragte Nadine.
Es war eine sehr altmodische Unterhaltung – (lieben Sie die Musik?) – Erholung, sagte ich, was für ein Wort. Aber ich denke, es ist korrekt. Ich will mich erholen. Wissen Sie, ich war die Rosa Eminenz eines großen Verlages, der Edition Avicenna, preziöse Literatur, Erlösungsliteratur, medizinische Literatur, kurz eine gigantische Vergangenheit an Verschriftlichung liegt hinter mir ...

zudem war ich noch im Sinne gesellschaftlicher Ungepflogenheiten ein AKA –
Sie müssen mir erläutern ... sagte Nadine.
Autorenkontaktagent, sagte ich, ein Job, der wirklich –
Der Steward erschien wieder und balancierte auf einem Metalltablett zwei zylindrische Gläser mit einer urinfarbenen Flüssigkeit. Na, Nadine sah das Zeug ja nicht, und ich war so empfindlich nicht, was Alkoholica betraf; aber es war kein Armagnac, sondern ein levantinischer Fusel, Pflaumenschnaps mit Kamelpisse oder etwas ähnliches.
Im übrigen war der Steward stockbesoffen. Auf seiner blauen Mütze, die er nach hinten trug, stand kursiv *La Cuisine*.
Das ist interessant, sagte Nadine, der Kontakt mit Autoren ist also enervierend.
Das ist gar kein Ausdruck, sagte ich, wissen Sie, Autoren allein, mitten in der Wüste, getrennt vom Werk ... das geht. Werke gedruckt oder im Manuskript ... getrennt von den Autoren, das ist mitunter sogar angenehm; aber beide zusammen, das Werk und sein unwürdiger Appendix, der Autor, sind die schauerlichste und dümmste Kombination, die es auf Gottes Erdboden gibt, falls Gott überhaupt seine Hand in diesem Spiel hat.
Und welche Berufe, fragte die süße Blinde, so rein und so sexy, hatten Sie vorher getrieben?
Beinahe alle habe ich getrieben. Benutzte mit Wollust ihr irreführendes Verb. Eine Zeitlang war ich Vorleser in einem Stift adeliger Damen in Süddeutschland ... Taube, Blinde, Lahme, in jedem Fall gehandikapte Alte, alle von Adel.
Sie wurden bestimmt viel geliebt, sagte Nadine, bei dieser Arbeit?
Bis die Chose wieder in Streß umkippte, war der Job wirklich angenehm: Kost und Logis frei, dreimal die Woche abends Ausgang, und ansonsten las ich im Salon vor, was die Damen wünschten, Leserbriefe aus der *Hör zu,* die wegen ihres arglosen Schwachsinns sehr beliebt waren, Briefe aus der Welt da draußen und mitunter auch ausgewählte Literatur; einmal brachte ich den alten Maniak Henry Miller mit, irgendeinen der Tropic-Ausflüsse, die

Damen waren empört, konnten aber nicht genug davon bekommen, bis die Sache aufflog durch die Serenissima des Stiftes, eine alte Baltin, schwer verarmt, die mich rasch wieder mit schicklicherer Literatur ausstattete.
Für die Damen war ich ein charmanter kleiner Handlanger für allerlei Liebesdienste an Körper und Geist; aus ihren Pompadours wurde ich reich bonifiziert. Ich schmuggelte Billets Doux, besorgte Süßigkeiten und Zigaretten, viel Alkohol, die Damen waren sehr bedürftig, kurz, es war ein nicht unangenehmes, streßloses Leben, bis die lästigen Krankheiten anfingen, so daß ich schnell die Kurve kratzte.
Sie sind, sagte Nadine, doch kein übles Subjekt. Was trieben Sie noch?
Wer könnte einem solchen Imperfektum widerstehen.
Liebe Nadine, sagte ich, schon in früher Jugend habe ich den Entschluß gefaßt, das Leben unangestrengt zu absolvieren. Der Entschluß war schon nicht leicht, aber die Ausführung, Theorie und Praxis, viel schwerer. Sie glauben gar nicht, welche Hindernisse einem hoffnungsvollen jungen Menschen in den Weg gestellt oder gelegt werden, der ein streßloses Leben führen will. Was ich noch trieb? Schmeckt Ihnen der Armagnac? Er schmeckte, und sobald der Küchensteward vorbeitorkelte, bestellte ich noch zwei für uns. O, ich trieb viele Berufe ... Friedhofsgärtner und Sargbegleiter, Photograph, Reisebegleiter, Testschläfer ... Es gab kaum einen Beruf, der Streßlosigkeit verhieß, den ich nicht absolviert hatte, und soviele streßlose Berufe mit Erfolgsaussichten gibt es in diesen trüben Zeiten nicht.
Die *Omphale* fing wieder an zu schaukeln, und wir setzten uns, dicht nebeneinander, auf zwei der rostroten Deckstühle.
Erzählen Sie mir mehr, sagte Nadine mit rührender, leicht schwankender Stimme, über diese Kunst der Vorausschau ...
Aber gern, sagte ich, auf die muß man richtig studieren, und das Studium ist lang. Da wäre zuerst die Theorie des Augenblicks ... Eine wahre Trinitität ... denn jeder aktuelle Augenblick hat ja seine Vergangenheit, die sich in ihm realisiert, verstehen Sie?
Nein, sagte sie mit einem kleinen Schluckauf.

Sie haben wunderbare Beine, sagte ich nach dem vierten Armagnac, ganz herrliche Beine, wie überhaupt ... darf ich?
Und mit einer ruhigen, sozusagen wissenschaftlichen, etwas besorgten Geste (das ist wichtig) zog ich ihr den Rock bis zu den Oberschenkeln.
Ganz ganz wunderbar, sagte ich, und sie murmelte matt: Was machen wir denn da. Der Gebrauch des pluralis majestatis in dieser Situation machte mich vor Geilheit ganz konfus; aber wegen des Alkoholkonsums ließen sich die darauffolgenden Augenblicke nicht korrekt berechnen, so daß ich mich wieder in die Zone der Konversation flüchtete.
Gegen die Unstimmigkeiten des Schiffskörpers in Relation zur bewegten Wassermasse fütterte ich sie noch mit ein paar Vertigo-Vomex-Tabletten mit Vitamin B 6, wahrscheinlich mit dem Alkohol kontraindiziert. Zum Schluß war sie in einem so schönen Zustand – aber ich bin nicht der Mann, der frühmorgens, an Bord eines Schiffes, Promenadendeck, steuerbord, eine Blinde schändet.

13 Noch während meiner konkurrenzlos ruhigen Arbeit als Friedhofsgärtner, Sargbegleiter und Leser machte ich einen neuen Versuch in der Kunst der Lebenskalkulation und suchte in der Stadt H., einer Annonce folgend, das Lebens- und Berufsberatungsinstitut *Felicitas* auf, geleitet von einem gewissen H. W. Elliott.

Dieses Institut hatte seinen Sitz in der Beletage einer kleinen Villa in der Nähe des Bahnhofes, inmitten eines Parks. Ich hatte mich telephonisch angemeldet und wurde von einer sehr seriösen Dame, ganz in Grau, in Empfang genommen. Im großen Vorzimmer saßen ca. 20 junge Männer und lasen in Zeitschriften wie *Selecta* oder dem *Readers Digest.* Ab und zu klingelte das Telephon, Madame hob ab, lauschte und nickte sodann einem der Herren zu, der hinter einer mit Leder gepolsterten Tür verschwand.

Elliott war etwa dreißig und hatte blonde, gefärbte Haare mit einer veritablen Minipli.

Bot mir einen verläßlichen Corbusiersessel an und sagte, er sei aus meinem geschätzten Brief nicht recht schlau geworden – Sie wollen, so sagte er, eine berufliche Tätigkeit, die es Ihnen ermöglicht, streßlos und ohne viel Anstrengung etc. viel Geld zu verdienen unter der Voraussetzung eines geringen Kontaktes mit Menschen. Tja, geringer Kontakt mit Menschen, lieber Herr Goff, da liegt die Crux. Streßlos – meinetwegen, ohne Anstrengung, das ist machbar – aber leider müssen Sie beinahe in allen Fällen mit dem Menschen kontaktieren.

Man kann, sagte ich, die Kontakte mit Menschen vielleicht auf ein Mindestmaß beschränken.

Gewiß, gewiß, sagte Elliott, auch das ist denkbar, ein reduzierter Verkehr mit Menschen.

Das Leben, fuhr er fort, ist eine hochkomplexe Angelegenheit, gerade im Hinblick auf sogenannte zwischenmenschliche Beziehungen ... folgerichtigerweise auch die Arbeit, die man fristen ... ich meine verrichten muß. Vor physischer Arbeit fürchten Sie sich nicht?

Ich habe eine Schwäche für physische Arbeit, sagte ich, sofern

sie weitab vom Schuß, will sagen, ohne viel menschlichen Verkehr verrichtet werden kann.
Noch eine Einschränkung, sagte Elliott klagend ... die der Ausschöpfung komplexer Arbeit nicht dienlich ist ... im Sinne totaler Disponibilität – wechselnder Arbeits-Erfordernisse ... ich weiß nicht, ob ich mich klar ... ?
Aber vollkommen, sagte ich, was schlagen Sie also vor?
Ich möchte Ihnen, sagte Elliott, vor den konkreten Vorschlägen, die ich unterbreiten werde, gern noch ein paar Testfragen stellen ... Persönlichkeit und Umfeld, Interessen und Neigungen – Was haben Sie studiert?
So gut wie nichts, sagte ich, und Neigungen hätte ich auch keine bestimmten. Nur ginge ich gern dem aus dem Wege, was man grob eine Zumutung nennen könnte.
Jaja, sagte Elliott bekümmert und faltete seine Hände, streßlos, ich weiß ... Haben Sie schon einmal an das Dienstleistungsgewerbe gedacht, z. B. den schönen Beruf des Buchhändlers ... das sei ein edler Beruf, Dienst am Menschen, Dienst am Geist – allerdings nicht hoch bezahlt.
Ich dachte an Lamberts streßreiches Leben und lehnte ab.
Zuviele Bücher, sagte ich, glaube ich, zuviele Menschen.
Nun ja, sagte Elliott, lassen Sie uns nachdenken, dienende Berufe kommen wohl auch nicht in Frage, Pastoren, Beamte, Diplompsychologen?
Ich lenkte mit dürren Worten sein Interesse noch einmal auf die pekuniäre Frage.
Richtig, sagte Elliott, ich vergaß einen Moment die Konditionen. Und der geistliche Beruf käme wohl nicht in Frage?
Ich sagte, mein Kreislauf vertrüge keine konfessionell gebundene Tätigkeit.
Immerhin eine originelle Antwort, sagte Elliott und versank in Nachdenken. Hin und wieder kratzte er sich mit der rechten Hand unter der linken Achsel.
Haben Sie denn, fragte Elliott, irgendeine Vorliebe?
Haben Sie z. B. schon einmal an den Beruf eines Bestattungsunternehmers gedacht? Ruhige Kunden, keine schwere physische

Arbeit und die Kontakte mit den lebenden Klienten fachspezifisch beschränkt. Im übrigen eine gleichbleibend gute Rendite ...
Mir ist das Bestattungsgewerbe, sagte ich, lieb und teuer, aber für mich persönlich böte es allzu wenig Zukunftsaussichten.
Haben Sie irgendein Hobby, das man ausbauen könnte?
Ich sagte, ich photographierte ein bißchen zu meinem Vergnügen, Tiere, Bäume, Gräber und hin und wieder auch Porträts.
So so, sagte Elliott, das ist hübsch, ja, hübsch – haben Sie Interesse an Frauen?
Sicher, sagte ich, klar (endlich kam er auf den Punkt), aber ich fürchte mich vor ihnen.
Das ist nicht das schlechteste, sagte Elliott, was man machen kann. Und wie hoch ist Ihr Interesse an Frauen.
Ich sagte, mein Interesse sei sehr hoch, auf diesem Gebiete hätte ich allerdings noch nicht recht reüssiert. Aber ich sei sicher, daß meine Leistungen, was Verehrung und Verkehr mit ihnen beträfe, aller Streßpotentialität zum Trotz gewiß zufriedenstellend ausfielen.
Damit meinen Sie, fragte Elliott, Sie scheuten keine Mühe.
Nur finanziell, sagte ich, ansonsten sei ich sehr einsatzfreudig.
Das trifft sich gut, sagte Elliott, und wie sind Sie armiert? Verzeihen Sie meine Indiskretion ... aber wir kommen einem gewissen Berufsbild schon näher.
Armiert? fragte ich, ach, Sie meinen das – nun, bislang hat sich keine der Damen beschwert oder beklagt ... explizit.
Verstehe, sagte Elliott, das alles gefällt mir ... in dieser Zone muß man sehr feine Distinktionen machen ... nicht explizit also. Mögen Sie einen Schluck Alkohol?
Ich dankte und sagte, ich tränke in der Öffentlichkeit keinen Alkohol.
Sehr gut, sehr gut, sagte Elliot, nun eine wichtige andere Frage, zu den Details kommen wir später. Sie betrachten alles, was mit dem Dienst an und mit Frauen zu tun hat, nicht als Streß?
Aber niemals, sagte ich, bei dieser Arbeit – sagen wir doch lieber angestrengtes Vergnügen – sei doch jeder vergossene Tropfen Lohn in sich.

Das hamse hübsch gesagt, rief Elliot. Gewissermaßen flexibel.
Gerade bei Frauen sei Flexibilität eine unerläßliche Bedingung zum Erfolg, sagte ich.
Prachtvoll, sagte Elliott, sagen Sie, können Sie, in der Praxis, einen Montrachet von einem Muscadet unterscheiden?
Meine Zunge, sagte ich, wurde schon immer gelobt.
Zu den Details kommen wir später, sagte Elliot – Sie sind organisch gesund?
Absolut, sagte ich, bis auf ein paar Kinderkrankheiten wie Scharlach, der mir eine Kurzsichtigkeit auf dem linken Auge hinterließ, eine folgenlose Diphterie und Mumps mit glücklichen Folgen für erfolgreiche Kontakte.
Wollen Sie damit sagen, rief Elliott, daß Sie –
Ja, sagte ich bescheiden, ich bin unfruchtbar auf der ganzen Linie.
Mein Gott, sagte Elliott, was für ein Glücksfall, ich habe seit Menschengedenken keinen Infertilitätsfall gehabt – es ließe sich auch ein Attest auftreiben?
Mein Infertilitätszertifikat, sagte ich, hüte ich wie die Urne meiner Mutter.
Wunderbar, rief Elliott, nun noch eines – Ihr müdes Material, um mich einmal sachlich auszudrücken in diesen romantischen Zusammenhängen, macht Sie doch nicht etwa impotent?
Wo denken Sie hin, sagte ich, meine Potenz ist mindestens so ausgeprägt wie meine Furcht vor Frauen.
Wie süß, sagte Elliott, ich glaube, wir kommen ins Geschäft. Begeben Sie sich doch bitte durchs Vorzimmer in den Raum 23, dort erwartet Sie unsere Frau Lyons, natürlich nur ein Pseudonym.
Wir standen auf und Elliott reichte mir seine feste, heiße und dicke Pfote.
Was für ein glückhafter Augenblick, sagte er pastoral.
Und ich war im Geschäft, das leider nur kurz dauern sollte. Aber in der Zeit lernte ich massenhaft viel und konnte durch die vielen unabgeschlossenen Lernprozesse mit ungewissem Ausgang meine Kalkulationen und Berechnungen auf der gesunden Basis von Erfahrung und anderen Sinnesdaten besser überschauen.

14

Ich habe die humanistische Bildung immer bewundert, wo ich sie auch fand.

Ein Bekannter konnte den ganzen Ploetz auswendig, in der Ausgabe von 1960; eine Freundin kannte sämtliche dia- und monologischen Partikel W. Fields; einer unserer Autoren, ein gewisser Hagen, schrieb an einem mit graphischen Darstellungen ausgestatteten Werk: *Symbol der Etikette – zur Archäologie der Visitenkarte im 19. Jahrhundert,* uswf.

Lamberts Lebensmotto hieß damals, Quelle unbekannt: Alles, was geschieht, ist Symbol. Ich bin kein ausgebildeter Hermeneut, aber die Fülle der Interpretationsmöglichkeiten ist einfach enorm, vor allem im trüben Alltag.

Für alle Ausnahmen hatte er ein flottierendes Motto: Symbolisch sehen, das heißt, eine Erscheinung nicht um ihrer selbst willen betrachten, sondern sie als Ausdruck einer höheren Gesamtheit nehmen. Lamberts gebildete Interpretationen dieser beiden Sentenzen führten zu gewissen Unstimmigkeiten bei der sog. Realitätserfassung ... Eine Schwäche fürs Absolute macht jede Lebensdisposition unerträglich.

Vor seinem ‚Affekt nach Etikette' (so nannte er seinen Coup später), führten wir auf dem Friedhof auf der Bank unter der Blutbuche noch eine vernünftige Unterhaltung.

Alles in mir bäumt sich, sagte Lambert, sehe ich früh verfettete Jugendliche oder junge Mädchen mit Ammenbusen in Jeans, die ihr sowieso falsches Bewußtsein mit ödestem Quark füttern. Falsche Bücher! Falsche Gedanken! Falsche Gefühle! Apolitisch ...

Vergessen sie nicht, sagte ich, die Hintergedanken, die darf man nicht unterschätzen.

Fortschritte am Frauenplan, fragte Lambert, wenigstens kleine Fortschritte und keine Rückschritte?

Stagniert im Augenblick, sagte ich, man muß entschieden mehr Frauen rekrutieren; je größer die Auswahl, desto höher die Erfolgsquote, statistisch gesehen.

Ach Goff, sagte Lambert, gewiß ist alles Metamorphose im Leben, aber doch nicht mit Streß, Leiden etc., ... das kann unser Goethe nicht gemeint haben. Ich bin so deprimiert ...

Ihr Serotonin-Spiegel ist wahrscheinlich zu hoch, sagte ich.
Mein was, fragte Lambert erschreckt.
Das war typisch für Lambert. Kannte sich in seinem 18. Jahrhundert aus dem ff aus, aber keine Ahnung von Lebenstechnik.
Ein Neurotransmitter, sagte ich, ein Botenstoff des Gehirns, der die biochemische Basis für Depressionen, Ärger und andere Affekte bildet.
Jaja, die Bildung, sagte Lambert.
Schlucken Sie einfach ein Antidepressivum, sagte ich, dann läuft die Maschine wieder.
Das ist keine landläufige Depression, sagte Lambert, ich habe nicht dreißig Jahre auf das Studium meiner selbst und der Fremdpsyche verwendet, um Depressionen zu haben wie gewöhnliche Leute. Ich leide an Traurigkeiten, die mich grundlos und blitzartig überfallen ... bestimmte Geräusche ... auch Sprechgeräusche machen mir eine kalte Gehirnhaut.
Und mit einem zarten Pianissimo setzte er hinzu, ganz Faust zu Mephisto: Und bei Caroline versage ich als Mann.
Auch dagegen, sagte ich, läßt sich etwas machen ... Es gibt hier in der City einen begnadeten Urologen, der injiziert Papaverin direkt in die Peniswurzel – das Ding steht Ihnen wie eine römische I.
Was für ein widerlicher Name, sagte Lambert, Papa-Verin?
Die Entdeckung eines Apothekers namens Merck, sagte ich (Besitzer von tausend überflüssigen Informationen), im Jahre 1848, als es besonders viele Lendenlahme oder Durchblutungsstörungen gab.
Und das nützt wirklich, fragte Lambert, ist ungefährlich und man kann es eigenhändig injizieren?
Lassen Sie es von Caroline machen, sagte ich, Frauen haben bei solchen Prozeduren immer eine ruhige Hand. Im übrigen muß man eben Maß halten, wie die Spartaner.
Das waren die Eudämonisten mit dem rechten Maß, sagte Lambert abwesend.
Zuviel ist ungesund, sagte ich, ein Freund, Hochschullehrer, immer

im Streß, injizierte sich eine hohe Dosis und hatte zwei Stunden eine Latte; ans Vögeln ist dabei natürlich nicht zu denken.
Wer will denn dabei schon denken, sagte Lambert gefühlvoll, zwei Stunden? Meine Güte ... mir würden 10 steinharte Minuten vollauf genügen.
Wie gehts der Familie, fragte ich, was macht Egmont? Immer noch das große Kotzen nach Schokolade, Heulen und Zähneklappern?
O, sagte Lambert, er hat Cornflakes entdeckt; mümmelt geräuschvoll den lieben langen Tag. Mit seinen sechs Jahren wiegt er beinahe 50 Kilo. Wenn ich nur wüßte, wogegen er sich so panzert.
Und Ihr schöner Satansbraten, fragte ich, alles in Ordnung?
Wie mans nimmt, sagte Lambert, am besten stoisch. Sie hat eine Allergie gegen mich entwickelt und muß dauernd zu einem Dermatologen. Ich fürchte, sie hat sich in das Schwein verliebt, einen bärtigen Faun mit Lippen, die wie rote Maden aussehen. Holt sich in der Buchhandlung seine *Selecta*.
Schlafen Sie mit beiden Frauen, fragte ich, und wenn, wie ist das?
Aber nein, sagte Lambert, das wäre doch eine Kränkung für beide Frauen; nein, einer Frau sollte man schon immer die Treue halten.
Aber, bester Goff, wie geht es Ihnen. Sie haben abgenommen ... Ihr Blick ist hohl ... ein inneres Leiden? Waren Sie bei einem verständigen Internisten?
Streß, sagte ich, nix als Streß. Auch ich bin ein bißchen lendenlahm durch meine kompetente Arbeit im Institut FELICITAS ... Ich habe Rückenschmerzen durch die Arbeit auf dem Friedhof, durch die falsche Dosis eines Blutdruck-Präparates leide ich unter leichten Absencen; ich muß mit der nekrophilen Edina Schluß machen, Sie erinnern sich, die feurige Gattin eines Diplomaten, die es gern auf Gräbern unterm Sternenzelt treibt.
Nein, ich bin nicht ganz auf der Höhe.
Gesundheit und Tauglichkeit fallen zusammen, sagte Lambert, das behauptet Goethe wenigstens in seiner Farbenlehre ... Ich bin mir da nicht ganz sicher.
Lambert bewegte kummervoll seine zehn Zehen in den Boxcalfschuhen und seufzte.
Ein Bekannter, sagte ich, unter selbstgewähltem Streß lebend,

drückte des Morgens beim Scheißen, peng, Gehirninfarkt, sehr unangenehm für alle Beteiligten. War ein inspirierter Rundfunkredakteur, aber lange Zeit linksseitig gelähmt, mußte alles neu erlernen.
Wir lernen viel und wissen wenig, sagte Lambert automatisch, Brief an Knebel. Ich weiß viel, und dennoch rege ich mich über alles maßlos auf. Vor allem über die Dummheit in ihren diversen, immer aufdringlichen Formen.
Mein leichtlebiger Pa, sagte ich, versetzte sich mit einer silbernen Nadel einen Stich in die Milzgegend, wenn er sich ärgerte, danach war alles in Ordnung.
Glückliche Natur, sagte Lambert, ich könnte mit der Faust ...
Bringt nur Konflikte, sagte ich, und die sollte man vermeiden.
In der Ferne kroch ein Trauerzug im Sonnenschein, viele schwarze Witwen, kaum Herren, auch der Pfarrer war weiblich.
Ich lieh Lambert mein Fernglas.
Ein Vollweib, sagte Lambert, herrliche Brüste.
Sehen Sie, sagte ich, so gehts – für schöne Augenblicke sorgen, für sie dankbar sein, immer mit den Fakten rechnen, Risiken minimieren, korrekt kalkulieren und die Konsequenzen daraus interpolieren oder extrapolieren je nachdem, das ist alles.
Das klingt ja furchtbar, sagte Lambert, aber irgendwie übersichtlich. Und was haben Sie persönlich minimiert oder kalkuliert?
Alles, sagte ich, was nur an Fakten im Spiel ist, Kosten, Nutzen und die Kosten-Nutzen-Relationen.
Und wie würden Sie Ihre Situation im Augenblick beschreiben, fragte Lambert.
Gewissermaßen nicht hoffnungslos im Hinblick auf die gegebenen Daten, sagte ich.
Und das genügt Ihnen, fragte Lambert, so ein junger Mensch...
Erwartet man mehr, sagte ich, kann man übel auf die Schnauze fallen.
Als wollten Sie in keinem Fall ins Unreine leben, sagte Lambert, und wo bleiben die Gefühle, die Empfindungen, die Affekte? das Herz?
Alles zu seiner Zeit, sagte ich, mit allem, was sich reimt.

Ja, leiden Sie denn nicht unter der Abwesenheit von Affectationen, rief Lambert – sind Sie denn wenigstens in eine der Frauen ihres Plans verliebt?
Wo denken Sie hin, sagte ich, Frauen sind allzu erlesene Geschöpfe, als daß man sich Liebesgeschichten erlauben dürfte. Bei einer wirklich klugen Frau zieht man immer den kürzeren – und das wäre der reine Streß.
Was sind Sie für ein seltsamer Mensch, sagte Lambert, finden Sie denn eine der Frauen besonders anziehend?
Alle, sagte ich wahrheitsgemäß, leider hat eine jede ihre spezifischen Reize, die den anderen fehlen, aber alle sind sie reizvoll und eigentlich will ich sie alle, soviele wie nur möglich, am liebsten jeden Tag.
Aha, sagte Lambert, das steckt also hinter diesem Lebenskonzept, Sie sind ein Lüstling, ein Schwein, ein übler Roué.
Sie irren sich, sagte der brave Goff an diesem sonnigen Nachmittag auf dem Friedhof, ich will sie riechen, spüren, berühren, streicheln, küssen und liebkosen, auf Händen tragen uswf.
Als Konzept des Frauenplans, sagte Lambert, ist das alles schwach, entbehrt allerdings nicht eines gewissen Charmes.
Natürlich ist der Plan noch schwach, sagte ich, und auch ich bin im Augenblick geschwächt, deshalb werde ich mich auf eine Exkursion in den Hohen Norden begeben ... viel Natur ... Beobachtung von Tieren – in der freien Natur, da soll der Plan perfekt gemacht werden.
Soso, sagte Lambert, Natur, ausgerechnet Sie, sagen Sie mal, wann hat denn Ihre Fixation aufs weibliche Geschlecht angefangen?
Bestimmt schon im Fruchtwasser, sagte ich, oder im Kinderhort mit der kleinen Jessica, die eine süße Zunge hatte. Unsere Küsse dufteten immer nach Karamelbonbons.
Aus der Kapelle ertönte das asthmatische Keuchen der Orgel, und dann setzte in der falschen Geschwindigkeit der Toten Lieblingsmusik ein, das Largo von Händel.
Lieben Sie Ihre Eltern, fragte Lambert.
Unbedingt, sagte ich, zumal wir uns nur einmal im Jahr sehen.

Und meines Vaters Minnedienste im Sinne der Wissenschaft sind höchst achtenswert.
Und die Tiere, fragte Lambert, mögen Sie die Tiere?
Nicht alle, sagte ich, dafür lieben sie mich; sogar Spinnen.
Sie sind, sagte Lambert, ein Monstrum, vielleicht ein unschuldiges, aber ein Monstrum in jedem Fall, nicht ganz von dieser Welt. Mögen Sie Männer, fragte Lambert, will sagen, den Umgang mit Männern? Wenn er unumgänglich ist, sagte ich, dann wohl. Es ist wie mit den Zwillingsschwestern, beide rothaarig, in die ich mich verliebte – die eine sagte zu mir, wir sind beide böse, aber ich, ich bin das kleinere Übel.
Ich begreife nicht ganz die Pointe, sagte Lambert, aber geben Sie mir zum Abschluß noch ein paar Instruktionen.
Gern, sagte ich, seien Sie egoistisch, leben Sie kühn und monomanisch, aber ohne Anstrengung; bei Streß abbrechen, kleine Manöver ohne Initialschwierigkeiten einleiten ... Küssen Sie in einer abhängigen Minute Ihren schönsten weiblichen Lehrling; das sind so die Augenblicke, die man sich verschaffen sollte.
Viel Glück mit dem Frauenplan, sagte Lambert.
Grüßen Sie Ihre Frauen, sagte ich, küssen Sie Ihre Geliebte auf die Schläfen. Wußten Sie, daß jede Frau an den Schläfen verschieden duftet, links völlig anders als rechts?
Ich werde daran denken, sagte Lambert.
Ich sollte ihn lange Zeit nicht wiedersehen. Er ging dahin, mittelgroß, dynamisch und bis zum eindrucksvollen Kahlkopf im Besitz wunderbarer Affekte, mit denen seine großzügige Natur ihn ausgestattet hatte.

15 Der große Koordinator, Lebenskünstler, Risiko- und Konflikt-Vermeider, Photograph, Autorenkontaktagent, Lektor, Liebhaber älterer Frauen und endlich Passagier der ersten Klasse auf der *Omphale,* lag am frühen Morgen im Deckstuhl Numero 24 am Hinterteil des Sonnendecks und dachte, wenn das der richtige Ausdruck ist, nach. Meine Gedanken waren leicht und fluide, sozusagen ohne den üblichen Land-Ballast, und ich machte eine Liste; der Kapitänskoffer mußte endlich ausgepackt werden, um wenigstens das Dinnerjacket für die erste Mahlzeit herauszuholen, es wäre human und freundlich, Daisy einen Besuch in der Quarantänestation abzustatten, man könnte die schöne Blinde hintergedankenlos spazierenführen und ihr Dinge zeigen, die nicht existieren.

Man konnte auch gar nichts machen und alle Punkte stillschweigend eliminieren.

Ich habe schon immer gern eliminiert, d. h. in einer schnellen, beiläufigen Gedanken-Operation unliebsame Elemente aus der aktuellen Realität getilgt, zu meinen Gunsten natürlich. Setzt beim systematischen Gebrauch auch bei Wiederholungen dieses Aktes eine gewisse Betriebsblindheit voraus.

Leider existierten diese unliebsamen Elemente unabhängig vom Eliminieren weiter, aber nicht ganz so aufdringlich oder penetrant. Bei Gelegenheit werde ich diesen Trick einmal vorführen.

Zwischen den zufälligen Sortimenten von Ereignissen und den Sortimenten fixer, deterministischer Gesetze ist auch an Bord eines Schiffes die Kunst der Vorausschau das reine Lavieren.

Aber, so dachte ich, auf diesem begrenzten Raum, mithin überschaubar, konnte soviel nicht passieren.

Ich wollte, um jeden Preis, Ruhe und Frieden, nichts als Ruhe und Frieden, ein gutes Bett, geringe Vibrationen, keinen Orkan oder wie man das nannte, gutes Essen (für exzellentes Essen bleibt man besser an Land) und vielleicht einen streßlosen Fick mit der Blinden. Mein Blick fiel auf die Speisekarte, in Plastikfolie eingeschweißt und gebunden; die Getränke standen separat:

CLEAR OXTAIL SOUP

SHRIMP COCKTAIL

MINCED VEAL AND MUSHROOMS IN A RICH CREAME SAUCE
VEAL LIVER WITH BACON AND BEANS
COTELETTE DE PORC ‚TUNG PO'
PICCATA MILANESE
ESCALOPE DE CERF BUFFALORA
PARFAIT AU CHOCOLAT
COUP DANEMARK

Das war auf den ersten Blick so übel nicht, und ich beschloß, vor dem ersten Gabelfrühstück absolut nichts zu tun und danach erst recht nicht, bis zum Diner.

Ich vertiefte mich wieder in die Lektüre J. Hempelmanns, *Praxis der Friedhofsgärtnerei*, bei Paul Parey 1927 in Berlin erschienen, Seite 65, Kolumbarien, ein Kapitel, das meine Nerven immer beruhigt hat.

16 Man hätte vorausschauen können, wie schlecht die Küche auf diesem Schiff ist; jetzt muß ich doch die Koffer auspacken, um an den Dosenöffner zu kommen.
Den Speisesaal hatte ein blinder asiatischer Architekt im Ottoman-Boule-Stil, gemischt mit van de Velde, entworfen, ca. 30 Tische, exakt neun Personen, sechs männliche und drei weibliche, kein Kind, kein Haustier, insgesamt 10 Kellner in schillernden Uniformen, scharlachrot und typhusblau; schon die Farben hätten mich warnen müssen. Aus einem Lautsprecher plärrten deutsche Schlager in einer Lautstärke, die das Trommelfell knistern ließ. Während der klaren Oxtail-Suppe sang die mausetote Alexandra mit Babyelefantenstimme, was den Genuß der Suppe nicht wesentlich beeinträchtigte. Meine Magennerven waren in Schuß; kein Wunder nach zwei Valium forte. Nun hieß es, sagte ich mir, vorsichtig probieren, um festzustellen, um welche internationale Küche es sich handelte.
Die Suppe bestand aus klarem Wasser mit einem einsamen Zyklopenauge Fett. Dann kam der Shrimp Cocktail, ein Kelch aus Kristallglas, mit einer safrangelben, schaumigen Masse, in der ein paar Krabbenleichen schwammen, so gut es in der Masse ging.
Für das Studium der Speisekarte, ebenfalls in Folie, ohne Kunstleder, sehr schmierig, setzte ich meine Sonnenbrille auf. Die Sonne wurde durch die Facetten von acht achteckigen Glassäulen reflektiert. Leider entschloß ich mich zur exotischen Position Cotelette de porc ‚Tung Po‘, obwohl ich hätte wissen müssen, wie gefährlich Fleisch ist, in jeder Beziehung.
Mein Freund Pollard, seines Zeichens Philosoph in Oxford, ein extrem umsichtiger Mann, bestellte in Hongkong während eines Convents von japanischen, deutschen und englischen Sprachphilosophen etwas Falsches, obwohl er die Ware vorher besichtigt hatte. Man hatte ihn ins Souterrain geführt; dort hockten in kleinen Boxen Chow-Chow-Welpen. Die Unterhaltung wurde wohl auf englisch geführt und Pollard wurde gefragt, welcher der Hunde ihm gefiele. Entzückend, sagte Pollard arglos – der Leiter der Veranstaltung, ein gewisser Lou Pe, hatte allen ein exquisites, ein-

maliges Mahl versprochen – und zeigte auf ein Hündchen mit einem weißen Fleck über der Nase.
Die polyglotten Philosophen bestellten à la carte und dann kam der zweite Gang, herrliches, weißes, im Kern duftig-rosiges Fleisch. Pollard sagte, dieses Fleisch habe so gut geschmeckt wie nichts in seinem Leben vorher; es hätte ihn an ätherische Bärentatzen von einem fremden Planeten erinnert, geröstet von der Fusion zweier Gestirne. So poetisch wurde der pragmatische Pollard selten. Na, später, im Hotel, erfuhr Pollard die wahre Natur dieser Köstlichkeit, eben der Chow-Chow-Delikatesse, und ihm wurde so übel wie selten im Leben. Ich kann diese Empfindsamkeit post festum nicht recht verstehen, ebenso wenig wie die Arglosigkeit meines Freundes, der ernsthaft geglaubt hatte, man wolle ihm ein Hündchen schenken. Das sind eben die Folgen mangelhafter Kalkulation bei trivialen Anlässen.
Als ich den ersten Bissen Fleisch im Mund hatte, ging eine junge Dame an meinem Tisch vorbei, deren wohlgeformte Hinterbacken bei jedem Schritt wackelten. Das Fleisch schmeckte süß, das war der Honig. Ich entfernte den Bissen dezent und versteckte ihn unter der Stoffserviette.
Um die Kehle für die nächsten Experimente geschmeidig zu halten, bestellte ich bei einem Buckligen, ganz in scharlachrot mit einer weißen Schärpe, einen Wein; die Auswahl war nicht groß:
Rotwein, deutsch, franz. griech. ägypt. tun.
Weißwein, franz.
Cointreau, open
Diff. Vines, rouges, white, noir.
Ich bestellte Rotwein, franz.
Bouteille, fragte der bucklige Ober und massierte mit dem Ringfinger sein Zahnfleisch.
Sind Sie der Sommelier, frage ich.
What you mean, fragte der Ober und nahm einen Fingerwechsel vor.
Schon gut, sagte ich, eine Bouteille.
Eine nackte, etikettenlose Flasche wurde gebracht, lauwarm. Der Probierschluck war schlimm, der zweite ein bißchen besser. Dieser

Wein war sehr süß und hatte einen Nachgeschmack von schwarzem Tee; vielleicht war in dieser Création auch wirklich schwarzer Tee.

Ich schenkte mir den Rest der Mahlzeit und bestellte zum Abschluß Parfait au Chocolat. Kam nach einer Viertelstunde, garniert mit einer gelben Kirsche, die schon lange keinen Hafen mehr gesehen hatte. Dazu wurde eine Dessertgabel gereicht, Gott weiß warum. Bald wußte ich es. Die Konsistenz des Parfait verlangte nach einer Gabel – es war eine glitschige Kugel, die man aufspießen mußte. Dann hatte ich sie auf der Gabel und sie rührte sich nicht mehr; erlegt sozusagen. Ich bat um einen Löffel, und nach 10 Minuten hatte ich einen Dessertlöffel mit alten Kupferflecken. Mit dem schabte ich ein Stück von der Parfaitkugel ab. Das Zeug war noch süßer als der Wein und trieb mir die Tränen in die Augen. Gleichzeitig spürte ich die Vorboten eines gewaltigen Sodbrennens, so daß ich, reine Prävention, ein Glas Cointreau, open, orderte.

Ich hätte es wissen müssen. Es handelte sich um den gleichen Schnaps, den ich an Deck mit der Dame Nadine getrunken hatte, alkoholisierte Kamelpisse.

Um nichts unversucht zu lassen, bestellte ich, letzter Akt, eine Flasche Bier. An Flaschenbier kann man schwer etwas falsch machen, vorausgesetzt, es hatte die vorschriftsmäßige Temperatur. Mein Bier hieß Rose de Valois, keine Herkunftsbezeichnung, und kam in einer hübschen Flasche mit Stanniol, wie es sich gehörte. Es war so kalt, daß die Kohlensäure sich verzogen hatte. Da gab ich auf. Wenn das die durchschnittliche Lunch-Qualität war, sollte man sich besser selbst versorgen oder aber den Koch bestechen. In der Kabine legte ich mich auf den Rücken, die Totenhaltung hat sich bei Sodbrennen immer bewährt, schluckte Natron und wartete ab, bis auch dieser unwürdige Zustand vorbeiging.

17

Als mein Sodbrennen nachließ, fing es draußen an zu regnen, zuerst nicht besonders stark, dann aber gewaltig, ein gleichmäßiges Dröhnen von Wassermassen auf Stahl.
Als vorsichtiger Reisender machte ich eine Kabinen-Bestandsaufnahme in der Form einer Checkliste. Dadurch ließ sich das Auspacken verschieben.
Das Bullauge hatte eine Konjunktivitis im Anfangsstadium – rostige Tränen flossen über das Holzpaneel auf den Teppichboden. Mußte reklamiert werden.
In der Toilette funktionierte alles außer dem Bidet, das seinen Dienst schon lange quittiert hatte. Handtücher fehlten; die Seife stank nach Lilien.
Das Bett, das Bett schien in Ordnung zu sein. Ich legte mich auf den Bauch, wieder auf den Rücken und dann in die Seitenlage für die Nacht; nicht zu weich und nicht zu hart. Allerdings fehlte ein Kopfkissen; schlief ich zu flach, gab ich Geräusche wie ein Sterbender von mir, hatte mir eine Freudin versichert, die selbst wie ein Teufel schnarchte. Weckte ich sie, reagierte sie mit somnambulen, aber treffsicheren Kopfstößen.
Leider gab es nichts mehr zu inspizieren, also mußte ich auspakken. Mir fehlten meine Frauen; Frauen können wunderbar auspacken und zweckmäßig verteilen.
Gottlob fand ich den Schlüssel nicht, den ich vor dem Lunch auf die Passagierliste gelegt hatte; weg ist weg.
Legte mich wieder auf den Rücken, Meditationshaltung, und dachte nach.
Gegen vier Uhr nachmittags erwischte mich die erste Kolik; mein Magen war steinhart und ich fürchtete das Schlimmste. Ging aufs Klo, stopfte mir zwei Echnatolzäpfchen ins Rektum und trank einen Schluck Wasser.
Zur Teezeit war die vierte Kolik nur noch eine schwache Imitation der ersten; auf der Kabinenseite liegend, entdeckte ich den Kofferschlüssel – war von der glatten Passagierliste gerutscht, hatte einen Sprung über den Teppichboden gemacht und lag nun, unwiderruflich, in meinem linken Pantoffel, ein Geschenk von Angelica.

Deponierte den Kofferschlüssel in einem Kristallaschenbecher in der Form einer verblühten Rose, holte aus dem Handgepäck Graf Dürckheims *Der Alltag als Übung,* ein vortrefflicher Titel, finde ich, setzte mich in einer meditationsgünstigen Haltung, also extrem unbequem, auf den Arsch, natürlich mit einem Kissen aus Chintz, und begann gemäß der Anweisungen meiner Lieblingsinternistin Magda streng lehrbuchgerecht zu meditieren.
Ich weiß nicht mehr, warum diese Übung trotz aller Vorbereitung so gründlich schiefging, an mir lags jedenfalls nicht.
Zuerst las ich den Text. Texte lesen war ich gewöhnt, ja man kann sagen, daß ich nicht die geringsten Schwierigkeiten mit den allerblödesten Texten habe. Ich habe schon Texte gelesen, nach denen nervenschwache Leute Harakiri mit einer Kuchengabel gemacht hätten. Ich habe auch Texte hinter mir, ein und für alle mal, wie wir alle hoffen wollen, nach denen Leute mit einem freudigen Lächeln aus dem Fenster sprangen; o Grammatik, heilige Mutterkuh, natürlich gesprungen wären, Konjunktiv ...
Im Text hieß es:
Alle echte Meditation geht über zwei Stufen. Sie beginnt mit der Konzentration, in der der Mensch sich selbst vom Willen her zusammennimmt und die Kraft seines fixierenden Ichs auf das Insgesamt dessen richtet, woran, worin und wozu sich die Verwandlungsübung vollzieht.
Die Sache schien mir anfangs sonnenklar zu sein; über zwei Stufen, nicht eine und auch nicht drei, beginnt man mit der Konzentration. Konnte keine Stufen finden, nicht einmal die erste. In der Mitte konnte man ja schlecht anfangen. Versuchte, mich vom Willen her zusammenzunehmen, erlitt dabei aber einen Wadenkrampf. Zweiter Versuch.
Nachdem der Krampf sich verzogen hatte, richtete ich mental die Kraft meines fixierenden Ichs auf das sogenannte Insgesamt dessen, woran, worin und wozu ich die Verwandlungsübung eben vollzog. Entweder fixierte ich nicht intensiv genug, oder ich verfehlte irgendwie das Insgesamt, oder es ergab sich eine Unstimmigkeit zwischen meinem fixierenden Ich und dem woanders weilenden Insgesamt, damit war jedenfalls nichts.

Eine Weile ließ ich die fixierenden Kräfte des Ich frei flottieren; sofort hatte ich einen seidenen Tanga vor Augen, gefüllt mit lieben alten Erinnerungen.
Vielleicht mußte man ein privates und würdiges Äquivalent zum Dürckheimschen Insgesamt finden oder etwas in der Art unternehmen. Ich war um 18 h fest entschlossen, nicht auszupacken, sondern den Text ernst zu nehmen.
Diese Konzentration, sagte der ergiebige Text, erfolgt mit den Kräften des Ichs, das gegenständlich fixiert, unterscheidet und etwas will. Der Ausdruck ‚gegenständlich' machte mir Sorgen, ansonsten überstieg dieser Übungspart nicht meine mentalen Kräfte, die allerdings leicht zerstreut waren. Mußte am Essen liegen oder an der Seeluft. War ‚gegenständlich' ein Synonym für ‚objektiv', oder sollte ich mit den halbwegs freien Kräften des Ich einen Gegenstand fixieren, indem ich ihn unterschied von anderen Gegenständen? Aber welchem Gegenstand sollte ich den Vorzug geben ...
Der nächste Satz enthüllte, daß man sich mit dem Gegenstand der Konzentration auseinandersetzen sollte.
Ich habe gegen nichts eine so starke Abneigung wie gegen Auseinandersetzungen, sei es mit Menschen, Tieren, Ideen, Hunden oder Objekten. Schließlich hatte ich den Dreh – der Gegenstand meiner Konzentration war mein momentaner, aktueller Zustand, das im Augenblick läppische ‚So-Sein'.
Repetition – der Gegenstand meiner Konzentration war der Zustand, der zu meiner Dekonzentration geführt hatte. Das war wieder kristallklar. Ich begann den Text als Liebhaber zu lesen; ein Lebenshilfetext, textuell und nicht textuell, was für eine Textur. Nachdem ich mir ein zweites Kissen unter den Arsch geschoben hatte, setzte ich die Lektüre fort.
Der Text als solcher, separiert von allen anderen ähnlichen Texten, schien mir ein bißchen sehr allgemein abgefaßt; vielleicht mußte man schon diverse Meditationsübungen absolviert haben, ehe sich die genuine Qualität dem Meditationsbedürftigen vollkommen erschloß?
Die Auseinandersetzung (schon wieder dieser scheußliche Aus-

druck, der an verschwitzte Caritas-Untaten gemahnte), sagte der Graf wohlgemut, ganz offenbar nach einer erfrischenden Meditation seines ganz speziellen Kalibers, geschieht als waches Erkennen seiner eigenen Fehlform (sic!) und der Störfaktoren (sic! sic!) seines Inneren (?) oder im Begreifen (jetzt mußte der Punkt kommen, der alles erhellte ...) und klärenden Wahrnehmen des Gegenstandes, der zum Meditieren gewählt ist, sei es ein Bild, ein Wort, der Atem oder was sonst.
Ich hasse Sätze mit Herzrhythmus-Störungen.
Unabhängig von der Form des Satzes, überraschte mich sein Schluß. Ein so distinkter und präziser Denker des Bewußtseins darf einfach nicht so enden; so ein Satzschwanz muß geistige Anmut haben, wenn nicht noch mehr.
In der Tat, da hat der Graf recht, hatte es in der letzten Zeit gewisse Störfaktoren gegeben, die auf mich und meine Umgebung einen ungünstigen Eindruck machten.
Nach diesem flottierenden, meditationsfremden Gedanken öffnete ich mit aller Kraft den Koffer, nachdem ich ihn auf den Rükken gewälzt hatte, und fand in dem Chaos auch richtig eine volle, jungfräuliche Flasche Tullamore, Gott segne Angelica, wenn es nicht Magda gewesen war oder die gute Julie, Gott segne sie alle. Trank diszipliniert ein Zahnputzglas voll und widmete mich wieder dem Grafen.
Alles vollzieht sich in der Spannung von Subjekt und Objekt. Wie wahr; besser ließ sich dieser mißliche Punkt nicht erfassen. Meditation beginnt erst dort, hieß es im nächsten Abschnitt, wo das vom Ich Ergriffene das Ich ergreift und aus der gegenständlichen Auseinandersetzung eine inständliche Ineinandersetzung wird.
Mir wurde ganz schwach im Kopf. Demnach gab es zwei Ich, die einander ergreifen sollten, damit aus der gegenständlichen Auseinandersetzung mit dem einen Ich die inständliche Ineinandersetzung des anderen durch Fusion erzeugt werde.
Vertagte die Interpretation dieses Satzes und konzentrierte mich auf den darauffolgenden, der ein bißchen schweinisch klang, aber nur metaphorisch: Hierbei verwandelt sich die Form des Bewußt-

seins vom männlich-aktiven, sich auf etwas hinrichtenden Pfeil zur weiblichen Schale, die aufnimmt und sich ohne aktives Zutun des Ichs füllt. Aus einer Aktion wird eine Passion.
Finde, der Graf hat sich an dieser Stelle sehr glücklich ausgedrückt, aber von der Praxis hat er keine Ahnung – von wegen ‚ohne aktives Zutun des Ichs füllt' – die weibliche Schale, die das vermag, möchte ich sehen.
Ich verscheuchte diese erotisch verseuchte Ablenkung und las weiter: In seinen Gebärden bekundet und verwirklicht sich der Mensch als personales Subjekt.
Was sollte das nun wieder heißen.
In den frühen Jahren der EDITION AVICENNA, als wir gerade in der Sparte Philosophie höchstens vier Autoren hatten, schickte uns ein Herr aus Strassbourg eine Schrift mit dem Titel *Philosophie der Gebärde,* mit Zeichnungen des Verfassers, eines gewissen Carpentier. Was aus der Schrift wurde, weiß ich nicht mehr, der Verfasser hatte zwei Monate später einen Skiunfall im Engadin und prallte, wohl nach einer falschen Gebärde des Beins, gegen eine Fichte, während einer seiner Skier nach 10 Minuten sanft im Tal ankam, mit einem Schuh in der Bindung. Wahrscheinlich mußte man sich in diesem Stadium der Übung einen Gegenstand aussuchen, ein Wort, ein Bild oder sonstwas. Die Suche nach diesem speziellen Gegenstand zog sich in die Länge; mir fiel kein würdiger ein. Im Handgepäck fand sich eine Packung Pariser, ihr vorsorglichen Frauen, tausend Dank, eine Flasche Scotch und ein kleines Transistorradio. Dem Grafen wären diese Objekte bestimmt nicht passend erschienen.
Dann gabs noch eine Hundeleine von Daisy, eine Packung Hundefutter und ihren Lieblingsplastikknochen, mit dem sie schon als junges Mädchen gebalgt hatte.
Ich baute den Knochen auf den Couchtisch und fixierte ihn mit aller Kraft.
Nichts passierte. Es passierte nichts.
Auf Seite 65 – zum regelmäßigen Lesen fehlte mir die Konzentration – stand noch ein gebärdenreicher Satz: Die aktuelle Gebärde ist der unmittelbarste Ausdruck des personalen Subjekts.

Was mochte wohl eine aktuelle Gebärde sein ... Es war anzunehmen, daß der Graf jene Gebärde meinte, die man während der Aktualisierung vieler Gebärden zuallerletzt veranstaltet hat; aber sicher war ich mir nicht.

18

Ich habs geschafft, es ist vollbracht, Sisyphos ist ein Dreck gegen mich; der Koffer ist ausgepackt, der Kapitänskoffer und auch die beiden kleineren Brüder, ebenso das Handgepäck bis zum Kulturbeutel mit der Dentalanlage von Braun, ein Geschenk von der elenden Elena, Weihnachten 1986. Wenn einem die Frau des Herzens eine Dentalanlage schenkt, kann das viel bedeuten, inklusive einer Kritik an der Pflege der Zähne. Aber am ersten Weihnachtstag sagte sie mir morgens: Du rasierst dich falsch, und das war das Ende dieser wunderbaren Affaire.

Zwei Posten der Bagage hatten das größte Gewicht – die Notkonserven und meine Kollektionen, geliebte alte Photographien und die Original-Tagebücher des Goff-Clans, allerdings in photomechanisch miniaturisierter Form.

Die Garderobe hatte, glaube ich, Olivia eingepackt – einen alten Smoking mit zu langen Ärmeln, ein florentinisches Dinnerjackett mit einem alten Fettfleck in der Herzgegend und ein paar wüste Strickjacken, die nach Pipichat dufteten, Irmas Marke, gemischt mit ihrem Houbigant-Parfum.

Mathilde hatte sich des Restes angenommen – Hosen, Unterwäsche und Socken. Bedauerlicherweise litt sie unter Farbblindheit, so daß ich sehr farbenfrohe Kombinationen anziehen konnte. Bei der Unterwäsche war das gleichgültig, aber zu welcher Gelegenheit sollte ich rubinrote Hosen tragen? Die Socken hatte Mathilde in einem tiefen Violett ausgesucht, eine Kontusionsfarbe, für Landaufenthalte bestens geeignet.

Wer den Kulturbeutel gepackt hatte, läßt sich nachträglich schwer ausmachen. Kein Objekt paßte zu Goff; vielleicht hatten sich die Damen verabredet. Statt meines Lieblings-After-shave (Tsar von Van Cleef und Arpel) fand sich eine trübe deutsche Marke im Beutel in einer sakral aussehenden Flasche aus Porzellan; roch nach einer verfaulten Orchidee. Mein elektrischer Rasierapparat von Remington fehlte, dafür hatte man mir einen Lady-shave eingepackt, mit vierzig zierlichen Ersatzklingen.

Auch meine Gesichtscreme weilte an Land – stattdessen gab es eine schlichte Dose Nivea. Das war alles gewiß sehr prak-

tisch gedacht, aber gehörte nicht zur gewohnten Reiseausstattung.
Elena hatte kaum behaarte Beine, fiel also für die Idee mit dem Lady-shave aus; Mathilde enthaarte sich die Beine mit einem männlichen Instrument, und Olivia benutzte alle vierzehn Tage (zu wenig, fand ich) Enthaarungscreme.
Ließ die Rätsel der Hygiene auf sich beruhen und packte alles fort und weg. Das Badezimmer war so klein, daß ich die meisten Hygiene- und Schönheits-Artikel wieder in die Dunkelheit des Kulturbeutels stopfte; dabei fanden sich noch diverse Objekte, die ich auf Reisen niemals mitgenommen hatte; z. B. Scholls Fußpuder, halb entleert. Aus der polaren Landschaft fischte ich einen Fußhobel, wohl gegen Hühneraugen, eine Dose mit Zahnstochern, eine mittelgroße Flasche Alpecin Forte und eine große Flasche mit dem Etikett Liquid Woolite, wahrscheinlich gegen Erkältungen und zum Gurgeln.
Elenas Klaue im Kulturbeutel verriet sich durch einen kleinen Zylinder Mitsouko – da war die komplette Kombination ihrer Handtasche – dieses Parfum, Tampons, Zahnstocher und Hustenbonbons ... und richtig fand ich auch in der untersten Puderschicht von Dr. Scholl zwei Tampons, normal.
Verscheuchte die alten, lieben Gespenster und machte mich an den schöngeistigen Teil der Bagage.
Passagiere von Schiffen scheinen keine Leser zu sein; fand kein einziges Bücherregal. Nur hinter dem Bett gab es eine Ablage in Nachttischhöhe, aber auf der hatten unter Bibliophilen bestenfalls 20 Bücher Platz.
Klingelte nach dem Kabinensteward (ein versoffener Jugoslawe Namens Radič) und bestellte, da mir der zutreffende englische Ausdruck nicht einfiel, ein book-safe.
Er sah mich lange mit traurigen Beagle-Augen an und kam nach einer halben Stunde mit einem Stahlcontainer auf Rollen wieder. Offenbar der Küche entwendet, roch stark nach Fisch. Nachdem ich das Ding gereinigt hatte, dazu nahm ich das rätselhafte Liquid Woolite, ein wahres Universalmittel, räumte ich die Schätze ein, ganz unten, Parterre, die Tagebücher der Goffs, in der ersten

Etage die Bücher für die Kur, und in der Belétage, in der Höhe des lumbalen Sektors der Goffschen Existenz, die Bücher zum Vergnügen.
Den Grafen Dürckheim stellte ich neben Hodkins *Der Positive Augenblick,* so daß sie wie zwei Engel über den Kollektionen wachten.
Die Photographien ruhten in einem schwarzen Schuhkarton von Mattiozzi; die Briefe samt Gegenverkehr in einem anderen von Schiaparelli, beide mit einer Kordel verknotet, wahre Canossaknoten. Dieser Ausdruck fiel mir kurz vor dem von der Schiffsleitung nicht avisierten Sturm ein.
Kurz vor dem Dinner herrschte Ordnung; die Korrespondenz-Mappen hatte Frau Dr. Vitus mit ihrer sehr persönlichen Nomenklatur versehen – rote Reiter für unerledigtes, grüne für jenen Teil, der sich aller Wahrscheinlichkeit erledigen würde.
Zum Schluß mußte ich entdecken, daß meine Frauen die Schuhfrage komplett sabotiert hatten. Wohl hatte ich ein paar Halbschuhe an den Füßen, windige Gebrauchstreter, aber kein anderes, ein bißchen eleganteres Paar für den Bordbetrieb.
An dem Abend war mir das gleichgültig. Ich setzte mich auf das Bett, zog den Couchtisch in bequeme Reichweite und widmete mich mit Lupe und Pinzette der Ordnung der Photographien, von 1965 bis 1988, natürlich nur eine exklusive Auswahl, gewissermaßen symbolisch.
In der Zeit von 1965 bis 1987, die aktuelle Zeit zählt noch nicht, hatte ich insgesamt 11 Pontormo-Reisen unternommen, zu Lande, nicht zu Wasser, einem Medium, das mir immer fremd bleiben wird als Landratte und Nichtschwimmer, im Durschschnitt also alle zwei Jahre; und die Kuren und ihre Mittel waren immer dieselben gewesen – man stationiert sich irgendwo auf diesem Planeten und ordnet seine Souvenirs.

19 Bestimmt kein Zufall, daß mir die Photographie H. W. Elliotts in die Hände fiel, 1966, denke ich, aufgenommen mit einer Minox; Gott, sah er jung und lieb aus, wahrscheinlich deshalb, weil ers nicht mit Frauen trieb.

Mein definierter, vertraglich fixierter Job in meiner Zeit als Friedhofsgärtner und Sargbegleiter war kein ruhiger Job, bestimmt nicht, aber anfangs auch nicht mit Streß verbunden. Mein Leben änderte sich natürlich ein wenig, bei der Witwe mußte ich ein Telephon installieren. Zwei Mal oder auch drei Mal, wenn die Karenz hoch war, wurde ich von der Dame Lyons angerufen, die eine Uhrzeit nannte; und dann fuhr ich eben los. Das Etablissement war das ehemalige Jagdschlösschen eines niedersächsischen Duodez-Fürsten gewesen, der eine Vorliebe für maurische Elemente gehabt hatte.

Die Lyons, eine geborene Nicoletti, Ex-Zirkusakrobatin, aber nicht mehr aktiv, hatte eine tiefe, harte Stimme.

Bei unserem ersten Treffen im Zimmer Nummer 23 bat sie mich, alles auszuziehen, und dann schlich sie mit einer Lupe um mich herum und inspizierte meinen käuflichen Körper.

Für Ihre Größe, sagte sie, im Verhältnis zum Gewicht, sind Sie halbwegs gut bestückt. Glauben Sie nicht den Frauenzeitschriften und den liberalen Aufklärungsschriften – Frauen wollen keine kleinen Schwänze – alles andere ist Quatsch. Wieviele Herpes-Infektionen haben Sie hinter sich? Keine, sagte ich, bis jetzt.

Dann bleibt es auch so, sagte die Lyons und kniff mich mit ihren Akrobatenfingern in die linke Arschbacke, denn im Bett wird nicht geküßt, kapiert. Sie machen alles, was die Damen wünschen, aber kein Kuß, keine privaten Kontakte, und wenn Sie sich verlieben, was unwahrscheinlich ist, sofortiger Abbruch, dann legt sich ein anderer in die Bresche.

Dann gab sie mir eine Preisliste, die ich auswendig lernen und dann vernichten sollte, und meine theoretische Initiation war beendet. Elliott gab mir im Büro einen Vorschuß (2000.– DM) und ließ eine Flasche Mumm kommen, Piccolo, er war sparsam.

Und Sie sind, sagte er, ganz sicher, daß Sie nicht schwul sind? Kann

ich mir überhaupt nicht vorstellen. Und bi könnten Sie sich unter günstigen Umständen auch nicht vorstellen?
Ich finde Männer unangenehm, sagte ich, auch ideologisch, ich stehe nur auf Frauen.
Naja, sagte Elliott, hoch die Tassen. Gute Eigenschaften bringen Sie ja mit, mal sehen, ob sich die Dispositionen bewähren. Wie wahr; ich hatte alle guten Eigenschaften für diesen Job – ich war freundlich, höflich, charmant, infertil und gehorsam.

Der Job war wirklich nicht anstrengend, wurde aber ein bißchen erschwert durch meine Affaire mit einer gewissen Sonja. Aus dem Ruhrgebiet, eine stinkreiche Industriellentochter, Stahl und Pudding-Dynastie, die ich mir wegen der finanziellen Nebensicherung ausgesucht hatte. Sie war groß, blond, energisch und gebaut wie ein Pferd; hatte in ihren Umarmungen die Kräfte eines Gewichthebers.
Zuerst war das Gebumse noch unberechenbar und man mußte mit allen Eventualitäten rechnen – Abwürfen, Positionswechsel und erniedrigenden Lagen. Aber dann machte ich ihr eines Tages das Geständnis, ich liebte sie, und von da an lag ich oben, will sagen, ich hatte Oberwasser, was immer dieser Ausdruck bedeutet. Nun schmolz sie und baute voller Gefühl ihre Reaktionen auf, beinahe unabhängig vom Verlauf.
Nur mit dem Orgasmus hatte sie jetzt Schwierigkeiten, weil sie auf die Innere Stimme der Liebenden hörte.
Da lagen wir also und ich tat das meine, und sie reagierte mit dem ihren, und wenn es soweit war, fragte ich wohl in aller Höflichkeit: Kommst du? Und dann erwiderte sie, während ihre zwölf Teddybären eine Ruhepause einlegten, nein, noch nicht ... und wir machten weiter. Allmählich lernte ich die Zeichen zu lesen, und wenn sie ihr muskulöses Rückgrat durchbog, arbeitete ich mit viel Zartsinn und lauschte auch nach innen, um den Zeitpunkt nicht zu versäumen. Gilt es doch als das Ziel sexueller Harmonie, gemeinsam den gesteckten point zu erreichen. Kurz davor pflegte sie zu sagen: Wart noch einen Augenblick ... Ich bin noch nicht soweit ... Dann wackelten wieder die Teddybären auf der Patchworkdecke.

Na, fragte ich dann wohl ermunternd und schon ein bißchen atemlos – nur noch einen Augenblick, sagte sie.
Wars dann soweit, erwischte ich immer den falschen Zeitpunkt. Dann machte sie sich Vorwürfe. Aber ich beruhigte sie und sagte, wir hätten eben zwei verschiedene Geschwindigkeiten, so daß sich nach einiger Zeit, wenn wir Sex wollten, der Ausdruck einschlich: Laß uns ein bißchen trainieren.

Über den einträglichen Job ist kein Wort zu verlieren, man mußte in der Zwischenzeit eben viel essen und ein bißchen Bodybuilding machen und dem Streß aus dem Weg gehen.
Dann verliebte ich mich leider in die Frau eines albanischen Diplomaten, der viel auf Reisen war. Nach einiger Zeit verstieß ich gegen die guten Sitten, d. h. gegen den Vertrag mit dem Institut FELICITAS, und traf mich heimlich in Hotels und Motels mit ihr; gleichzeitig flippte mein armer Freund gänzlich aus und ich schmiß den Job zur rechten Zeit.
Als Generalsanierungsmaßnahme war er sowieso unbrauchbar.
In des Liebhabers Sinn waren selbstverständlich schöne Augenblicke dabei, wie in jedem Beruf, den man von Herzen betreibt, manchmal gab es wahre Kollektionen schöner und guter Augenblicke, aber ich war ja scharf auf die friedsamen Augenblicke, nach denen ich mein Leben einrichten wollte, immer gemäß dem eigentlichen, verrückten Erfinder des sog. Wahren Augenblicks, meinem Großvaters (französischerseits), Claude Goff, 1856 bis 1911.

20 Meinen pontormoschen Dachboden, mein Refugium, meine monastische Klause und mein hermetisches Paradies hatte ich durch Zufall gefunden, bei einem Spaziergang auf dem Père Lachaise; aus der Froschperspektive sah man ein bleigraues flaches Dach mit Regenrinne, darüber die beiden Fenster zu einem Dachboden, immerhin, mit dem schlauchartigen Flur, 120 qm.
Die Wohnung war damals schwer zu vermieten, weil mein Vorgänger, ein alter Herr mit Gicht, von seiner Umgebung unbemerkt, darin gestorben war mitten im Winter und erst vierzehn Tage später gefunden wurde. In den Anfängen roch es lange Zeit nach mazerierten Rosen. Aber ich war nicht empfindlich und mietete; ließ mir sogar einen Vertrag für viele Jahre machen für meine final station und meinen allerletzten Locus.
An diesem Ort wollte ich systematisch für eine perfekte Kette friedsamer Augenblicke sorgen, unbelastet von anderer Leute Last, Nöten oder Sorgen, frauenlos, wenn ich das schaffte, hoch über der City.
Der tote alte Mann, der so still gestorben war, hatte keinen Anhang, so erbte ich die Möbel und warf nur ein Diorama auf den Müll, ein sehr staubiges Fort Douaumont.
Für meine inzwischen beinahe unüberschaubaren Kollektionen ließ ich mir geräumige Bücherregale bauen, eine Riesenkommode mit Schubladen für großformatige Exponate und einen fahrbaren Regaltisch, der auf großen Ballonreifen fuhr; hatte 16 tiefe Fächer, auf jeder Seite vier; eine Mobile Bibliothek, jedermann zu empfehlen, der nicht gern unaufhörlich aufsteht.
Ich achtete streng darauf, daß die Menge der Bücher der Mobilen Bibliothek immer konstant blieb. Bloß keine Novitäten. In einem Regalfach hatten ca. 35 Bände Platz, auf einer Seite waren das ca. 140 Bände, so daß ich ein griffbereites Gesamtvolumen von ca. 560 Bänden besaß.
In den oberen Rängen gab es nur Ehrenplätze, Hodkins' *Der Positive Augenblick,* Edition Avicenna, Pembers rätselhafter Roman *Das Holland-Souvenir* und natürlich die beiden Standardwerke meines armen Pa: *Die Anmut des Frauenleibes* in den Ausgaben von 1927 und 1935, mit seinen Anmerkungen, Faber Nummero 2

– und sein letztes Werk, das leider nur eine einzige Auflage erleben durfte, ein in Ziegenleder gebundenes Exemplar seines *Guide International de L'Amour*.

Es war die reine Idylle in jeder Saison und egal, in welcher Saison. Im Winter schneite ich vollständig ein, weil die Fenster so niedrig angebracht waren. Der Kamin war so klein, daß man nur ein bißchen Papier verbrennen konnte. Dafür hatte ich von meinem toten General eine Heizsonne in der Form eines rubinroten Sterns, die sich mit einem Klagelaut selbsttätig abschaltete, wenn sie glaubte, genügend Wärme verbreitet zu haben; sie war sehr sparsam. Im Sommer war es dafür glühend heiß durch die Blechdächer; dann öffnete ich beide Fenster und machte in der kleinen Toilette eine Zugklappe auf, die mit den Luftströmen der anderen Dachlabyrinthe korrespondierte.
Wegen dieser Zugklappe bescherte mir der Herbst häusliche Orkane, die heulend meinen Dachboden durchquerten, so daß ich ab Oktober Steine auf meine Papiere legen mußte.
Unter Einsamkeit des Anachoreten litt ich nicht; ich hatte Gesellschaft – drei Stadtmäuse, die ich nach den Duckneffen Huey, Dewey und Louie nannte. Kamen gelegentlich zu Besuch; ihre Familien lebten wohl im Speichertrakt des alten Hauses.
Ein schwanzloser, einäugiger Kater besuchte mich; stellte ihm einen Aschenbecher mit Milch aufs Dach.
Und dann waren da die Insekten, Spinnen, Schaben (aber nur in der Küche) und Kakerlaken, alle sehr friedlich, überhaupt nicht aufdringlich, sehr genügsam.
Vor das linke Fenster installierte ich ein Teleskop (10×50) auf einem alten Linhofstativ und beobachtete die friedhöfliche Ordnung bei jedem Wetter.
Die Tage und Nächte verliefen angenehm gleichförmig, unabhängig von den Jahreszeiten, die ich durch das Fenster zur Kenntnis nahm. Ich stand dann auf, wenn ich aufwachte; oder ich blieb liegen, bis ich Lust hatte, aufzustehen. Derlei ließ sich nicht berechnen. Dann inspizierte ich in meinem kobaltblauen Morgenrock (ein Geschenk von Elena) alle Räume, beseitigte die Kadaver verstor-

bener Mitbewohner und nahm ein Bad in einer Wanne mit Löwenfüßen, deren rechter Hinterlauf abhanden gekommen war. Unter das Rudiment der Pfote legte ich Schotts Römisches Meßbuch, das in meinem Haushalt wirklich nicht gebraucht wurde.
Dann setzte ich mich bis zum Mittag an mein Teleskop; passierte nichts, las ich. Las ich nicht, dann katalogisierte ich die beiden Photokollektionen, Corpus G und Corpus M.
Nach dem Mittagessen (Konserven, in den meisten Fällen Fisch) und einem Vin de table, trocken, ging ich auf dem Friedhof spazieren. Gegen fünf ein ausgiebiges Schläfchen; gegen acht, ein bißchen Regelmaß ist gesund, suchte ich mir den Abendfilm für den Videorecorder aus, Piratenfilme, Liebesfilme, Schicksalsdramen, meistens amerikanische, man sieht auf den Bildern einfach mehr als in deutschen, Pornos selten, man muß sich ja nicht wissentlich und eigenhändig in trübe Versuchungen führen, und Tierfilme, von denen ich gar nicht genug kriegen konnte.
Dann war ich wieder einmal bettreif, hatte genug Eindrücke gesammelt, kollektioniert, Zeit zum Schlafen.
Für mein Bett hatte ich viel Geld ausgegeben – ein echtes Strykerbett mit einer sündhaft teuren Matratze. Wurde mir in der Nacht warm oder kalt, drehte der Schläfer einfach an seiner Kurbel und der Rahmen mit der Matratze wurde gewendet; eine ganz wunderbare Erfindung.
Einmal die Woche verließ ich die Wohnung in der Rue de Répos, um einzukaufen und die Videocassetten einzutauschen.

21

Gottlob bescherte mir eine asiatische Grippewelle in G. wieder einmal viel streßlose Arbeit auf dem Städtischen Friedhof, so daß ich alle Hände voll zu tun hatte.
Den Frauenplan legte ich auf Eis, kündigte im Institut FELICITAS und sagte, ich sei den Aufgaben nicht mehr gewachsen, außerdem habe mein Internist eine Herzklappeninsuffizienz bei mir festgestellt, die es mir unmöglich mache, meinen Pflichten vertragsgemäß zu genügen.
Dann schrieb ich an die nekrophile Edina einen Brief, der uns hoffentlich den Abschied leichter machen würde:
Meine liebe Edina,
zu meinem Leidwesen ist etwas passiert, an das ich vorher nicht gedacht hatte – ich habe mich in Dich verliebt, und das ist ganz unerträglich, erinnert man sich der Bedingungen, unter denen wir früher als freie, heterosexuelle Individuen Sex gemacht haben.
Deine beklagenswerte Vorliebe für Ficks auf Gräbern, in alten Grüften, in Krypten, auf Sarkophagen etc. hat mich an den Rand des nervlichen Ruins gebracht.
Liebte ich Dich nicht, mir wäre es absolut gleichgültig, an welchen Orten dieser Welt wir uns vereinigten. Aber ich achte diese souveräne Empfindung, die Liebe, um es direkt zu sagen, zu Dir so hoch, daß es mir unmöglich ist, auf diese entwürdigende Weise fortzusetzen. Vielleicht, meine Freundin, findest Du eines Tages einen attraktiven Totengräber in einer der internationalen Nekropolen, der Deine Neigungen rückhaltlos teilt.
Ich selbst fahre nach Ägypten; vielleicht werde ich die unterirdischen Krypten der Apisstiere aufsuchen, um dort an einem der schwarzen, polierten Sarkophage Deiner zu gedenken.
Auf immer der Deine: M. Goff.

Wegen dieser vielen privaten Aktivitäten für ein leichteres Leben entgingen mir Lamberts symbolische Manöver, die er in der Buchhandlung, zuhause und in der City anzettelte ...
An einem Donnerstag, der nach Schwefel roch, grub ich gegen 11 Uhr vormittags ein paar Löcher für Urnen, da trat Lambert auf den Plan.

Sie sehen, sagte ich, ein bißchen VSOP aus.
Wie, was, fragte Lambert und starrte in mein Erdloch.
Very superior old pale, sagte ich.
Kann kein Englisch, sagte Lambert.
Übersetzt, sagte ich, heißt das: Sehr hervorragend alt fahl.
Das liegt am Cognac, sagte Lambert und setzte sich auf meinen Eimer.
Lambert sah schlecht aus. Seine Haut war bleich, seine Ventilation unregelmäßig.
Was graben Sie für Löcher, fragte Lambert, wollen Sie Meerschweinchen oder Hamster begraben?
Urnen, sagte ich, Urnen; die anonyme Urnenbestattung wird immer beliebter.
Löcher, sagte Lambert, kleine Löcher für Urnen, wie lächerlich. Kennen Sie den Architekten Boullée?
Nee, sagte ich, nie gehört.
Der war ein Meister des Kenotaphs, sagte Lambert gerührt, wer je sein Kenotaph für Newton gesehen hat, wird es nie vergessen.
Soso, sagte ich und fing ein neues Loch an.
Wissen Sie, was Louis Kahn über Boullée gesagt hat, fragte Lambert.
Nein, sagte ich, das weiß ich nicht.
Boullée existiert, also existiert die Architektur ...
Schön für Boullée, sagte ich, was führt Sie zu dieser frühen Stunde in die Nekropole?
Mein lieber Goff, sagte Lambert und erhob sich vom Eimer, es muß ein Ende haben – so oder so.
Ich stimmte zu.
Lambert setzte sich wieder auf den umgedrehten Eimer.
Die Welt hat mich, sagte Lambert mit einer gewissen Befriedigung, unaufhörlich beleidigt – jetzt bin ich an der Reihe und beleidige sie.
Gute Idee, sagte ich, und wie wollen Sie das anstellen?
Das haben Sie doch gehört, sagte Lambert, durch gezielte Beleidigungen; ich insultiere Menschen, Verhältnisse und Situationen.

Wie sollen die Beleidigungen, fragte ich, aussehen? So ein wirklich schlimmer Insult ist keine leichte Aufgabe.
Ich habe mir, sagte Lambert, natürlich eine Theorie gemacht, und er zog einen Din-A-4-Bogen, zusammengefaltet, aus der Tasche seines anthrazitfarbenen Anzugs.
Erste Frage, sagte Lambert und las geläufig vom Blatt, wie entfaltet man die Wirkung einer Beleidigung optimal ...
Zweite Frage – gibt es für Männer und für Frauen verschiedene, das heißt differenzierte und distinkte Beleidigungen ...
Was, sagte ich, Sie wollen Frauen auch beleidigen? Männer, meinetwegen, Männer allemal, es laufen genug Schrumpfköpfe, Arschlöcher, Drecksäcke, Akzelerationsidioten und Sackkratzer herum, die vor Blödheit stinken – aber Frauen!?
Mit einem gewissen Tadel sagte Lambert, während er die Augenbrauen wandern ließ: Sie sind ja völlig betriebsblind.
Bevor wir über die Beleidigungen sprechen, sagte ich, warum ... warum nicht lieber Bomben? Schüsse? Messerstiche?
Das wäre nicht mein Stil, sagte Lambert, die subtile Beleidigung und Kränkung muß es sein. Mein Gott, warum? Es ist genug. Ich ertrage es nicht mehr. Es muß gehandelt werden, jetzt und auf der Stelle.
In meinem neuen Urnenloch krochen haufenweise Würmer. Sah so aus, als paarten sie sich.
Ort, Zeit, Gelegenheit, sagte ich, muß man bei diesem kleinen Delikt beachten, StGB 286, glaube ich.
Man muß das wesentlich größer sehen, sagte Lambert gekränkt, Ihre subalterne, niedrige Arbeit hier (und er starrte in das Loch mit den Würmern) hat Sie verwirrt. Auch hier muß man groß denken. So habe ich zum Beispiel an stumme symbolische, aber tief kränkende Handlungen gegenüber Menschen gedacht.
Ich sagte, das sei ein ganz großartiger Gedanke, und wie eine solche symbolische Handlung aussehe.
Wenn ich das wüßte, sagte Lambert und ventilierte wieder schwer.
Ich bot ihm einen Weinbrand aus meinen Grabbeilagen an, aber er lehnte ab.

Ich stelle mir jetzt eine Situation vor, sagte ich, und Sie beleidigen mich. Man muß das einmal durchspielen, sonst kann man nichts berechnen.
Berechnen, rief Lambert, was denn berechnen?
Ihre inhaltlosen Manöver, sagte ich, dürfen doch nicht im Leeren verpuffen! Das Ding soll doch Brisanz haben, oder?
Unbedingt, sagte Lambert, diese Beleidigungen müssen schwebend sein ... wie eine zarte toxische Emission ...
Genau, sagte ich, so muß das sein – sind Sie fertig? Los!
Ah, sagte Lambert nahe an meinem linken Ohr, vagirender Tropf, Sie.
Ich grub ruhig weiter. Die Würmer fühlten sich in der Sonne unbehaglich und krümmten sich frenetisch, ein paar kackten.
Na, fragte Lambert und atmete mit erhöhtem Tempo, wie war ich?
Lambert, sagte ich ernst, Sie sagen mir jetzt auf der Stelle die gesamte Kollektion Ihrer favorisierten Schimpfwörter, und dann sage ich Ihnen, was ich davon halte, einverstanden?
Naja, sagte Lambert, wirklich wahre Schimpfwörter für unvergeßliche Augenblicke herzustellen ist schwieriger, als Gedichte zu schreiben, glaube ich.
Da haben Sie allemal recht, sagte ich, so ein gutes gewähltes Schimpfwort oder eine erstklassig placierte Beleidigung ist nicht mit Gold aufzuwiegen. Man sollte sich aber eine Fluchtmöglichkeit offen halten ... einen überlegten Rückzug.
Da haben Sie recht, sagte Lambert, man muß zeitig echapieren können.
Na dann legen Sie mal los, sagte ich.
Fragile Fregatte, sagte Lambert mit sorgfältiger, beinahe liebevoller Intonation, tragische Trulle, trüber Myops, Sie Vacuum, stinkiges, ephemerer Zipfel, Sie kastrierter Truthahn, Déconneur, mieser Intrigant! Steinleiche Sie, Mosquitopimmel ...
Lambert setzte sich auf den Eimer und sagte, mehr hätte er noch nicht gesammelt.
Ich will Sie nicht kränken, sagte ich, aber die meisten Konstruktionen, wissen Sie, sind ein bißchen, wie soll ich sagen ... matt ...

gewissermaßen zuvorkommend. Man könnte sich vorstellen, daß Engel bei einem Match mit Manna so miteinander umgehen.
Sie halten meine Ausdrücke, fragte Lambert, für ... zu subtil?
Viel zu subtil, sagte ich. Natürlich können Sie die Damen und Herren mit Ihren zarten Konstruktionen bestimmt überraschen, aber beleidigt wird niemand sein.
Und wenn man sie, sagte Lambert, auflüde mit modernen Beschimpfungen, die ihm leider im Augenblick nicht geläufig seien.
Da gibts Möglichkeiten, sagte ich, bei mir hätte sich Pißnelke, Motherfucker, Schweinebolzen, Arschloch, Fettarsch etc. bewährt im täglichen Lebenskampf.
Ich sehe die Linie, sagte Lambert, aber ich finde sie zu grob. Eine Beleidigung muß sein wie ein Pantherbiß mit feurigem Atem ...
Mit dem Pantherbiß sei alles in Ordnung, sagte ich, aber den Rest mit dem feurigen Atem müsse man überlegen.
Warum, fragte der arglose Lambert.
Waren Sie nie im Zoo, fragte ich, hat Sie nie ein Panther angegähnt? Bei mir wars sogar ein Weibchen, eine stattliche Pantherdame – ich bin beinahe umgefallen.
Ich will die Leute ja nicht direkt ansprechen, sagte Lambert, sondern Distanz wahren. Wie fanden Sie meinen ‚kastrierten Truthahn'?
Ziemlich stark, sagte ich, und auch die ‚Steinleiche' hätte etwas, wenn man nur wüßte, was.
Beim Accouchement dieser Idee, sagte Lambert, sind Sie nicht besonders hilfreich.
Das täte mir leid, sagte ich, aber ohne Kontext keine tödliche Beleidigung.
Wir schwiegen eine Weile. Die Würmer krabbelten ziellos durcheinander.
Geben Sie mir doch einen Weinbrand, sagte Lambert.
Ich holte meinen silbernen Flachmann aus der Baracke, und Lambert nahm einen großen Schluck, bis ihm die Augen tränten.
Sie sehen aus wie ein Penner, sagte ich, an Ihrer Stelle würde ich mir zuerst die Leute aussuchen, die ich beleidigen will, dann eine

Situation herbeiführen, die günstig ist und dann, gezielt und spontan, beleidigen.
Das Spontane, sagte Lambert, ist meine Sache nicht, physische Gewalt verabscheue ich. Wie geht es Ihrem Frauenplan?
Danke, sagte ich, es gab ein paar Ausfälle auf meiner Liste der Kandidatinnen, aber die Fortschritte sind bei aller momentaner Stagnation nicht zu übersehen.
Das freut mich zu hören, sagte Lambert matt. Ich muß wohl umdisponieren.
Umdisponieren, sagte ich, sei immer gut, oder wie der alte Pollard gesagt hätte: Der Mensch denkts, der Zufall verrenkts.
Ein entsetzlicher Satz, sagte Lambert und stand auf, um sich sofort wieder hinzusetzen.
Ich muß, sagte er, nun doch die symbolischen Handlungen entwerfen, gegen die Menschen, gegen die Dummheit, gegen das blöde Schicksal –
Schicksal, sagte ich, gibts nicht.
Und das Sinnlose, sagte Lambert.
Nur der unwiederholbare Augenblick ist ein wahrer Augenblick, sagte ich.
Wer hat das gesagt, fragte Lambert.
Einer meiner Vorfahren, sagte ich, ein Photograph des 19. Jahrhunderts in diesem Fall, ein gewisser Claude Goff, Szientist und Liebhaber des epilierten Quoniams.
Das ist Die Idee, sagte Lambert, hören Sie mein Bester, geben Sie mir einen letzten Schluck von Ihrem Weinbrand, ich schenke Ihnen dafür einen alten XO aus der Champagne. Wissen Sie, was Goethe zu diesem bedeutenden Thema sagte?
Nein, sagte ich, woher. Ich habe keine Zeit, die Klassiker zu lesen.
Passen Sie auf, sagte Lambert und stand für sein Zitat feierlich auf: Durch tausend Rücksichten paralysiert, kommen wir nicht dazu, was etwa Großes in unserer Natur sein möchte, frei auszulassen ... Das sagte Goethe am 1. Oktober zu Eckermann.
Und Sie wollen es rauslassen, fragte ich.
Das muß ich für mich affirmiren, sagte Lambert, es ist das eine Frage des Stils.

Na dann, sagte ich, viel Glück.
Lambert setzte belebt seinen Spaziergang fort, und wir schieden freundlich voneinander.
Am Abend tippte ich für Lambert mit zwei Fingern auf meiner Olympia eine kleine Kollektion brauchbarer Schimpfwörter in allen Lebenslagen, von Chickenshit bis Alter Wichser; seine Produktion war doch allzu schöngeistig.
Wenn jemand seine Affekte wirklich rauslassen will – dann muß man ihm die richtige Munition geben.

In einem Supermarkt verschaffte sich Lambert einen unwiederholbaren Augenblick, indem er seinen Wagen dem Zufall überließ und nicht ordentlich parkte. Eine alte Dame bat ihn, den Wagen korrekt abzustellen; da sagte Lambert laut, gnä' Frau, Sie haben ab 1933 genug Ordnung geschaffen, es ist genug.
Ich war in Buchenwald, sagte die alte Dame.
Pardon, sagte Lambert und errötete wie noch nie in seinem Leben.
Wie weit er mit seinem Insult-Plan gedieh, verfolgte ich nicht weiter. Nach drei oder vier Wochen bekam ich eine Postkarte seiner Frau, auf der sie mich mit kindlicher Schrift bat, sofort zu Lambert zu kommen, es sei etwas Unangenehmes passiert.
Er wird, sagte ich mir, wieder mal falsch kalkuliert haben, dann geht immer etwas schief.
Aus Interesse an der Entwicklung seiner Affektationen ging ich natürlich, unter dem Arm eine Flasche Chablis.
Seine Frau öffnete und verschwand, nachdem sie mir die Tür zum Krankenlager gezeigt hatte. Da lag der Held der Beleidigungen, einen Eisbeutel vor dem rechten Auge, während er mich mit dem linken fixierte, blutunterlaufen.
Sind Sie über einen Zufall gestolpert, fragte ich heiter, oder eine seiner Determinanten?
Ich habe alles beherzigt, sagte Lambert, Zeit, Ort und Gelegenheit; aber sie war unberechenbar.
Wer, fragte ich.
Der neue weibliche Lehrling aus der Provinz, sagte Lambert, ein

schönes Geschöpf voller Liebreiz, mit einem Busen ... einem Busen ...
Kurz gesagt, Lambert hatte versucht, Unzucht mit einer Abhängigen auf engstem Raum zu treiben, während einer Mittagspause in seinem Kabuff. Ein geplanter Affekt, gewissermaßen. Die junge Dame hatte ihm ein blaues Auge geschlagen und mit einem Tritt ihrer Hochhackigen seinen rechten Zeh demoliert.
Hat sie Anzeige erstattet, fragte ich, das wäre blöd.
Nein, sagte Lambert, von diesem Schritt konnte ich sie durch ein großzügiges Geldgeschenk abhalten.
Dann ist doch alles in Butter, sagte ich.
Und meine Würde? fragte Lambert; da überlasse ich mich einmal einem spontanen Affekt, gefolgt von einer symbolischen Handlung, und dann passiert mir das.
Sie hätten, sagte ich, die symbolische Handlung mit einem Geldgeschenk einleiten sollen; Abhängige sind häufig blank. Aber tagsüber, am hellichten Tag im Kabuff, das ist schwachsinnig wie unbequem.
Lassen Sie ihren Optimierungssermon, sagte Lambert mit leidender Miene, wenn Sie den Busen gesehen hätten unter diesem Batiststoff ...
Man muß alle Augenblicke zu jeder Zeit optimal im Griff haben, sagte ich, dann hat man richtig kalkuliert.
Der Griff an die Bluse, sagte Lambert schnüffelnd, hätte ja auch Erfolg haben können.
Aber nur im richtigen Augenblick, sagte ich, wie uns die sog. Pollard-Variante lehrt.
Pollard-Variante, sagte Lambert, was ist das; ach, was tut mir mein Auge weh. Der Zeh natürlich auch, setzte er bekümmert hinzu.
Wie ist es denn so mit diesem Unerträglichkeits-Syndrom, fragte ich, das man besser das Lambert-Syndrom nennen sollte, hat sich das durch Ihre unüberlegten, symbolischen Handlungen ein bißchen gebessert ...?
Oja, oja, sagte Lambert und richtete sich in seinen Kissen auf, während der symbolischen Handlungen ging es mir sehr gut, kurz

danach war leider alles beim Alten ... sie wissen ja gar nicht, was alles unerträglich ist ... vom Mikrobereich bis ins Kosmische ... Kleinigkeiten, Winzigkeiten ...
Pollard, sagte ich, Donald Pollard, Professor in Oxford, Vertreter der Analytischen Philosophie, also prädestiniert, ein überschaubares, affektfreies, klares und distinktes Leben zu führen, der –
Sorry, sagte Lambert, bitte keine Geschichten, die eine schlimme Wendung ankündigen. Bei Melville habe ich gestern Nacht den Satz gelesen: schön sind die Oasen in der Sahara, bezaubernd die Haininseln der Prärien im August, ergötzlich reine Wahrhaftigkeit unter tausend Perfidien ...
Wie, mein lieber Goff, wehren Sie die Pfeile des wütenden Geschicks ab ... Wie armiert man sich?
Indem man, sagte ich, alles Berechenbare berechnet, die Kunst der Vorausschau anwendet und im übrigen nicht mehr im Leben unternimmt, als man sich seiner Natur nach zumuten kann.
Mein Gott, rief Lambert, Sie sind so jung – und dann diese greisenhafte Abgeklärtheit. Das ist nicht mein Fall. Ich bin Choleriker und liebe das Absolute; ich sehe gern das Erhabene, im Kleinen wie im Großen, das ist meine Frau, das ist der Herr Goff, Künstler.
Eine ätherische weibliche Person war mit dem Chablis und zwei Gläsern aufgetaucht, sie hatte große, überschminkte fiebrige Augen, zwei Flecken Rouge auf den Wangen und sah nach kartoffelloser anthroposophischer Diät aus. Ihre Haut war so bleich, als geißelte sie sich nachts. Trug eine enge Hose aus synthetischer Seide, die ihren Arsch modellierte. Mir wurde es warm ums Herz, um es mal so zu sagen. Sie hieß Friederike und hatte eine angenehm schwüle Aura.
Wie machen Sie es zum Beispiel mit Frauen, fragte Lambert. Ich verehre sie rückgratlos, sagte ich aufrichtig.
Keine Schwierigkeiten, fragte Lambert.
Ich goß uns den Chablis in die Gläser und kippte das erste Glas; zu warm.
Selbstverständlich gibts mit Frauen immer Schwierigkeiten, sagte ich und sah in Lamberts blutunterlaufene Pupille, aber die meisten sind berechenbar.

Die Frauen, fragte Lambert.
Nein, sagte ich, die Schwierigkeiten.
Wir tranken schweigend, und Lambert verschüttete ein paar Tropfen auf sein geblümtes Plumeau.
Caroline ist schwanger, sagte er plötzlich und hüstelte zweimal.
Was Sie nicht sagen, sagte ich, von wem?
Seien Sie nicht albern, sagte Lambert, von mir natürlich.
Dann haben Sie also ihre lumbale Durchblutungsstörung beseitigt, fragte ich, Sie waren bei diesem begnadeten Urologen?
Es war eher eine Frage des Willens, sagte Lambert und errötete.
Alle Achtung, sagte ich, bewundernswert, aber an diesem Beispiel sehen Sie, daß es nicht genügt, Durchblutungsstörungen zu beseitigen; man muß weiter denken und planen. Nach welcher Methode wird verhütet?
In diesem Augenblick kam die schöne Friederike wieder ins Zimmer, beugte sich dicht an meinem rechten Knie über das lambertsche Plumeau und streckte dabei den ätherischen Po heraus. Was soll ich sagen, der gute Goff bekam eine ganz unprofessionelle Erektion.
Der obligatorische Knaus? fragte Lambert, als sie wieder draußen war.
Sie meinen gewiß, sagte ich, Knaus-Ogino, Mann, Lambert, Sie sind ja bekloppt ... Da können Sie ja gleich nach den Wasserstandsmeldungen vögeln.
Nicht so laut, sagte Lambert, passiert sei eben passiert.
Sehen Sie, sagte ich überlegen, da haben Sie den ganzen unprofessionellen Quatsch ihrer Existenz. – Wenn sich ein Mensch schon sagen muß, nach einem berechenbaren Ergebnis, passiert sei passiert, dann ist er ein Volltrottel; überhaupt ist nachgeordneter Fatalismus eine Idioten-Entschuldigung; kein Dispens.
Ich wollte mal was Olympisches tun, sagte Lambert wehleidig, im Sinne der Kühnheit, der freien Erotik und Verantwortungslosigkeit. Wie teuer ist denn wohl eine Abtreibung? Mehr als 200 DM?
Ich kenne ein Institut, sagte ich, das nimmt preiswerte Abtreibungen schon für DM 700.– vor, inklusive Nachpflege.

Und wenn sie's austrüge, fragte Lambert, dem der Preis offenbar zu hoch war.
Bis der erste vernünftige Gedanke in so einem Balg entsteht, sagte ich, meine Mutter hatte mir das mit diesen Worten oft genug gesagt, kostet es Zig-Tausende.
Ach so, sagte Lambert, also lassen wir abtreiben.
Pause, Schweigen, Trinken. Lambert bekleckerte wieder sein Plumeau. Auch in der Liebe, sagte ich, sind Kosten/Nutzen-Kalkulationen angebracht.
Ach Sie, sagte Lambert gequält.
Sie sollten sich einen ordentlichen Lebensplan machen, sagte ich, meinetwegen auf Koordinatenpapier, da zeichnen Sie dann alles auf, die voraussichtlichen Affekte, Reaktionen und Gegenreaktionen, Vorsichtsmaßregeln etc. Planung ist alles!
Affektationen lassen sich nicht planen, sagte Lambert majestätisch, eine Planung ließe sich nicht in Einklang bringen mit der eigentlichen Großheit meiner Natur.
Wissen Sie was, sagte ich großmütig, wie es meine Art war, ich mache Ihnen einen Plan, den Sie allerdings strikt befolgen müßten ...
Hätte ich Geld, sagte Lambert, dann ließe ich mir ein weimarisches Haus bauen, und währenddessen machte ich eine Weltreise mit dem Schiff.
Eine Schiffsreise, sagte ich damals entsetzt, sind Sie total verblödet? Unsicheres Gelände, das Meer, Orkane und Wirbelstürme, schwankender Untergrund, miese Besatzung, obskure Leute en masse auf engsten Raum, die Kabinen so groß wie Wohnklos, beschissenes Essen, überteuerte Drinks – nee, man kann sich nur auf dem Land erholen.
Ach, goldene Worte, nachträglich, goldene Worte ...
Man muß sein Leben leben, sagte Lambert apodiktisch.
Ist das nun ein Pleonasmus oder eine Tautologie, fragte ich.
Lambert wußte es auch nicht.
Denken Sie, sagte ich zum Abschied (ein finales Rendezvous mit der todessüchtigen Edina stand mir in einem rumänischen Lokal bevor ...), immer mal wieder an Goethe und seine Lebens-

kunst; der überließ absolut nichts dem Zufall, dieser Lebensfürst; wie ein misanthropischer Kollege einmal sagte, übertraf seine Lebenskunst bei weitem alle seine anderen Künste, die von großartiger Mittelmäßigkeit waren.
Wer, schrie Lambert, hat das gesagt?
Ein rumänischer Philosoph, sagte ich, der jetzt in Paris lebt.
Was für eine cretinöse Sauerei, schrie Lambert; er sah im Augenblick sehr gesund, ja beinahe vital aus.
O, entschuldigen Sie, sagte ich, wollte nur auf die bemerkenswerte Lebens-Kunst hinweisen; Sie sollten, wie der Meister, auch Tagebuch führen, dann entgeht einem weniger, und zu Silvester kann man sich einen Überblick verschaffen.
Lambert lag ermattet vom Spontan-Affekt in seinen Kissen und sagte, er schriebe seit dreißig Jahren Tagebuch.
An welche Adresse, fragte ich, soll ich den Plan schicken?
An die Buchhandlung, sagte Lambert. Aus irgendeinem Grund hatte er Schiß. Natürlich schickte ich den Plan an seine Privatadresse, damit die attraktive Friederike mitlesen konnte, was ich für sie geschrieben hatte.
Die Vulgaritäten nehmen überhand, sagte Lambert ... bei Menschen und bei Ideen, in der Politik und –
Auch der Antisemitismus nimmt wieder zu, sagte ich, wenn er überhaupt je aufgehört hat.
Lamberts unbeschädigtes Auge sah verweint aus, als ich ihn verließ.
Im Flur traf ich auf die schöne Frau, die träge ihre Unterlippe befeuchtete, ehe sie mir eine eiskalte Hand reichte.
Kommen Sie recht bald wieder, sagte sie mit spröder Stimme, Ihr Umgang tut meinem Gemahl so wohl.
Sie war Österreicherin, wie ich später erfuhr.
Ich küßte ihre kalte Haut und saugte in einem Anfall von Blödheit an ihrem Knöchel, den sie zärtlich mit dem vollständigen Handrücken an meiner Wange abwischte.

22

Auch die totale Berechnung muß nicht immer zum Ziel führen, wie man an dem lehrreichen Beispiel meines Freundes D. Pollard, Trinity-College, sehen kann.

Auf der einzigen Photographie, die in meinem Besitz ist, sieht man ihn in einem Ruderboot auf einem kleinen Flüßchen, die Beine in den Knickerbockern gekreuzt und überlebensgroß im Bild. Auf dem Kopf hat er einen Hut mit einer weichen Krempe; ein Auge ist im Schatten, das andere schaut durchdringend und kühl auf den Photographen, M. Goff, zu Besuch an einem stillen Sonntag in Oxford, kurz vor dem Vortrag eines deutschen Fundamentalontologen aus Tübingen.

Donald Pollard, Professor für Analytische Philosophie, praktizierte unter wohl traumhaften Bedingungen sein Leben in Ruhe und Frieden und, wahrscheinlich, auch in Beschaulichkeit.

Pollard liebte seine Arbeit, schrieb hin und wieder Beiträge für *Mind*, die gern gelesen wurden wegen ihrer Schönheit und Klarheit, vermied Bekanntschaften mit Frauen, pflegte aber auch keine Freundschaften, von professoralen Kontakten und studentischen Diskussionen während der Seminare abgesehen, no sports (außer Rudern, das obligatorisch war), hin und wieder gestattete er sich den Besuch eines Bordells in London, eines von den Gesundheitsbehörden liebevoll betreuten Institutes, keine Haustierhaltung, aber natürlich fütterte er den College-Kater Austin.

Vielleicht war er durch seine Lehrtätigkeit und den Gegenstand seiner Tätigkeit prädestiniert zu einem sorglosen, streßlosen und heiteren Leben. Als pünktlicher Minute-Philosopher vermied er peinlich alle Elemente, die sein Leben auch nur ansatzweise hätten verwickelt machen können.

Pollard rauchte pro Tag vier Shag-Pfeifen und trank während der Korrekturen der schriftlichen Arbeit Ginger Ale und erst nach dem Abendbrot zwei, höchstens drei Gläser eines eislosen Scotch. Seine Arbeiten sind mir immer ein Rätsel geblieben – schlug ich eine auf, bekam ich nach kurzer Zeit leichte Kopfschmerzen.

Furore hatte sein Aufsatz über *Wright und die rückwirkende Verursachung* gemacht, aber auch seine anderen Schriften waren nicht von schlechten Eltern, blieben mir aber, wie gesagt, ein bißchen

fremd. Gut geschrieben waren sie alle und von einem viel gerühmten, trockenen Scharfsinn, nicht ohne Humor; eine bewundernswerte Leistung in diesem ziemlich dünnen Klima.
Ich denke, er führte mit Hilfe dieser Themen sein logisches, antimetaphysisches, perfekt geregeltes Leben, offiziell und privat. *Kontrafaktualität und Faktentranszendenz*, hieß eine Arbeit, die 1967 erschienen war, oder *Spezielle Relativität und Indeterminismus,* oder er schrieb hin und wieder mitreißende Erwiderungen auf berühmte Freaks wie Agassi oder Miles Brand, die viel diskutiert wurden.
Ich lernte ihn kennen, als *Goodmans Induktionsrätse*l gerade en vogue war, ein sehr schönes, aber etwas verwickeltes Thema, wie ich erfuhr.

23 Muß mich, denke ich, doch schon wesentlich erholt haben, trotz des katastrophalen Schiffsfraßes, des meditativen Fehlgriffs mit dem Grafen und meines bedenklichen Allgemeinzustandes; jeder andere hätte diese Nacht nicht überlebt, dritter Tag, kurz vor LAHAINA, Hawai.

Mit gedämpften Stolz darf ich, immer mal wieder, die Überlegenheit des Goffschen Systems anerkennen, das in keiner noch so blödsinnigen Situation versagt.

Auch die Fachliteratur wäre auf der *Omphale* nicht hilfreich gewesen, *Stranz* zum Beispiel mit seinem reich illustrierten Lehrbuch für Fortgeschrittene, *Lebensmechanismen und Erfolgsalgorithmus,* in keinem Fall, von begrenztem Nutzen bestenfalls bei der Restrisiko-Berechnung im Kapitel IX.

Pollards wohlgelaunter Artikel in *Ratio,* transkribiert von einem gewissen Hubner, Universität Göttingen, mit dem schönen Titel, der des Kenners Herz höher schlagen läßt: *Induktive und deduktive Methoden und die Kunst der Vorausschau* hätte mir in dieser, sozusagen unmittelbaren Gefahrenzone wenig geholfen.

Wenig nützlich, auch für den ausgebufften Calculateur, sind die populären Bücher, die zum Teil in der EDITION AVICENNA erfolgreich liefen, natürlich nur für eine ganz gewöhnliche Klientel ... Ein Renner war unser Taschenbuch *Antistreßtrainingsprogramm* von Mc. Quaddel, eine Übersetzung aus dem Amerikanischen; andere Publikationen habe ich wohlwollend verfolgt, so von Lasky, *Phänomen Streß im Alltag,* Plunkers geschmeidige Einführung in die *Psychosomatische Belastungsforschung,* Schlottkes *Streß- und Konfliktbewältigung,* ein psychophysiologisches Recreationstraining – dieser Band stammte wieder aus unserem Stall und wurde an Künstler, Sozialhelfer und das mittlere Managment verkauft; in Lehrerkreisen ging dafür Palens *Verhaltenstraining in Streß-Situationen.*

Statistisch ergiebig waren selbstverständlich die Lebenskarrieren der Forscher; Mc. Quaddel erfror in seiner Skihütte in Virginia nach einem Wettersturz; Lasky, Jonathan, heiratete nach der achten Auflage eine reiche Schweizerin und lebt jetzt glücklich in Zermatt; Plunker warf sich 73 vollständig auf die Psychiatrie und leitet in der Italienischen Schweiz erfolgreich ein Sanatorium für ausgeflippte sog. Burn-out-Fälle und schreibt über die interessantesten anregende Artikel in *Selecta*; Schlottke stieg 1979 in einen Intercity, Parcifal, glaube ich, kam nicht an und gilt als vermißt; Palen endlich erwischte der Krebs, Speiseröhre und Magentrakt. Da hatte er wohl nicht aufgepaßt und sich die Lektüre seines Kollegen Liebreins erspart, eine voluminöse Schrift mit dem entsetzlichen Titel *Streßulcus*.

Aber wie schrieb Rice Helm in seinem verdienstvollen Buch *Logik der Determination und der Zufall:*

Der Non-Calculation-Level ist gerade in der Zone durchschnittlicher Ereignis-Mengen außerordentlich hoch.

Anders gesagt und für jeden Laien verständlich: Gerade der beschissene Trivialkram des täglichen Lebens ist schwer berechenbar, und man muß eben höllisch aufpassen.

Die Ereignis-Mengen fingen in ihrer Unübersichtlichkeit so an: Zuerst gabs ein Gewitter, das war nicht weiter schlimm; ich hege keine Vorurteile gegen Naturkatastrophen, an denen ich nicht unmittelbar beteiligt bin.

Das Bullauge näßte furchtbar, aber es gab keine Überschwemmung. Trank gerade aus einem Tumbler eine Bloody Mary im Andenken an meinen Freund Pollard, da ertönte aus dem Klo, das heißt dem Badezimmer, ein Geräusch, nein, mehrere Geräusche, zuerst ein Röcheln, als schnitte man jemand die Kehle durch, dann ein pfeifendes Stöhnen und nach dem Stöhnen ein langgezogenes Gurgeln; es war das Geräusch, das mir Lambert überliefert hatte, als seine Tante mit einer Strumpfhose erdrosselt worden war; doch davon später.

Auf dem Teppichboden vor der Badezimmertür erschien ein dunkler kleiner Faden, dem ein zweiter folgte; nach einer Delta-Bildung floß es richtig. Ging zur Badezimmertür und machte Licht – du himmliches Klosett – aus dem Becken stieg langsam eine schmutzige Wassersäule hoch, nicht ganz so (eher im Vor-Stadium, sanfter), wie sie Conrad Ferdinand Meyer ungleich aseptischer in seinem Gedicht beschreibt ...

Dabei hatte ich die Klosettanlage sorgfältig inspiziert; es handelte

sich um den Typ Baillard aus Belgien mit Flachschüssel, damit man die Ergebnisse sofort untersuchen konnte; diese Anlage hatte sich schon bei Millionen und mehr Schissen gut benommen, international. Das Absaugklosett Typ Chicago nach Jennings, einem deutschen Forscher mit Sinn für Ästhetik und Hygiene, ist natürlich besser, aber was kann man auf diesem Schiff schon verlangen.
Das Wasser stand knöchelhoch, und in der Dünung schwamm ein kleiner Plastikeimer, ein Naturschwamm, eine Seifenschale trieb träge in Richtung Naßzelle und, ich traute meinen Augen nicht, eine Armada von Tampons schaukelte sanft unter dem Deckenlicht.
Erinnerte ein bißchen an Elenas eiserne Rationen in ihren Handtaschen – Tampons, Zahnstocher und Hustenbonbons.
Es stank bestialisch; aber nicht meine Ware. Exotische Kackhaufen krochen über die Plastikbrille, und als ein veritabler, pechschwarzer Haufen erschien, gefolgt von einer grün marmorierten Wurst, machte ich die Schotten dicht.
Nun mußte ich folgerichtig handeln, mit Rücksicht auf die Konsequenzen. Klingelte dem Steward, der Decksteward war Rumäne – und photographierte mit der Light-Mix-Polaroid das Tableau. Diesen Akt wiederholte ich noch einmal, als der Steward kam – ich ließ ihn mit einer Hand auf das Klosettbecken zeigen, das war ostentativ, beweiskräftig und symbolisch.
Entlohnte ihn mit 10 Lei, ich trug beinahe sämtliche europäischen Währungen in einem Plastiksack mit mir herum, man weiß ja nie ... und deponierte meine Wertobjekte in den Stahlschrank am Fuße meines Bettes, die Kameras, die Kassette mit den Briefen meiner Frauen, die elf Photographien meiner liebsten Frauen in Rahmen aus Leichtmetall, absolut wasserdicht, meine Kollektionen und meinen Stockdegen, angeblich aus dem Besitz der Familie Sforza aus dem 15. Jahrhundert.
Dann schrieb ich mit Filzstift an die Badezimmertür PIPE BURST, ein freundlicher Hinweis für die sanitäre Mannschaft (ein Ausdruck, den ich in meinem alten Murat-Sanders gefunden hatte), brachte den Schrankschlüssel in Sicherheit, schnappte mir Hodkins' *Der positive Augenblick* und ging an Deck, um die beschissene Atmosphäre ein bißchen loszuwerden.

24 Oben war das Gewitter im vollen Gang; Blitze zuckten aus mächtigen schwarzen Wolken, der Seegang, oder wie das heißt, war auch nicht schlecht, und es pißte schräg aufs Promenadendeck. An der Reling standen zwei Passagiere in grauen Regenpelerinen, die sich bei jedem Windstoß unförmig blähten und wieder zusammenfielen. Ging vorbei und eine männliche Stimme sagte: Nice Place.

Wonderful temper, sagte die weibliche Stimme.

Only an electric storm, sagte die männliche.

Damp, sagte die weibliche Stimme, elegisch.

Low temperature, sagte die männliche Stimme.

Das war, wie ich später recherchierte, das Ehepaar Hubble aus Nevada.

Entschloß mich zur Mistinguette-Bar, french & international drinks, wie ich wirklich innig hoffte, ein Stockwerk oder ein Deck tiefer, abwärts über eine Stahltreppe.

BAR MISTINGUETTE, stand in handgroßen, blauen Neonbuchstaben über einer mit beschlagenem Messing armierten Tür.

Zuerst sah ich gar nichts, weil nur die Flaschen hinter der Bar durch eine trübe Funzel (75 Watt) illuminiert wurden.

An der Bar saßen zwei Herren, in der Mitte fläzte sich ein Kater, die Hinterpfoten unter dem Bauch, die Vorderpfoten schlaff auf der Rückenlehne aus Messing, das Gesicht voll unsagbaren Überdrusses auf die Eingangstür gerichtet.

Der eine Herr war sehr fett und groß, drehte mir sein Gesicht zu, Hamsterbacken und blaue Lippen, und sagte Hey, der andere rechts neben dem versoffenen Kater rührte sich nicht. Auf dem Revers (scharlachrot wie die anderen Uniformen) des Keepers steckte ein Plastikschildchen mit seinem Namen ELSTER; kam aus Hameln.

Der rührige Elster, den ein Magengeschwür am Konsum hinderte, bot die vier Grundstoffe an – Whisky, Wodka, Gin und Cognac. Entschied mich für Whisky und zwischen einem Manhattan, Mint Julep, Whisky Sour und einem Rusty Nail für einen Puren mit Eis.

Sehr vernünftig, sagte der fette Mann links neben mir, der sich an einem Dry Martini labte, immer zwei große Schlucke, Bestellung

des nächsten, dann der letzte Schluck. Vor ihm standen acht Gimletgläser, in denen lunare Zitronenscheiben lagen.
Gestatten Sie, sagte er mit amerikanischem Akzent, Jordan, Reverend Jordan aus Massachusetts; war in Heidelberg stationiert.
Goff, sagte ich, Maurice Goff.
Deutscher, fragte Jordan.
Trinkt der Kater, fragte ich.
George? fragte Jordan, nicht systematisch, hin und wieder eine Untertasse Eierlikör, er hält Maß, was man von den meisten Menschen nicht sagen kann. Elster, geben sie mir noch einen Dry Martini. Mein Lieblingsgetränk, da kann man nichts falsch machen. Wie stehen sie zu ZEN?
Mußte eine Antwort vertagen, denn in diesem Augenblick passierte eine unberechenbare Unstimmigkeit im Darmtrakt, und ich spürte ein menschliches Bedürfnis.
Da hinten, sagte Jordan, aber geben Sie Obacht.
Wie recht der Reverend hatte; das Klosett war eine French Toilet, wie man sie in alten Pariser Bistros unmittelbar hinter der Telephonzelle findet – ein konisches Loch in der Mitte, mit senfgelben Kacheln, und an beiden Seiten Griffe für den korrekten Vomitus im Stehen. Als ich die Hosen heruntergelassen hatte, fing die Kolik an, so daß ich mich zur rechten Zeit krümmte, sonst hätte sich meine glühende Diarrhoe nicht am richtigen Ort versammelt. Klopapier gabs nicht; verbrauchte vier Tempotaschentücher.
Da geht nichts drüber, sagte Jordan, nicht im Himmel und nicht auf Erden. Beruhigen Sie Ihre Schläuche mit einem Black Russian – Whisky wäre jetzt das reine Gift für Sie.
Fühlte mich schwach wie ein neugeborenes Kätzchen im madigen Mai. Mein Magen fühlte sich sehr gut; ein paar nachklingende Spasmen (zieh dich zusammen, lieber Darm, wie ein Freund einmal gesagt hatte) erzeugten einen Pfeifton.
George drehte langsam seinen dicken und roten Kopf zu mir und stieß auf.
Einen Advokat für George, sagte Jordan zum Keeper.
Elster füllte eine Glasschale mit dem köstlichen, gelben Naß und drehte des Katers Hocker um die Achse, so daß er die Schale auf

der Bar erreichen konnte, ohne seine Lage zu ändern. George nahm nach einem kleinen Denkakt (hab ich schon genug) an, stützte die Vorderpfoten auf den Tresen und begann mit fest geschlossenen Augen zu lecken. Nach jedem Zungenstreich hob er den Kopf wie ein Huhn und leckte sich Lippen und Schnurrbart, ehe er seine Zunge erneut eintauchte.
Der verstehts, sagte Jordan und lächelte freudlos.
Das Hubble-Paar kroch herein, uralte Veteranen, und tranken am Tisch schweigend aus einem Glas einen Mint Julep mit viel Eis; sie schlürften gemeinsam den Rest, hüllten sich dann wieder in ihre Pelerinen und verschwanden.
Gott, sagte Jordan plötzlich, hatte mich oft am Arsch, aber seit ZEN gehts mir entschieden besser. Hatte Gott Sie auch oft am Arsch?
Bis auf Grundeis, sagte ich und bestellte einen Gin mit Zitrone.
Der Kater George lag wieder ruhig auf dem Barhocker, die Vorderpfoten über der Lehne. Ab und zu stieß er wollüstig auf und schmatzte danach. Es war eine gute, friedfertige Stimmung, wirklich glückliche Augenblicke.
Ihre existentiellen Probleme, sagte ich, sind mir scheißegal, nehmen Sie noch einen Dry Martini.
Sie stinken nach Scheiße, sagte Jordan herzlich.
French Toilet, sagte ich freundlich und trank.
Morgen, sagte Jordan und ließ den Mund offen stehen, morgen unterhalten wir uns aber über ZEN?
Einverstanden, sagte ich, alles, was Sie wollen, Kunst des Bogenschießens, das Zazen und warum die Rose ohne warum ist.
Der Herr rechts neben George seufzte und klapperte mit seiner Prothese. Draußen heulte der Wind, der Regen prasselte wie brennendes Popcorn, in größeren Abschnitten hustete der Donner. Nach dem fünften Gin wünschte ich allen eine gute Nacht und stieg wieder über die Stahltreppe an Deck.
Zu den Folge-Phänomenen positiver Momente, sagt Hodkins an einer Stelle seines Buches zutreffend, gehören die dazu passenden Erinnerungspartikel.
Der Herausgeber unserer Reihe *Frauen als Paradigma des Humanen,* ein gewisser Poenske, schrieb in seiner freien Zeit gegen diese

Reihe sozusagen einen Kriminalroman, in dem ein scheußlicher Mord an einer älteren Dame vorkommt, exakt in einer mondhellen Nacht auf einem Ozeandampfer.

Die Sterne, so schrieb P., glitzerten in ihrer eisigen Allmacht (er muß damals schon völlig verwirrt gewesen sein), leise rauschte das Meer, und Lady Jessica hörte das Stampfen der Maschinen, als es plötzlich Nacht um sie wurde. Hilflos lag sie auf den Planken, während ein knorriges Knie sich zwischen ihre Schenkel – uswf., der Rest der Stelle ist mir gottlob entfallen.

Während dieser kleinen Erinnerung ging ich an die Reling und reinigte mich (eine liebe, alte Gewohnheit) vom Alkohol, indem ich den Zeigefinger der rechten Hand auf das hintere Drittel des Zungenbodens drückte; wirkt bei mir sofort.

Erleichtert wandte ich mich ab; vier Meter von mir entfernt stand das verwünschte Hubble-Pärchen, starrte mich einen Augenblick an und widmete sich wieder dem Meeresblick.

Fool, sagte die Hubble.

Creeping Jesus, sagte der alte Hubble.

Blick aufs Meer.

It's like a Wordsworth-poem, sagte sie.

Nasty, dark and nasty, sagte Hubble Maskulinum.

Ging weiter und dachte an nichts bestimmtes, wahrscheinlich an die Überschwemmung im Badezimmer; nach zwei Stunden konnte man erwarten, daß sie die Scheiße weggeräumt hatten.

Poenske der Autor hatte recht – das Meer rauschte, allerdings gekreuzt (geräusch-formal) mit einem anderen Wassergeräusch – jemand schlug mit Prostata-inspirierten Pausen sein Wasser ab.

Bei ZEN, dachte ich in jener friedlichen Nacht, solche Probleme hast du noch nicht. Das Pissen klappt noch. Überhaupt überkamen mich gute und angenehme Ideen wie immer nach dem Actus purus. Diese Schiffsreise, dachte ich, die dir in den Schoß gefallen ist, wird deine letzte Flucht sein, danach lebe wieder auf deinem Dachboden, die Nacht mit streßlosem Herumstehen; vielleicht könntest du auch eine reiche Partie machen und dich mit einem ehelichen Verhältnis betrügen, uswf.

In diesem Augenblick wurde es Nacht um mich, und es stank nach

Fisch. He, brüllte ich. In dem Plastikbehälter klang meine Stimme wie die eines Idioten. Ich torkelte mit dem Eimer über der Rübe herum, und jemand gab mir mit aller Kraft einen Tritt in den Arsch. Ich fiel auf die Knie. Der oder die Unbekannte drosch mit einem Besenstil oder einem Ruderblatt auf den Boden des Eimers; mein Kopf dröhnte wie eine Glocke. Es waren wirklich Beckenschläge. Dann bekam ich das Ding endlich ab. Eine kompakte, beinahe viereckige Gestalt rollte sich auf mich, so daß ich auf dem Bauch lag. Ich roch ein After-shave, das Leichenbalsamierer gern benutzen, wenn die Temperatur hoch ist. Der Kerl riß an meinen Haaren, packte sich eine Handvoll und versuchte dann, mein Gesicht auf die Planken zu schlagen. Diese Methode war wirkungsvoller als die Schläge auf den Eimer. Ich stieß meinen Kopf mit aller Kraft nach hinten, eine Art blinder Kopfstoß, und prallte mit der hinteren Hemisphäre an die vordere Kopfpartie meines Unbekannten, der zu blöken anfing. Etwas Warmes tropfte in meinen Nacken, ein gutes Gefühl, wenn auch ein bißchen unappetitlich. Wieviele kleine Wundmale meiner Frauen habe ich geleckt und mit meinen nützlichen Enzymen gesalbt, aber Blut von einem fremden Kerl, der mich mit irgendeinem anderen Arschloch verwechselte, das irgendwo in Ruhe seinen Whisky trank, während ich seine Abreibung bekam, das war zuviel.
Der Kerl ließ los, Goff stand auf und drehte sich tapfer um; das war falsch kalkuliert. Mit blutender Nase kann man immer noch gut zielen; er trat mich mit dem rechten Fuß in die Eier. Nur ein Mann, niemals eine Frau, kann abschätzen, was für ein sublimer Schmerz ein solcher Tritt ist. Die Christen loben wie die Bekloppten die Ausstattung des männlichen Menschen – die Frau ist in jeder Beziehung besser gebaut.
Auch Goff blökte vor Schmerzen, packte aber den Fuß des Kerls und drehte ihn um. Jetzt heulte der Kerl auf und knallte auf sein fettes Hinterteil. Sein Kopf war ungeschützt, und ich versuchte es mit einem Handkantenschlag, den ich bei Carradine in der Kung Fu-Serie gesehen hatte; ging daneben. Im Film bewegen sich die Leute entschieden weniger.
Die Erschütterung seines Rückrats hatte ihn benommen zurück-

gelassen, er saß auf seinem Hintern, ließ seine weißen Haare im Mondlicht leuchten, und da ergriff ich den Eimer, meine Reaktionsgeschwindigkeit ist manchmal erstaunlich, und zog ihm das Ding über seinen Schädel, dann hielt ich beide Handgelenke fest; er gab überraschend nach und fiel wie ein Käfer auf den Rücken, so daß ich plötzlich in der bewährten Missionarsstellung zwischen seinen Beinen lag. Dann fing er an zu röcheln und zu husten, er schnaufte und er spuckte, seine Gelenke wurden feucht und kalt.

Da ließ ich ihn großmütig los, sagte blödes Arschloch zu ihm und machte mich davon. Er lag nur herum und hustete kraftvoll in seinen Eimer.

An der Reling (andere, friedliche Seite) machte ich ein paar lendenlahme Atemübungen.

Die Hubbles schlichen vorbei, ihre Pelerinen schimmerten im Mondschein.

Der männliche Hubble sagte zum weiblichen Hubble: these teutonic people, east or west, always shit.

Gingen dann hochmütig weiter.

Enterte wieder die Bar. Der Kater hing in den Seilen, ein Auge wie Proust unter dem Oberlid, das andere geschlossen, sah er in unbekannte Paradiese, die Vorderpfoten gefaltet, dazwischen sein zusammengerollter Schwanz.

Wie sehen Sie aus, sagte Jordan.

Geben Sie mir einen Cognac, sagte ich zu Elster.

Streit gehabt, fragte Jordan, da gibts nur eines – Tritt in die Eier und ab durch die Mitte. Sonst haben sie dich am Arsch. Sie sind hinten ganz blutig.

Nicht mein Blut, sagte ich.

Alle Achtung, sagte Jordan, jetzt stinken Sie nach Scheiße, Blut und Schweiß, alles gottgefällige Marken.

Der gute Elster mixte mir noch einen Manhattan, dann ging ich in die Kabine. Im Badezimmer war die Flut noch ein bißchen gestiegen; jetzt schwammen in der Brühe noch mehr Champagnerkorken.

Kabine 24 war für mich erledigt, trotz der magischen Zahl.

Schlief resigniert und geplagt vom Gestank ein.

25 Nach dem Umzug in eine hygienisch unbedenklichere Kabine fiel mir beim zweiten Auspacken die Kollektion von Briefen in die Hände; eine Auswahl, die Elena getroffen hatte aus nur ihr bekannten Motiven. Lamberts glücklicher Brief hatte ein paar Krallenspuren von ihrer Hand...

Lieber Goff, 6. November 1966

Die panische Gerechtigkeit der höheren Gewalt, o ja, hat mich mit jenen Mitteln ausgestattet, die es mir ein für alle mal erlauben, ein mir gemäßes Leben zu führen in aller heiligen Abgeschiedenheit. Nun gilt es, ‚produktiv machende Kräfte von bedeutender Art gleichermaßen freizusetzen', sich zu lösen von den unguten Zufällen der Gewalt und der Gewalt der Zufälle und sich zu trennen von den selbstgewählten (sic! oja!) Schickungen, die einem immer nur Fesseln auferlegten.

Im Grunde ist es ja wohl gleichviel, ob einem die glänzenden Güter der Erde und des Geistes durch eigene Eroberung oder durch Erbschaft zufallen. – Eine entfernte Verwandte, mir gleichwohl zugetan, eine Tante mütterlicherseits aus dem Norddeutschen, hinterließ mir durch ihr plötzliches Ableben eine immense Summe Geld, Aktien und Kommunalobligationen.

Nun ziehe ich mich zurück, ein königliches Gefühl; die Welt ist so voller Schwachköpfe und Narren, daß man nicht nötig hat, sie im Tollhaus zu suchen.

Von meiner lieben Frau, die zum Schluß zu meinem Leidwesen erotisch unergiebig war, habe ich mich getrennt ohne viel Klagen auf beiden Seiten, das muß gesagt werden, Egmont befindet sich in einem Schweizer Internat, in dem ausschließlich praktische Dinge gelehrt werden, die seinen Neigungen entgegenkommen, falls er welche hat – Stricken, Sticken, Nähen, Kochen und französische Konversation. Sport ist nicht auf dem Lehrplan, der verstörte doch seine generöse weibliche Natur, die auf das Weiche, Fließende und letzthin Amorphe ausgerichtet ist.

Meine angebetete Caroline endlich, diese erotische Sensation in der Klasse freigiebiger Frauen – Schicksal des Menschen, / wie gleichst du dem Wind! (Gesang der Geister über den Wassern) –

hat sich mit einem Chemiestudenten assoziiert und subordiniert, der ihren freilich kleinbürgerlichen Gelüsten fürderhin mehr Gerechtigkeit wird widerfahren lassen ... Mag fahren dahin!

Gewiß vermisse ich sie, ihre zarte Haut (vor allem in den Kniekehlen, unter dem Kinn und im Nacken), ihren dunkel-erotischschelmischen Blick, Eros entwendet!

Aber meiner Begabung und begabt mit Vermögen muß ich ein männlich-asketisches Leben einrichten. Aber wie ich die ‚bekannte Hitze' vermisse, im übrigen ein Ausdruck des lebenstüchtigen Vergil ... Die zarten Abdrücke der Küsse ... die geröteten Stellen nach bewußtlosen Küssen, die kleinen Rötungen um den Rosenmund, ach.

Die Frauen sind silberne Schalen, in die wir goldene Äpfel legen. (An welche Äpfel Dein klassizistisches Ferkel gedacht hat, ist klar; ich habe mich schon immer gefragt, mit welchem Organ der Mann wohl denkt, bei Lambert fällt es mir wie Schuppen von den Augen. Was Dich vor ähnlichen Dachschäden bewahrt hat, ist allein Deine milde Selbstironie, Dein bester Panzer. Elena.)

Selbst in diesem Augenblick, da ich an meinem Sekretär sitze (ich könnte keinen männlichen Sekretär vertragen, auch in diesen Belangen war unser Goethe groß!), einem göttlichen Stück ebenistischen Genies von J. F. Wunderlich, 1826, Kunstauktion Basel, und auf meinen parkähnlichen Garten Blicke mit bewegten Gedanken richte, regen sich andere Assoziationen als die an Schalen und Äpfel, so poetisch dieser Satz in seiner triftigen Wahrheit auch sein mag. 1809 war für unseren Goethe ein heikles Jahr.

Noch einmal zu meiner geliebten Caroline; wir haben ein Abkommen getroffen, das für beide Teile befriedigend ist, mehr davon mündlich. Nur soviel: man soll Eros nicht mit Liebe mischen, das eine oder das andere gerät dabei ins Hintertreffen ...

Die Buchhandlung habe ich verkauft, nachdem ich, selbstverständlich, aus dem Antiquariat alle meine Schätze extrahierte.

Dem Glücklichen, lieber Goff, aber wem sage ich das, ist der Zufall hold – an dem Tag, an dem ich von der Erbschaft erfuhr, bot mir ein schmieriges Individuum ein Buch an mit dem Titel *Das Buch von der Nachfolge Goethes,* von einem gewissen, mir unbekannten

Verfasser, S., mit dem Motto: Wer mir nachfolget, der wandelt nicht in Finsternissen, ein Wort aus dem Johannesevangelium, aber, auf Goethe angewandt, absolut korrekt. Sie kennen ja meine begründete Affectation gegen das Kristentum. Im übrigen bei Myer und Jessen, Berlin 1916 erschienen, eine mehr als symbolische Fügung magischer Zahlengewalt; mehr darüber mündlich. Daraus werde ich Ihnen lesen, wenn Sie kommen, an einem Tische aus Rosenholz, intarsiert mit rosigem Apfelholz, das mich an Carolines Haut nach dem Liebesspiel gemahnt, abgebildet, im idealischen Sinn, filigrane Arkaden, die ins Unendliche führen ... Sie werden doch nach G. kommen?

Ihr Lambert

P. S.

Sie versprachen mir einmal in unruhiger Zeit einen Lebensplan, der Ihrem speziellen Frauenplan innig korrespondierte ... Nun, da sich alles gewendet hat, wäre dieses Blatt von Ihrer Hand natürlich eine sentimental-symbolische Reminiszenz, aber dennoch – wieviel zarter Nexus zwischen Ihren Plänen und den Zufallsrealisierungen ließe sich feststellen.
Möge diese Idee Sie, wie manche meiner Ideen in der Vergangenheit, immer ein wenig afficiren.

Lamberts neue Bude war wirklich edel.
Hatte nicht gespart, alles vom Besten, erlesene Möbel, alles Unikate, verloren und separiert in fünfzehn Zimmern, die er nach den Beschreibungen Bodes eingerichtet hatte.
Trug einen alten Sacco mit brokatenen Revers, der gute Lambert, hochhackige Stiefel und weiche Beinkleider, anders läßt sich das Outfit nicht beschreiben. Seine Stimme war tiefer und tragender, äußerte nur bedeutende Dinge in diesem bestimmten Tonfall.
Hatte vorher zuviel Coca Cola getrunken und fragte nach dem Klosett.
Aber bitte, sagte Lambert, lassen Sie doch in diesem Gemach das selbstverständliche, immer mal wieder, Ereignis werden.
Sind Sie versichert, fragte ich. Die Besichtigungstour wurde allmählich ermüdend.

Selbstverständlich, sagte Lambert, wo denken Sie hin.
Ob ich ein Bier haben könne, fragte ich.
Bier, sagte Lambert indigniert, Bier? Sie können einen alten Port haben, einen vortrefflichen Sherry ... Nach dem Dessert gibt es einen Chateau d'Yquem.
Auch das noch. Ich mußte eine Mahlzeit zu mir nehmen, womöglich warm. Zu der Zeit, verwickelt, wirklich, nahm ich nur Dosenfutter zu mir, kalt.
Haben Sie viel Besuch, fragte ich und hatte immer noch Lust auf ein Bier.
Wo denken Sie hin, sagte Lambert, welchen Besuch könnte ich wohl erwarten.
Aus irgendeinem Grunde taten mir die Beine und die Eier weh, wer weiß, warum. Ich bat um einen Schluck Sherry, wenn es schon kein Büchsenbier gab.
Wir setzten uns in eine Art Wintergarten, eine grün-weiß gestreifte Biedermeiercouch, passendes Gestühl, ein englischer Leg Table aus Birnenholz, am Fenster, Parkblick, was sonst, ausgerechnet ein Gummibaum mit schlaffen Blättern.
Schön hier, sagte ich, und Sie sind happy?
Lotte, schrie Lambert. Das ist, sagte er, meine Haushälterin, taubstumm, versteht aber dafür alles.
Ich finde, er ließ in seinem neuen Ambiente ein bißchen zu wünschen übrig. Lambert war nicht perfekt, sozusagen nicht ganz auf der Höhe seiner Einrichtung.
Lotte kam nach 12 Minuten, eine unförmige, weibliche Person, ca. 60, mit einem dezenten Kropf über einem Spitzenkragen.
Lambert orderte nun Gottseidank den blöden Sherry und sah sinnend, das ist der Ausdruck, auf seine kleine Parklandschaft.
Draußen fing ein Gewitter an, nicht so stark wie auf der *Omphale,* aber auch ganz anständig. Im Wintergarten wurde es dunkel.
Wie sehen denn Ihre Pläne aus, sagte ich, muß doch phantastisch sein – so ein Besitz, absolute Freiheit, unbegrenzt Kohle, meine Güte, Lambert, machen Sie gefälligst einen etwas glücklicheren Eindruck. Wie ist denn die Tante gestorben?

Asoziale Elemente, sagte Lambert fromm, Einbruch, mit Strumpfhose erdrosselt.
Mit der eigenen? Das geht ja noch, sagte ich, mit einer fremden wärs ein bißchen unappetitlich.
Man mußte den alten Knaben aus seiner Reserve locken.
Gut, sagte ich, daß die alte Dame schon ihr Testament gemacht hatte.
Lambert stimmte zu. Ein Blitz, wie sagt man, zuckte, und ich sah Lamberts Gesicht – er sah grau und alt aus.
Beschloß, ihn aufzumuntern. Dafür war ich ja Spezialist, eine Naturbegabung, jedenfalls bei Damen.
Tolle Umgebung, sagte ich aufrichtig, hier läßt sich jeder Streß mühelos vermeiden. Das sei ja das Wichtigste am Streß – das mühelose, passive Vermeiden im Gegensatz zum aktiven Vermeiden.
So so, sagte Lambert und seufzte.
Hier könnten, sagte ich, große Dinge passieren.
Welche, fragte Lambert.
Man könnte, sagte ich, Sammlungen anlegen, Bilder sammeln, Volieren anschaffen, einen jungen Tiger kaufen, Frauen einladen, ja, vor allem Soireen für Frauen, junge Frauen, ältere Frauen oder einen Jour fixe für Geselligkeiten mit Herren etablieren, auch alle Sammler, und dann tauschen ... usw.
Jaja, sagte Lambert.
Naturforschung! sagte ich.
Lambert zuckte zusammen, Donner grollte in der Ferne.
Fünfzehn Zimmer, sagte ich, mein Gott, Lambert. Und wieviele Klosetts, ich meine Badezimmer?
Vier, sagte Lambert.
Schlafzimmer, fragte ich.
Zwei, flüsterte Lambert.
Mann, sagte ich, überlegen Sie doch mal. Sie schreiten morgens durch die Zimmer und verschaffen sich in jedem Raum einen unvergeßlichen Augenblick; in jedem Raum einen anderen, fünfzehn differenzierte, distinkte, kostbare, solitäre Augenblicke; und das jeden Tag.
Ich bin schlecht zu Fuß, sagte Lambert grämlich.

Und dann, rief ich, installieren Sie in einem Raum einen großen Spiegel, in dem Sie die Fortschritte ihrer Persönlichkeit jeden Tag in einem erlesenen Augenblick konstatieren. Die Ekel-Pickel sind weg ... Ihre Hautallergien ... Sie haben keine chronische Bronchitis mehr wegen des üblen Mundgeruchs obskurer Kunden in der Buchhandlung. Kein Mensch oder Hund pißt Sie ans Bein, Sie können hier streßlos schalten und walten. Ist das nichts?
Was, fragte Lambert geistesabwesend.
Ich gab auf, ich gab auf. Hatte keinen Zweck.
Vielleicht befeuerte ihn das Abendbrot, gekocht von seiner kropfigen Lotte.
Lambert, sagte ich mit sanfter Stimme (letzter Versuch), was ist los, welch namenloser Kummer nagt ... Sie haben doch die höhere Gewalt in der Gestalt einer Erbschaft aufs Schönste erlebt, in Ihrem Fall kann man noch nicht einmal vom Zufall sprechen, geschweige denn von den trüben Schwestern, den Eventualitäten. Alles hat sich geradezu organisch entwickelt ... nichts ist mehr unerträglich, alle potentiellen Unerträglichkeiten sind ausgeblendet, Sie haben Ihre besten Jahre vor sich, die sog. niedrige Gewalt, die blöden, stressigen Unberechenbarkeiten liegen außerhalb Ihrer Sphäre – verdammt, was ist los?
Draußen im Garten ergab sich ein Wetterleuchten, für Wintergärten normalerweise allemal passend, aber selbst das erfreute Lambert nicht.
Landschaften, sagte Lambert nach einer Pause, finde ich deprimierend, wie alles, Bäume, Büsche, Blumen.
Sie sollten sich, sagte ich, einen Hund anschaffen, einen Welpen.
Hunde, rief Lambert, was soll man mit Hunden ... diese deprimierenden Blicke ... immer mit der Drohung: Wenn ich sprechen könnte, dann würdest du aber was hören ... Nein, niemals.
Gefährten des Menschen, sagte ich, treue Freunde, man wird zum Spazierengehen gezwungen, frische Luft jeden Tag, kein Unterhaltungszwang, die Nahrung preiswerter als für einen Menschen.
Wollte die Vorteile nicht einsehen.
Wenn Sie alles auf der Welt deprimiert, sagte ich, während der

Gummibaum resigniert ein Blatt einrollte, sollten Sie sich eine vernünftige Aufgabe suchen. Sie haben doch soviel mit Goethe am Hut, schreiben Sie doch, na meinetwegen über Goethes Liebesleben, seine Weiber und Affären, vom ersten frankfurter Masturbieren bis zur senilen Pollution.
Ich verbitte mir in diesem Hause alle Respektlosigkeiten, sagte Lambert. Die Sache ist so, fuhr er leise fort, ich habe etwas Großes vor ... Die Atmosphäre, finden Sie nicht, ist dazu geschaffen, etwas Großes hervorzubringen. Vielleicht bin ich nicht der Mann dazu, kamen die neuen Verhältnisse doch allzu überraschend, aber die Aura dieses Heims, nicht wahr, ist doch – und ist es nicht der Widerspruch, der uns produktiv macht?
Wir tranken schweigend unseren Sherry, und jeder dachte an etwas Großes und Schönes. Meine Schönheit – das Essen im Lokal *Bangkok* war ungenießbar – war klein, schwarz und wohlproportioniert, und wenn sie sich auf ihren Hochhackigen bewegte, hörte man die Engel in der Hölle singen.
Vielleicht, sagte Lambert träumerisch, ist's auch nicht das Große, sondern das schlechthin Erhabene ... aber in welcher Gestalt.
Wenn man was Großes vorhat, sagte ich, braucht man Ruhe, viel Ruhe.
Das Erhabene, erwiderte Lambert blitzschnell, gibt der Seele die schöne Ruhe, sie wird ganz dadurch ausgefüllt, fühlt sich so groß, als sie sein kann –
Haben Sie sich schon was Bestimmtes vorgestellt, fragte ich.
Der wirklich Tüchtige, antwortete Lambert, ich fand, er lavierte sehr geschickt, hetzt sich nicht ab; um die Gunst des Tages zu erlangen, fällt einem das Große, mag's ein Werk sein, ein Gefühl oder ein Gedanke, nicht in den Schoß.
In diesem Augenblick klingelte ein Glöckchen, es war eben ein kultivierter Haushalt, und wir mußten ins Speisezimmer; das Essen wurde aufgetragen.
Wenn man zu Besuch geht, sollte man unter allen Umständen vorher wissen, was man zu essen bekommt; alles andere ist barbarisch. Aber die Unsitte, zu unbekannten Essen unpräpariert zu pilgern, ist weit verbreitet. Zudem lieben die Gastgeber aus uner-

findlichen Gründen die Überraschung. In den meisten Fällen aß ich eine Stunde vorher, war die Überraschung wirklich gelungen, konnte man immer noch eine Allergie vorschützen. Diese Maßnahmen bewahren vor Streß.

Das Eßzimmer war ein ovaler Raum, mit brauner Seide bespannt, Möblierung sparsam. Der Eßtisch war auch oval, ca. drei Meter lang, und wir saßen uns am langen Ende gegenüber.

Auf einem Rechaud stand eine Casserolle mit Deckel.

Lambert sah mich mit leuchtenden Augen an.

Gebratene Entenbrust, sagte er.

Diese Sache mit dem Großen, sagte ich, das man hervorbringen will, ist eine elende Sache. Mitunter ist es viel größer, wenn man das sog. Große unterdrückt, das heißt, wenn mans vermeidet und einfach nicht tut, verstehen Sie?

Mögen Sie keine Ente, fragte Lambert.

Ich schätze Enten über alle Maßen, sagte ich, man kann beinahe sagen, es sind liebe Freunde und Verwandte; aber ich bin kein Kannibale.

Ist das ein Schwur, fragte Lambert.

Es sind die Ducks, sagte ich, und D. Duck, Uncle D. Duck, hat mich seit dem Kindergarten begleitet; ich esse keine Ducks, obwohl die Familie auch anthropophag veranlagt ist –

Sie sprechen in Rätseln, sagte Lambert und legte mir mit olympischer Ruhe ein Stück rosiger Brust auf den Teller, der achteckig war.

Will sagen, die Ducks sind auch Kannibalen, sagte ich, denn ihr weihnachtlicher Favoritenbraten ist ausgerechnet Gans ... oder beim Thanksgivingday Turkey, Truthahn.

Sie spielen, sagte Lambert, auf diese widerlichen, bunten Heftcomics an?

In der Tat, sagte ich, D. D. erinnert mich ein bißchen an Sie – er will mitunter etwas Großes, und sei es nur berühmt werden, aber selbst wenn er berühmt ist, zum Beispiel ein glanzvoller Schlangenbeschwörer, führt eine Kette von Zufällen mit massiven Verschlüssen, den Eventualitäten, die immer alle pünktlich eintreffen, gewissermaßen folgerichtig, zu einem Mißerfolg.

Während meines gut gebauten Satzes ließ ich die arme Entenbrust liegen und versorgte mich mit Butterkartoffeln und glasierten Schalotten.
Im übrigen standen Messingleuchten herum, bestückt mit nicht tropfenden, violetten Kerzen, wirklich stilvoll.
Ich habe keine Ahnung, sagte Lambert, was Sie mir mit diesem trivialen Beispiel sagen wollen; für mich fällt durch diese köstliche Isolation etwas weg –
Mag das Beispiel auch trivial sein, sagte ich, aber man kann durch diese Geschichten viel lernen über die höhere Gewalt und ihre Form, über Unförmigkeit der niedrigen Gewalt und welche Anstrengung es das Individuum kostet, ohne Streß erfolgreich zu sein, obs um die Zahlung der Miete geht oder wie man Daisy endlich aufs Kreuz legt.
Daisy, fragte Lambert, wer ist Daisy? Nein, nein, Sie verstehen mich nicht.
Alle meine Phobien, Idiosynkrasien und alle Animositäten haben in diesem Haus keinen Sinn mehr, das heißt, sie sind als liebe Gewohnheiten entwertet ... Ich kann mich an nichts mehr in der äußeren Realität reiben ... Natürlich ist das gut, weil mir diese Realität zum Schluß unerträglich war; vielleicht werde ich jetzt, in dieser Atmosphäre . . . menschlicher . . . humaner . . .
Das wäre ja furchtbar, sagte ich mit vollem Mund.
Des Menschen Wesen ist mühselig, sagte Lambert, das schrieb Goethe an die Frau von Stein.
Da mag er recht haben, sagte ich.
Der Mensch, sagte Lambert, nachdem er sehr lange an seinem Stück Entenbrust gekaut hatte, muß eine Aufgabe haben im Leben, mag sie groß erscheinen oder klein. Wie geht es denn mit Ihren Aufgaben voran?
Bestens, sagte ich, nicht so besonders, ich habe mich verliebt, oder sowas ähnliches, es handelt sich um ein neues Gefühl, das ich noch nicht kenne.
Ah, sagte Lambert, Sie lieben.
Hab ich nicht gesagt, sagte ich, diese Kartoffeln sind vorzüglich. Demeter?

Mögen Sie den Chianti, fragte Lambert. Damit war auch diese Klippe glücklich umschifft.
Er ist, sagte ich sofort, sehr massiv, neckt die Zunge mit ein wenig Gerbsäure, aber er hat Fülle und ein gewisses Bouquet.
Sagen Sie, Goff, fragte Lambert, würden Sie einem Menschen in Not helfen?
Kommt drauf an, sagte ich, welche Not. Ist es ansteckend, läßt man besser die Finger davon und geht seiner Wege.
Verstehe, sagte Lambert, könnten Sie ein blindes Mädchen lieben?
Nur dann, sagte ich, wenn sie sehr schön und nicht besonders klug ist.
Warum dürfte sie nicht klug sein, fragte Lambert.
Stellen Sie sich bloß mal die Situation vor, sagte ich, Sie gehen in einen Film, und danach müssen Sie die Bilder durch Erklärung nachliefern. Da macht sich jeder zum Trottel, das legt schon der Erzählmodus im Präsens – alle anderen Tempusformen wären dilettantisch – nahe, oder Sie gehen durch irgendeine Landschaft und müssen sie erläutern; nein, das ist der reine Streß.
Sie haben da, sagte Lambert, Goldene Lebensregeln, die Sie streng einhalten?
So streng es den Umständen nach geht, sagte ich bescheiden. Sie haben nichts ... Großes vor, fragte Lambert, es gibt jetzt eine Mousse au Chocolat.
Eine Freundin, sagte ich, dies als Beispiel mangelhafter Planung, war einmal zu einem jungen Ehepaar eingeladen, das die Phase der Geschlechtsgemeinschaft im Sinne Kants – der wechselseitige Gebrauch, den zwei Menschen von des anderen Geschlechtsorganen etc. machen – noch nicht hinter sich hatte, sich also nicht für gutes Essen interessierte; es gab ein Schokoladenfondue.
Kein Wunder, sagte Lambert, daß Goethe Kant nicht ausstehen konnte ...
Die Schokolade brodelte im Topf, sagte ich, meine Freundin war ein empfindliches Wesen, tauchte aber tapfer ihre Gabel mit dem Weißbrot in die Masse, steckte dann die braune Masse in den Mund – und sagte kein einziges Wort mehr.

Warum, fragte Lambert.
Das Zeug ging nicht herunter, sagte ich, sie saß da wie ein Vogel mit einem zu fetten Wurm der nachlässigen Eltern und konnte nicht schlucken.
Wie schrecklich, sagte Lambert, aber ich weiß nicht, was Sie damit sagen wollen. Bitte Goff, was soll ich machen, unternehmen ... in diesem privilegierten Heim?
Wirklich schwierig sagte ich, andere Menschen sind Ihnen ein Greuel, Hunde mögen Sie nicht, Katzen sind Ihnen wahrscheinlich zu arrogant, wie wär's, wenn Sie sich ein bißchen um Botanik kümmerten? Käfer? Lambert als Naturforscher ... im Keller ein kleines Labor, zur Teezeit ein bißchen Faustlektüre ...
Sie sind ein Schwein, sagte Lambert würdevoll, verzeihen Sie mir den Ausdruck.
Ich bin Beschimpfungen gewöhnt, glauben Sie, meine Lebensstrategie erfreut meine Umgebung? Wäre ich an Ihrer Stelle, sagte ich, dann würde ich –
In diesem Augenblick kam die Aufwärterin mit dem Kropf und stellte eine große Glasschüssel mitten auf den Tisch. Es war eine echte böhmische Deckelschale, in der eine Masse schlummerte, die wie Babydurchfall aussah.
Lambert hob einen großen Löffel und sah mich an.
Was würden Sie tun?
Frauen, sagte ich, mein Hobby wären Frauen, nichts als Frauen.
Frauen, sagte Lambert, ja, gewiß, warum nicht, aber mir schwebte etwas Großes vor, wenn ich auch noch nicht weiß, was ... worin es besteht ... welche Gestalt es hat.
Frauen, sagte ich, sind die größte Aufgabe, der sich ein Mann hinieden stellen kann. Mein getragener Satz kam gut an. Manchmal, mein lieber Shannon, entscheidet eben doch die Intention des Senders und nicht allein das Verständnis des Hörers.
Wir trinken jetzt einen Roederer Cristal, sagte Lambert, und machen ein Programm; es soll Ihr Schaden nicht sein. Welches Honorer schwebt Ihnen vor?
Übers Honorar reden wir später, sagte ich, läßt sich nach Erfolgs-

quote regeln; bei Nicht-Erfolg Geld zurück oder so. Aber wenn Sie auch ein Programm haben, dann müssen wir zwei Programme verknüpften, und ob die kompatibel sind, ist noch die Frage.
Kompatibel, fragte Lambert und drückte den Klingelknopf für die taubstumme Lotte.
Verträglichkeit, sagte ich.
Sie haben in Ihren Goldenen Regeln, sagte Lambert, bestimmt alle Unverträglichkeiten vermieden, wie ich Sie kenne.
Fühlen Sie sich in diesem Hause wirklich wohl, fragte ich, als der Roederer endlich auf dem Tisch stand und in zwei Spitzgläsern moussierte.
Es ist ein bißchen einsam, sagte Lambert, aber ich habe ja meine Bücher und meine Kollektionen und meinen Goethe und vor allem dieses Buch *Die Nachfolge Goethes,* ein Labsal für alle Tage. Sie sollten einen Ortswechsel vornehmen, sagte ich, reisen Sie, und kehren Sie dann in dieses wohlgeordnete Refugium zurück. Oder ziehen Sie um, mieten Sie sich in einer Großstadt eine kleine Luxuswohnung, ein Penthouse oder etwas in der Art, auf Zeit, selbstverständlich.
Umziehen, sagte Lambert an jenem Abend, das ist eine schreckliche Vorstellung . . .

26 Kabine Numero 29, in die ich umzog, war nicht größer, aber wesentlich länger, ein Schlauch mit einem diesmal nicht konjunktivitiskranken Bullauge. Inspizierte mit dem Steward sofort das Badezimmer, diesmal opulent ausgestattet. Das Klosett war ein erlesenes Modell von Canzoni, wahrscheinlich durch Zufall hierher verschlagen, ein kalkweißer, wohlgeformter Porzellantrichter; das Bidet funktionierte, das Wasser lief tatsächlich aus beiden Hähnen des Waschbeckens, ein Hahn sonderte heißes, rostiges Wasser ab, der andere Hahn verschenkte großzügig eine Viertelstunde lauwarmes Wasser, ehe es abrupt eiskalt wurde. In der Badewanne lag eine tote Kakerlake auf dem Rücken, die Beine fromm gefaltet. Die sanitären Einrichtungen waren über jeden Verdacht erhaben.
Warum, fragte ich den Steward, ist die Kabine so extrem lang? Haben zwei römische Priester, sagte der, bei Orkan Stärke 11 in Nummer 29 gebetet, unterwegs zu kreuzen in südchinesisches Meer. Das war immerhin eine komplette Antwort; ich schätzte Antworten, die nichts erklären.
Allein in der neuen Kabine, inspizierte ich den Rest.
Die lange Couch hing nur in der Mitte durch; der Couchtisch, dunkles Glas mit hellen Flecken-Grüppchen, stand auf Löwenbeinen aus Messing. Konnte mir gut vorstellen, wie die zwei Priester beim Orkan in der Mitte der Couch gesessen hatten, kabinenlange Anti-Neptun-Gebete murmelnd.
Verschaffte mir ein paar schöne Augenblicke – trank einen Tullamore, den ich vorsorglich im Handgepäck hatte, beseitigte den Leichnam der Kakerlake im Canzoni-Grab mit viel Wasser und massierte meine Wunden, kleine Prellungen, ein paar Blutergüsse und die verletzte Würde. Wahrscheinlich ein Versehen; war durch Zufall in die Kontroverse zweier Passagiere geraten.
Legte mich im Morgenrock (ein Geschenk der elenden Elena) auf die Couch, hörte aus dem Cassettenrecorder eine Dosis Rossini, trank meinen zweiten Whisky und las im ewigen Emerson.
Ralph Waldo Emerson hatte mich schon immer beruhigt, ja, ich glaube, es gibt hinieden keine Prosa, die freundlicher aufs Gemüt wirkt. Man darf natürlich nicht übertreiben; mehr als eine Seite

wäre schädlich. Mit einer hübschen Eintragung vom 21. November des Jahres 1833 – dessen bin ich sicher, daß ein Mann, wenn er viel einsam ist, mehr edlen Mut in Gedanken und Worten erwirbt als aus aller Weisheit, die in Büchern steht – muß ich eingeschlafen sein; im nächsten Augenblick stand Reverend Jordan in meiner Kabine, stärker schwankend, als es die Passage momentan erforderte, um Schiffsposition und Körperposition in Einklang zu bringen.

Wie geht es George, fragte ich geistesgegenwärtig.
Hinüber, sagte Jordan und schaute auf seine Uhr, schon um Mitternacht. Sagen Sie, Goff, Sie sind doch aus dem Verlagsgeschäft?
Kann man sagen oder auch nicht, sagte ich und bot ihm einen Whisky an.
Sie haben eine schreckliche Kontusion auf der rechten Wange, sagte Jordan.
Das war ein Plastikeimer, sagte ich.
Haben Sie keinen Gin da, fragte Jordan, er persönlich könne sich bei Gin besser entspannen und besser denken.
Whisky oder gar nichts, sagte ich.
In Ordnung, sagte Jordan eilig, ganz in Ordnung.
Schön haben Sie's hier. Schönheit ist alles. Ich liebe Schönheiten aller Art. Mein Domizil ist im Unterdeck, C-Deck, wenn Sie verstehen, was ich meine.
Keine Ansprüche, sag ich mir immer, irgendwas schlägt immer zurück. Welche Branche waren Sie? Professionelle religiöse Literatur, Meßbücher, Bibeln oder Heiligen-Monographien? Gesangbücher? Ich hab mal Thomas von Aquin, Gott hab' ihn selig, Band 8, Teil IV, mit einem Kommentar versehen, bevor man mich feuerte.
Die EDITION AVICENNA machte einfach alles – Monographien der Großen Psychischen Erkrankungen in Wort und Bild, medizinhistorische Reihen, superbe Nachdrucke der Klassiker, von Hippokrates bis Esquirol, Kunstbände und Photobände, ab 1978 auch ausgewählte schöne Literatur.

Belletristik, sagte Jordan, die kann einem viel geben, leider manchmal auch gar nichts.
Stimmte zu.
Und Ihre Funktionen, fragte Jordan und sah mich mit offenem Mund an; seine bleichen Hamsterbacken bebten.
Einfach alles, sagte ich, Photograph, von mir sei die berühmte Photomonographie italienischer Hospitalbauten der Renaissance – ansonsten Lektor, Korrektor und Autorenkontakt-Agent.
So, sagte Jordan, multifunktional, gewissermaßen. Und haben Sie je (er senkte die Stimme) geschrieben? Schriftliches abgefaßt?
Sicher, sagte ich, Gutachten, Briefe, viele Briefe, böse Briefe.
Das meine ich nicht, sagte Jordan und nahm sich noch einen Tullamore, ich meine das Schöpferische Schreiben, das inspirierte Abfassen von Prosa, lang oder kurz ...
Nein, sagte ich, das war nicht mein Job.
Jordan rieb sich die Hände und ich fürchtete, er wolle an diesem Ort zu beten anfangen.
Wissen Sie, sagte er, Gott hat mich am Arsch, weil ich eine Idee noch nicht richtig gefaßt habe; die Idee ist genial, aber ich habe noch ein paar Handicaps und wissen Sie, wobei –? Beim Schreiben.
Was wollen Sie denn schreiben, fragte ich, eine unvorsichtige Frage. Man darf Autoren nie fragen, was sie schreiben.
Jordan versorgte sich mit einem Viertelliter Tullamore, hob einen Zeigefinger und sagte: Es gibt in eines jeden Menschen Leben Krisen und andere Situationen, in denen er unmittelbar zu jemandem sprechen möchte. Es gibt Millionen Krisen und Krisensituationen, aber nur für wenige, beklagenswert wenige, die richtigen Gebete oder Bitten. Ich habe mir nun gedacht, auf Ihr wirklich spezielles, Herr Goff, man müßte eine Stoßgebetsenzyklopädie erstellen, mit Sprüchen, Bitten, Trostworten und Flüchen für jede Gelegenheit und für jede passende Instanz, also nicht nur Gott sollte in Krisenzeiten personal angesprochen werden können, nein, auch Allah, Buddha, Shiva etc. wie die Heilsbrüder alle heißen, alle, alle müssen vorkommen, an die sich unsere Person in den Momenten der Hilflosigkeit, Blödheit oder Not wenden kann mit

vielen irdischen und himmlischen Adressaten, King Arthur, Tarzan etc., ich hab eine ganze Liste, natürlich müssen auch Weiber vorkommen. Mögen Sie Frauen?
Ich sagte, ich hätte ein Faible für sie.
Für alle, fragte Jordan.
Für alle, ohne Ausnahme, sagte ich.
Verstehe, sagte Jordan verständnislos, wie ich seinen Plan fände?
Es gibt da nur einen Ausdruck, sagte ich –
Ja, fragte Jordan begierig und sabberte aus seinem rechten Mundwinkel.
Genial, sagte ich, schlechterdings vollkommen.
Sie haben den Plan auch wirklich verstanden, fragte Jordan. Da wären zuerst die Millionen Gelegenheiten unglücklicher Momente oder trüber menschlicher Augenblicke, sodann die Unzahl der dazu passenden, leid-triftigen Sprüche oder Gebete, und sodann die variable Unzahl gewissermaßen der Adressen, also drei brisante Massen.
Welche Schwierigkeiten, fragte ich schläfrig, bei der Etablierung dieses Plans aufgetreten seien?
Jordan schwieg und spülte seine Kehle mit einem Schluck Tullamore. Es liegt am Schreiben, sagte er, die Idee ist so gut, aber nehmen wir eine praktische Situation, die unmittelbar zum Problem der Form führt. – Eine junge Dame hat ihren Geliebten mit einem Gürtel stranguliert – was jetzt – wie sieht der Text aus; denn hätte ich den passenden Text für sie, dann erfolgte automatisch die richtige Adresse.
Ich sagte, der Text müßte spezifisch sein, abgefaßt in der goldenen Sprache des Falls; die junge Dame müsse sich an die Seele eines Mörders richten, so von Fall zu Fall.
Was sollte ich zuerst in Angriff nehmen, fragte Jordan. Die Momente, die zum Stoßgebets-Text führen oder –
Aber exakt, sagte ich, es hätte wenig Sinn, zuerst die Texte zu schreiben und dann die unglücklichen Momente nachzuliefern, während die Frage der Adressaten ein subalternes Problem sei.
Nur noch ein Punkt, sagte Jordan, als er schon auf seinen Füßen stand und behutsam schwankte – die Konditionen, unter denen

die Botschaften ausgesendet werden würden, der Ort sozusagen, wo?
Am Tatort bei Affekten, sagte ich schläfriger denn je zuvor, bei Minderdelikten im Bett, nein, alles im Bett, stillster Ort der Welt, allein mit dem Bett und den Gedanken, das Bett sei der Ort, das Bett.
Danke, sagte Jordan, ein stiller, weltabgeschiedener Platz, wo der auch nicht spezifische Christ nachdenken könne über seine Peccata, Vergehen, Versehen, Unbedachtsamkeiten, Dummheiten und Versäumnisse.
Brauchen Sie den Rest Tullamore noch, fragte Jordan? Mir gereichte er zum Troste.
Ließ ihn getröstet gehen, Reverend Jordan mit seiner Enzyklopädie.

27

Als der Streß mit meinem Frauenplan schon im Vorfeld zunahm, lud mich rechtzeitig ein befreundeter Zoologe namens Lloyd ein, mit ihm, wie er sich ausdrückte, auf Exkursion zu gehen; er hatte gerade ein Forschungsstipendium von der Ford Foundation.
Wo, fragte ich am Telephon, wilde Gegenden, gefährliches Ausland?
Nordskandinavien, sagte Lloyd vage, ein Bericht über Lemmus Lemmus.
Hoffentlich kein Dilemma, dachte ich und packte meine Sachen. Mir war nach Abgeschiedenheit in der Natur zumute, nach Frieden und Ruhe in schönen, menschenleeren Landschaften bei gesunder Kost, ohne viel Alkohol; und warum nicht Nordskandinavien, es gab schlimmere Orte auf diesem Planeten.
Die Natur dort, sagte Lloyd, ist ganz herrlich, ein subalpiner Pflanzengürtel oberhalb der Nadelwaldzone, bedeckt von hübschen Moosen, Flechten und Zwergsträuchern, sanfte Hügel blicken aufs Meer. Man errichtet ein Zelt, beköstigt sich selbst, damit habe ich Erfahrung, und bald ist man eins mit der Natur. Das Klima ist mild in der Jahreszeit, und es gibt tausend Motive zum Photographieren.
Der Natur-Gedanke hatte mich völlig verblödet, so daß ich nach Lloyds ausführlicher Liste alles einkaufte. Das Geld lieh ich mir von der schönen Irina, die sich von dieser Liebespause viel versprach.
Für das Zelt wollte Lloyd sorgen. Ich stellte mir ein großes, geräumiges Zelt vor, in dem man aufrecht stehen konnte, ein Luxuszelt für einen natürlichen Natururlaub.
In einem Sportgeschäft erstand ich, ohne Verdacht zu schöpfen, eine wärmereflektierende, zusammenfaltbare Spezialdecke, die an das Silberpapier einer überdimensionalen Tafel Schokolade erinnerte; dazu paßte die senfgelbe Isoliermatratze. Zur Grundausrüstung gehörte selbstverständlich ein Schlafsack; ich kaufte einen sog. original-amerikanischen Mumienschlafsack aus Polyamid-Köper, was immer das war. Der Rucksack hieß Santa Cruz, wer weiß warum, und kostete 269 DM.

Die Stiefel, nach Lloyds kompetenter Liste, waren so unförmig, als hätte ich an jedem Fuß einen Hammerzeh, und hießen Heureka-Boots, mit ölimprägniertem Spaltleder-Oberteil und griffigen Sohlen mit Stahleinlagen, wie der Prospekt wohlgemut bemerkte.
Der Ort, den wir nach dem Flug nach Stockholm erreichen mußten, hieß Stornfors oder so ähnlich; erinnerte mich jedenfalls daran, daß man diese Reise sofort hätte stornieren müssen. Aber im Herbst 67 kam diese Entscheidung zu spät, und der friedsame Augenblick an der Natur war nicht rückgängig zu machen. Aber wie hieß die Falklandsche Regel VI a: Wenn es nicht nötig ist, eine Entscheidung zu fällen, ist es nötig, keine Entscheidung zu fällen...

Lloyd betrachtete diese Exkursion (er nannte das Feldforschung) übrigens als ein jährliches, zyklisch wiederkehrendes, erholsames Rückzugsmanöver; den Lemmus Lemmus aus der großen Familie der Wühlmäuse hatte er schon vor drei Jahren mit seiner Frau, einer Ornithologin, in Murmansk heimgesucht, Pardon, beobachtet. Diese Frau, sie hieß glaube ich Jennifer, ein wahrer Bussard unter den weiblichen Ornithologen des Institutes, war auch auf die sog. echten Wühlmäuse (Microtus) spezialisiert, so daß sich das Paar vortrefflich ergänzte, wie mir Lloyd in einer stillen Stunde anvertraute. Nun war sie schon lange tot, d. h. zweieinhalb Jahre, in denen Lloyd sie angemessen bei Feldforschung im tränenfeuchten Regenwald betrauert hatte.
Well, um mit dem Feldforscher zu sprechen, wir flogen, dann schifften wir uns, mühsam wegen des blöden Gepäcks, ein, schifften uns wieder aus, hoffentlich alles korrekte Ausdrücke, mieteten nach dem letzten Ausschiffen einen Jeep und fuhren aufwärts, bergwärts, jedenfalls immer weiter nach oben.
Es war September und die Sonne ein platter, niedrig stehender, krappkarminroter Ball, der schon gegen 18 h zu changieren begann, chromorange, und zum Finale wieder braunrot, mit einer bedrohlichen Kadmiumrot-Nuance.
Lloyd war ein hagerer Riese mit einem großen Adamsapfel, der sehr beweglich war. Vorlieben: Guinness, von dem wir dreißig Sixpacks mit uns schleppten, und kleine, blonde, üppige Frauen mit

dunklen Augen; von denen konnte er nicht genug bekommen in den Pausen zwischen Feldforschung und reiner Lehre.
Die Gegend wurde immer kahler und kahler, schließlich hoppelten wir über Moose und Flechten und blieben schließlich in der Dämmerung inmitten kleiner Strauchgewächse stecken und bauten, d. h. Lloyd baute, das Zelt auf, ein kleines sogenanntes Igluzelt für zwei Personen in den Abmessungen 1.50 × 2.05 m. Der erfahrene Lloyd schleppte sofort struppige und dornige Äste herbei, es geht noch nichts über Kompetenz in der freien Wildbahn, und bald hatten wir auch ein Lagerfeuer.
Für den avisierten Monat Forschung in Frieden hatte Lloyd 20 kg Trockenfutter, das man in heißem Wasser auflösen konnte, der Rest bestand aus Dörrfleisch und Trockenpflaumen, Kondensmilch und Instantcafé.
Die Natur, die kahle Gegend, produzierte keine Geräusche. Hin und wieder pfiff eine Maus aus der hier heimischen Fauna, wenn sie von einer der Eulen erwischt wurde, oder der Wind spielte in den Zeltperforationen.
Das Zeug, das wir aßen, schmeckte entfernt nach Erbsen, eine gesunde und bekömmliche Mahlzeit, danach setzten wir uns vor das Zelt und kippten ein paar Guinness.
Schön hier, was, sagte Loyd.
Phantastisch, sagte ich, und wir schwiegen.
In der Nähe heulte ein Rudel Eulen.
Eulen, sagte Lloyd belehrend, sind keine Rudeltiere, sondern Einzelgänger, und sie heulen nicht, sie machen so – und er hockte sich auf seine Hinterkeulen und imitierte authentisch den Ruf der jagenden Eule; jemand aus der Fauna bellte mißbilligend zurück.
Ein Vielfraß, sagte Lloyd, ganz wunderbare Tiere.
Wie sehen die Pläne für die Exkursion aus, fragte ich, habe ich besondere Aufgaben, wo ist die nächste Kneipe etc.?
Wir beobachten den Lemmus Lemmus, sagte Lloyd, studieren das Gruppenverhalten und sein Verhalten bei Streß.
Tatsächlich, sagte ich, unter Streß, und wen oder was beobachten wir unter Streß.
Die Lemminge, sagte Lloyd und saugte bedächtig an seiner Pfeife,

wie es in alten Kriminalromanen heißt, gehören zur Familie der Microtidae, ihr Gewicht beträgt ca. 45 g, Länge ca. 17 cm, Schwanzlänge im Durchschnitt 2 cm, nach 16 Tagen Trächtigkeit wirft das etwas kleinere Weibchen, das 8 Zitzen besitzt, 3 × jährlich bis 12 Junge, die noch 11 Tage blind sind, Höchstalter 2 Jare; von Natur aus lebhaft, mobil, risikofreudig und kriegerisch.
Gut und schön, sagte ich, wie willst du die armen Schweine unter Druck setzen?
Künstlichen Streß, sagte Lloyd, nach Webster, den es letztes Jahr vier Meilen südlich von Gauhati, Indien, erwischte. Hatte die Idee, ein Schwein zu vergraben, um zu sehen, was ein Menschentiger dann macht.
Und, fragte ich, was macht der Tiger?
Webster wurde mit dem Graben nicht fertig, sagte Lloyd, das Schwein lag neben dem Grab, Webster war verschwunden.
Man muß sich also die richtigen Streß-Bedingungen aussuchen, sagte ich.
Exakt, sagte Lloyd, weißt du, diese Lemminge leben in ihrer Societät wie die Mitglieder einer Risikogemeinschaft; leiden zyklisch unter Überbevölkerung und Nahrungsmangel. Was fehlt, das sind die Umwelttoxine, Lärm, künstliche Naturkatastrophen, Erdbeben und Feuer. Natürliche Feinde haben sie genug. Keine Freunde.
Kann man Lemminge essen, fragte ich; dachte an unsere freudlose Speisekarte.
Man kann alles essen, sagte Lloyd und gurgelte unappetitlich mit seiner Pfeife, das ist lediglich eine Frage des zivilisatorischen Standorts und der Erfahrung. Schlangenfleisch ist äußerst wohlschmeckend, ebenso geröstete Eidechsen oder Heuschrecken. Auf Borneo habe ich gerösteten Affenarsch gegessen, eine Delikatesse. Man muß sich allerdings, sagte er unvermittelt, in bestimmten Gegenden davor hüten, sein Wasser abzuschlagen.
Das ist sehr pragmatisch gedacht, sagte ich, aber warum?
Es fiel mir nur gerade ein, sagte Lloyd, weil wir eben über den armen Webster sprachen. Du kennst doch den Entomologen Sitwell aus Cambridge?
Ich kannte ihn nicht.

Well, sagte Lloyd, der untersuchte im Tal der Könige in Luxor eine der vielen Höhlen, in der Hoffnung auf einen bestimmten Nachtfalter, der eine bestimmte Flügeldeckenzeichnung haben soll, so ähnlich wie eine Sphinx, und er pinkelte einfach in eine Ecke, wußte aber nicht, daß in den alten Höhlen tagsüber gern Kobras schlummern.

Was passierte, fragte ich.

Nun, sagte Lloyd, Sitwell war hinieden noch ein schöner Augenblick beschieden, denn bevor die Kobra ihn biß, sah er noch im Schein der Petroleumlampe an der Wand einen Falter, der genau diese von Hallwachs beschriebene Zeichnung hatte.

Was wurde aus dem armen Sitwell, fragte ich.

Die Ägypter sind langsame Leute, sagte Lloyd, ehe der Arzt aus dem New Winter Palace mit dem Serum da war, hatte Sitwell sein Leben ausgehaucht. Ich fand den romantischen Schluß von Lloyd, so unter dem klaren Sternenzelt, mitten in der wilden Natur, einfach erhaben und großartig.

Dann gingen wir schlafen.

Es war totenstill, eine Weile wenigstens.

Dann fing Lloyd an zu schnarchen, kein sanftes Schnarchen, das auf eine kleine, unerhebliche Bronchialstörung schließen läßt, sondern ein opulentes Schnarchen, sehr musikalisch, mit sämtlichen Nebengeräuschen, mit Schmatzen und Röcheln, selbst das noch melodiös.

Gegen Morgen weckte uns ein Rucksack, der an einem Riemen gezogen aus dem Zelt verschwand, in seinem Inneren 20 köstliche Büchsen Guinness.

Vielfraß, sagte Lloyd schlaftrunken, Gulo Gulo, intelligente Tiere, fressen alles.

Er hat sich den Rucksack mit dem Guinness geschnappt, sagte ich.

Trinken kein Bier, sagte Lloyd entschieden und fing wieder an zu schnarchen.

Das war unsere erste friedliche Nacht im subalpinen Pflanzengürtel. Ich war fest entschlossen, mir meine friedsamen Augenblicke innerer Einkehr und prospektiver Kontemplation notfalls mit Gewalt zu verschaffen.

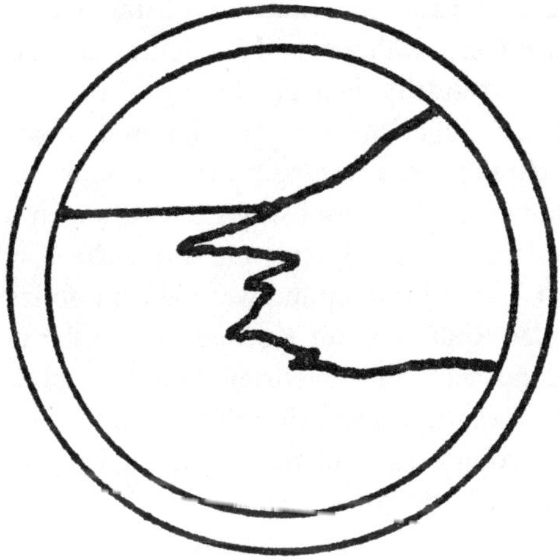

28 Laut Zeitplan müssen wir Honolulu erreicht haben; stieg nicht aus, habe für alle Fälle eine Zeichnung angefertigt, die meinen Eindruck von der Küste darstellt. Natürlich muß man sich viel Blau- und Grün-Töne, viel Ocker und Topas dabei vorstellen, aber die Umrisse, von meinem Standort aus gesehen, sind absolut korrekt.

Saß an diesem Vormittag in meiner schlauchartigen Kajüte und dachte wieder einmal über die Herstellung friedlicher Augenblicke an Bord nach; zu Deckspielen hatte ich keine Lust, Schwimmen konnte ich nicht, zum Trinken war es zu früh, zum Arbeiten waren die Fortschritte meiner Genesung vom Landübel noch zu wenig entwickelt, zum Briefeschreiben fiel mir, ganz anders als Reverend Jordan, kein Adressat ein.

Nachträglich läßt sich sagen, daß ich an der Grenze dessen war, was man so töricht die Langeweile nennt. Die meisten Menschen mopsen sich, weil sie blöd sind; das metaphysische Ennui (bedauerlicherweise immer in einem friedlichen Augenblick, den man so erhofft hatte) ist jedenfalls etwas anderes – und ich kenne Beispiele, bei denen sich einem die Haare sträuben.

29 Da hatte nun Lambert alle seine friedlichen Momente auf einem glücklichen Haufen, vollständige, ausgesuchte Kollektionen schöner, wahrer und bedeutsamer Augenblicke, konnte nach dem Grundriß einer Zeichnung von Bode seine fünfzehn differenziert eingerichteten Zimmer mit dem kostbaren Möblement beschreiten, wie in einem Museum nur für ihn allein, in fünfzehn Zimmern, mit symbolischen Bedeutungen aufgeladen, denkend verweilen, schöne, kluge und nützliche Gedanken en masse fassen, zu Papier bringen und womöglich publizieren, geistvolle Soiréen oder Reunions mit Kuchen, Kir und Kaviar veranstalten, die Freundschaft mit gelehrten Männern pflegen, intime und gelehrte Korrespondenzen führen und alle vierzehn Tage seine geliebte Caroline mit viel romantischen Präliminarien besteigen, aber was tat Lambert – nichts . . .
Wie sagte Claude Goff, ein naher Verwandter, im Jahre 1881 – manche unterlassene Taten lösen einen katastrophalen Mangel an Folgen aus; das muß in der Zeit gewesen sein, in der er aus Mangel an Zeit das vierte Mal seinen Selbstmord verschoben hatte.
Aber zurück zum unglücklichen Lambert.
Da realisierte jemand einmal wirklich seinen irdischen Traum von Frieden, Ruhe und Abgeschiedenheit in gesicherten Verhältnissen – und mopste sich, Pardon, litt, wie Lambert mir mitteilte, an tiefigster, triftigster metaphysischer Einsamkeit und der unerwünschten Geselligkeit von Ennui.
Am Ende des Briefes von Lambert – auf rosa Briefpapier, immer ein bedenkliches Zeichen für die Zerrüttung eines Geisteszustandes – hieß es: Ich ertrage es nicht mehr.
Du meine Güte, was war in diesem harmonischen Ambiente nicht zu ertragen, edles Futter im Überfluß, wunderbare Getränke, keine entwürdigende oder erniedrigende Arbeit; ein Mann, der sich jeden Tag eine Flasche Roederer Cristal leisten kann, muß glücklich sein oder er hat, wenigstens, die Pflicht dazu.
Auf diversen Tischen und Leg-Tables rennomierter Ebenisten lagen die Lieblingswerke herum, auf einem Tisch meinetwegen Herder, auf einem anderen der Briefwechsel Goethe-Schiller, aufgeschlagen an einer bedeutenden Stelle, auf einem dritten Tisch Vol-

taire, versehen mit hübschen Kupfern, auf dem vierten vielleicht der Große Hinkefuß Byron; an den Wänden waren erlesene Bilder installiert, großzügig und geschmackvoll beleuchtet, im Kühlschrank des Studierzimmers gab es immer einen Vorrat von persischem Kaviar in einer silbernen Schale und einen Hornlöffel, den der Schnabel eines sitzenden Uhus trug, und natürlich zwei Flaschen Champagner; ich weiß auch nicht, warum ich immer auf Viktualien komme in diesem beinahe tragischen Zusammenhang ...

Kurz, das Beste vom Besten, was der menschliche Geist so abgesondert hatte, lag da herum, und Lambert umkreiste nur seine Schätze, trank heimlich in der Küche einen kummervollen Schluck Gin und nahm dann seinen Rundgang wieder auf.

Hin und wieder beugte er sich über einen aufgeschlagenen Band, las eine Zeile, repetierte sie beim Gehen und führte dann Selbstgespräche; ist das Stadium der Selbstgespräche in Zimmerlautstärke einmal erreicht, verliert man jede Scham. Lambert ließ sich gehen und wechselte nur alle vier Tage die Unterhosen, trug aber jeden Tag und jede Stunde einen schokoladenfarbenen Hausrock aus Seide und Kaschmir, der ihm bis zu den Knöcheln ging.

Durch Zufall las er an einem Sonntagvormittag, als die Glocken schrecklich bammelten, eine Stelle in einem alten Gastrosophischen Lexikon:

Jungfernhähne nennt man nämlich jene in die Mannheit hineingewachsenen Hähnchen, die liebevolle Sorgfalt durch strenge Klausur vor dem entnervenden Verkehr mit dem weiblichen Geschlecht bewahrt –

Den Rest des Satzes, schrieb Lambert, schenkte ich mir, denn nun wußte ich genug und kannte alle Ursachen meines Leidens ... Welcher geistigen Aufgabe sollte ich mich stellen? Sagte nicht Goethe so nachdrücklich wie ernst zu Schiller: Man wendet seine Zeit immer gut auf eine Arbeit, die uns täglich einen Fortschritt in der Ausbildung abnötigt.

Glückliche Momente verschaffte sich Lambert durch seine Korrespondenz mit diversen Germanisten und Literaturwissenschaftlern und durch seinen präzise geregelten Verkehr mit Caroline,

die dafür eine Alimentation von 1200 DM pro Monat erhielt, exklusive Geschenke. In der Einsamkeit, schrieb Lambert, hegt man automatisch viel zu viel Zartsinn gegen sich selbst.
Alle vierzehn Tage badete Lambert in seiner eingelassenen Luxuswanne aus Carrara-Marmor, putzte frenetisch sein Teilgebiß (Nummer 6 bis 8 links oben, er zeigte mir das gute Stück einmal in einem Kristallglas), cremte sich ein, parfümierte sich mit Aramis-Wässerchen und besprengte zum Schluß des festlichen Aktes seine vollständige Person im Hausmantel.
Bei einem dieser Bäder vor der Ankunft Carolines las er während des Einweichens (eine azurblaue Lotion mit Moschus und Chypre), lauter glückliche Momente, nehme ich an, in der Zeitschrift *Philologie heute* eine Verlagsannonce, in der das große Werk Jonathan Willsons angekündigt wurde unter dem schlichten Titel:

GOETHE

HIS LIFE IN ART

Sofort, ein besonders glücklicher Augenblick, sagte jedenfalls Lambert in dem Augenblick, faßte er den Entschluß, Willson zu sich einzuladen, bei Kost, Logis und zum superbem Austausch von Gedanken.

30 Ließ meine Papierkollektionen, die Photographien und die drei immer noch nicht ausgepackten Koffer liegen und verzog mich an Deck, während die *Omphale* mit 16 Knoten gleichmäßig, sozusagen unbewegt, in Richtung der Marquesas dampfte oder fuhr.

Das Sonnendeck war leer, meine Co-Passagiere alle beim Lunch, in ihren Kabinen oder in den Bars, lauter unterirdische, wahrscheinlich ungeplante oder unüberlegte Aktivitäten.

Legte mich in einen der blauweiß gestreiften Deckstühle. In einer bordeauroten Plastiktüte von Givenchy führte ich alles mit mir, was der zurückgezogene Reisende an Deck braucht – eine Tube mit Piz-Buin-Crème, Sonnenschutzfaktor 6, Tempotaschentücher – ich war beim Lesen im Augenblick immer leicht gerührt – Hodkins, *Der Positive Augenblick,* Emersons Tagebücher und eine Thermosflasche mit chininversetztem Tee, Labsal Souchon oder etwas ähnliches. Das Meer war unbewegt, gottlob, ein sanfter Westwind wehte, mit einer Beimischung von Urin und Petroleum, wahrscheinlich die Zufallselemente aus irgendeinem Rohr, das aus der Küche führte. Für die laufenden Agenda, das Wetter und die Verdauung betreffend, notierte ich die Farben des Wassers, eine Mischung aus hellem Talensgrün bis zu einem intensiven Grünblau, die Himmelsfarben vom Horizont bis zum Äther cölinblau bis kobaltblau.

Blätterte ein bißchen in Hodkins feistem Kompendium. Im ersten Teil, der das Grundsätzliche enthielt, sagte Hodkins, das fatale an den sog. wahren Augenblicken sei es, daß eigentlich alle Augenblicke wahr seien, unterschiedlos, unabhängig von der Prozessualität und der Summe ihrer Teile. Carpe diem! fügte Hodkins tiefsinnig hinzu. Immerhin eine Zeitangabe für den Hausgebrauch.

Der eigentliche Erfinder des sog. wahren (oder günstigen) Augenblicks war tatsächlich mein verzweigt Verwandter Claude Goff gewesen, Naturwissenschafter, Zoologe, Physiolog, Photograph, Frauenjäger und Maler, der eine ganz einfache Theorie dieser Augenblicke hatte: Pack dir einen Moment des Lebens, der dir Vergnügen macht, erwischst du ihn nicht, warte auf den nächsten. Hast du ihn erwischt, dann halte ihn, kannst du ihn halten, dann versuch

ihn zu verlängern. Mißlingt das, versuch ihn unter den gleichen Bedingungen zu wiederholen.
Man sieht, Claude Goff war bestimmt kein Dogmatiker, was, das sage ich mit allem Ernst, seine Lebens-Praxis, basierend auf dieser wilden Theorie, natürlich wesentlich erschwerte, die Zufallsquote extrem erhöhte und alle harmonische Berechnung über den Haufen warf. In diesem Augenblick segelte eine kleine, schneeweiße Wolke vorbei und das Ehepaar Hubble erschien, diesmal in praktischen Anoraks mit vielen Riemen und Schnallen.
Otherwise, sagte der alte Hubble herzlich.
Later, sagte die alte Hubble.
Perhaps, sagte der alte Hubble.
Indigestible, sagte die alte Hubble.
Coffin, sagte der alte Hubble und schwieg dann giftig.
Bedenkt man recht, eine rätselhafte Unterhaltung, aber voller Harmonie und Verständnis.
Bei Hodkins Kapitelchen über *Signifikante Momente bei Synchronizitäts-Phänomenen* schlief ich ohne weitere Schwierigkeiten ein.

31 Die erste Exkursion mit Lloyd verlief sehr angenehm, es war bedeckt, aber nicht kalt, die Pflanzendecke durch die Luftfeuchtigkeit grau-braun. Wir verschlossen das Zelt, ließen es dann einfach stehen und gingen los.

Das sind, sagte Lloyd, die wirklich wahren Momente der Feldforschung, man sondiert das Gelände, prüft das Wetter, denn so ein Wetterumschwung kann üble Folgen haben, man photographiert ein bißchen – hast du deinen Photoapparat mit, Goff?

Wozu, sagte ich, ich könnte weit und breit nichts sehen, was eine Photographie lohnte.

Ignorant, sagte Lloyd, warte nur ab, bis du deinen ersten Wolf siehst.

Wölfe, sagte ich, sprachst du nicht von Vielfraßen, Iltissen, Lemmingen und süßen Schneehasen?

Mal gingen wir aufwärts, dann gingen wir abwärts, auf die Dauer war das ein bißchen eintönig. In der Ferne glitzerte das Meer, dann hüllten uns zarte Nebelschwaden ein und ich sank mit einem obszönen Laut mit dem rechten Stiefel in ein Wasserloch.

Schlug eine Pause vor. Lloyd sagte, wir seien noch keine Stunde auf Exkursion.

In der nächsten halben Stunde begann es zu schneien, hübsche zarte Kristalle flogen mit gleichförmiger Geschwindigkeit in alle möglichen Richtungen; eine Art Schneetreiben, sagte Lloyd gleichmütig, bald wird's besser.

Es wurde nicht besser, und wir fanden ein Plätzchen unter einem wie eine Ammenbrust geformten Felsen, bewachsen mit moosigem Gras. So hockten wir zwischen diesen mobilen Flocken, die alle aus uneindeutigen Richtungen herbeiflogen, kauten Dörrfleisch, und Lloyd zeigte auf dürre Sträucher und sagte dann wohl: Ledem palustre oder Schau nur, einer aus der Familie der Vaccinia. Sicher war's friedlich, ruhig und beschaulich, aber vielleicht nicht ganz das, was ich mir vorgestellt hatte.

Sage mal, Lloyd, (so fing unsere denkwürdige Unterhaltung unter dem Felsen an), wie ist Jennifer eigentlich ums Leben gekommen?

Eher zufällig, sagte Lloyd, will sagen, es hätte bei allen möglichen

Gelegenheiten passieren können, in der Wüste, in Gebirgen, im Regenwald, in der Savanne oder –
Schon gut, sagte ich, du mußt nicht sämtliche Regionen aufzählen, erzähl doch einfach, wie es passiert ist.
Well, tja, sagte Lloyd und kaute vierundfünfzig Mal, ehe er weitersprach, weißt du, das war eine Informationsfrage. Kennst du Pollards vorletzte Arbeit über Information und Wahrscheinlichkeit? Naja, darin steht der Satz: Vom kybernetischen Standpunkt aus bedeutet die Kenntnis von Wahrscheinlichkeiten, daß der Empfänger nicht mehr Informationen aufzunehmen braucht, als in Wirklichkeit vorhanden sind.
Das ist doch einleuchtend, sagte ich sofort.
Wart ab, sagte Lloyd. Wir waren auf Exkursionstrip am Ufer des Vermilion-Sees, mit einem schönen Blick auf den Mount Rundle – du kennst die Gegend wahrscheinlich.
Nur aus einem Merian-Heft über die Rocky Mountains, sagte ich vorsichtig. Man durfte sich keine Blöße geben in dieser Einöde.
Nun ja, sagte Lloyd auf seine tranige Weise, während er die Pfeife suchte, es war eher ein Urlaub, wir mußten uns vom letzten Semester erholen, weißt du, Geld war vorhanden – ich hatte einen phantastischen Lehrauftrag vom Smithonian-Institute in Washinton ergattert – zwei Jahre lang im nordbrasilianischen Dschungel sollte ich zusammen mit Becks aus Stanford, einem Chemiker, was über die neurochemischen Botenstoffe des Faultiers herauskriegen, und wie es diese unglaublichen Bradykinesie hin –
Wie sah Jennifer eigentlich aus, fragte ich.
Lloyd hatte seine Pfeife endlich im Brustbeutel gefunden und schwieg.
Nun ja, sagte Lloyd, sehr hager, sehr klug. IQ 211, der wunderbarste Kumpel meines wissenschaftlichen Lebens; naja, wir zelteten während eines – nach dem Wetterbericht verläßlichen – Hochs, aber über Nacht kam ein Tief mit Temperatursturz, Schneeregen und Eis. Das Dreizehenfaultier heißt übrigens korrekt Bradypus Tridactylus ...
Danke für den Hinweis, sagte ich, wo war Jennifer?
Nun ja, sagte Lloyd, sie hatte sich einen Beobachtungsposten für

die Beobachtung von Harlekinenten gebaut. Ich fand sie bis zu den Augenbrauen zugeschneit, als ich an der Stelle zufällig abgestorbene Äste fürs Feuer suchte.
Wie sah sie aus, deine Jennifer, fragte ich, so als Eisprinzessin?
O, sagte Lloyd, gut, recht gut, sie war steif, die Augenbrauen waren voller Reif, ihre Wimpern weiß bestäubt, ihre Lippen blau, na, ich schleppte sie zwei Meilen und legte sie ins Zelt und, nun ja, zog sie aus.
Du zogst sie aus, sagte ich, klar, was denn sonst, und dann? Werd' endlich caritativ.
Nun ja, Goff, sagte Lloyd und wiegte seinen hageren Schädel hin und her, ich habe Jennifer nicht wegen ihrer Schönheit geheiratet, es war auch keine Liebesheirat, Sex hat ihr nie soviel bedeutet, aber sie war die objektivste Beobachterin von Fauna und Flora, die man sich nur vorstellen kann. Nun, ich zog sie aus und mußte zu meiner grenzenlosen Verblüffung entdecken, daß sie wunderschöne, volle Brüste hatte, ja, und da lag sie nun, und ich handelte, das heißt, ich rieb sie systematisch mit Schnee ein, bis ich erhitzt war, und dann zog ich mich aus, menschliche Wärme ist durch nichts zu ersetzen, you know, und dann –
Du hast sie vergewaltigt, sagte ich, in dem Zelt während des idyllischen Tiefs ...
Was heißt vergewaltigt, schrie Lloyd, das lag nicht in meiner Absicht, rein caritativ, erste Hilfe, wenn man so will, ihre armen Schenkel waren anfangs eiskalt, nun ja, ich saugte mich an ihrer kalten Zunge fest und wärmte sie mit allem, was ich hatte, ich gab, das kann man sagen, in der Eiseskälte mein Bestes ... vor lauter Anstrengung wurden meine Arschbacken kalt, während Jennifer glühte –
Ich verstehe nicht recht, sagte ich, warum du, erzählökonomisch gesehen, bei den spannenden Stellen immer eine unnötige Pause machst ... fahre doch fort mit deinem caritativen fuck.
Als ich mir eine Büchse Guinness aufmachte, bespritzte sie mich.
Nun, ja, sagte Lloyd, ihr Herzschlag, mein Gott, diese heiße Stelle unterhalb ihrer linken Brust! den ich vorher gemessen hatte, man besteigt ja schließlich keine Tote, hatte sich wieder normalisiert,

von 10 bis 15 Schlägen pro Minute wieder aufs übliche Maß, ihre Körpertemperatur, vorher unter 20 Grad C, war vorschriftsmäßig nach meiner Beobachtung, sie glühte wie Lady Gowinda – da schlug sie die Augen auf und sagte: Du penetrantes Schwein, du Drecksau –
Warf mich aus dem Sattel und stürzte nackt aus dem Zelt in die eisige Winternacht.
Toller Schluß, sagte ich, und was er auf diesen spontanen Akt seiner heißen Lady unternommen hätte; immerhin habe sich ein unberechenbarer Augenblick von meßbarer Dauer in viele berechenbare Augenblicke aufgelöst.
Nun ja, sagte Lloyd und sog an seiner kalten Pfeife; klang wie ein feuchtes Schnüffeln.
Du mußt doch sehr traurig gewesen sein, sagte ich, als Mensch und Zoologe.
Traurig, nun ja, sagte Lloyd, gewiß, erinnerst du dich doch, was Pollard einmal in seiner Handlungstheorie geschrieben hat? Eine Handlung ist das absichtliche Eingreifen oder Nichteingreifen eines menschlichen Wesens in den Ablauf des natürlichen Geschehens.
Na höre mal, sagte ich, das war doch aber kein natürliches Geschehen – du fickst eine Halberfrorene und wunderst dich dann über die Reaktion?
Nun ja, well, gewiß, sagte Lloyd verlegen, so kann man's auch sehen, aber mir ging's jetzt um die Folge ihrer Handlung, nicht wahr. Eine Handlung schließt ja immer körperliches Verhalten ein, das heißt, sie schließt ein Ereignis ein, das aus dem Eintreten oder Nichteintreten einer Körperbewegung –
Lloyd, was hast du gemacht, fragte ich.
Ich rannte nackt, sagte Lloyd, hinter ihr her. Nach vier Metern siegte der Pragmatismus, das Eintreten nämlich jener Körperbewegung: Ich zog mich wieder an.
Ich weiß noch wie heute, daß ich mit dem verdammten Reißverschluß meine Sackhaare in Mitleidenschaft zog, dann rannte ich Jennifer hinterher.
Das ist, sagte ich begeistert, wie diese Rubrik aus Reader's Digest – Drama im Alltag.

Die hätten diese Geschichte nie gedruckt, sagte Lloyd gekränkt, jedenfalls fand ich sie nicht. Inzwischen war es vier Uhr nachmittags und stockdunkel. Ich holte eine Taschenlampe und ergriff geistesgegenwärtig, trotz meines bedenklichen Zustandes, mein Prismenfernglas 8×56 und zog los.
Hast du sie gefunden, fragte ich, deine Lady.
Nein, sagte Lloyd, ich suchte zuerst das Ufer des Vermilion-Sees ab, wo ich sie nicht fand. Dann gab ich die Suche auf.
Warum zum Teufel hast du die Suche aufgegeben, fragte ich, man sucht doch schon aus Sentimentalität weiter.
Nun ja, sagte Lloyd, ich sagte mir, daß sie wohl nicht mehr unter den Lebenden weilte.
Herrgott, Lloyd, rief ich, weilte sie oder weilte sie nicht mehr.
Weile du mal, sagte Lloyd, bei einer Temperatur unter 40 Grad nackt in der Wildnis, dann kannst du dir solche inkompetenten Fragen sparen.
Wie hast du die Nacht verbracht, fragte ich mit der Sensibilität, die jetzt angebracht war ...
Im Zelt, sagte Lloyd, mit einer Flasche Whisky, massenhaft Tränen und einem postcoital traurigen Schwanz.
Nie wieder, sagte ich mir, werde ich diese göttlichen Brüste liebkosen, die sie immer unter ihrer Berufskleidung verbarg. Nie wieder werde ich ihre rauhe Stimme hören, nie wieder werde ich meinen armen –
Danke, sagte ich, die Linie sei klar, aber was er denn am nächsten Morgen unternommen hätte, immer mit dem Gedanken an ihren kalten Körper in Schnee und Eis.
Nun ja, sagte Lloyd, am nächsten Morgen nahm ich Prismenglas und die Remington mit Schrot- und Kugellauf, eine 12/70, und machte mich auf den Weg. In der Nacht hatte es geschneit, und ich machte mir nicht viel Hoffnung.
Worauf, fragte ich.
Sie zu finden, Idiot, sagte Lloyd sanft.
Während dieser Exkursion befiel mich eine verrückte Ruhe, muß am Whisky gelegen haben. Wahrscheinlich habe ich wie ein Wahnsinniger gehandelt, wie wir alle mitunter wie Wahnsinnige handeln.

Das ist ein bißchen zu allgemein, sagte ich, wie hast du sie gefunden.
Nun ja, sagte Lloyd – und sein Bericht über die Suchaktion, immer mit dem Blick auf den Rundle Mountain, dauerte zwei Pfeifen lang, so daß ich ihn besser gerafft in meiner Fassung wiedergebe.
Am Nachmittag fand Lloyd glücklich seine Lady Jennifer. Sie lag kopfüber im See, gestürzt über die vereiste Luftwurzel eines Hikkorys. Das Eis umarmte sie bis über die muskulösen Schultern so fest, daß Lloyd vier Schrotcartouchen abfeuern mußte, um die Eisdecke zu lockern. Zog sie dann an den Beinen heraus. Ihr Körper war vollständig mit Eis gepudert, sie muß nicht schlecht geglitzert haben. Lloyd erinnerte sich wehmütig der schönen Zeiten, leckte ihr Gesicht ab, die Wangen und die Augenhöhlen.
Dieser Blick, sagte Lloyd, nun, ich werde ihn nie vergessen – traurig-heiter, ein bißchen resigniert. Dieser Blick war das Traurige an der Geschichte.
Das fand ich auch.
In dieser Geschichte, sagte ich abschließend, kämen massenhaft Elemente vor, die man hätte berechnen können, z. B. die ganze tückische Wetter-Mixtur, Jennifers Vogelexkursion in der falschen Kleidung, und seine –
Schweig, sagte Lloyd, es gibt Ereignisse, die genau in dem Augenblick alle Berechenbarkeit relativieren, in dem sie eintreten.
Man muß, sagte ich begütigend, viel mehr über Wahrscheinlichkeiten nachdenken.
Das war meine erste Exkursion mit Lloyd; natürlich sahen wir nicht einmal den Zwei-Centimeter-Schwanz eines Lemmings.

32 In der lieben alten Retrospektive, sozusagen vom Dachboden in P., betrachtet mit einem Periskop, um die Vogelperspektive ein wenig nautischer zu machen, im Focus das Schiff, an diesem speziellen Nachmittag, kurz vor dem five o'clock tea, das Promenadendeck backbord, wäre nichts Auffälliges zu sehen gewesen.

Wir näherten uns mit gleichförmiger Geschwindigkeit den Marquesas, die wir, was heißt wir, die *Omphale* am 30. 1. erreichen sollte, wenn nichts dazwischen kam.

Streunte an Bord mit meiner kleinen Minox, unauffällig (die Unauffälligkeit ist sowieso das Zeichen von Intelligenz), machte hin und wieder eine künstlerische Aufnahme und inspizierte dabei die Passagiere auf dem Sonnen- und dem Promenadendeck; ob an Land oder auf See, völlig egal, man muß seine Umgebung präzise kennenlernen, abchecken, taxieren uswf., um gegen jede Eventualität gewappnet zu sein. Für diese Zwecke ist es praktisch, das Wahrscheinlichkeitsspiel zu spielen, ein Spiel, das ich meinem Freunde Pollard verdanke, nachzulesen in einem Aufsatz eines Jahresbandes des Trinity Hall Colleges zum Geburtstag von Fremhall mit dem Titel *Philosophie des Zufalls.*

Das Spiel, ein Fluktuieren zwischen Interpolation und Extrapolation, wie Pollard es so hübsch ausdrückte, besteht in den simplen Übungen, die herrschende Realität und ihre konstituierenden singulären Partikel im Hinblick auf eine virtuelle Zukunft zu über- oder untertreiben; mit den Resultaten kann man rechnen. Soweit Pollards goldenes Zitat . . .

Schon in G. war ich dieses Spiels selten müde geworden, denn es war nicht nur kurzweilig, sondern auch zweckmäßig, eine immer günstige Kombination.

In G. beispielsweise sondierte ich immer bei Bekanntschaften oder Freundschaften, welche Krankheiten, Gebrechen, Hilflosigkeiten etc. in der Zukunft wahrscheinlich irgendwann virulent werden würden, man verzeihe die umständliche Ausdrucksweise; war das der Fall, so brach ich den Verkehr sofort ab und verzog mich.

Verzieh dich vorzeitig, wenn es mulmig wird, so hieß die goldene Regel.

Als ich den Kunsthistoriker Basorgia (ich habe aus naheliegenden Gründen den Namen geändert) kennenlernte, stand er, wie man sagt, in der Blüte seiner Jahre und im Zenith seines Ruhms; kein Mensch hätte ahnen können, daß er sich auf einer seiner unzähligen kunstsinnigen Reisen ausgerechnet auf Guam eine Krankheit holte, die in Europa außerordentlich selten ist.
Wie Pollard einmal scherzhaft sagte, man müsse die Realität und ihre Elemente betrachten wie einen tückischen Feind, mit Attacken rechnen und auf dieser gesunden Basis die Kunst der Vorausschau betreiben. An Bord hatten sich ja diverse praktische Probleme ergeben, zum Beispiel die trübe Qualität der Küche ...
Die Luft war unbewegt, kaum Wolken. Das Ehepaar Hubble lag eng nebeneinander und flüsterte.
Der fette Reverend Jordan fütterte an der Reling eine einäugige Möve mit Baguette-Krümeln.
Zwei kreischende kleine Mädchen in winzigen schwarzen Badeanzügen balgten sich unter einem Rettungsboot, Nadine war nicht in Sicht, so wenig wie der treue Blindenhund.
Wie sagte Hodkins: Hast du etwas Unangenehmes zu erledigen, dann tu es sofort und spontan.
Ich erledigte meinen Besuch bei Daisy in der Quarantänestation spontan und sofort.
Ein verdrossener Mann, offenbar kein Veterinär, führte mich in die Tiefe des Schiffs, Heck, immer tiefer, bis zu einem langen Trakt mit kleinen, vierstöckigen Käfigen. Es stank nach Exkrementen und Öl. Daisy lag apathisch in einer Ecke ihres Käfigs und sah mich an, wandte den Blick elegisch ab und legte dann ihre Schnauze sehr endgültig auf die Vorderpfoten.
Daisy, sagte ich, liebes altes Mädchen, wie gehts dir?
Sie runzelte ihre niedrige Stirn und schwieg, bis mir einfiel, daß sie ja nicht mehr sprechen konnte, keinen Laut, kein Wort, keinen Satz. Mir wurde etwas übel vor lauter Mitgefühl.
Magst du einen Spaziergang machen, fragte ich, danach ein kühles Bad und vielleicht ein Steak, medium?
Daisy rollte überdrüssig ein Auge nach oben und hatte danach ihren proustschen Blick – die Pupillen unter den Oberlidern, be-

schattet von langen Wimpern. Dieser Blick hieß: sprich nicht mit mir, du Crétin. Du hast mich der Sprache beraubt. Ich hätte dir Dinge erzählen können, du hast ja keine Ahnung. Versiegt ist der Quell. Ich sag dir nie wieder, wo es lang geht, du blöder Hurenbock, Motherfucker, Turkey, Zampara, du Dummbeutel, Ignorant, miese Ratte du, full of shit, rat bag, egghead, bozo!!!
Ja ja, sie kannte viele Schimpfwörter aus vielen Kulturkreisen. In ihrer eminenten Bildung erinnerte sie mich immer ein bißchen an meinen Freund Lambert, nur waren seine Verwünschungen nicht ganz so saftig.
Ich gab Daisy in allem recht, ließ mir in der Küche (Nebeneingang) ein Steak geben und schenkte es ihr. Sie lag immer noch auf dem Bauch, als ich das Steak neben ihre sensible Schnauze legte. Das tapfere Mädchen schloß die Augen, wohl in der Hoffnung, sie könne damit das Steak zum Verschwinden bringen.
Dann warf sie mir einen mehr als vorwurfsvollen Blick zu und verschlang das Zeug mit gewissermaßen keuscher Gier, indem sie ab und zu ihre goldenen Augen zu mir aufschlug.
O du Satansweib, sagte ich zärtlich. Wäre jetzt ein Spaziergang genehm? Vielleicht finden wir einen eleganten Kavalier und ihr flirtet dezent mit den Augen?
Natürlich hatte ich einen Hintergedanken, von dem die gute Daisy nichts ahnte. Es gibt nichts besseres auf der Welt, um zwanglos Frauen kennenzulernen, als mit einem hübschen kleinen Hund zu flanieren.
Brachte Daisy in meine Kabine, die Trauerzeit war vorbei, putzte sie ein bißchen, legte ihr die Lederleine um den Hals und ging wieder an Deck, flanierte eine halbe Stunde, es wurde eine volle Stunde, kein Blindenhund mit der schönen Nadine im Schlepptau tauchte auf, nur die Hubbles krochen vorbei.
Dark Beast, sagte die alte Hubble und warf scheele Blicke.
Sweet Roast, erwiderte der alte Hubble.
Dann kicherten beide und krochen weiter, während sie ihre ausgedörrten Gesichter synchron der Sonne zuwandten.

33

Versagt man in der Kunst der Vorausschau, heißt es nicht immer und unter allen Umständen, daß man falsch kalkuliert hat.
Bei bestimmten Fällen schlägt eben der vermaledeite Zufall zu, in einigen wenigen Fällen blindlings glücklich, als hätte es gar nicht anders passieren können.
Mit Basorgia, dem Kunsthistoriker, auch er ein Mann umfassender Bildung, besuchte ich einmal, weil ich nichts besseres vorhatte, den schiefen Turm zu Pisa. Von oben wollte er mir erklären, was man von unten nicht sah.
Was ich nicht wußte, war, daß er an einer Hyposophobie litt, einer extremen Form der Höhenangst.
Seine Erklärung des Fundamentes war noch ungetrübt und bestimmt von humanistischer Parterre-Heiterkeit; ich erfuhr, daß der Campanile auf einem spiralförmigen Fundament aus 700 Kubikmeter Bruchstein und Mörtel steht, die Mauerringdicke, sagte er, betrüge 3.75 m. Ursprünglich wollte Basorgia, das hatte er noch im Rapido erklärt, an die Stelle des Turms und der Säulengalerie, an der Galilei in einem inspirierten Lebensmoment seine Objekte hatte fallen lassen; dort wehe der Atem der Geschichte besonders würzig.
Na, ich war gespannt.
Basorgia kletterte nicht ohne Mühe, absorbiert vom Erklären, so daß er keinen Blick nach unten verschwendete.
Man zeigte mir die Fluchtöffnungen für den Klerus im Zylinderschacht, alles sehr aufschlußreich.
Mit uns stiegen ca. fünf Leute immer in gleicher Höhe, immer mit Körperkontakt. Auch das war einer der Gründe, die den Kunsthistoriker daran hinderten, einen Blick zu riskieren.
In der vierten Galerie passierte es – Basorgia zeigte mir gerade die Stelle im Mauerwerk, hinter der eine spiralförmige Treppe 293 Stufen bis zur Dachterasse führt – da stieß er einen tiefen Seufzer aus, denn er hatte exakt den Blick auf den unnachahmlichen, zu recht so berühmten schiefen Winkel. Bitte, sagte ich, Basorgia, warum setztest du dich, du störst den Verkehr.
Sei still, sagte Basorgia. Er war bleich, kleine Schweißperlen be-

deckten seine massige Stirn, den Oberkörper preßte er mit aller Kraft an die Mauer hinter sich und schloß die Augen. Vorwärts, sagte ich, zeig mir die Stelle, an der Galilei das Zeug fallen ließ ...
Ich kann nicht, sagte Basorgia mit leiser Stimme.
Du mußt, sagte ich ebenso leise, du mußt ja nicht weiter steigen, aber irgendwann müssen wir wieder abwärts, hinunter, verstehst du? Ich kann nicht, sagte der Kunsthistoriker mit matter Stimme.
Stell dir eine Ebene vor, sagte ich, flache, plane, platte Wiese, Schafe weiden ... etc.
Laß mich in Ruhe sagte Basorgia, sterben, hier und jetzt, grüß die Meinen, besonders Fräulein Habel, sie arbeitet gerade an der perspektivischen Verkürzung bei Mantegna, laß uns Abschied nehmen ...
Da trat der immer unzuverlässige Zufall auf.
Eine Gruppe italienischer Touristen, sehr muntere Kunstschafe an solchen Orten, drängte sich nach oben, und zum Schluß kletterte keuchend eine schöne junge Dame hinterher. Sie nahm immer zwei Stufen, das war das Entscheidende – und bei jedem Schritt, den sie machte, spannte sich ihre weiße Seidenhose prall um ihre erlesen wohlgeformten Arschbacken.
Basorgia sagte später, der Arsch sei eine Offenbarung gewesen, der schönste Popo seines Lebens, dieser schneeweiße Hintern auf dem Turm von Pisa. Unaufhörlich ihre Hinterbacken spannend, gewiegt auf Kugellagern göttlicher Konsistenz, stieg die junge Dame weiter empor, während Basorgias Lebensgeister reumütig zurückkehrten.
Natürlich hielt er sich beim Abstieg an die Innenmauer, aber seine Beine zitterten immer weniger.
Als wir unten ankamen, bestellte er in einem Lokal sofort einen vierfachen Vecchia Romagna und sprach bis zu seinem Tod, acht Jahre später, mit hoher Achtung von der Baukunst des Turmes zu Pisa; eine gewisse Fixierung auf wunderschöne weibliche Hintern trug er selbstverständlich davon.
Der weiße Arsch auf dem Turm von Pisa ist für mich der beste Beweis, daß man die Vabanque-Spiele des Zufalls auch positiv sehen kann; die meisten allerdings sind ziemlich tückisch.

34 Für den Begriff der ‚unglaublichen Zufallstreffer auf einen Haufen', plötzlich und unerwartet, gibt es im Englischen den eleganteren Ausdruck ‚incredible coincidences'.
Nach Pollard kreuzen sich bei diesem Ereignis (incident) diverse kryptische Unterströmungen der Realität, die auf einen Schlag, sukzessive oder seriell für den verständigen Beobachter virulent werden. Für sensible Gemüter, die ja besonders komfortabel abgesichert sind, senden die Objekte eine Stunde vorher gewisse, unmißverständliche Zeichen von schwankender Dichtigkeit aus; nichts für Analphabeten.
Lambert zum Beispiel empfing massenhaft viele, widerspruchsvolle Zeichen, konnte sie aber wegen allzu hoher Selbst-Kapazität nie richtig interpretieren; Pollard war der Herr und Liebhaber so vieler Zeichen, daß er aufgehört hatte, jedem Einzelnen mehr als nur eine angemessene Bedeutung zu bewilligen; Lloyd endlich empfing exakt die Menge an Zeichen, die er sofort verarbeiten konnte, was die Irrtumsquote natürlich nicht im geringsten reduziert.
Da ich meine Umgebung auf dem Schiff noch nicht vollständig goffisiert hatte, empfing ich nur schwache, etwas zweideutige Zeichen, die man leicht über-interpretiert, wenn man dazu neigt.
So schritt ich denn an Deck, mein stummes Hündchen an der Leine, das unzählige negative Impulse aussendete.
Es war Lunchzeit, das Deck angenehm leer, die Hubbles nicht in Sicht. In einem der Deckstühle lag ein Japaner (wahrscheinlich Dr. Quan Kung), versunken in einen kackbraunen, broschierten Band, neben ihm, in einer sehr meditationsoffenen Haltung, saß der Inder (nach der Passagierliste Mr. Bhutan), zwei Finger der rechten Hand an der Wange.
Daisy mochte Ausländer, je bunter, desto besser, hüpfte auf den rechten Fuß des Japaners und pinkelte mit einem entrückten Blick. Pardon, sagte ich, she has a weak bladder, hoffte sehr, der Satz sei korrekt.
Dr. Kung fixierte das Tier und sagte dann mit sonorer Stimme: Sprechen deutsch, in Freiburg studiert Philosophie – ich sage, die Wesenheit des Tieres ist eine Traurige.

Oja oja oja, sagte der Inder und sah Daisy mit seinen großen, feuchten Augen in die Pupille.
Da mögen Sie recht haben, sagte ich, sie denkt zuviel, und machte mich davon.
Blieb an der Reling stehen und betrachtete die Wassermasse; zwei Konservendosen schwammen vorbei.
Das Bleibende im Denken ist der Weg, sagte Dr. Kung versonnen zum Inder und kratzte sich mit dem extrem langen Nagel seines Mittelfingers am Sack, achtungsvoll mit schiefem Kopf von Mr. Bhutan beäugt.
Und Denkwege bergen in sich das Geheimnisvolle, daß wir sie vorwärts und rückwärts gehen können, sagte der Inder feierlich. Mir wurde blümerant zumute, Daisy kniff den Schwanz ein.
Dann wurde die Unterhaltung absolut rätselhaft.
Es gibt ein Nichtendes beim Manne, sagte Dr. Kung, gegen welches sich der rote Ginseng bewährt, mehr aber noch pulverisierter, bei 40 Grad erhitzter Hirschphallus.
Dieses nicht-nichtende Nichts beim Manne, sagte der Inder, nennen wir Shok und begreift das Problem der Impotenz an der Wurzel. Mir selbst half in diesen Augenblicken des dräuenden Nichts, wie ein Fundamentalontologe einmal sagte, das zerriebene Horn des afrikanischen Spitzmaulnashorns.
Rhinozeros-Horn, sagte Dr. Kung, ist eine Frage der inneren Haltung, ich persönlich ziehe wegen des Artenschutzabkommens und meines Studiums in Deutschland die Ginsengwurzel vor.
Der Weise Tung Hüsan, sagte Bhutan, empfahl Seegras, nicht mehr als zwei Gramm, drei Gramm Boschniaka Glabra, verrührt mit der Leber einer weißen Hündin, dann, sagte der Weise, hebt sich wie nichts des Jadestengels Eigentliches.
Daisy sah mich an und sagte mit rollenden Blicken: laß uns abhauen.
Beim Weibe ist das Nichts das Eigentliche, sagte Dr. Kung versonnen, jedenfalls für den Mann, der sein Eigentliches mit Sperlingspulver in Sake pflegt und bedenkt.
Auf dem Wege hün-sa, erwiderte Mr. Bhutan, so las ich, ziemt es

dem Manne, den Widrigkeiten beim Wachstum zu begegnen mit einer weiblichen Gebärde, die schwer beschreibbar ist.
Ganz gewiß, sagte Dr. Kung, denn wo wäre das Eigentliche dieser Gebärde zu suchen. Wußten sie, daß Madame Pompadour zur Behebung ihres kleinen Defektes heiße Schokolade trank, gewürzt mit Vanille und Ambra?
Hat sich die Leere dergestalt gesammelt, sagte Bhutan, daß sie sich dem anderen entgegenträgt, so ist viel gewonnen, im Alter mehr als in der Jugend.
Unbedingt, sagte Dr. Kung, ganz entschieden; der Meister Jun Sü Ho empfahl bedenkenlos die Einnahme von Yohimbim für jene seltenen, gleichwohl erhabenen Augenblicke.
Die Leere des Weibes, sagte Mr. Bhutan, anatomisch-metaphysisch betrachtet in seelenfremder Differenz, ist das Äquivalent zum Nichts des Mannes, stand auf, verbeugte sich vier oder fünf Mal, und verzog sich dann, etwas Stoff aus seinem Pfirsichspalt zupfend.

Unsere schöne Blinde lag 20 m entfernt in ihrem Liegestuhl; hatte einen schwarzen einteiligen Badeanzug an, schönes, elastisches, sehr anschmiegsames Material, auf der Nase, an der eingecremten Spitze, eine Sonnenbrille aus geflochtenem schwarzen Horn mit Flügeln, die wie Teufelshörner über ihre glatte und kindliche Stirn ragten.
Neben einem dicken Manuskript (mit runden Korrekturzeichen auf Blatt 216) schlummerte ihr Bodyguard Anatole, die Schnauze auf den Pfoten. Ich hörte Sie kommen, sagte Nadine, Sie haben einen kleinen, schwarzgoldenen Hund dabei.
Das ist Daisy, sagte ich, eine Wolfspitzhündin.
Versuchte die Unterhaltung und ihre Folgen übersichtlicher zu machen.
Wollen wir zusammen lunchen, fragte ich direkt.
Daisy mochte den Blindenhund, das sah man. Sie beschnüffelten sich am Arsch und tänzelten wie blödsinnig herum, Daisy schon leicht ekstatisch. Sie hatte schon immer große Hunde bevorzugt, die nicht zu ihr paßten.

Wie gehts den positiven Augenblicken, fragte sie.
Danke, so lala, sagte ich und heftete meinen Blick auf eines von Nadines blauschwarzen Schamhaaren, das geformt war wie ein Violinschlüssel. Mir wurde poetisch zumute.
Beschreiben Sie alles, was Sie an Deck sehen, befahl mir Nadine, dann gehe ich vielleicht mit Ihnen zum Lunch.
Alles oder Spezifisches, fragte ich.
Alles, sagte sie.
O. k., sagte ich ergeben und setzte mich auf ihre Liege. Ihre Beine waren kaum behaart, bestenfalls zarter, dunkelblonder Flaum. Ich rückte dichter an ihre Hüfte. Sie duftete süß nach einem naiven amerikanischen Parfum.
Sie sollten nicht mich mit Blicken ablecken, sagte Nadine kühl, sondern die Umgebung sondieren, Hunde, Liebespaare, Philosophen, hübsche Augenblicke.
An Deck, sagte ich, befindet sich Dr. No, der gerade einen Deal mit Natur-Aphrodisiaka abgeschlossen hat, Compagnon ist ein Inder, der solche Kuhaugen hat, wie Omar Sharif in seiner juvenilen Phase. Im Augenblick saugen sie gemeinsam an einer Ginsengwurzel . . . immer näher und näher, wie Susi und Strolch, Sie erinnern sich? Bei Mondlicht mit der Nudel – Dr. Kungs Schnurrbart zittert –
Nächste Szene, sagte Nadine.
Vom Westen, sagte ich, nähert sich die Diva Mrs. Keacher, sie hat die Finger von Bob Skelton, ist ebenso reizlos wie die Hausfrau Madonna, das Idol, nur der Busen ist nicht ganz so gepanzert und wackelt bei jedem Schritt wie –
Sehen Sie das wirklich alles, fragte Nadine.
Ich schwor bei der Gesundheit meiner längst verstorbenen Mutter, das alles der Wahrheit entspräche und verbat mir jede Störung.
Jetzt, sagte ich, jetzt steht Dr. Kung auf und betastet mit unendlicher Besorgnis seine Testikel und den nichtigen Jadestengel.
Den was, fragte die unschuldige Nadine bestürzt.
Der chinesische Meister Tung Hüsan, sagte ich, nennt in der frauenlosen Abgeschiedenheit seinen Penis einen Jadestengel.

Manchmal, sagte Nadine, ist Poesie wirklich überflüssig; sie kicherte das erste Mal, nahm die Sonnenbrille einen Augenblick ab und zeigte mir sehr grüne Augen. Ihr Teint war makellos. Sie hörte mit leicht geöffneten Lippen zu, die durch die roten Sonnenreflexe des Schirms noch intensiver schimmerten.
Ich wollte ihr diese trübe Welt schon richtig präsentieren und ihr unvergeßliche Augenblicke verschaffen, so gut ich es vermochte. Ein flüchtiger Anflug von Mitgefühl und so etwas wie Verantwortung (jedenfalls für die Dauer der Reise) überkam mich.
Auch solche Augenblicke gehen immer schnell vorbei.
Nun erscheint, sagte ich, wie die sommerliche Epiphanie eines durchgeistigten Elephanten, Reverend Jordan, der nach dem wahren Heil für Andere strebt, indem er für jeden der Millionen Zufallsaugenblicke, die ins Chaos abkippen, ein Kompendium passender Stoß-Gebete verfassen will.
Und er geht voran alphabetisch, fragte Nadine.
Das wäre das Vernünftigste, sagte ich, Achtung, die Hubbles kommen, ein greises Ehepaar, zusammen bringen sie bestimmt über 160 Jahre auf die Waage.
Mehr Farben, sagte Nadine.
Das Paar, sagte ich nicht ganz wahrheitsgetreu, trägt zinnoberrote Anoraks, schwarze Shirts und verspiegelte Sonnenbrillen wie die tonton macoute des Papa Doc Duval – o, jetzt küssen sie sich.
Sie lügen, sagte Nadine, sie küssen sich?
Leidenschaftlich, sagte ich, der alte Hubble zwängt sein knorriges Knie zwischen ihre Beine und steckt gerade seine Zunge –
Wie sieht das Meer aus, fragte Nadine, wenn mir ihre Beschreibung gefällt, dürfen Sie mich zum Lunch begleiten. Aber ich habe keinen Appetit.
Naja, sagte ich und nahm das Meer in Augenschein, bleigrau unter dem diffusen Sonnenlicht, kobaltgrün, leicht bewegt, Zephirgesäusel, wie Homer mal sagte, kleine Schaumkronen, aus denen sofort giftgrüne Blitze fahren, wenn wir nicht aufbrechen.
Die Hunde, fragte Nadine.
Ein Liebespaar, sagte ich, Daisy fixiert ihren Kavalier, der Kavalier Anatol glotzt besinnlich aufs Meer.

Anatol schlief schon wieder. Daisy hockte da und fixierte einen Punkt im Holz und sah mich dann traurig und gequält an.
Mir wurde mulmig; in solchen Fällen ist ein schneller Abgang das Beste.

Die Leitung hatte eine englisch-französische Woche anberaumt, was immer auch diese Kombination für den Besucher bedeutete. Wahrscheinlich konnte man zwischen englischer und kontinentaler Küche seine Wahl treffen, oder die Bezeichnungen waren zweisprachig. Keine Suppe bei der Temperatur.
Nadine schwitzte ein bißchen, sehr dezent natürlich, und betupfte sich die Nase mit einer schmutzigen Serviette, die ich durch eines meiner Satintaschentücher in einem unbemerkten Augenblick ersetzte. Im Raum (vier radiale Ventilatoren an der Decke) standen ca. 20 Tische, von denen genau 11 besetzt waren.
Lesen Sie mir die Speisekarte vor, sagte Nadine, aber ohne Phantasie.
Steak de veau aux morilles, sagte ich im Ton eines Priesters, Piccata milanese oder Cotelette de porc mit marinierten Morcheln.
Nach langer Zeit kam der Ober, ein trübes Individuum mit einer Brandnarbe auf der rechten Wange, offenbar im Clinch mit dem Koch, und wir bestellten in einem Anfall von Unbedachtsamkeit Piccata milanese, die zu den nicht läßlichen Peccata der Schiffsküche gehörte. Die aufmerksame Leitung zündete zwei blaue Stearinkerzen an, die ich sofort ausblies.
Hu, sagte Nadine.
Ich betrachtete jede einzelne Pore von Nadine. Die Intellektuelle war wunderschön. Plötzlich nahm sie die Brille ab und fixierte mich so exakt, als könne sie sehen.
Lassen Sie das, sagte sie. Denken Sie nicht, daß Sie mir vorschneiden müssen. Meine Sensorien sind wesentlich besser entwickelt als die Ihren.
Setzte wieder ihre Sonnenbrille auf die Nase und schwieg, schaute dabei kühl geradeaus, zwei Zentimeter von meinem rechten Ohr entfernt.

Beim Essen, sagte ich dicht an ihrem linken Ohr, sollte man viel Fatalismus aufbringen.
Wenn das mit Stil passiert, sagte meine kühle Blinde, N., kann man dem schlechtesten Essen mit Fassung entgegensehen.
Da hatte sie wohl recht.

35 Ein eleganter Stil, las ich einmal, ist das Alpha und das Omega des Lebens.
Diesen Satz hatte ein Trickdieb aus London Anfang des 19. Jahrhunderts kurz vor seiner Hinrichtung an die Wand seiner Zelle geschrieben; Landru äußerte einen sehr ähnlichen Satz, als sein Kopf in der Lunette der Guillotine lag.
Ähnliche Sätze legten die Damen Josephine und Daphne Mulligeth im Zuchthaus nieder (Daphne in der Form eines düsteren Poems unter dem Einfluß Marvells), vom Staat New York angeklagt, siebzehn ältere, unbescholtene Herren in ihrer Pension durch Gift in die nächst bessere Welt befördert zu haben.
Als Gartenfreundinnen züchteten sie bis 1954 eigenhändig ihre organischen Pflanzengifte und mixten Elixiere von fulminanter Wirkung – die Opfer sollen alle mit einem seligen Lächeln hinübergegangen sein.
Ein Mann ohne Stil ist ein erledigter Mann, pflegte der Verleger der EDITION AVICENNA zu sagen, wenn er seinen Benelli-Pumprepetierer am Montecarlo-Schaft streichelte.
Ihre Idee mit den Seidenmasken verrät Stil, hatte Elliot gesagt und meine Provision erhöht, die Damen werden gewissermaßen anonym bedient, der Zug ins romantische ist unübersehbar.
Der Name hat Stil, wird aber keinen Stil machen, sagte Aristide Goff, ein Temperamento Lunatico, 1849 zu Gustav Flaubert, der gerade nach dem zweiten Nilkatarrakt den Namen Emma für seine Bovary gefunden hatte.
Wir sind uns in Sachen Stil so ähnlich, hatte Opal gesagt, daß eine Verbindung eine Katastrophe wäre.
Du hast deinen Stil noch nicht gefunden, sagte mir Elena bis zuletzt.
Eine Frau ohne Stil, sagte mein armer Pa, ist wie eine Rose ohne Dornen, oder sagt man Stacheln, während er (anfang der siebziger Jahre) harmonische Landschaften, Bäumchen, Blättchen, kleine Tierchen und kleine Kinder photographierte und, im Auftrag eines katholischen Verlages, mit Zweizeilern versah, halb Software für den Gläubigen mit einer unaufgeräumten pantheistischen Ecke in seiner Seele, halb für jugendliche Christen, die schon vom milden Schwachsinn der Schlagertexte präpariert waren.

Nur wer auf der Suche ist, findet sich selbst, stand zum Beispiel unter der Photographie eines rosigen Gletschers mit weiblichen Formen; auch hier verleugnete Goff sen. seine Passionen nicht. Unter einer sonnengesprenkelten Birkenallee konnte man die Zeile lesen: Wo Licht ist, da ist auch Schatten.
Für die Zeile: Liebet die Kindlein und lasset sie zu mir kommen, hatte Goff sen. eine laszive kleine Neunjährige ausgesucht, mit großen, kornblumenblauen Augen, die Lippen sehnsüchtig geöffnet; wunderbare sommersprossige Pigmentierung.
Bei gesunden Geschäftsideen geht es auch ohne Stil, wie das folgende Beispiel zeigt.
Ein Freund namens Halmas, Chemiker, goß in seinem Laboratorium lebensechte Kinder-Puppen in diversen Größen, männliche und vor allem weibliche, versehen mit allen Schikanen, mit denen die Natur auch lebendige Kinder für Pädophile aus aller Welt ausstattet; als ich ihn Anfang der siebziger Jahre besuchte, experimentierte er gerade mit Segregationsapparaten im Inneren der Puppen für die diversen Öffnungen, die so wichtig sind für die stille Arbeit im Kämmerchen.
Originalpuppen mit echtem Haar, hieß es in seinen Werbetexten, mit Stil, für Kinderzimmer und Freizeit; täuschend echte Haut nach einem Spezialverfahren, weinend oder lachend, für jede Spielsituation geeignet. Dankesschreiben aus aller Welt.
Halmas annoncierte in Pornomagazinen, überregionalen Zeitungen und Fachzeitschriften, einmal sogar in einem Bistumsblatt; die Bestellungen liefen gut.
Einer Anzeige blickte er mit Fatalismus entgegen; erklärte seine Arbeit als eine gesellschaftssanitäre Aufgabe für unterdrückte, kinderliebe Minderheiten.
Mit einer solchen Puppe im Haus, sagte Halmas, könnten Kinder und Eltern endlich wieder ruhig schlafen.
Das war ein humaner Standpunkt; der hatte Stil.
Ich gab meine beiden Frauenidole in Auftrag, Liz Taylor und Grace Kelly, mit echten Haaren in der richtigen Nuance.
Echthaar, sagte Halmas, sei wahnsinnig teuer, aber das feeling ganz unvergleichlich.

Im Augenblick habe ich dreiundzwanzig Puppen in einer Vitrine des Dachbodens, alles im original Halmas-Stil, lebensecht, kußecht und elastisch. Die synthetischen Sekrete fließen noch nicht so großzügig, wie es der Liebhaber wünscht, aber die notwendigen Öffnungen sind vorhanden; sogar die kleinen Venushügel sind echt. Haben alle ein gewisses Flair, das nur ein ingeniöser Künstler und Liebhaber mit viel Erfahrung und Liebe hinkriegt.
Jetzt saßen sie in ihrem Glasgefängnis, ein paar von den bequemen lagen natürlich und warteten auf mich, von der rothaarigen Armgard bis zur elenden Elena. In den unteren Etagen lagerten wie in Ingres' Odaliskenbild alle Schönheiten mit extravaganten Details, wie z. B. Olivia, die Mulattin, die ich nach einer Photographie meines inspirierten Pas hatte anfertigen lassen.
Die hatte einen süßen Leberfleck exakt unter dem Bauchnabel. Sie lag in schmachtender Haltung (ähnlich der nackten Maja) auf einer pelzigen Ottomane, die Haare hochgesteckt, die linke Hand über ihrer Scham. Sie schaut den Photographen unter ihren königlichen Augenbrauen schlangenkalt an, ein wunderbarer Gegensatz zur spürbaren Hitze des Körpers.
Opal im Parterre hatte ich ein hochgeschlossenes, sehr züchtiges Musselinkleidchen angezogen, entblößt bis über beide Schenkel, die sie beieinander hält, wie es sich gehört.
Nur noch ca. 160 Tage, meine Schönen, dann bin ich wieder bei euch. Natürlich hätte ich eine von ihnen aufs Schiff mitnehmen können, aber welche. War fest entschlosesn, Halmas ein Modell von Nadine gießen zu lassen; hatte ich erst einmal alle ihre Maße, dann hätten auch meine Püppchen die ernsthafte Gesellschaft einer Intellektuellen ...

36

In Paris hatte ich mir vor der Abreise eine neue Polaroid-Kamera gekauft, ein schweres Ding, jenseits der Light-Mix und Imagine-Modellgeneration, ganz offensichtlich ein Versuchsmodell mit seltsamen Eigenschaften.
Ich glaube, ihr Verdauungstrakt war in Unordnung, denn bei strahlendem Sonnenschein auf Deck gab sie Bilder von sich, auf denen nichts als opake Flecken in der Mitte zu sehen waren.
Mein Exemplar sollte dem blöden Amateur akustische und Licht-Signale bei Fehlbedienung geben, meine Polaroid hatte einen optischen und akustischen Reichtum von Zeichen, der über die technische Beschreibung weit hinausging.
Wollte ich z. B. einen Schnappschuß von Nadines Beinen im Schatten eines roten Sonnenschirms, stieß das Ding ein albernes OiOiOi aus und verweigerte den Dienst; es passierte nichts.
Drückte ich auf den Knopf für einen besonders lustigen Sonnenuntergang, sagte sie mißbilligend TzTzTz, aber lieferte brav ein Bild des Sonnenuntergangs ab.
Bei bestimmten Objekten, die ich photographierte, stieß sie ein weiches Ah aus, entwickelte rasend schnell und lieferte ihre Produktion mit einem triumphierenden Hach aus.
Sehr rätselhaft.
In der Dunkelheit meiner Kabine stellte sie eigenhändig Photographien her, die des Morgens vor ihrem Schlitz lagen, in den meisten Fällen Rückenansichten des Schläfers Goff, mehrere Phasen über REM bis zu wüsten Morgenträumen, die mich ins Laken verwickelten, oder Ansichten herumliegender Objekte, meiner Schuhe z. B., vom Tisch aus, oder die Kartons mit den Kollektionen von Mattiozzi und Schiaparelli. Als sie eines Tages im Badezimmer, nachts (mit Blitzlicht . . .) die Flasche Liquid Woolite vier mal hintereinander aufnahm, sperrte ich sie in ihren Lederbehälter.
Eine Nacht lang war sie offensichtlich verblüfft über ihre schmiegsame Zelle, daß sie nichts machte. In der darauffolgenden Nacht versuchte sie, ihr Gefängnis von innen zu photographieren. Als ich sie für ein paar prachtvolle, schwefelgelbe Aufnahmen an Deck auspackte, fand ich eine gequetschte Aufnahme, noch halb in ih-

rem Schlitz. Auf dieser Photographie war natürlich nichts zu sehen, weil ich sie von ihrem Blitzwürfel getrennt hatte, der woanders schlief.

Ich bekam wochenlang nicht heraus, welche Animositäten gegen welche Subjekte und Objekte sie hegte, gegen bestimmte Farben, Valeurs etc., vom Wetter ganz zu schweigen. In keinem Fall mochte sie direkte Sonnenbestrahlung, vielleicht tat ihr etwas im Inneren weh, wer weiß. Manchmal brütete sie auch ganz andere Bilder aus als die, die ich in ihrem Focus gesehen hatte.

Einmal bat mich Reverend Jordan, eine schmeichelhafte Photographie an der Reling herzustellen.

Ich photographierte, während meine Kleine widerwillige Laute ausstieß; was sie lieferte, war das Portrait eines Mannes ohne Konturen. Der arme Jordan verschwamm an seinen Rändern, sein weißer Anzug löste sich einfach in der Sonne auf; von seinem Gesicht war nur die dunkle Sonnenbrille zu sehen, aber nichts von seiner fleischigen Nase.

Aus Gründen der Sympathie (das Anthropomorphe spielte auch eine Rolle, ich weiß), nannte ich sie Donata; das war eine uralte Freundin, die auch immer nur das verschenkte, was man in keinem Fall erwartete.

Mit Donata bewaffnet, in einer meiner Strickjacken, die nach Houbigant und Pipi Chat duftete (Olivia? Mathilda?) ging ich an Deck; es war die tote Zeit der Siesta nach dem Lunch, das Deck leer und sehr hell.

Das tropische Gewässer glitzerte, und Donata summte vor sich hin. Auf dem Sonnendeck lagen zwei Gestalten auf zwei Deckstühlen mit einer gemeinsamen Decke, trotz der Hitze.

Es waren die Hubbles, die Gesichter mit Fett beschmiert, die unter spiegelnden Sonnenbrillen direkt in die Sonne sahen. Sie lagen so still wie Mumien.

Gottlob gefiel Donata die neue Aufgabe – sie gab eine Folge freudiger Ah-Laute von sich und lieferte mir ein makelloses Bild des Paares.

Dann ging ich nach unten, zu Nadines Kabine, Deck B, und klopfte. Entrez, sagte Nadine.

Sie lag auf dem Bett, nackt, unter einem Laken.
Auf dem Tisch drehte sich im Zeitlupentempo ein Ventilator um die Achse.
Schon vom Essen erholt, fragte ich.
Ein bißchen, sagte Nadine mit einem Seufzen.
Ich beugte mich über ihre Sonnenbrille (Absorbtionseffekt 80 %) und küßte sie auf den Mund.
Lassen Sie das, sagte sie und wischte sich mit dem nackten Arm ihre Lippen ab.
Sie haben eine seltsame Ausstrahlung, sagte Nadine, auf sehr intensive Weise neutral.
Ich weiß, was Sie meinen, sagte ich, in Restaurants hat das mitunter die Wirkung der Unsichtbarkeit; ich habe einmal in einem Pariser Restaurant zwei Stunden gesessen, dabei war das Ding überfüllt.
Mimikry, was, fragte Nadine.
So etwas ähnliches, sagte ich.
Ich möchte wetten, sagte Nadine, daß die neutrale Aura nur bei Geschlechtsgenossen wirkt, aber nicht bei Frauen.
Frauen sind eben sensibler, sagte ich.
Ach was, sagte Nadine, das hat nichts mit Sensibilität zu tun. Sie haben wahrscheinlich einen bestimmten Grund, the invisible man zu spielen. Hat das mit Ihrer Idée fixe zu tun – streßloses Leben oder wie Sie das nennen?
Ich glaube schon, sagte ich. Ob ich sie photographieren dürfte.
Nein, sagte Nadine, ja, später.
In diesem Augenblick gurrte Donata P. und machte aus einem unmöglichen Winkel eine Aufnahme von Nadine unter dem Laken.
Pardon, sagte ich, das war ich nicht, das war Donata. Ich erzählte ihr die unwahrscheinliche Geschichte.
Kommt mir gar nicht so merkwürdig vor, sagte Nadine, alle Objekte finden Sie wahrscheinlich anziehend ... Ist Ihnen das nie aufgefallen? Das liegt an ihrer Liebe zu bestimmten Objekten.
Das mochte stimmen. Objekte hatten sich noch nie feindlich benommen.
Ich glaube, sagte Nadine, als Charakter sind Sie ein Schwamm;

Sie assimilieren alles und scheiden alles wieder aus, ohne jede Spur.
Hat der Name ‚Donata' eine Bedeutung, fragte Nadine, der Name der eigenmächtigen Polaroid?
Sicherlich, sagte ich, Donata war eine kleine und zarte Frau, die sich nur für Assimilation interessierte, in jedem Sinn, chemisch, physiologisch und synästhetisch, fühlen, schmecken und riechen, das war ihr ein und alles. Sie folgte allein ihrer großzügigen Natur und reagierte immer sofort.
Klingt wie ein Nachruf, sagte Nadine.
Ist es auch, sagte ich, sie starb 1975 an einer Fischvergiftung, nachdem sie ihr Geruchssinn verraten hatte, ihre Augen und ihre Zunge.
Schlimm, sagte Nadine, schlimm und traurig, aber wahrscheinlich eine glückliche Person.
Das war sie, sagte ich, wenn sie einen neuen Leckerbissen probierte, dann beroch sie ihn, zerdrückte ihn und schnüffelte dann dem neuen Aroma nach, beträufelte ihn mit verschiedenen Essenzen, ließ ihn in der Mundhöhle herumpilgern, dabei aß sie mit offenem Mund, damit ihr kein Aroma entginge, sah aber während dieser Prozedur kein bißchen unappetitlich aus.
Wenn Sie von Frauen sprechen, sagte Nadine, dann bekommen Sie feuchte Augen und einen –
Den auch, sagte ich, aber ganz sanft, beinahe ehrerbietig.
Gottlob, sagte Nadine, muß ich die Spuren Ihrer sinnlichen Huldigungen nicht sehen. Kommen Sie mit Ihren sogenannten schönen Augenblicken weiter? Nadine wünschte ein neutrales Terrain, bitte. Das konnten wir liefern.
Fortschritte, sagte ich, meinen Sie die?
Da ich Ihre Theorie der sogenannten Augenblicke nicht verstehe, sagte Nadine, oder nur in einer engen eudämonistischen Bedeutung, die epistemologisch uninteressant ist, hat auch der Ausdruck ‚Fortschritt' im Hinblick auf diese merkwürdige Lebenstheorie keine Bedeutung.
Es ist aber ein gewisser Lebensstil, sagte ich, den ich zu realisieren versuche.
Life-style, sagte Nadine verächtlich.

Um der wachsenden Heerscharen willen, sagte ich, das hat nichts mit life-style zu tun. Aber ich habe keine Ahnung, wie ich in dieser Lage meine unvollkommenen Rezepte rechtfertigen soll – und warum.
Pardon, sagte Nadine, Sie dürfen mich jetzt photographieren. Sie nahm die Sonnenbrille ab, schlug das Laken zurück und legte sich mit ernster Miene auf die Seite. Sie hatte einen schönen Popo mit einer zarten Flaumlinie auf dem Rücken bis zu der zarten Stelle, wo sich die Hinterbacken teilten.
Ich drückte aufs Knöpfchen. Donata schnalzte und schwieg dann; nichts passierte.
Es geht nicht, sagte ich.
Nadine bedeckte sich wieder und setzte sich aufrecht, zwei Kissen im Rücken.
Sie will nicht, sagte sie, was für ein verrückter kleiner Apparat.
Vielleicht, sagte ich, ist sie eifersüchtig ...
Reden Sie keinen Unsinn, sagte Nadine, aber immerhin hat sie einen schönen Augenblick für Sie vermasselt ...

37

Bedauerlicherweise war es gerade ein Stil-Problem, das Lambert eine große Enttäuschung bescherte; oder er hatte nicht vollständig diverse rivalisierende Unterströmungen des Zufalls beachtet, betreffend Adressen, Namen und Namensgleichheiten.
Der große Germanist Willson, J. Willson, hatte sein Kommen telegraphisch und in englischer Sprache avisiert, Lambert befand sich in begreiflicher Aufregung – endlich der ersehnte Austausch mit einer approbierten Koryphäe, gegenseitige Darbietung lemurenhafter Delikatessen, Geisterbeschwörung an einer erlesenen Tafel ...
Ich weiß nicht, sagte Lambert nach dem Besuch, warum diese Einladung so schmählich in die Binsen ging, vielleicht habe ich zu wenig sorgfältig geplant, vielleicht reichte mein basic english nicht aus oder der genius loci hat mir die Freundschaft gekündigt.

Zur Generalplanung Lamberts (im Hause) gehörte, endlich die sog. Große Aufgabe ins Lot zu kriegen, inspiriert von seinem phantastischen Ambiente; aber große oder erhabene Aufgaben (kleinere Formate wurden von Lambert verachtet), die dem menschlichen Geiste vorgegeben sind, liegen nicht einfach herum. Dem ungerührten Genius der Berechnung folgend, suchte der arme Mann nicht nur nach halbwegs hübschen oder erträglichen, manchmal wiederholbaren Augenblicken, sondern nach erlesenen, kostbaren, vor Harmonie summenden Augenblicken und vor allem nach (das war die Crux, die ihn cruxifizierte) sogenannten Bedeutenden Augenblicken.
Mit diesem Ordnungsproblem schlug er sich gerade herum, als wir miteinander telephonierten.
Lambert, sagte ich, die meisten menschlichen Augenblicke sind völlig trivial, wenn's hochkommt, da muß man schon dankbar sein, aber bedeutende Augenblicke, und dann noch jeden Tag, sind ein Ding der Unmöglichkeit. Nicht einmal Casanova war jeden Tag vergnügt, da gabs Streß mit Weibern, der Syphilis, eifersüchtigen Kerlen und Engpässe mit den Kröten; nicht unangenehme Momente herzustellen, das ist eine Frage des Willens,

der Auswahl und des privaten Stilvermögens, umsonst ist der Tod. Aber Sie wollen jeden Augenblick bedeutend finden, kraft Entschluß, dann hätten sie in der Wunschkollektion bedeutender Momente immerhin pro Tag deren 1440, legen wir eine Minute als Maßeinheit zugrunde, ich weiß ja nicht, ob ihnen das genügt ...
Sie mißverstehen mich, sagte Lambert kläglich.
Das wären pro Woche, sagte ich, 10 080 bedeutende Momente, pro Monat hätten Sie dann eine Durchschnittsmenge von 312 480 Momenten, per annum insgesamt 3 749 760.
Haben Sie sich auch nicht verrechnet, fragte Lambert mit souveräner Ironie.
Nur, wenn mein Taschenrechner von Texas Instruments versagt hat, sagte ich.
Was macht der Frauenplan, fragte Lambert, gehen ihre Kalkulationen auf?
Nicht alle, sagte ich, irgendwas habe ich mit der Liebeskapazität fehlerhaft berechnet.
Dann ist es ja gut, sagte Lambert am anderen Ende und legte auf.

Willson kam, Professor John Willson aus Cambridge, Zoologe (Spezialist für Molche, mexikanische und andere); ein bleicher, korpulenter Mann, Lamberts Brief in seiner Brieftasche, den der nachlässige Pförtner in seine Box befördert hatte, klingelte und sagte heiter: Willson, und reichte Lambert eine rosige, fette Hand, die vom Reiseschweiß ein bißchen klebte.
Nun muß gesagt werden, daß Lamberts Englisch eine Katastrophe war; seltsamerweise sprach Willson kein Wort Deutsch; Lambert glaubte an ein Gelübde, das seine Lippen für den Gebrauch des deutschen Idioms, Goethes goldenes Idiom immerhin, versiegelt hatte, weil es ihm unwahrscheinlich vorkam, daß Germanisten kein Deutsch sprechen können.
Schon Wetter, sagte Willson auf der Fußmatte zu Lamberts kleiner Villa.
Yes, nice weather, isn't it, erwiderte Lambert lehrbuchgerecht. (In diesem Augenblick replizierte der Germanist John Willson

in Chicago einem Psychoanalytiker, der gerade sein Thema ad acta gelegt hatte – Goethes italienisches Fiasko –.)
Für Lambert war es ein Problem der Höflichkeit und ein Problem des Stils, den illustren Gast nicht in seinem Steinbruch des deutschen Idioms sitzen zu lassen, um das Dilemma mit Lamberts eigenen Worten zu beschwören. Also versuchte er sich auf dem Glatteis des Do you speak english.
Selbstverständlich hatte er ein paar Phrasen und Sentenzen auswendig gelernt, aber vor allem Idioms wie namby pamby (schwer anzubringen), kindom come, to kick the bucket, wörtlich: den Eimer wegtreten, ein aktives Synonym für Sterben, tear-jerker (Tränendrüsenfilm) und die schöne Formel: mutton dressed as lamb.
Auch für französische Konversation war gesorgt. Der vorsorgliche Lambert hatte ein paar altmodische Wendungen für eine gepflegte, humanistisch gebildete Tischunterhaltung aus Couriers Manuel de la Conversation française gebüffelt, wenn ihm der Gebrauch des Subjonctif auch rätselhaft geblieben war; er konnte sprechen: Du temps, de l'heure, du théâtre, und sollten alle Stricke reißen, de la santé, ein immer ergiebiges Thema.
Sollte die Unterhaltung dennoch ins Stocken geraten, abschüssig ist nicht nur des Lebens Bahn, hatte er den Plan, sich des heimischen Idioms zu bedienen, langsam, deutlich, mit majestätischen Satzmelodien, die etwaige Mißverständnisse oder Verständnisprobleme wenigstens symbolisch in Schach hielten.

Nun saß der große Gast an dem polierten Birnenholztisch, Weimar 1833, von einem Ebenisten Namens Wolzan, Lambert am anderen Ende. Lotte trug das Essen aus einer exzellenten Garküche auf, zu Ehren des englischen Gastes Hammel mit grünen Bohnen, dazu kredenzte er einen Frankenwein, eine Empfehlung Bodes aus *Goethes Lebenskunst*. Plötzlich kamen ihm seine Konservationspartikel armselig vor angesichts dieses Willson, abgefüllt und gewürzt mit allem Reichtum angelsächsischen Geistes. Beim Dessert (Früchte nach einer Auswahl des Jahres 1812) brannte Lambert darauf, die Schleusen zu öffnen, d. h. eine un-

vergeßliche Unterhaltung über Goethe und die Folgen zu führen, superb gelehrt, fluently und bedeutungsgeladen, ein rechtes Pingpong.
Um 14.02 h sagte sich Lambert, man dürfte große Augenblicke nicht aufhalten.
Stimmen Sie mir zu, sagte er, indem er sich blitzschnell und ein wenig eigensüchtig für die Vorteile des deutschen Idioms entschied, daß im Faust II einige Unstimmigkeiten – Indeed, murmelte Willson, der an einer Keule nagte, die er nahe ans Gesicht hielt, weil er seine Brille abgelegt hatte.
Lambert wollte sich die Sternstunde gravierender Augenblicke nicht entgehen lassen und stocherte ratlos mit seiner Dessertgabel (J. J. J. Peeters, Rotterdam, 1862) am Bauch seines Plumpuddings. Äh, nun, sagte Lambert, während er seinen nächsten Satz präparierte – (ich gebe nur eine der Unterhaltungen Lambert–Willson wieder, so komplett es geht, alle anderen verliefen so ähnlich –) you know Emil Staiger and his famous the Stilwandel, studies in prehistory of Goethe's time? und trank nach diesem vortrefflich angebrachten sächsischen Genetiv einen Schluck Frankenwein.
May be, sagte Willson und zerdrückte langsam und genußvoll seinen Pudding zwischen Zunge und Gaumen.
Ich suchte in Gedanken, sagte Lambert, verzweifelt den Ausdruck, das Wort für Stilwandel, wußte aber schon während der Suche, daß ich selbst nach einem glücklichen Fund mit diesem Partikel den Satz nicht fluently hätte fortsetzen können.
Da fiel Lambert ein ewiges Thema ein; ein schöner Augenblick. I have written oder heißt es readen oder gar wrote? Und er hob seinen Zeigefinger, dem Willson mit Blicken folgte, ich habe gelesen ein Buch, sagte er, a book, un livre about oder eben over Goethe und die Frauen, women oder wie der elegantere Plural wohl heißt – his misstresses, you understand?
What you mean, fragte Willson und schluckte ein Stück Stilton hinunter.
Dann wurde er abrupt höflich und sagte auf deutsch: Selbstverständlich, warum nicht, it's allright.

Wieder war ein erlesener Faden abgeschnitten; aber das Thema war so gut, daß Lambert einen neuen Anlauf wagte.
Goethe, sagte er, was a great lover and a king in the desert of the ghost.
Die Wahl von ghost und desert, sagte Lambert, war natürlich falsch, jetzt weiß ich wohl, daß ich den Ausdruck ‚spirit' hätte verwenden müssen.
Really, sagte Willson und schnitt sich noch ein Stück vom lieblich fließenden Stilton ab.
Nach diesem Austausch verlangte es den Gast nach einem starken, geistigen Getränk. Lambert ließ Champagner holen, den Willson verschmähte.
Er bat um Scotch oder einen Bourbon, ohne Wasser, ohne Eis. So trank ich zu meinem Leidwesen, sagte Lambert, ebenfalls Whisky, den ich nicht vertrage.
You feel the ghost of Goethe in this room, fragte Lambert tapfer.
Really, sagte Willson, schauderte (sagte Lambert) und trank seinen Bourbon.
Where you have discovered your advanced studies in Goethe and his time, fragte Lambert; sein Englisch, das fühlte er in diesem Augenblick, wurde immer besser und geläufiger.
Studies? fragte Willson, naturally. Thank you very much for this special meal.
Lambert trank einen großen Schluck Bourbon und sagte: Goethe, you know, Goethe is genius und goddess, ein Fürst ... a bishop, nein, a sovereign of the life, ein Löwe im Salon, a salon's lion ... a hero of the women ... ein Liebhaber der Künste ... a lover of all the arts and a scientist ... the theory of colours ... for exemple ...
I' am allright, jack, sagte der ungehobelte Willson.
Lambert nahm seine letzten Nervenkräfte zusammen, noch einen Schluck von dem verwünschten Whisky und sagte mit Enthusiasmus: In all things Goethe is the greatest (Willson schenkte sich immer wieder Whisky ein), in the arts and the sciences, in poems and problems und last not least in the women – da Willson in Gedanken sonstwo war, setzte Lambert den Satz mit der schönen, unschlagbaren Wendung fort, die Willson eigentlich vom Stuhl

hätte fegen müssen: Always and particular the almost greatest.
Many disorders have similar symptoms, sagte Willson besorgt, take it easy.
Mein aktiver englischer Wortschatz ist eher ein Wirrschatz unterhalb der basic-Norm, sagte Lambert, aber kraft meines immensen passiven Wortschatzes habe ich natürlich sofort begriffen, daß er mich für geistesgestört hielt. Ich ließ mir nichts anmerken, vielleicht mußte er sich ja auch erst einmal akklimatisieren.
I will show you the house, sagte Lambert entschlossen; als er aufstand, stieg ihm eine Welle von Übelkeit in die Kehle.
Beim Rundgang benahm sich Willson sehr aufmerksam und gesittet, stieß hin und wieder ein sonores Indeed aus oder ein mattes Wonderful, interessierte sich kurzfristig für die Brüste einer liegenden Venus und blieb in einem kleinen Zimmer des Obergeschosses vor dem Stahlstich eines gestrandeten Wales stehen und sagte befriedigt: a whale ...
You are interested in animals like this, fragte Lambert (mir dämmerte in diesem Augenblick ein schrecklicher Verdacht, der sich sofort verflüchtigte, denn Willson sagte etwas Merkwürdiges ...)
No, sagte Willson, that's my profession.
Man ging wieder in den kleinen Speisesaal. Lambert kämpfte gegen die Wirkung des Whisky mit zwei Gläsern Veuve Cliquot, was seinem Magen nicht gut bekam.
Bevor sich der Gast in sein Logierzimmer zurückzog, fragte er nach der Adresse eines Professors namens Stauffer in G., den Lambert nicht kannte.
Willson wohnte zwei oder drei Tage bei Lambert, verschwand am Morgen, kehrte zum Mittagessen zurück, verschwand am Nachmittag, stellte sich pünktlich zum Abendessen wieder ein, das Lambert Dinner nannte, und an einem Sonntag war Willson endgültig verschwunden, nach einem exzessiven Morgenbad. Hinterließ nichts als eine unförmige Tube englischer Zahnpasta, die Lambert im Affekt zerquetschte. Blutig – weißer Schaum trat aus, für Lamberts symbolisches Empfinden die letzte Kränkung.
Mit einem Franzosen wäre das nicht passiert, sagte Lambert und legte sich drei Wochen zu Bett.

38 Ließ Nadine schlafen. Machte eine Photographie, leicht indiskret, von ihrem hingebungsvollen Schlafgesicht, sehr vertrauensvoll. Ihre Brustwarzen waren übrigens heller als die Aureolen, immer wieder ein schönes Phänomen. Donata hatte auch nichts dagegen einzuwenden.
Begab mich mit einer schnurrenden Donata in meine Kabine, öffnete eine Dose Chappi (Truthahnherzragout mit sibirischen Krabben o. ä.), lutschte eine Gelusil Lac-Tablette gegen das Rumoren im Magen und las mit großer Konzentration in Hodkins' *Der Positive Augenblick,* Kapitel IV, Selbstberuhigung durch interesselose Beobachtung des Schönen.
Der Melancholiker hatte 1977 in einem Hotel in Salzburg, umsichtig mit Entschuldigungsbilletts an die halbe Welt, den Freitod gewählt. Wer Salzburg kennt, wird seine Wahl billigen.
Betrachten Sie einfach (sic!), schrieb Hodkins, den eleganten Flug eines Albatros (ich hatte keine Ahnung, wie die aussehen), die superben Sprünge eines Delphins, Wolkenformationen oder ganz einfache Dinge wie eine Kornblume in einer Vase, ein junges Tier, denn der Blick eines Tieres, des unerlösten Bruders oder der unerlösten Schwester, handelt es sich um ein weibliches Tier, wirkt immer tonisierend. Auch der Anblick der weiblichen Schönheit kann, objektiv gesehen, eine Quelle der Beruhigung sein, indem man sie (hier hatte Hodkins im Eifer sein Subjekt verloren) mit interesselosem Wohlgefallen betrachtet. Man muß sich alles nur recht bewußt machen, dazu gehört die richtige Atemtechnik ... uswf.

In meinem Organismus fochten die Antazide mit den überschüssigen Magenbasissäuren. Mir war übel. Machte ein paar Atemtechniken nach Tronje, für die Entspannung der Magenmuskeln.
Nützte nichts, Tronje war beim Jogging im Tivoli auf einem Kinderspielplatz tot umgefallen. Aber Technik ist Technik, da hatte er recht. Mir wurde immer übler; zur Kolik kam noch ein glühendes Sodbrennen, so daß ich das italienische Patentklosett benutzen mußte. Ich kotzte, bis nur noch Galle kam, dann, gerade rechtzeitig, Gott existiert doch, erwischte mich eine glühende Diarrhoe.

Meine sonst friedlichen Hämorrhoiden sahen mehr Tageslicht als mir lieb war. Mit Tronjes Atemtechnik stöhnte ich systematisch, um meinem Körper Mitgefühl zu zeigen.
Ruhig, Junge, sagte ich zu ihm, ich werde uns einen Cuba Libre spendieren, mit der kann man die Magenbeschwerden eines Säuglings dämpfen. Hoffentlich ging es Nadine besser; ihren Kopf hätte ich auf keinen Fall halten können. Bin zu diesen Samariterdiensten viel zu sensibel. Kranke Menschen machen mich krank. Würgt jemand in meiner Gegenwart, so würge auch ich mir teilnahmsvoll die Seele aus dem Hals. Legte mich auf den Rücken und nahm alle fünf Minuten einen kleinen Schluck vom Zauberelixier.
Daisy setzte sich vor die Kabinentür und versuchte zu kotzen, mit einem Blick, der sagte: Schau nur her, wie schlecht es mir geht, du weißt ja wohl, warum. Aber sie kriegte keinen Vomitus hin und schlief ein mit ärgerlichen Träumen.
Alles psychosomatisch, sagte ich mir und schlief auch.
Als ich aufwachte, fiel reichlich Regen und trommelte aufs Deck. Dann fiel mir der Cretin mit dem Plastikeimer ein und mir wurde wieder ein bißchen übel.
Anschläge auf mein Leben sind, post festum betrachtet, immer glimpflich verlaufen im Sinne wohlwollender Zufälle, denen man ausweichen konnte.
Der Verfasser einer Kulturgeschichte, Braake, von der Hüfte abwärts gelähmt, hatte einmal versucht, mir eine etruskische Vase auf die Rübe zu schlagen; man sagt wahrscheinlich im Hausgebrauch eher ‚über'. Meine Reflexe retteten mich.
Elena führte einen erstklassigen rechten Haken. Einmal, im Suff, stürzte ich nach einem dieser Haken mit dem Hinterkopf auf ein Kissen, das neben dem Kamin lag. Meine fetten Schutzengel, die auch gern streßlos lebten, hatten gespurt.
Basorgia, der Kunsthistoriker, als er schon totkrank war, hatte mich während eines Erstickungsanfalles liebevoll gewürgt – je weniger Sauerstoff, desto kräftiger der Druck auf meinen Kehlkopf, ein erstaunliches Phänomen bei einem ALS-Kranken. Aber wahrscheinlich war seine Atrophie noch nicht so weit fortgeschritten; auch bei solchen Krankheiten spricht man vom Fortschritt.

Eine Klientin aus den Tagen honorierter Liebesdienste hatte mich mit einem Hackmann-Dolch bedroht, als ich nackt und erschöpft meine Tronje-Atemübungen danach absolvierte.
Da sie eine Feministin war (jedenfalls stand sie ihrem eigenen Geschlecht trotz ihrer Exkursionen näher als mir), konnte ich sie mit einem Hinweis auf Artemisia Gentileschi ablenken.
Madame, sagte ich, Sie sehen einfach hinreißend aus, wie Sie so über mir knien, man sieht die verschlossene Wildheit des Weibes, ihre Unversöhnlichkeit und ihre gnadenlose List . . . das hatte ich in irgendeinem Buch gelesen und zufällig, wie so vieles, gespeichert.
Wirklich, sagte sie und nahm die Spitze des Dolches (ein häßliches Ding von Tapio Wirkkala für Messerfreaks) von meiner unwürdigen Skrotalhaut.

39 Fraß am Morgen vier Kohlecompretten nach Magdas Rezept, lutschte einen Rimus-Gesundheitsriegel gegen den aktuellen Flüssigkeitsverlust, schob eine Lecicarbontablette für den gestreßten Darm nach und gurgelte zum Schluß mit Bifiteralsirup; nach einem weichen Ei und einer Scheibe Schwarzbrot (Ballaststoffe sind immer gut) schmückte ich meinen Stuhlgang (noch nicht passiert) mit einem Glycilaxzäpfchen.
Natürlich rumorte es wieder in den Schläuchen, aber das war in Ordnung, das war Natur, eine interne Regelung.
Befriedigt ging ich an Deck, in diesem Fall von Darmträgheit ans Bootsdeck, dort hatte auch Daisy ein spezielles Plätzchen für ihre Verdauung. Sie mochte Dunkelheit beim Scheißen. Danach scharrte sie schon lange nicht mehr, die Instinkte waren abhanden gekommen. Es war 7 h morgens. Über dem Wasser lag diffuses Sonnenlicht, keine Küste in Sicht. Mit der Polaroid machte ich eine Photographie von der unbewegten Wassermasse; ah ah ah, sagte der kleine Apparat.
Nadine saß mit ihrer Tante an der Reling. Wollte die Unterhaltung nicht stören und ging nach einem Gruß in Richtung Heck. Die Tante war bleich und zitterte.
Überlegte Caritas-Momente sind immer gut, der Himmel führt später einen Ausgleich herbei.
Alles in Ordnung, fragte ich.
Tante Melanie hat Spasmen, sagte Nadine.
Ein weites Feld, sagte ich und bot ihr ein paar Schätze aus meiner Hausapotheke an, zuletzt die Glycilax-Zäpfchen, nicht ohne Hintergedanken.
Die Tante nahm an und verschwand mit den Zäpfchen.
Riet ihr, eine Stunde der Ruhe zu pflegen, vor der sanften und befreienden Explosion und danach, selbstverständlich.
Sie sind ein Schuft, sagte Nadine.
Der Samariter in Goff, sagte ich, ist nicht sehr spontan, aber er hilft gern, wenn er Not sieht. Wo treibt sich Anatol herum?
Er treibt gar nichts, sagte Nadine, ihm ist übel, er hat die ganze Nacht, wie sagt man, vomitiert.
Schäferhunde sind sehr sensible Tiere, sagte ich, haben Sie mal ge-

sehen, wie träumerisch sie aussehen, nachdem sie einen Biß lanciert haben?
Dieser Lambert, fragte Nadine, was ist aus ihm geworden? Hat er sich noch mehr zurückgezogen? Ich finde ihn irgendwie rührend.
Rückzüge, sagte ich, die planvolle Retraite, waren seine Sache nicht, das verbot sein cholerisches Temperament.
Ich riet ihm nach dem Fiasko mit Willson, eine Weile in einer europäischen Großstadt zu wohnen, London oder Paris oder Lissabon.
Sie sehen in dem kleinen Schwarzen von Schiaparelli sehr zart aus, geradezu appetitanregend. Man könnte glatt jede Frühstücksidee vergessen.
Wir sind bei Lambert, sagte Nadine, welchen Ort hat er –
Berlin, sagte ich, die einzige Metropole, wo man gewissermaßen deutsch spricht, Berlin schien ihm am ungefährlichsten.
Und, fragte Nadine, war der Entschluß richtig?
Einfach phantastisch, sagte ich, eine stille, eine ruhige Stadt, ich selbst habe dort 1963 ein Jahr gewohnt, in der Droysenstraße. Kaum Verkehr, großzügige Boulevards, kaum Menschen, und durch die ganze Stadt führt eine Mauer, die auf der Westseite von mittellosen bildenden Künstlern bemalt wird; ein idyllischer Ort.
Was erwartete Lambert von einer Metropole, fragte Nadine.
Keine Ahnung, sagte ich, wahrscheinlich eine ganze Menge ... Er wollte sich dort, sagte er, wie die alten Stoiker auf den Marktplätzen chagrinieren, erst migrieren, das heißt wandern –
Ich kann lateinisch, danke, sagte Nadine.
Und dann eben chagrinieren, mit Menschen, fremden Orten und fremden Situationen.
Ist ihm das gelungen, fragte Nadine.
Und wie, sagte ich, aber gründlich, davon bekam er mehr, als ihm lieb war.
In diesem Augenblick streunte ein Steward heran und sagte zu Nadine, die Tante verlange dringend nach ihr.
Ich führte Nadine die Treppe hinunter. In den Gängen schimmerte matt die Nachtbeleuchtung. Es war ziemlich still, bis auf das Summen der Maschinen tief unter unseren Füßen.
Die Tante hatte sich ins Bad eingeschlossen; es stank nach Exkre-

menten. Wahrscheinlich hatte ich ihre Klosettanlage infiziert, wer kennt die Expansionskraft von Viren.
Tante Melanie, rief Nadine, ist alles gut?
Nichts war gut.
Glycilax-Zäpfchen wirken auf jeden Organismus anders.
Melanie hatte drei Zäpfchen eingenommen und sich dann aufs Bett gelegt, gewisse zuverlässige innere Signale würden sie warnen. Die Signale mußten wohl pünktlich eingetroffen sein, aber Melanie hatte das Tempo und die Fulminanz unterschätzt – sie war gerade bis zur Badezimmertür gekommen, als es passierte. Diesen Bericht lieferte die Tante mit schwacher Stimme ab, in der Badewanne sitzend, nackt, umgeben von betroffenen Kleidungsstücken.
Bettruhe, sagte der Samariter, und ob die Darmkrämpfe schon eingetreten seien?
Mais non, sagte die Tante verschämt.
Für alle Fälle schob ich ihr einen Block in Silberpapier verschweißter Dulcolax-Tabletten durch die Tür.
Dann gingen wir wieder an Deck, während die Tante in ihrer Wanne zu plantschen anfing.
Jetzt haben Sie, sagte Nadine, die Tante komplett lahmgelegt, dabei ist sie so ein liebes, hilfsbereites Geschöpf mit einem wirklich tragischen Schicksal.
Liebste Nadine, sagte ich oben an Deck, die Wörter tragisch und Schicksal habe ich aus meinem Wortschatz gestrichen. Vielleicht hat sie nur immer die Nahtstellen des einen Nexus zum nächsten nicht beachtet.
Sie sind ein gefühlloser Schuft, sagte Nadine und lächelte.
Sie wiederholen sich, sagte ich zärtlich und küßte die Innenseite ihres linken Handgelenks, wo ihr Puls schlug, leicht überhöht für diese frühe Stunde.
Heute abend, sagte ich, werde ich Sie zu einem Dinner einladen, Sie und Ihre Tante, falls sie sich erholt haben sollte ...
Zu diesem verbotenen Essen, sagte Nadine, das leider nicht –
Aber nein, sagte ich, selbstverständlich in meiner Kabine ...
Sie sind eine schräge Tasse, sagte Nadine, so sagt man wohl im Deutschen.

In meinem Kabinenkühlschrank, sagte ich, schlummern kleine Quantitäten von Genüssen großer Qualität, confit de canard zum Beispiel – Haben Sie in Ihrem Leben, fragte Nadine, jemals eine ernsthafte menschliche Tätigkeit leidenschaftlich betrieben –?
Aber sicher, sagte ich, immerzu, unaufhörlich, zyklisch, gebeutelt von Leidenschaft, bis zur Erschöpfung, frenetisch bis zur Raserei, des Hungers und des Durstes nicht achtend und nicht der natürlichen Harmonien. Pardon. Confit de canard ist nicht gerade Diät, aber vielleicht überwinden die Arcachonaustern die Indigestion der – Nein ernsthaft, sagte Nadine, gab es eine Leidenschaft, die in der Arbeit lag –?
Nicht direkt, sagte ich, Sie glauben nicht, wie anstrengend das war, aber es hat sich für ein paar wahrhaft glückliche Augenblicke gelohnt. Als dritten Gang schlage ich Gänsestopfleber vor, ich habe eine kleine Kollektion aus dem Périgord.
Ich sprach von Arbeit, Goff, sagte Nadine, travail, rabota, schuften, malochen oder wie diese schrecklichen Synonyme alle heißen ...
Gott ja, sagte ich, gewiß doch, sieben Jahre lang, sieben unheilige Jahre immer am Rand des psychischen Ruins durch Streß ... Harte Arbeit, weißgott ... in meiner Zeit der EDITION AVICENNA, als Korrespondenz-Reduzierer, später als Lektor und zum Schluß, als meine Reserven schon erschöpft waren, als Autorenkontakt-Agent. Die schlimmste Zeit meines Lebens, die mich auf einem Dachboden stranden ließ, bis jetzt.
In diesem Augenblick begann Donata zu quaken und zu blinken, das verrückte Ding.
Eine wollüstige Zephirbrise hatte Nadine bis zum Bauchnabel entblößt, über ihrer stattlichen, schwanenweißen, seidenen mons v. lag der Rand einer Hohlsaumstickerei.
Ich drückte natürlich sofort auf Donatas gehorsames Knöpfchen, und sie sagte begeistert OiOiOi.
Ferkel, sagte Nadine und bedeckte sich wieder.
Sie müssen doch eine bestimmte Lebenstheorie haben, oder nicht?
Mehr Praxis als Theorie, sagte ich, in aller Freiheit, die es so geben kann ... Als Fourier-Schüler könnte man sagen – ein vorsichtiger Vertreter der divergierend zusammengesetzten Freiheit.

Wäre zum Dessert nicht eine Crème Caramel passend?
Immerhin verdaulich, sagte Nadine, was geht Sie dieser Lambert so intensiv an?
Zur Fourierschen Harmonielehre des Hygienischen schlechthin und seiner Regeln, sagte ich, ist Verdaulichkeit ein Hauptkriterium. Lambert? An Lambert bewundere ich die humanistische Bildung.
Ach was, sagte Nadine, welches Interesse haben Sie.
Ein quasi wissenschaftliches, sagte ich, er ist und war das schönste Beispiel harmonischer Lebensplanung, das ich kenne.
Und er kennt den Vater der Harmonie, fragte Nadine, den guten, humorlosen Mathematiker der menschlichen Natur, Fourier?
Aber nein, sagte ich, das ist ja gerade der Witz, er benimmt sich wie nach einem Lehrbuch, das er nicht kennt. Bei der Idee, ihn sich über der Lektüre Fouriers vorzustellen, wird mir ganz schwindelig vor Lust.
Sie sind völlig gaga, sagte Nadine, welche Anziehungen, Ähnlichkeiten und Oppositionen bestehen zwischen Lambert und Ihnen?
Überhaupt keine, sagte ich, Lambert war immer leicht beeinflußbar, was seine Lebensexperimente im Hinblick auf ihren Verlauf sehr interessant gestaltet hat.
Unter welchen Einflüssen stehen oder standen Sie, fragte Nadine.
Nur von Frauen, sagte ich, ich will sagen unter Frauen und ihrem Einfluß, begünstigt durch meine angeborene Bequemlichkeit.
Und die ist wieder ein Synonym für Anpassungsfähigkeit, sagte Nadine; Sie sind ein Tierchen, kein ernsthafter Mensch.
Meinetwegen, sagte ich, denn allmählich wurde ich nervös, aber meine Triebkraft war immer göttlich real, und das Reale war gleichzeitig die Triebkraft.
Wenn Sie mich bitte entschuldigen, ich fühle, daß die Glycilaxpräparate ihre segensreiche Magie entfalten wollen, Adieu ...
Ging sehr schnell in meine Kabine, entrollte die graue Plastikjalousie und dämmerte im Halbdunkel vor mich hin.
Daisy hatte auf den Teppich gekotzt, aber nur ein bißchen Schaum, schlief jetzt friedlich und träumte von einer leidvollen, sehr stummen Jagd auf Kaninchen in Waldlabyrinthen.

40 In G. ergab sich allgemein eine gewisse Stagnation, das lag nicht am Wetter.
Die Leute sterben nicht mehr so freudig wie früher, sagte mir der Bestattungsunternehmer Bello (von der alteingesessenen Firma Bello & Profitlich), das läge am Sensibilitätsschwund. Früher hätten die Leute einfach gespürt, wann ihre Zeit da war. Vielleicht läge es am Fernsehen. Natürlich hätte man den Ausgleich durch letale Erstunfälle (einmal und nie wieder, wie Bello seufzend hinzusetzte) junger Idioten, aber früher hätten die alten Menschen Signale oder Impulse gespürt, die jetzt durch Interferenzen überlagert würden. Und dann noch die unaufhaltsamen Siege der Medizin an der gerontologischen Front ... es war ein Elend, aber Bello klagte gern.
Ich plauderte oft mit Bello, weil ich auf einen Job in seinem Institut scharf war. Seine containermäßige Sicht auf die Welt war beschränkt, aber ordentlich. In seinem Büro hing unter einem schwarzen Tuch ein Satz von W. Raabe, den er während einer Flaute gern zitierte: Diese ewige Aufgeregtheit der Menschheit, ehe sie sich niederlegt und endlich tot ist.
Stagnationen ergaben sich auch an der Frauenfront.
Die Buchhändlerin Christiane verliebte sich in die Produktion eines jungen Autors, sog. sensible Prosa, wie sie Apollinaire am besten beschreibt, von Saison zu Saison, jedes Jahr zweimal: Die Scheiße kam salbig, ununterbrochen und gelassen, gedreht wie ein Schiffstau.
Ich strich sie von der Liste.
Da mich die starken Stierfrauen magisch anzogen, machte ich einen zweiten Versuch mit der gegrillten Angela; diesmal klappte alles. Das Essen war preiswert, sie ekelte sich noch immer vor Austern, mein Appetit auf alles war unbeschränkt, nach einem gemeinsamen Schaumbad war im Bett alles sehr schön, aber sie rauchte vier Zigaretten danach.
So strich ich auch Angela. Das Sicherheitsrisiko war mir zu hoch. (Ich rauchte damals noch nicht, weil ich erst auf dem Zenith meiner Erfolge mit diesem Laster anfangen wollte, mit ca. 30.)
Das schöne Schlachtermädchen (sie roch neuerdings nach Jicky)

führte ich diesmal in ein teures Lokal mit mehr Kellnern als Gästen. Das gefiel ihr. Kosten DM 90.–
In der einzigen Sache stumm, intensiv und andächtig, im Dunklen, das vierte Mal bei Licht mit nachtschwarzen Augen und Mäuseschreien. Am nächsten Tag kroch ich auf dem Zahnfleisch, ich hätte noch nicht einmal das Grab für eine tote Fliege ausheben können. Strich sie mit Tränen von der Liste.
Der mort douce gehört ganz gewiß zu den beneidenswertesten Todesarten der Welt, aber nicht in jungen, hoffnungsvollen Jahren. Liebe darf kein Streß sein; sie war einfach zu anstrengend und keine gesunde Relation zu der immensen Menge unbekannter Frauen.
Nachträglich betrachtet, so von der *Omphale* aus, waren das überflüssige Aktivitäten, vergeudete Aktualzeit, weil Opal schon wie eine Spinne im Netz exakt auf Goff wartete; aber das wußte ich mit Gewißheit erst nach 10 Tagen enervierender Versuche. Obwohl Gewißheit auch ein seltsames Wort ist, wie Samuel Butler schon einmal gesagt hatte ... Es gibt nur eine Gewißheit, nämlich daß wir keine Gewißheit haben können; und deshalb gibt es auch die Gewißheit nicht, daß wir keine Gewißheit haben können.
Für alle Fälle versuchte ich, Hortense die Athletische zu heiraten; sie sagte, der Sex mit mir sei durchaus befriedigend, aber es müsse sich um eine Liebesheirat handeln, also zöge sie es vor, auf den richtigen Mann zu warten.
Da kaufte ich mir einen Fernsehapparat, einen kleinen Portable aus Holz, Griff aus Plastik, und sah systematisch fern, um über alle Schritte, Motionen und andere Probleme nachzudenken, die gewissermaßen televisionistische Phase des Frauenplans.
Ich verliebte mich in das süße Natreen-Mädchen vom Werbeblock 18.05 und in die mütterlich-saftige Frau Jacobs, die immer einen Orgasmus bei einem neuen Aromastoff bekam.
Auch die Deo-Mädchen waren nicht schlecht.
Sah ich nicht fern, las ich Jahrgänge von Reader's Digest, immer eine verläßliche Quelle unverderblicher Freuden, die MM-Reklame mit der Dekolletierten war das Beste, von den populären Artikeln über Streß natürlich abgesehen.

Verleibte alle Frauen aus den Zeitschriften und Journalen meiner großen Kollektion ein, Frauen, nichts als Frauen, von vergilbten Mousonfrauen aus der Constanze bis zu Photographien aus FKK-Verbandszeitschriften.
Und dann genügte mir nichts mehr, und ich verfiel wirklich der frenetischen Raserei, achtete nicht des Hungers und des Durstes, und streunte durch die City immer auf der Suche nach der Frau, die alle anderen enthielt; oder ich suchte die eine Frau, deren Reize so gewaltig waren, daß die Reize anderer Frauen überflüssig wurden. Zwei Stunden lang (diese juvenile Dynamik ist mir leider abhanden gekommen ...) folgte ich einem korallenroten Popo, der mehr als verführerisch war. (Er war aufwühlend, hätte Vaszary gesagt, der sich auskannte.)
Dann wurde ich abgelenkt und verfolgte eine kleine Aschblonde mit einem zarten Rokokogesicht; in der Post machte sie den Mund auf und entließ einen verstümmelten Satz in einem furchtbaren Dialekt. In Gedanken strich ich sie von meiner endlosen Liste. Abends zog ich mich mit leichten Schmerzen in der lumbalen Zone zurück und notierte alle gesammelten Daten in der künstlerischen Manier meines armen Pa –
No. 14: dicke, schöne, mattrote Lippen mit Pearl-Effect, wie vom Küssen angeschwollen, nicht ganz weiße, sehr kleine Zähne, ein matter, wollüstiger Blick, grüner Lidschatten in einem hingebungsvollen Kontrast zu den blaugrauen Augen, Po IIIa, Direktorium Apfel, Busen IIb, Brustwarzen Ziffernblatt auf 2 Uhr nachts, Schenkel leider zu kurz, 2 kurze, ein langer Blick an der Busstation, im Bus schwebende Friktionen am IIIa, kurz vor dem Ziel stieg sie ab und aus, sehr schöner, gewissermaßen rosiger Schweißduft unter der linken Achsel, Duft der Haare – IVa.

Während des Rückzuges unaufhörlich nachts
Träume und Schäume über alle nicht gehabten Frauen
und ihre endlose Zahl
nach konkreten Traumerinnerungen Okkupation durch
Pollutionen
das alte Leiden Augustinus'

vielleicht liegt es am Essen, der Diätetik
der Harmonie
das nächtliche Mobiliar entspricht den Grenzen
der distributiven Leidenschaft
so daß man die Leidenschaften einteilen muß
in Multiplikationen und Additionen
der nutritiven Exaltationen.

Ein rätselhaftes, mir persönlich liebes Notat nach frenetischem Wichsen in Gedanken an die schöne Unbekannte, wenn man so will, in der Tat, in aller Düsternis des starren, gewissermaßen erigierten Satzbaus ein auto-biographisches Stoß-Gebet.
Nicht zuletzt zeigt dieses Diario-Beispiel im Stil Pontormos die komplette Blödheit des Libertins, um es altmodisch auszudrücken.
Für Liebeserlebnisse, die nicht an die Öffentlichkeit sollten, hatte mein umsichtiger Pa undurchsichtige Kryptogramme erfunden, die für ihn das schöne Erlebnis in einer nur ihm bekannten, magischen Lösung aufbewahrte.
Da hieß es zum Beispiel nur unter einem beliebigen Datum: Etienne
Calor II b
Tempo 14–15
Mamilla links 3,5
rechts 2,7
Temp. 36, 9
Derma 2,4
Tamariske 29
Direktorium: Poire
Contract. Mon dieu
Lubrik Phemale
Volupté – Ex
Ein Poem, finde ich, ein wunderbares Poem.
Manchmal kam er mit 10 Rubriken aus, hin und wieder mit beflügelten sieben, dreißig Mal in seinem Leben mit nur 2 Rubriken.
In der Überzahl waren die Rubriken von 10 bis 15, wahrscheinlich eine Erweiterung im Sinne der Wissenschaft.

41

Etwas klirrte, ein weicher Gegenstand flog durchs Zimmer, ein Stuhl fiel um. Im Halbschlaf tastete ich nach der Schachtel Marlboro und dem schwarz eloxierten Feuerzeug.
Daisy quiekte im Schlaf und wurde von einem schlanken, pechschwarzen Hund mit kupierten Ohren bestiegen.
Ich wollte Sie nicht wecken, sagte Reverend Jordan in seinem Berlitz-School-German.
Was ist los, fragte ich, wieviel Uhr, jemand gestorben?
Nichts dergleichen, mein Lieber, sagte Jordan, ich habe nur die Idee gefunden.
Welche Idee, sagte ich, wovon reden Sie überhaupt.
Eine geklaute Idee, sagte Jordan, haben Sie was zum Trinken? Wie alle guten Ideen natürlich geklaut, Gott ist kein Zeuge.
Ich hab's in der Schiffsbibliothek gefunden, gewiß die armseligste Armee erbaulicher Bücher, die ich je auf einem Haufen sah – aber ich habe einen Fund gemacht. Haben Sie wirklich nichts zu trinken?
Nehmen Sie sich was Sie wollen, sagte ich, muß erst duschen. Ging ins Bad, zog mich aus und duschte. Zuerst verbrannte ich mich an heißem Wasser, dann kam wieder kaltes Wasser, an das ich mich gerade gewöhnt hatte, als wieder ein Strom des überhitzten Wassers kam.
Jedenfalls war ich wach, 12 Uhr mittags, bedeckt und Regen.
Wollen Sie etwas essen, fragte ich Jordan.
Um die Zeit, fragte Jordan und schüttelte sich.
Ich aß aus der Dose ein paar portugiesische Sardinen mit deutschem Vollkornbrot.
Was war das für ein Fund, fragte ich, in der Bibliothek, ich wußte gar nicht, daß Sie lesen können.
Jordan schenkte sich schweigend einen großen Whisky Sour ein und sagte mit sanfter Stimme: Plain prayers for a complicated world, erschienen in den Vineyard Books, von einem gewissen Avery Brookestaller.
Sie waren doch Lektor? Schriftsteller? Alles das? Schöpferische Prosa und so?
Ja, nein, sagte ich.

Man müßte natürlich alles umstellen, sagte Jordan, modeln und bereichern, aufladen und zuschneiden –
Das sind eine Menge Tätigkeiten, sagte ich und nahm auch einen Schluck Whisky Sour.
Passen Sie auf, sagte Jordan, zentrale Idee ist die Sorge, nicht wahr, jeder sorgt sich, die Amme ums Kind, der Säufer um seine Flasche, Gott um seine Kinder – nein, eben nicht. Diese Idee macht mich ganz meschugge, nee, Gott vor dem Gatter. Natürlich kann man ein anderes Synonym als Sorge nehmen, für Vielfalt ist gesorgt in des Herrgotts ungepflegten Anlagen. Mir geht es lausig, haben Sie noch eine Büchse Sardinen?
Ich hatte.
Jordan verschlang sie, nachdem er sie zu einer homogenen Masse zerquetscht hatte.
Was soll ich dabei tun, fragte ich und dachte an Nadines mons v.
Helfen, sagte Jordan schlicht und ergriffen. Sein Mund glänzte vom Sardinenöl. Das Aufstoßen bekämpfte er effizient mit einem neuen Whisky Sour.
Wie lauten die heiligen Texte, fragte ich.
Passen Sie auf, sagte Jordan und küßte sich ekstatisch die Fingerspitzen:
A) Ich mache mir Sorgen –
O Herr, ich mache mir Sorgen.
B) Ich weiß, es bekommt mir nicht,
wenn ich mir Sorgen mache, aber
ich kann sie nicht abschütteln.
Es ist nicht nur nicht gut, es
schadet mir.
Was ich nicht ändern kann, das
kann ich nicht ändern.
Doch inzwischen bin ich so in
meine Sorgen verstrickt, daß ich
nur noch mangelhaft zustande bringe,
was ich sonst gut gewältigen könnte.
Nee, sagte ich, erstens zu lang, zweitens zu larmoyant, drittens zu

unspezifisch, und stilistisch unter aller Sau; gut an dem Text ist nur die Stelle, daß dem Typen die Sorgen selbst nicht bekommen. Noch ein Beispiel?

Viele, viele, sagte Jordan und verdrehte die Augen, da hätten wir zum Beispiel die Kummerspalte:

O Gott, laß mich stehenbleiben
und nicht vorübergehen,
wenn ich sehe, daß ein anderer
Kummer hat. Hilf mir,
sein Unglück mitzufühlen,
als wäre es mein eigenes.

Naja, sagte ich, die Linie ist klar, alles ein bißchen abgefuckt, geht der Text weiter?

Jordan las:

Laß mich wissen, was ich sagen oder tun soll,
um ihm zu helfen und ihm ein Leid anzutun,
wenn er die Liebe am nötigsten braucht –
Pardon, es heißt natürlich an dieser Stelle –
ihm zu helfen und ihn in seinem Leid anzunehmen ...

Annehmen, wissen sie, nicht antun. Ein Versprecher, ein läßlicher Lapsus. Wie finden Sie's? Läßt sich das verwenden?

Unter keinen Umständen, sagte ich, hätten Sie das sog. geistige Eigentum anderer in diesem Fall respektiert, wären Sie zu ganz anderen Ergebnissen gelangt.

Ihre ursprüngliche Idee war besser – leidensspezifische Stoßgebete für extraordinäre Situationen zwischen Himmel und Erde.

Ich bin im Schriftlichen so unbeholfen, sagte Jordan, die Idee taugt nichts? Ein bißchen umschreiben? Alles ein wenig wuchtiger und personaler zugleich, gewissermaßen Not-spezieller und Sorgen-triftiger?

Sie müssen sich schon selbst etwas einfallen lassen, sagte ich zum Abschied.

Ich finde Sie, sagte Jordan betrübt, als Lektor nicht sehr hilfreich ...

42 Nach der Unterhaltung mit Jordan war mir übel, lag nicht an seiner Profession. Kannte sehr angenehme konfessionell irgendwie gebundene Leute, ein Protestant, ökologisch sehr bewußt und Verfasser besonnener Predigten, trieb es nur mit Weinbergschnecken, ein harmloses Hobby, finde ich.

Die Hämorrhoiden, das blöde Volk, machten das, was der gebildete Lambert ‚Anabasis' genannt hatte, ein Scherz, den ich nie verstand, muß wohl was mit Xenophobie zu tun haben.

Ich hätte Knoten des dritten Grades, hatte Frau Dr. Magda in Paris gesagt, die prolabierten, aber reponierten nicht mehr spontan, was immer das heißen mochte für mich und den 3. Grad meiner Hämorrhoiden. Ich nahm ein rituelles Bad, wie immer in Krisenzeiten des Körpers, in einer flaschengrünen Lotion. Kaute dabei Schweizer Fruchtriegel vorschriftsmäßig 56mal.

In der Kabine hörte ich Donata, das unberechenbare Frollein Polaroid, eine Photographie herstellen; nach dem üblichen Surren in ihren Eingeweiden sagte sie befriedigt ah, ah.

Nach dem Rasieren nahm ich einen Becher Humana-Grießbrei zu mir, beruhigt immer die Magennerven.

Man sollte den Akt des Scheißens meiden wie die Pest; noch ein solcher Akt der Wiederholung, und ich mußte die Dinger digital reponieren, wie es in der Sprache der Betroffenen hieß.

Stieg nach der dentalen Sanierung mit Donata und Daisy an Deck, Donata freudig (sie schnurrte) und Daisy verdrossen.

Über uns flog in einer geringen Geschwindigkeit Cirrus-Gewölle, im Meer spielte eine Meute Delphine, auf die Dauer etwas eintönig, wie jeder Lusus naturae, machte ein paar schöne Aufnahmen, bis die Polaroid es satt hatte.

Wollte auch kein Bild der fernen Küste, daher eine Zeichnung, wegen meiner Unfähigkeit zum perspektivischen Zeichnen (ich habe nicht wie Piero de la Francesca mein Leben lang auf die Perspektive studiert) mit Bullauge.

Wegen der Lunch-Zeit war das Deck menschenleer. Sogar Jordan strapazierte seinen Magen mit dem levantinisch-jugoslawisch-iberischen Mist.

Dann sahen wir im Salon de Thé Nadine und die Tante, ein schwüles Tableau unter einem radialen, sehr rostigen Ventilator.
Die schöne Blinde trug nur Grau-Töne, zarte graue Strümpfe, unter einem zartrosa Kaschmirkleid von Ungaro, um den Hals eine graue, doppelt geschlungene Perlenkette.
Die Tante hatte sich gepanzert wie Madame Pompadour vor einer Audienz mit geilen, aber mittellosen Adeligen.
Ihr mächtiger Ammenbusen ruhte bestimmt in einer Corsettage, darüber trug sie ein schäfchenfarbenes, dickmaschiges Wollkleid mit einem riesengroßen Kragen. Sie strickte an einem Strumpf für den Klumpfuß eines marinen Riesen.
Permesso, sagte ich und setzte mich zwischen Nadine und die Tante. Ihre rechte Hand duftete nach Summernight, einem ländlichherben Parfum. Mit hochmütiger Miene und geöffneten Nasenlöchern, die Sonnenbrille auf ihrer attraktiven Nasenspitze, sah sie in ihre lokalisierte Dunkelheit.
Auf dem taubenblauen Teppichboden waren Spuren furchtbarer Geselligkeiten mit süßem Likör und schlechtem Champagner. Die

Polster der Sessel rochen nach altem Schweiß und exotischen Parfums.
Anatol schlief, eine Pfote über der Wolfschnauze; hin und wieder änderte er seine Lage, seufzte und schmatzte.
Daisy setzte sich mir gegenüber, mit dem Rücken zum maroden Paneel, und sah mich, wie immer und bis zum Ende ihres Lebens, vorwurfsvoll an. Scheißkerl, sagte ihr Blick, geiler Hund, abruti! Du willst doch nur diese blinde Vache ficken, ich kenne dich.
Ich hörte, sagte die Tante überprononciert, Sie waren eine Lektor in einem berühmten Verlag?
Sah wohl aus wie ein Idiot, bleich oder so ähnlich, mit dem berühmten kalten Schweiß unter den Achseln.
Gott, sagte ich, vielmehr du lieber Himmel, berühmt wäre übertrieben, die EDITION AVICENNA hatte gewiß eine reichhaltige, wie soll ich sagen, Palette, aber berühmt, nein, nicht berühmt, eher berüchtigt.
Aha, sagte Nadine, ich finde berüchtigte Verlage viel besser als langweilige berühmte – wofür berüchtigt.
O, sagte ich, lassen Sie uns etwas trinken, finden Sie es nicht ein bißchen schwül?
Ich ging zur Bar und orderte bei einem uniformierten Mann, dessen rechtes Lid hing, drei Tumbler Negroni, der beste Cocktail für eine heikle Situation.
Wie hieß der Verleger, fragte die Tante, der Besitzer, Pächter oder Eigner, wie man bei Ihnen sagt?
Rantzow, sagte ich, Dr. phil P. Q. Rantzow, ein dynamischer und cholerischer Mann mit vielen Ideen; das war er wohl.
Warum benutzen Sie das Imperfektum, fragte Nadine.
Weil er bei einem seiner Jagdunfälle glücklich ums Leben kam, sagte ich.
Olala, sagte die Tante, mein Gatte, mon loup, kam bei einer Jagd ums Leben, in Sarlat, und er hatte sich gerade eine neue Büchse gekauft oder sagt man Flinte, ein Gewehr jedenfalls und –
Wie hat es Rantzow erwischt, fragte Nadine, ich höre wahnsinnig gern Jagdgeschichten, in denen Jäger sterben.
Statistisch gesehen, sagte ich, war es ein exotischer, durchaus ex-

klusiver Jäger-Tod, unter Kennern Sylvatic Plague genannt, das ist eine milde, aber tödliche Form der Beulenpest, dieselbe, die 1656 in London so erfolgreich war. Wird durch Flöhe übertragen, vielleicht war's die rührige, weithin springende Spezies der Xenopsylla cheopsis, die ihn erwischte.
Aber woher kam der Floh, fragte die Tante.
Vom erlegten Wild, sagte ich, Rantzow hatte in den Apalachen einen Puma abgeknallt, machte an der Leiche irgendetwas rituelles, Hoden abschneiden oder sowas, und dabei sprang der Floh auf seinen nagelneuen, blutwarmen, dynamischen Wirtskörper namens Rantzow. Nadine lächelte und schob mit einem Finger ihre Brille zurecht.
Fine travail au rabais, sagte die Tante, verlangt immer viel Idealismus.
Unbedingt, sagte ich, Umsicht, Idealismus und gute Nerven.
Ich kann mir gar nicht recht vorstellen, sagte Nadine, was Sie im Verlag für eine Arbeit betreiben konnten, die streßlos war, und streßlos mußte doch die Arbeit sein.
Ich hatte mein kleines Büro, sagte ich, und kümmerte mich um die Titelschutzliste und die Formulierung der Titel ...
Im Börsenblatt des deutschen Buchhandels stand dann: Unter Bezug auf § 16 UWG nehmen wir Titelschutz in Anspruch ... ich war ein souveräner Titelerfinder.
Gut, sagte Nadine, das klingt streßlos, aber das kann nicht alles gewesen sein. Sie schleichen um den Brei wie ein kastrierter Kater.
Das ist kein korrektes Bild, sagte ich, wenn Sie auf meine Potenz und Effizienz in der Verlagsarbeit anspielen.
Goff, sagte Nadine und preßte ihr linkes Knie an meine rechte, alte Wade, was haben Sie in der Edition wirklich gemacht?
O, sagte ich so tranig wie mein Freund Lloyd, wenn er eine peinliche Geschichte erzählte, ich betreute Autoren.
Was heißt Autoren betreuen, fragte die Tante.
Ich nehme an, sagte Nadine, man empfängt diese Spezies im Verlag oder besucht sie.
Mal so und mal so, sagte ich.

Mon Dieu, Goff, sagte Nadine, Sie ventilieren so komisch, wie sieht seine Gesichtsfarbe aus, chère tante?
Bleu mourant, sagte die aufmerksame Tante.
Ich betreute insgesamt 25 Autoren des janusköpfigen Programms der Edition, sagte ich.
Bedeutende Autoren, fragte Nadine.
Die integralen Autoren, sagte ich, in einem gewissen Sinn.
In welchem, fragte Nadine.
Liebste Nadine, sagte ich mit einem Seufzer, man überließ mir die alten, abgehalfterten, einstmals erfolgversprechenden burn-out-cases der Edition; Leute, die nicht zu Potte kamen mit ihrer Produktion ... Autoren, die im Verzug waren, Autoren, die man abservieren wollte, kranke Autoren und alte Autoren, von denen der Verleger eine Trennung wünschte.
Das klingt wirklich nach Streß, sagte Nadine und sah besorgt aus; das gefiel mir.
Wie sind Sie denn immer ... dorthingekommen, fragte die Tante, auf diesen entsetzlichen Reisen ... doch nicht mit der Bahn?
Mit, sagte ich, ohne den Blick von Nadines zinnoberroten Lippen zu wenden –
der galaktischen und antarktischen Ruhe eines Monsters,
sumerischer Geduld,
hündischer Ergebenheit, (eine Lüge, läßlich –)
Misogynie, (oja, ungelogen)
Demut,
Mimikry,
Anpassungsfähigkeit,
Mitleid – Mitgefühl mit den Frauen,
anthrazitfarbenen Socken,
viel Gelusil Lac,
einem Magengeschwür,
einem Tonbandgerät von Uher,
Konfekt für kinderreiche Autoren,
Schnaps für Autoren, die impassierten,
mit dem Kanon sanfter Sentenzen,

einem Corpus ermunternder Sätze,
dem schwarzen Thesaurus der Überredung,
dem orthodoxen Dualismus des Entweder-Oder,
dem klaglosen Vollzug diverser
illokutionärer Akte,
einer Tüte Weckamine,
einer Schachtel Tranquilizer,
Unmengen Valium für den Agenten,
diversen schriftlichen Instruktionen,
diversen ausländischen Sätzen in vier Sprachen
für uneindeutige Reisesituationen,
ohne Präservative wegen verläßlicher –
undsoweiter ...

Beinahe hätte ich die weiße Katze aus dem Sack gelassen. Aber sie paßten nicht auf, bei Searles Spechtakt-Theorie, sie paßten nicht auf.

Quelle mélasse, rief die Tante.

Mir kommt es eher wie ein gewaltiger Überfluß vor, sagte Nadine, einfach enorm, Krankenschwester, Hebamme, Beischläfer, Geistlicher alles auf einmal. Danach mußten Sie sich wahrscheinlich in ambulante Behandlung begeben?

Immer nur in stationäre, sagte ich, immer eigenhändig gewählt.

Die Eigenschaften eines Engels, sagte die Tante sentimental und drückte ihren linken Busen.

Die ganze Profession war ein Irrtum meinerseits, sagte ich, eine falsche Berechnung, ein Lapsus in der Gesamtplanung, perniziöse Peccata in Serie, fehlgeleitet durch Liebe.

Liebe, riefen die beiden wie aus einem Munde, der Tante Kinn zitterte. Hoffte wohl auf einen Groschenroman.

Sah sie aus wie Vivien Leigh, fragte sie und bestellte vor lauter Liebeserinnerungen einen Daiquiri, als könne gleich Joseph Cotton auftauchen oder der alte Coburn mit seinem virilen Stock.

So ähnlich, sagte ich, sie hieß Elena und war die unleidliche Tochter des Verlegers, ein Miststück, ein parfümiertes Schrapnell, eine Rasierklinge mit brombeerfarbenen Brustwarzen –

Ihre Bilder laufen Ihnen davon, bemerkte Nadine.

Ich bat um Entschuldigung, Bilder seien nicht meine Stärke.
Sie müssen sie über alle Maßen geliebt haben, sagte die Tante.
Welche Schwierigkeiten hatten die Autoren, fragte Nadine, und weshalb mußten Sie kontaktieren ... so als Gemüts- und Produktionsagent?
Alle erdenklich und erfühlsam möglichen, sagte ich, um es ganz exakt zu sagen, wenn es nur die geringsten Schwierigkeiten auf dem Feld der Produktion gab oder sich ergaben – meine Autoren stolperten prompt darüber. Die Produktionsbedingungen waren ihr Schicksal, das war ihr Fehler.
Wie im Leben, sagte die Tante, die nicht aufgepaßt hatte. Gab es berühmte Autoren, die Sie betreuten, fragte Nadine. Sie sprach das Verb ‚betreuen' so gemein aus, wie ich's noch nie vernommen hatte.
Nur zwei, sagte ich, das war Jaques Sallier, der Verfasser einer zweibändigen *Geschichte der Strukturalen Gastrosophie* und ein sog. logischer Empirist namens Pollard aus Cambridge, Gott schütze ihn vor deutschen Fundamentalontologen.
Und alle diese, fragte die Tante, haben eine Menge gemacht, einen Haufen produziert, oder wie man im deutschen sagt –?
Eine gewaltige Halde, sagte ich, gewissermaßen, der Autor Hellfrich schrieb an einer fettleibigen Monographie La Mettries, mitten in der Toskana, in der Nähe von Volterra; Wolffson, ein herzensguter Mann, allzu gut für diese Welt, schrieb an einem Lebenswerk *Mythos Baum,* Abud Drakay, Swami Prabhupada schenke ihm ein angemessenes Nirwana irgendwo, schrieb unaufhörlich Mantrakommentare und kleine Repetitorien aus Sanskrittexten mit lateinischer Transliteration, während der Autor Rammelsloh, acht Kinder! sich um die Arkana des Absoluten kümmerte ... und dann Grimmerson, an dessen stockende Produktion ich mich nicht mehr erinnere ...
Grimson, sagte die Tante, so hieß der Jagdgefährte meines Mannes in jenem unseligen Mai, oder war es im September semé d'obstacles? Wußten Sie, daß Sallier vor einem Jahr in Paris vor einem Café von einem kleinen, blauen Peugot gerammt wurde?

Nein, sagte ich, wer überlebte, nein, Pardon, das wußte ich nicht, glaube aber, auf der Beerdigung gewesen zu sein.
War es auf dem Montparnasse, dem Montmartre, dem Père Lachaise, oder wo?
Unter anderen Umständen hätten wir uns sehen können, sagte Nadine und preßte wieder ihr Knie an meine Wade.
Donata erwachte zum Leben, und es gluckste in ihren Eingeweiden. Was ist das, fragte die Tante.
Sie ist ein bißchen infarkt, sagte ich, nein, infekt (auch nicht), vielmehr defekt, man muß sie an Land wohl reklamieren.
Mir war nicht gut, mir war unwohl, intestinal und auch sonst, leichte Kopfschmerzen bei schweren Gedankenmanövern, weiter unten Irritationen, die von Nadines seidiger Wärme ausgingen, dazu gesellten sich in diesen Minuten die Hämorrhoiden, die nicht mehr spontan reponierten, kurz, ich mußte einen geordneten Rückzug antreten.
Wir sehen uns heute abend zum Dinner in meiner Kabine, sagte ich zu den Damen.
Verabschiedete mich, schnappte mir die verschlafene Daisy und die Polaroid und legte mich sofort nieder.
Haltung eines christlichen Toten, auf dem Rücken, die Hände über den Genitalien gefaltet.

43 Meine erste Reise i. A. unternahm ich per Zug, im Handgepäck (leicht für flüchtige Besuche, wie ich damals hoffte) die Liste meiner bedürftigen Autoren, handsigniert von Rantzow und mit Instruktionen versehen. Die Reihenfolge der Besuche blieb mir überlassen, ebenso die Beurteilung der Prioritäten.
Der schwierigste Fall war ein gewisser Torkas, Romancier, Zeitgeist und Mythos oder ähnlicher Schund; Stockung durch Selbstvereitelung, hohe Grade von Gedankenflucht bei allg. Zerfahrenheit des Denkens, so stand's auf meiner Liste. Wohnte am Ufer irgendeines Ostseebades; hakte ihn für den Schluß ab.
Zuerst schöne Gegenden – ein gewisser Hellfrich wohnte in der Toskana, in der Nähe von Volterra. Schwierigkeiten in der häuslichen Zone. Von dort kam ich bequem bis nach Mailand, wo ich Professore Razzini heimsuchen sollte. Der war der Haupttextlieferant für das monumentale, reich illustrierte Werk *Große Krankheiten unseres Jahrhunderts in Wort und Bild.*
Von Mailand konnte man mühelos nach Paris gelangen, dort mußte ich den großen Philosophen Sallier hofieren und eine kleine Stokkung beseitigen – er spricht deutsch, sagte der Verleger, so gut wie seine elegante Muttersprache, Sie werden sehen. Und wie ich sah.
Von Paris konnte ich danach komfortabel mit dem Zug nach Burgund fahren, um dort den Herausgeber und Verfasser der esoterischen Reihe in den Arsch zu treten.
Die deutschen Autoren, in der BRD wohnend, sparte ich mir auf für die Zeit nach den erholsamen Aufträgen.

So saß ich an einem friedlichen Tag mit kleinen Schauern, bedeckt, wie die Meteorologen verschämt sagen, im Zug Richtung Siena, 2. Klasse, sehr lebendig, Bauern, lebende Hühner, und versuchte, Hellfrichs erste Publikation zu lesen mit dem schönen, beinahe poetischen Titel *Triaden,* ein grundlegendes Werk zur Künstlichen Intelligenz.
Ich reiste langsam, alles andere wäre der reine Streß gewesen, und erreichte das kleine Landhaus am dritten Tag meiner Abreise. Man mußte eine halbe Stunde zu Fuß gehen.

Man kannte ihn dort, wo immer ich nach ihm fragte. Ah, sagten die Leute, sie meinen Die Kinderreiche Maschine . . .
Das Haus war ziemlich klein, auf einem Hügel, eine Zypresse links, die andere rechts, auf dem Hof ein mit Brettern vernagelter Brunnen, viele Anbauten aus roh behauenem Stein. Stille, hatte ich gedacht, ländliche Stille in klassischer Landschaft, wie sie der Kunsthistoriker Rudolph so vortrefflich beschrieb.
Aber hier war ein Lärm wie bei einem Erweckungsgottesdienst; überall krochen Kinder herum, winzige, weniger winzige und mittelgroße Zwerge, ein paar in Pampers, andere schon komplett in Spielhosen, blonde Kinder und edle kleine Wilde mit dunklem Teint.
Auf den ersten Blick sah Hellfrich aus wie ein Android. Er schritt gemessen und langsam auf mich zu und reichte mir eine kalte Hand, indem er den Arm in einem Winkel von 35 Grad einklappte.
Sie sind Goff, sagte er, der Verleger hat telegraphiert.
Nicht alle diese Kinder sind von mir, sagte er dann verbittert und trat auf die Hand eines Babys, das im Staub krabbelte. Das Baby kreischte, und Hellfrich hob es an einem Bein auf, preßte es in seine knochigen Arme und begann, es mit dem Regelmaß eines Metronoms zu schaukeln.
Sie neigen zu Affekten, sagte Hellfrich, gottlob, da kommt meine Frau, sie schenkte mir acht Kinder.
Ich hatte keine Erfahrung mit Wissenschaftsautoren und sagte, Kinder fühlten sich in dieser idyllischen Landschaft bestimmt wohl.
Die Kinder allemal, sagte Hellfrich und sah mich mit seinem viereckigen Gesicht an. Auf seinem Schädel sprossen ein paar schwarze, bürstenartige Haare, die sich asymmetrisch bewegten. Mathilda, sagte der Gelehrte, das ist der Herr Goff, meine Frau Mathilda.
Die Frau war, wie Lambert gesagt hätte, ein Vollblutweib. Sie hatte glutvolle Augen (ich bleibe mal beim erotischen Jargon meines infiltrierten Freundes), rote, leicht aufgeworfene Lippen, die sie häufig mit einer schönen großen Zunge befeuchtete, einen herr-

lichen Busen in einem lässigen BH, einen kleinen runden Bauch und lange, phantastisch geformte Schenkel. Kleine Füße übrigens, ein wichtiges Detail für die laufenden Agenda des ewigen Themas. Ihre großen Augen schimmerten in einem rötlichen Umbra, ich fühlte mich wie unter dem Blick einer paradiesischen Riesenschlange. Willkommen, sagte sie mit tiefer Stimme.
Sie war eine der schönsten Affairen in einer so kurzen, streßreichen Zeit von drei Tagen.
Wenn Sie gestatten, sagte Hellfrich, zeige ich Ihnen Ihr Zimmer. Ich habe ein Nebenzimmer meines Studierzimmers für Sie freigemacht, für eine reibungslose Arbeit; man hört dort auch die Kinder nicht so laut.
Er übergab das stumme Würmchen dem Vollweib, das sofort eine ihrer Brüste herausholte und dem beneidenswerten Baby eine Brustwarze in der Länge einer Patronenhülse reichte. Das Baby schloß die Augen (komplett bewimpert, wahrscheinlich ein Weibchen) und fing ohne Zögern an zu saugen.
Ich warf einen letzten Blick auf die glatte Haut der Brüste mit einem zarten Delta von Adern über dem krausen Flaum des Babies und folgte dem mageren Hintern des Gelehrten.
Hätte ich damals schon gewußt, was Hellfrich unter ‚reibungsloser Arbeit' verstand, hätte ich sofort das Haus verlassen und mich in Volterra betrunken; andererseits wiegt das Erlebnis mit Mathilda alle Kalamitäten auf.
Die erste Nacht, in einem kleinen Zimmer des ersten Stockwerks, schlief ich schlecht. Die Matratze war zu hart, das rustikale Roßhaarkissen knisterte an meinen Ohren, Kinder greinten. Gegen Morgen brüllte ein Truthahn, als würde er massakriert. Tagsüber latschten massenhaft viele Tiere über den Hof, völlig ungeordnet, alle ihren Trieben und Affekten überlassen; drei gelbe italienische Hunde kläfften und reagierten auf alles, was sich bewegte. Überall verfolgten die Kinder diverse Hühner verschiedener Rassen, oder umgekehrt.
Der Gelehrte forderte mich, leicht übernächtigt und noch bleicher, zu einem sogenannten Rundgang auf. Auf einer abschüssigen Wiese hängte die schöne Mathilda Windeln, kleine Hosen und

kleine Unterröcke auf. Ihr Hinterteil unter einem lichten Kattunstoff bewegte sich prachtvoll in der Morgensonne.
Wir gingen einen Heckenweg entlang. Es würde sehr heiß werden. Hinter einem niedrigen Busch vögelte ein kleiner Knabe ein kleines Mädchen a tergo, das rechte Ohr auf dessen Rücken.
Das ist, sagte Hellfrich, glaube ich Gottfried Wilhelm, er ist sehr begabt für die Mathematik, daher der Name.
Und ein bißchen frühreif, sagte ich.
Das sind sie hier alle, sagte Hellfrich, bis auf den ersten vor 10 Jahren, der war grenzdebil, ein bißchen zurückgeblieben, aber wunderbar ruhig. Ich nannte ihn Carlo. Da hinten, sehen Sie, da liegt Volterra.
Es war, insgesamt, ein idyllisches Plätzchen.
Steuern Sie das Problem direkt an, wenn sich eine elegante Lösung ergibt, stand in meinen Instruktionen.
Wo liegt das Problem, fragte ich, Sie haben eine ganz wunderbare Frau, blühende Kinder, die Tierzucht floriert ganz offensichtlich, und der Ort hier wäre für den uninspiriertesten Denker ein schöner Spielplatz, Pardon, ein Platz zum Denken.
Es liegt am Kapitel IV, sagte Hellfrich, *La Mettrie, die Beobachtung und die Kontrolle.*
Herzlichen Glückwunsch, sagte ich, ein ganz ausgezeichneter Titel für ein Kapitel, wenn Sie mich fragen.
Ich muß mich setzen, sagte mein bleicher Begleiter und bot mir aus einer zerdrückten Packung eine Zigarette an.
Wo darf sich eine Ordnung, sagte er, auf die Konfusion der Kontingenz berufen.
Niemals widersprechen, sagte eine der Instruktionen unmißverständlich. Verzeihen Sie, sagte Hellfrich, aber ich bin in einem Zirkel Ihnen unbekannter, nicht zugänglicher Gedanken. Wenn man ein Modell eines Systems bildet, mein lieber Goff, braucht man wieder ein Metamodell dieses Modells, man landet also unversehens in einem infiniten Regreß und damit bei zirkulären Problemen der Identität.
Mit der Identität ist das so eine Sache, sagte ich, was stört Sie denn am meisten daran.

Ich glaube nicht, daß wir uns verstehen, sagte der Gelehrte mit einem Anflug von Gereiztheit, gehen wir zum Haus zurück.

Nach dem Mittagessen (viel Lärm, viel Pasta und mit Tomatensauce verschmierte Kinder) zeigte mir H. sein Studierzimmer, einen verhältnismäßig großen, mit Büchern bis zur Decke verbauten Raum. Sogar das Fenster mit der schönen toskanischen Landschaft war zum Bücherregal geworden, also gab es Kunstlicht, eine fluoreszierende Röhre an der Decke.
Gibt es in dieser Gegend Erdbeben, fragte ich.
(Instruktion Nummer VII oder VIII, Lockerung durch ablenkende Fragen.) Nicht, daß ich wüßte, sagte H., ich habe noch keines bemerkt, wenn es eines gegeben haben sollte, und setzte sich an seinen überhäuften Schreibtisch, eine lange Planke auf zwei fragilen Böcken. Ich stecke, sagte der Gelehrte ernst, in einem Impaß ...
Ich habe vor einem Monat einen Satz angefangen, der sich sträubt, nein, der sich nicht vollenden läßt.
Wie heißt er denn, fragte ich.
Das Ergebnis, so las H. aus einem ziemlich rachitischen Manuskript mit vielen handschriftlichen Anmerkungen, ist, daß Stabilität in Kontrollsystemen dynamisch ist und von wechselseitiger Interaktion – ja und da ist der Punkt, die Crux, die schleichende Interferenz eines klaren Gedankens über einem unklaren, noch nicht ganz ... Sie verstehen?
Ich finde, sagte ich, den Satz ganz in Ordnung, irgendwie (sage niemals irgendwie, erster Lapsus), und wie Sie die Copula gesetzt haben, ist so ziemlich einmalig, wie geht er weiter?
Mir war auch bei meinem ersten Auftrag schon klar, daß Sätze in einem bestimmten Kanon immer andere Sätze freisetzen, hier konnte man nichts falsch machen.
Das Schweigen wurde schwärzer; mein Satz lag da herum. Mann, sagte ich mit viel Wärme, schreiben Sie den Satz noch mal oder schmeißen Sie ihn einfach weg.
Das war der zweite Lapsus.
Meine Naivität in Sachen schöpferischer Potenz/Impotenz oder der heiklen Input/Output-Probleme war damals groß.

Noch für den blödesten Autor ist der eigene Text, ist er einmal ausgeschieden, sakrosankt; nichts darf mit ihm passieren, außer einer zarten, zurückhaltenden Emendation, wenn gewissermaßen die Macht des Schicksals den Griffel führt – aber den eigenen, eigenhändigen, heiligen Text zu verbrennen oder wegzuschmeißen, affektlos, aber effektvoll in den Papierkorb, das ist ganz unmöglich.

Ich sah meinen Fehler sofort ein und bediente mich der Instruktion VII oder VIII – nur an diesem idyllischen Ort, sagte ich, könnte man derart komplizierte Sachen schreiben.

Meinte das auch als Kompliment.

Lesen Sie meine Schrift über die Monadischen Automaten, sagte der Gelehrte, dann sehen wir weiter – und zog sich verschnupft zurück. Sah ihn über den Hof gehen, er wich zwei Hühnern aus, stieg über einen krabbelnden Balg und verschwand auf dem Spazierweg, den wir vor einer Stunde beschritten hatten.

Das konnte ja heiter werden. Ich mußte mir ein anderes Konzept überlegen.

44 Wieder eine erquickliche Begegnung (kein anderer Ausdruck wäre erlaubt) mit dem betrunkenen Experten der personalen Stoß-Partikel, Rev. J. Jordan; kam immerhin mit einer halben Flasche Tullamore.
Hören Sie, sagte er, s'ist ja ein Kampf gegen den Apparat, instrumentell gesehen. Hat jeder seinen persönlichen Gebetsdings, – Kanon, jawohl, dann ist aller Stuhl überflüssig, der Heilige, meine ich, die Popen, Priester das Notwichsen wegen Zöli – jawohl – bat, die Zeremonien, Stamm Money, philologisch wahrscheinlich nicht korrekt, die Rituale – alles geht den Jordan runter, jeder versorgt sich selbst mit seinem Arsenal, meinetwegen mit doxologischem Brimborium oder einer Wolke von Weihrauch, diesem heiligen Furz.
Amen, sagte ich, sie scheinen vorangeschritten zu sein.
Genau, sagte Jordan, so ist es, und er genehmigte sich einen doppelstöckigen Tullamore.
Es war, fuhr er fort, nachdem er gerülpst hatte, wie ein Ruf Gottes, erreichte mich auf der Toilette, schwach wie alle seine Rufe, aber hörbar, war gerade beim Händewaschen, eine Pilatus-Situation – und eine innere Stimme sagte mir – Sie flirten übrigens ganz schön mit der kleinen Blinden – J. Jordan, exkommuniziertes Schwein in Ungnade, erhebe dich aus dem Staub und wandle.
Mehr sagte er nicht, fragte ich.
Allemal, sagte Rev. Jordan träumerisch, man muß Gott abpassen, nein, auffassen als den depersonalen All-Operator, die eine Chose.
Die andere – man muß die Probleme und die Wünsche, die Rosinen im Mutterkuchen der Gebete, verstehen Sie, interpersonal verrichten und aussenden; dann haben sie eine fulminante Wirkung.
Aber jetzt kommt mein Problem: Welche Form? Welche irdische Interaktion außer ringenden Händen während der Verrichtung? Sowieso zu symbolisch, der reine Streß.
Ich hab mal so ein Universalgebet für alle Gelegenheiten verfaßt, interim-mistisch, sozusagen, wollen Sie hören:
He du da, du hast mich jetzt am Arsch,
aber ich lasse mir nichts mehr bieten.

Du hast jede Gelegenheit benutzt –
Man sollte ein Synonym suchen –
mich in die Hocke zu zwingen –
klingt ein bißchen zu sanitär,
finden Sie nicht?
Mich zu demütigen,
mir den Daumen in den Nacken zu drücken,
mich am Sack zu kriegen, mir alles –
zu großer Sprung, was? Zu vermasseln,
aber jetzt ist Schluß –
so in dem Stil ...

Wie finden Sie die theoretischen Elemente: Depersonale Instanz und so?

Ganz wunderbar, sagte ich, schöne Rezitative für's stille Kämmerlein.

Meine Rede, sagte Jordan, meine Rede, alter Freund.

Dann hab ich noch eins auf Lager – peace without price, Schluß mit der Verrechnung. Ist 'n bißchen statuarisch geraten, vielleicht ein bißchen düster, hab's mir beim letzten Gewitter ausgedacht:

Herr du da oben –
ich habe dich gesucht, aber nicht gefunden,
ich wollte Frieden und du gabst mir Krieg –
da sollte man ein würdigeres Synonym finden, ich weiß,
ich wollte Glück, du gabst mir Druck –
auch da sollte man ...
Ich suchte den Tod, du gabst mir Krankheit –
immer paarweis, wie Gott Mann und Weib schuf zum gegenseitigen Gebrauch in Harmonie – wie finden Sie's?

Als Poem ist es ein bißchen starr, sagte ich, vielleicht sollten Sie das Ding prosodisch bearbeiten.

Sie meinen mit Reim und so, fragte Jordan, ich hätte noch was in petto, unter dem Motto Abschied: In dir ruhe ich sänftiglich – passen Sie auf:

Ich war in dir und scheide aus
Ich hofft zu dir
das Leben war ein harter Strauß ...

Leider habe ich keinen Reim auf ‚Dir' gefunden, höchstens Bier, und das täte nicht passen, oder? Haben Sie eines da, ein kaltes Tuborg vielleicht? Whisky macht die Kehle immer so trocken, wie nach vier mißlungenen Stoßgebeten.
Nach dem Händewaschen sind mir noch ein paar Aperçus eingefallen, zum Thema natürlich, Arbeit, Mensch, Leben, Trieb, Liebe und Alkohol, wollen Sie hören?
Immer, sagte ich, im Kühlschrank finden Sie Hansa-Büchsenbier.
Jordan wankte zum Kühlschrank, holte sich eine Büchse und trank sie mit einem Zug.
Labsal und wahres Manna, sagte er, ich hab's unter dem Einfluß des großen Rammelsloh für den gebildeten Verzweifelten abgefaßt:
Es stirbt des Bischof Berkeleys Kuh –
Gott, und wo warst du?
Erste Klasse, sagte ich, von schlichter, zu Herzen gehender Wucht, aber an welche Instanz gerichtet?
Na an die erste, einzige, absolute, nicht relative, allgegenwärtige, unzweifelhafte, ewige, unverlierbare Substanz, sagte Jordan und schenkte sich sein Zahnputzglas voller Tullamore.
Sagen Sie mal, Goff, wenn Sie so ein Stoßgebet machten, nein, entließen, kreierten – worum, ich meine um was würden Sie es loslassen? Was wäre so Ihr Generalthema?
Herrgott Zebapott, sagte ich, bewahre mich vor allem Übel, vor allem vor regelmäßiger Arbeit, vor Streß, vor schlechtem Essen, vor dem frühen Aufstehen, vor unerreichbaren schönen Frauen und vor idiotischen Männern; schenke mir ruhige, abgeschiedene Plätzchen auf Deinem inzwischen versauten Planeten und störe mich nicht mit Deinen Friedensvorstellungen. Bewahre mich vor der Erlösung und der Transzendenz in Ewigkeit Amen.
Das wäre meine Version.
Die Form ist klassisch, sagte der Reverend, aber die Wünsche hybrid, Gott straft die Hochmütigen. Hätte ich den Streß so gefürchtet wie du, wo wäre ich heute.
Ja, wo, fragte ich.
Keine Ahnung, sagte Jordan, lasset uns trinken.

Wir tranken.

Draußen ging die Sonne unter und warf einen Strahl auf Jordans schmutziges Haar.

Ich habe in Südostafrika und auch sonst, sagte er würdevoll, den Unerlösten, den Hungernden, Kranken und Sterbenden, auch denen, gerade denen, Gott näher gebracht, mit Willen und mit meiner Vorstellung auf verschiedene, nicht immer erfolgreiche Weise. Man muß mehr Schopenhauer lesen, aber sein Deutsch ist nicht so klar wie das Englisch von Emerson zum Beispiel, dem großen amerikanischen weißen Philosophen.

Wo war ich?

Ich bin in meinem Leben dem Streß nicht ausgewichen, wo immer Arbeit sich bot und, sie bot viel, ich habe sie am Schopfe ergriffen, suchet und ihr werdet finden, lasset sie zu euch kommen. Steht der Kühlschrank noch an der bewährten Stelle? Dein Knecht ist durstig, sagte er mit einem Blick an die Kabinendecke voll Fliegendreck, stolperte und fing sich wieder.

Goff, alter Junge, sagte der Reverend und sprach immer undeutlicher, Sie mögen in Wahrheit nur die Weiber, ist das nicht so? Und wenn das so ist, warum haben Sie nicht mehr gearbeitet, warum sind Sie nicht früher aufgestanden, warum haben Sie nicht Deichsel und Joch auf sich genommen, Streß und die Folgen – was habe ich gesagt?

Alles richtig, sagte ich, haben Sie noch ein Aperçu auf Lager? Muß nicht spezifisch christlich sein, universell reicht absolut.

Warten Sie, sagte Jordan mit schwerer Zunge, warten Sie, ich hab eines über Jesus unter dem Motto: die Last schlummert nicht bei dir allein – warten Sie –

O du süßes Jesulein
Warst am Marterort allein
Stirbest freudig vor dich hin – oder heißt es dir?
Alle Menschheit hat Gewinn?

Gut, was? Hat mich vier Tage gekostet und drei Stücke Seife.

Nehme immer Shatto & Proctor, schäumt nicht so.

Muß jetzt gehen, Arbeit wartet.

Ging zur Tür und drehte sich noch einmal um.

Armes Schwein, sagte er und hob einen Finger, während er behutsam schwankte – wer den Streß flieht, den wird er verfolgen, Amen. Friedsame Augenblicke, einmalig sind alle; Sie haben ja den Arsch offen.

45 Wusch mir nach dem Jordanbesuch (ca. 18 h) mehrmals die Hände und setzte mich auch ergeben auf die Klosettbrille, las unsystematisch in *Le Ventre des Philosophes* von einem gewissen Monfrey, Sire, natürlich eine deutsche Übersetzung von einer gewissen Nadine Sulpuret, drückte hin und wieder und las weiter; Monfrey hatte einen bestrickenden und appetitlichen Stil in seiner Enzyklopädie der regulierenden Filter der Säfte und der Stoffe; hatte meine private Verdauung immer angeregt, versagte jetzt aber.
Von nichts kommt nichts, sagt ausnahmsweise einmal inspiriert der sog. Volksmund.
Nahm mir, sitzend und drückend, die Tagebücher Pontormos vor, um eine kristalline, grämlich abgefaßte Stelle über florentinische Digestion und Indigestion zu finden. 1555: Donnerstag früh zwei feste Würste gekackt, sie kamen raus, als wärens lange, weiche Baumwolldochte, das heißt aus weißem Fett.
Da gab ich auf, setzte mich an den falschen englischen Sekretär und schrieb einen der Briefe, die ich niemals abschickte – sondern immer nur ablegte; diesmal am Lambert.

Lieber L.
Die Verheißungen, eine Seereise betreffend, sind alle pünktlich eingetroffen; es ist wirklich sehr gleichförmig, an Bord und auch sonst. Das Meer ist auf die Dauer eintönig und die Landschaften der Küste recht monoton. Hin und wieder ergeben sich durch atmosphärische Unstimmigkeiten, nehme ich an, exzellente Gewitter, die ich mit meiner alten Plaubel-Kamera aufnehme; auch das ist auf die Dauer einförmig. Habe eine junge Dame kennengelernt, sie heißt Nadine und ist zu meinem Leidwesen blind, behütet von ihrer Tante, die ununterbrochen einen letalen Jagdunfall erzählen will, aber darüber wollte ich nichts schreiben. Nun ist es zu spät. Die Reise war ein Fehler, glaube ich. Hätte auf meinem Dachboden bleiben und den Zufalls-Gewinn auf den Kopf hauen sollen; Olivia wünschte sich so sehr ein Kleid von Schiaparelli. Hätte auch den Dachboden renovieren können.

Falsche Berechnungen wie diese lassen die Zufälle en masse einsickern; man muß sich vorsehen.
Das Essen hier ist unglaublich schlecht, aber die Leute fressen, was das Zeug hält. Mir wird ganz schlecht, wenn ich mir vorstelle, welche Mengen an Exkrementen täglich über Bord gehen. Vielleicht werden sie ja auch gespeichert für irgendeinen dunklen Zweck, ich weiß es nicht.
Den Co-Passagieren gehe ich aus dem Weg, so gut es geht, sie sind nicht weiter bemerkenswert.
Diese Reise ist ein ähnlicher Fehler wie der, den Sie mit Ihrer kurzfristigen Übersiedlung nach Berlin begingen; ich bedauere von ganzem Herzen, daß Sie meinen nicht sehr ernst gemeinten Ratschlägen folgten, aber 1963 (in meiner ungetrübten Erinnerung) war Berlin tatsächlich eine hübsche, ruhige und nicht allzu schmutzige City.
An Bord und in der Kabine gibt es eine Menge friedlicher Augenblicke, immer mal wieder. Man muß sie natürlich alle herstellen, allein läuft gar nichts.
Zum Beispiel unterhalte ich mich oft mit einem würdigen alten amerikanischen Theologen namens Jordan, der in Heidelberg studiert hat und jetzt an einer kleinen Schule in Massachusetts lehrt. Seine Religiosität ist so störend nicht (Sie kennen meine Affektlage in dieser Angelegenheit), weil er sehr lebensfroh ist. Oft lesen wir zusammen unter einer schwarz-weiß gestreiften Sonnenmarkise auf dem stillen Promenadendeck Rammelslohs vorzügliche Schrift, *Der Organon-Gedanke und das Absolute,* oder ich lese ihm (da er kaum noch sehen kann) aus Emersons Tagebüchern vor.
Ein wirklicher Gewinn ist die Bekanntschaft mit dem Schiffsarzt, einem gewissen Dr. Zylinski, der ca. 20 Sprachen akzentfrei spricht und gerade Velikowskys *Ramses und seine Zeit* ins Russische übersetzt; er ist ein bestechender Kenner der Gastrosophischen Literatur, beinahe noch gebildeter als Sallier (und Sie wissen, wie ich die humanistische Bildung in all ihren Formen anbete). Wir unterhalten uns nach der Sprechstunde über Brillat-Savarin, Monfrey, Van der Vaerst, Rumohr und Grimod de la Reynière.

Leider weiß auch er kein Mittel gegen meine momentane Darmträgheit; aber ich habe genügend andere Medikamente, um den Gang der Dinge zu beschleunigen.
An Bord ist auch ein deutsches, älteres Ehepaar (ca. 75) mit der verfetteten Tochter, ca. 50; das Ehepaar mit Anhang vertilgt alles, was die schlechte Küche 5mal am Tag bietet. Eine kurze Unterhaltung mit ihnen belehrte mich darüber, daß man nicht alle Passagiere kennenlernen muß. Sie lesen konservative Zeitungen, und Herr Limmer, so heißen die Leute, schwafelte von der Unruhe im Osten. Wenn die Vorsehung es will, sagte er, sind wir bald wieder vereinigt. Grotesker Gedanke ...
Der andere Deutsche, ein gewisser Moermann, ist ebenso blöd; vermißt seine Bangkok-Fickbomber; hat einen Fettsteiß und leidet unter Akne, nach seinen Äußerungen ein typischer Akzelerationsidiot, Wachstum auf Kosten der Intelligenz. Sah ihn einmal unter der Dusche – er hat den langen Pimmel eines Ziegenbocks mit übermäßig viel Vorhaut, seine Hoden wiegen bestimmt 3 Kilo. Ich hoffe sehr, Sie mit diesen farbigen Reiseimepressionen zu erfreuen.
Ach, dann haben wir noch das Ehepaar Hubble, reizende Engländer, wie aus einem Buch von Jerome K. Jerome, natürlich auch eminent gebildet, und immer ein Byron- oder Shakespeare-Zitat auf den welken Lippen. Sie treten nur gemeinsam auf, eng aneinander geschmiegt, unter einer Pelerine bei Regen, unter einem Plaid bei Sonnenschein; wahrscheinlich hält er ihr noch beim Scheißen die Hand. Sie strömen exemplarische Harmonie aus und halten strenge Diät, Atkins, glaube ich, jedenfalls immer mit Kalorientabellen bewaffnet.
Die anderen Deutschen, Castor und Ermel, habe ich noch nicht kennengelernt. Ihr Anblick beim Essen läßt diesen Wunsch auch nicht aufkommen.
Der Reverend Jordan lenkte mich letzthin bei einer unserer Unterhaltungen auf einen wichtigen Punkt – man müsse, so sagte er, unsere Wünsche und Hoffnungen im Hinblick auf einen umfassenden All-Operator immer in Relation zu den interpersonalen Problemen sehen, die diese Wünsche und Hoffnungen erzeugen.

An Bord hat man natürlich viel Zeit zum Nachdenken, auch über vergangene Zeiten. Man fragt sich, ob man immer alles richtig berechnet hat, nachdem man sich verrechnet hatte oder der Zufall zum Zerfall temporärer Gewißheiten sein Scherflein beitrug. Mit Gewißheit weiß ich, daß es falsch war, die streßlose, künstlerische Arbeit als Taxidermist aufzugeben; wie vieler friedsamer Augenblicke entsinne ich mich, wenn ich in der Werkstatt ein Murmeltier oder ein Backenhörnchen in einer lebensauthentischen Situation gestaltete, während von ferne das sanfte Rauschen des Verkehrs zu hören war.
Der Job in der EDITION AVICENNA war natürlich der elementarste Fehler, kalkuliert oder nicht kalkuliert; aber konnte ich wirklich wissen im Sinne präventiver Gewißheit, daß ich mich einer so großen Zahl von Zufällen, Unberechenbarkeiten und anderen Unmeßbarkeiten aussetzte, allein durch meine aufopferungsvolle Tätigkeit?
Den Rest gab mir wahrscheinlich Trostheim, Autor des Manuskriptes *Das Leben und Sterben der Föten im Licht der Psychoanalyse,* auf diesen Punkt, mitten in der mosquitoreichen Maremma, komme ich zur gegebenen Zeit.
Wie geht es Ihrem Garten-Projekt?
Ich finde die Idee immer noch großartig, Goethes Garten am Stern en miniature nachzubilden. Sie werden ein komplett ausgebildeter Botaniker sein, wenn ich Sie in G. besuchen werde.
Leiden Sie noch unter Nachwirkungen der peinlichen und schmerzvollen Erlebnisse in Berlin? Hoffentlich haben Sie ein mildes Tonicum gefunden, das Ihren Schmerz lindert.
Wie geht es den schönen Frauen, Caroline und ihrem Satansbraten? Von meinem Miststück habe ich lange nichts mehr gehört; soll zuletzt in Biarritz mit einem muskulösen, blonden Mann gesichtet worden sein.
Leider muß ich jetzt schließen, die Seekrankheit packt mich wieder. Wir haben einen furchtbaren Orkan, Stärke 11, haushohe Brecher mit diesen Schaumkronen, die wie Erbrochenes aussehen ... Ich muß schließen. Aber so ein Vomitus ist ja immer eine

Erleichterung und ein gewissermaßen einmaliger, wiederholbarer Akt, darin liegt doch ein gewisser Trost.

Ganz der Ihre
M. Goff

46

Lambert zog tatsächlich eine Weile nach Berlin. Es haperte in der letzten Zeit mit der Herstellung edler Augenblicke. Sie waren gewissermaßen alle gleichmäßig erlesen und alle ein bißchen belanglos. Der Geist Goethes wollte sich partout nicht etablieren. In einem melancholischen Augenblick entschloß sich Lambert zur Flucht.

Berlin ist eine prachtvolle Stadt, sagte ich, so gut wie überhaupt nicht überlaufen, die westlichen Touristen werden in Bussen mit getönten Scheiben transportiert, so daß man sie nicht sehen muß. Gegenüber dem Bahnhof Zoo kann man bei Huthmacher unter Violinbegleitung eines echten Primas billig essen; verträgt man Hülsenfrüchte, ist Aschinger nicht weit. Am Kurfürstendamm existieren zwei gute Lokale, Bei Bernhard und das Restaurant Aben; zum Vollaufen eignet sich das Drugstore. Am Stuttgarter Platz gibt es ein kleines Kino, das unaufhörlich alte Krimis und Western spielt. Sollten Sie sich wegen Ennui (oder anderer Beschwerden) ertränken wollen, so wäre das in Ordnung, weil Berlin eine wahre Seenplatte hat, der Einstieg am Halensee ist der bequemste. Schaffen Sie sich unbedingt einen Hund an, Berliner lieben Hunde, und Sie werden sofort Sympathie erwecken. Verewigen Sie sich mit Ihrem Lamberteus an der vielgerühmten Mauer, die die Deutschen von den Deutschen trennt, eine sinnreiche Einrichtung. Schaffen Sie sich ein Sauerstoffgerät an, manchmal ist die Berliner Luft ein bißchen toxisch, aber insgesamt nicht tückisch. Ein wunderbares Etablissement befindet sich in der Droysenstraße, 200.– DM sind nicht viel Geld, eine gewisse Anita ist auf die venezianische Glocke spezialisiert, schönste Grüße.

Mit diesen Instruktionen und dem Goldschnittband *Das Buch von der Nachfolge Goethes* reiste Lambert ab und mietete sich eine ruhige Wohnung, wie es schien, in Charlottenburg.

Kaum Möbel, außer einem großen Schreibtisch für die Produktion der Gedichte, dafür Instrumente für naturwissenschaftliche Studien – ein Mikroskop und ein Refraktor-Teleskop; für das Nahe und das Ferne.

Die ersten Aufzeichnungen Lamberts (seit dem glücklichen Würfelwurf wurde Tagebuch geführt) sind ein wenig eintönig.
20. August
Früh verschiedenes.
Nach Tisch geschlafen.
Nachmittags im Tiergarten.
Vor Tisch gelesen.
Früh zu Bett.
Schlecht geträumt.
21. August
Früh verschiedenes.
Nach Tisch geschlafen.
Nachmittags im Tiergarten.
Vor Tisch gelesen.
Früh zu Bett.
Schlecht geträumt.
Uswf. im August und im September, wo unter dem 21. September unter dem Poem seiner Aktivitäten die ergänzende Zeile stand: Spät auf.
Lamberts Vollendung (seines Syndroms, meine ich) fing am 24. September an.
Unter ihm wohnte ein chinesischer Austauschstudent, der höfliche Formeln auf Deutsch zirpte, wenn er Lamberts im Fahrstuhl ansichtig wurde, ihm gegenüber eine taube alte Dame, die ihre Türen schmetterte.
Über ihm war die Wohnung leer, eben bis zum 24. September des Jahres des Martyriums.
Alle Geistesarbeiter haben mit Recht einen Horror vor Lärm aller Art; Lärm ist das Letzte. Feiner Lärm ist eine Tortur, zum Beispiel das Geräusch eines emsigen Staubsaugers, der seine Bahnen im Flur zieht. Grober Lärm, wie Hämmern, Nageln, Schleifen oder Möbelstücke umwerfen, ist eine Zumutung.
Ich kannte diese Animositäten gegen Lärm von meiner Tätigkeit in der E. A.
Der gelehrte Hellfrich hatte sich an Lärm gewöhnt, an seine tosende Toskana. In den guten Zeiten, als ihm noch etwas einfiel

und er seine Sätze zu beenden pflegte, brachen die Zwerge in sein Refugium, kniffen ihn in seine dünnen Waden, kletterten auf den Schreibtisch oder pißten an den Gesundheitsstuhl, der sich so graziös drehte. Hellfrich (ich habe es mit eigenen Augen gesehen) stopfte sich orangefarbene Watte in die Ohren, verhakte seine Beine mit dem Gestell seines Stuhls (den er später einmal in einer großen Hommage an Heideggers Technik-Begriff in Schutz nehmen sollte), richtete den bebrillten Blick unverwandt auf die weiße, so weiße Seite, kreiste mit beiden Zeigefingern über den 62 Tasten, die bei richtiger Programmierung die richtigen Kombinationen entlassen würden, und legte los. Selbstverständlich ergaben sich auch bei dieser Produktionsweise Augenblicke des Unvermögens, unabhängig vom Lärm, aber sie waren in keinem Fall außengesteuert. Hellfrich wurde sozusagen eins mit seiner elektronischen Maschine, an der er sich immer mehr, einmal gestöpselt, wie ein Automat benahm. Aber von der tragischen Maschinisierung Hellfrichs später.

Der sensibelste Lärm-Geschädigte war natürlich der Verfasser der vielen Versuche, jener gleiche Mann, den Christiane so flammend verehrt hatte, Torkas, dem sich der Pelz sträubte, wenn eine Stubenfliege ihn belästigte.
T. (dabei wollen wir bleiben, der Name ist so scheußlich wie seine Produktion) lebte in einem kleinen Häuschen an der Ostsee mit Strandblick. Mußte sehr robust sein, wenn er diesen Anblick monatelang ohne Kollaps ertrug.
Unsere Begrüßung verlief nicht sehr glücklich; nach dem ersten Geplänkel (fassen Sie ihn an mit harten Bandagen, sehr hartleibig, stand in meinen Instruktionen) fragte ich, ob der Name Torkas ein Pseudonym sei, wäre das der Fall, so suchte ich mir einen anderen Namen.
Warum, fragte T., der einfache Fragen liebte.
Klingt wie ein Pausenriegel, sagte ich.

Jedenfalls war T. extrem lärmempfindlich.
Ich ließ einmal (ein Versehen, selbstverständlich) ein Tablett mit

Moccatäßchen und Kännchen und Löffelchen fallen – er wurde bleich, seine Haare richteten sich auf, und er verdrehte die Augen, wie der Jesus in Agonie auf der vatikanischen Trickpostkarte aus Japan – post und ante mortem.
Der schöne Dr. Razzini, den ich in der Nähe von Mailand besuchte, war lärm-allergisch gegen Stimmen. Hohe Frauenstimmen ließen ihn die Flucht ergreifen; bei falschen Modulationen oder unmelodiösen Sätzen von Männern griff er sich ans Herz und verließ dann das Zimmer.

Der traurige Romancier Grimmerson (im Hannoverschen) hatte eine Aversion gegen Helikopter, diese Traktoren der Luftmeere. Sein Herz fing an zu rasen, seine Pulsfrequenz erhöhte sich enorm, und er kroch unter eine schwere Patchworkdecke aus der Besatzungszeit. Bedauerlicherweise war in der Nähe ein Militärflugplatz, und die lästigen Maschinen flogen täglich über sein Domizil; für teures Geld ließ er sich hermetische Doppelfenster einbauen, half alles nichts. Erst regelmäßige Dosen von Valium, gemixt mit Dogmatil, verhalfen ihm zu der unmenschlichen Ruhe, die ein wahrer Romancier angesichts seiner Labyrinthe haben muß.

Der Esoteriker Abud Drakay endlich hatte sich ein Paradies geschaffen, ohne Lärm von außen oder innen.
Er bewohnte ein ziemlich großes Landgut in Burgund, umgeben von sandfarbenen, dunkeläugigen Charolais-Rindern.
Habe selten einen Menschen mehr beneidet als diesen Drakay. Als Auflagenmillionär mit Beteiligung unterhielt er einen Harem wunderhübscher junger Damen aller Nationalitäten und Farben. Er selbst war sehr grazil und schön, diktierte im Morgengrauen mit sanfter Stimme einem Thaimädchen die Inventionen der Nacht. Die saß nackt auf seinem Schoß, und während des Diktats mit seiner dezenten Stimme, streichelte und kniff er zärtlich jeden Quadratzentimeter seiner Favoritin, saugte nach einer besonders schönen Sentenz (3. Mantra: Die körperlichen Bedürfnisse der Schweine, Hunde, Kamele, Katzen, Esel und anderer Tiere sind ebenso wichtig wie die unseren, doch können diese Tiere ihre wirtschaft-

lichen Probleme nur unter widerwärtigen und unangenehmen Bedingungen lösen) an ihren rosigen Perlen von Brustwarzen und leckte mit geschlossenen Augen mit seiner langen, blassen Zunge das geschmeidige Rückgrat, vom Nacken bis zur flaumigen Delle am Ansatz der Hinterbacken.
Ein Paradies. Im Hause wurde nur geflüstert, ansonsten verständigte man sich über die Körpersprache.
Aber ich schweife ab.
Kunsthistoriker sind so gut wie lärmunempfindlich; Basorgia hielt einmal, als er noch gesund war, auf einem italienischen Platz (ich glaube in Massa Maritima) einen erstklassigen Vortrag über das Mailänder Große Lazaretto für Verpestete (1489 bis 1507), während zwei dürre Bastard-Hunde zwischen seinen Beinen kopulierten, verfolgt von einem kreischenden Nebenbuhler, der mit all seinen Ruten wedelte.

Der kunstsinnige Medizinhistoriker Rudolph analysierte in einem bayerischen Vereinslokal in der Nähe von Bad Tölz (kurz nach dem tödlichen Unfall der Grete Weiser in ihrem Citroën) bestimmte Menschentypen. Die Musikbox jodelte, ein paar Einheimische sangen, es war ein gemütlicher, deutscher Höllenlärm – da sagte er mit stoischer Ruhe: Sehen Sie sich um, die meisten sind cretinös. Totenstille folgte.
Sehen Sie, sagte Rudolph befriedigt, sie mögen noch so blöd sein, aber sie wittern instinktiv die Beleidigung, was ein ganz anderes Licht auf das limbische System wirft.
Der gebildete Lambert hegte keine groben Animositäten gegen Lärm aller Art.
In der ersten Nacht, Tiefschlaf erledigt, wachte mein Freund von einem schleifenden Geräusch auf, das sich in Abständen von viereinhalb Minuten wiederholte.
Es war, sagte Lambert später, als zerre man eine sehr kleine Leiche mit schweren Stiefeln über abgeschliffenes Parkett. Wenn das keine subtile Beobachtung ist.
Lambert notierte sie und legte sich wieder schlafen.
Gegen fünf Uhr morgens ‚Nieste die Reinkarnation eines Tigers,

der schwer erkältet ist, in der Reihenfolge eines absteigenden Pentameters, bis 6.34 h.'
Ob Lamberts vierundzwanzig Sinne sich durch die Zumutungen von oben verschärft hatten oder schon vorher ausgebildet waren, läßt sich nachträglich nur schwer sagen.
Lambert wurde ein Genie des operativen Hörens.
Seine Sensorien arbeiteten, vor allem nachts, mit voller Kraft. Warum, sagte mir Lambert später, war ich nur bei meinen Frauen nicht derart sensibel; dann hätte ich jede Erschütterung, jeden Umschwung und jede unvermutete Überraschung in den Nervenenden gespürt, was wäre ich für ein Liebhaber gewesen.
Es gibt natürlichen Lärm, sagte Lambert nach dem Berliner Abenteuer, großartigen und erhabenen Lärm, man denke an Lawinen, Vesusausbrüche, den rauschend-gewaltig tosenden Sog des Maelstroms, es gibt das irrsinnige Geräusch eines unter Wasser explodierenden Kessels, die herrlichen Feuerstürme, die da prasselnd lecken, das machtvoll brütende Schweigen nach einer Implosion, gewaltiger als der erzeugende Lärm, aber der Mensch produziert nur obskuren Lärm, symbolischen Lärm, der von Entfremdung kündet.
Wegen des Lärms befand sich Lambert wieder einmal in einer Phase, in der er das Erhabene suchte, das in einer großen City leider schwer zu finden ist.
Seinen Kampf gegen den obskuren Lärm führte er zerstreut, weil er sich in eine schöne, aber schwerhörige Antiquitätenhändlerin aus der Keithstraße verliebt hatte, der er seine neu entstandenen Gedichte (immer unter Goethes Fuchtel) mit großer Lautstärke vorlesen mußte, so daß er auf diese Weise auch tagsüber nicht zur Ruhe kam. In der Nacht nagelte die Person über seinem Schlafzimmer kleine, aber lange Nägel in die Deckel kleiner Kisten, 10 Nägel pro Deckel für insgesamt 12 Kisten, bei einem Pausendurchschnitt von vier Minuten zwischen der einen und der nächsten Kiste.
Schließlich ertrug Lambert die Zwergenhammerschläge nicht mehr. Ruhe, brüllte er hinauf und suchte dann nach einem Besen, um seine Signale des Widerstandes zu verstärken.

Die Wände waren 3.85 hoch, der Besenstil zu kurz und Lambert allzu entnervt für die Besteigung eines Möbelstückes; legte sich mit Herzklopfen ins Bett und wartete auf neue Schläge.
Wie fanden Sie denn Berlin insgesamt, fragte ich meinen Helden des operativen Hörens. In den 20 Jahren, die er an seinem Gartenplan basteln sollte, konnte er sämtliche Geräusche sämtlicher Gartenschädlinge unterscheiden, selbstverständlich auch die im Haus, nachts, in schweren Träumen mit weit offenen Augen.
Jahrelang hörte er intensiv die Geräusche einer vierköpfigen Holzwurmfamilie, die sich durch ein Trumeau fraß, das Riemer gehört haben soll und einmal bei Goethe gewohnt hatte.
Lambert unterschied zwei Erwachsene und zwei Kinder, von denen das eine gerade Gänge bohrte, das andere spiralförmige – die anderen Holzwürmer bohrten, wie es gerade kam.

Berlin, sagte Lambert, Gott, wie soll man diese City finden ... Sie ist nicht laut, die Bevölkerung ist soweit ganz adrett, die Bedienung ist unfreundlich, das Idiom widerlich, die Taxifahrer sind reaktionär, bei Huthmacher kann man wirklich gut sitzen, aber noch besser im Bristol, Jugoslawen sind lärmende Leute.
Schlechte Erfahrungen, fragte ich.
Leider, sagte Lambert.
Nach einer Phase der Ruhe und der Besinnlichkeit in der Wohnung über mir zog eine jugoslawische Familie ein, der die Räume zu hoch waren, immerhin 3.85 m. Dagegen taten sie das einzig mögliche – sie zogen die Decken herunter und nagelten vier Monate kleine Brettchen auf die Verstrebungen; nachts fiel so ein Brettchen hin und wieder herunter; dann wurde wieder gehämmert. Es war gewiß authentischer Arbeitslärm und kein obskurer Lärm – aber dennoch unerträglich.
Sind Sie in Berlin viel spazieren gegangen, fragte ich.
Mitnichten, sagte Lambert, einmal ging ich um den Grunewaldsee und wurde von einem Dobermann gebissen. Der Besitzer verklagte mich auf Schadenersatz und Schmerzensgeld für den Köter, der sich einen Zahn an meiner Botanisiertrommel ausgebissen hatte; danach trat ich viermal in Hundescheiße.

Also haben Sie die Freuden von botanischen Exkursionen erlebt, sagte ich, gewiß Ihren Rousseau unter dem Arm.
Ach was, sagte Lambert, die Umgebung ist durch die Toxine der Luft und des Bodens, durch die tausend Kraftwerke völlig verseucht, nur die Mücken sind resistent.
Und wie fanden Sie die Mauer, fragte ich zum Abschluß.
Unansehnlich, sagte Lambert, zu niedrig, architektonisch unter aller Sau, um nichts schlimmeres zu sagen, unzureichend beleuchtet, aber als Gesamtidee sehr gut; zwei Haufen der unseligen Nation, sorgsam getrennt durch eine Mauer, der eine Haufen des anderen Feindbild, das ist gewiß ein erhaltenswerter Zustand. Möge dieser vernünftige Status quo 1966 ad infinitum anhalten.
Soviel über Lamberts 2. Manöver der Flucht inkl. reumütiger Rückkehr in sein kultiviertes Ambiente.

47 Am frühen Morgen ein seltsames Erlebnis gehabt. Meeresstille, nein, Totenstille über dem Meer, dunstige Schleier und dergleichen, hellblaue, wattige Wölkchen am Horizont. Überlegte mir auf einem der Deckstühle mit den Messingschildchen *Omphale* auf der Sitzfläche, welche Tabletten ich in welcher Reihenfolge einnehmen sollte, da erschien ein Albatros am Horizont, exakt der Vogel, den Hodkins aus unerfindlichen Gründen immer besungen hatte, eleganter Flug und so, ungetrübter Charakter, stolzes Tier usw.
Flüchtig fiel mir ein Gedicht über einen Albatros ein, d. h. lediglich die Tatsache, daß eines existierte, aber von wem? Baudelaire? Rimbard? Ambrose Bierce? bestimmt nicht.
Mein Albatros flog absolut ungraziös und überhaupt nicht elegant, hatte eine kräftige Schlagseite und bewegte die rechte Schwingenapparatur schwerfälliger als die linke.
Sein Gefieder war nicht schneeweiß, wie ich es auf meinen Photographien immer gesehen hatte, sondern grau, ein bißchen verdreckt sah er aus, wie nach einem langen, entbehrungsreichen Pilgerflug über verdreckten Meeren. Bei der Größe und dem Gewicht mußte es ein Königsalbatros sein, vierzig cm länger als sein Vetter Mollymauk. Vielleicht war's ein verschlagener Irrling, wie der alte Brehm sagt. Über diesen Geier des Meeres schrieb Bennett: Es ist erheiternd und erfreulich, die prachtvollen Vögel anstandsvoll und zierlich, wie von einer unsichtbaren Kraft geleitet, in den Lüften dahinschwimmen zu sehen. Mein Vogel flog unanständig und schwerfällig.
Suchte wahrscheinlich nach Schiffsabfall, falls der nicht wieder der Resteverwertung zugeführt worden war.
Seine strahlend gelbe Pupille mit dem schwarzen Punkt glänzte, als habe er Fieber.
Ging zum Heck, während der Vogel Distanz hielt. Dann erspähte er offenbar organischen Müll und stürzte sich darauf, schätzte aber die Entfernung falsch ein und stürzte ins Wasser, hievte sich mühsam in eine schickliche Schwimmhaltung (ungefähr wie ein stockbetrunkener schwarzer Schwan) und versuchte wieder ins leichtere Medium der Luft zu gelangen. Nach vier Versuchen hatte er einen

gewissen Erfolg. Dann setzte er sich plötzlich auf die Reling und hielt seine Balance mit großer Mühe. Er hatte nur noch ein Auge, das andere war so sauber herauspräpariert wie von einem Taxidermisten. Hätte ihm gern ein Glasauge geschenkt.
Sein Schnabel war perforiert, als hätte er eine Schrotladung abbekommen. Armes Schwein. Wie hatte Brehm geschrieben:
Nahrung suchend, fressend, ruhend und wieder fliegend, vergeht ihm der Tag. Dem hier verging der Tag bestimmt nicht fliegend.
Bat ihn zu warten und holte ein paar Büchsen der rückgratlosen portugiesischen Ölsardinen.
Das intakte, glühende Auge beobachtete jede Bewegung, als ich die Büchsen öffnete.
Mit seiner Koordinationsfähigkeit war es nicht weit her – die ersten fünf Fische verfehlte er glatt, bis er mir den Schnabel zentral zuwandte, da ging's besser.
Albatrosse sind Einzelgänger, leben streßlos allein und scheren sich nicht um ihre Eier, das wußte ich aus dem Brehm. Aber was war ihm zugestoßen, bei dem Potential von Kraft und Geschicklichkeit, welche seiner natürlichen Kalkulationen war nicht aufgegangen in seinem Koordinatensystem von Längen- und Breitengraden?
Das Innere seines Schnabels war wie mit rotem Saffianleder gefüttert, aber die Zunge sah belegt aus.
Niemand kümmerte sich um das arme Tier. Ich schnüffelte vor Rührung und warf ihm eine weitere Büchsenbelegschaft in den Rachen. Alle meine Sünden fielen mir ein, in der Hauptsache Versäumnisse und Vernachlässigungen, vergeudete Gelegenheiten und andere Sentimentalitäten dieses Kalibers.
Meinen armen depravierten Pa hatte ich zwei Jahre lang nicht in seinem Altersheim besucht; meine arme polyartrithische Ma vier Jahre nicht. Den armen Torkas hatte ich endgültig, ein und für alle mal zum Schweigen gebracht; dabei hatte er eine echte, fromme Fangemeinde, gewiß, viele Idioten darunter, aber warum sollten sie denn nicht ihr Heil in seiner Erlösungsprosa finden.
O, ich war ein Schwein und immer mehr Sünden fielen mir, o

Herr, bei Jordans Stoßverkehr, in ungeordneter Reihenfolge ein, haufenweise, überflüssig und brachial.

War ich wirklich hilfreich zu Hellfrich gewesen? Hatte ich nicht (finalistisch betrachtet) seine Maschine zum Stillstand gebracht? Labte er sich in heißen Nächten ungeniert an Mathildas Brüsten, die ich besabbert hatte?

Hatte ich mich um Basorgia gekümmert, als das Spätstadium seiner amyothrophen Lateralsklerose den Umgang mit ihm so beschwerlich machte, ach, immer mehr unverzeihliche Sünden fielen mir ein zu Hauf, die direkten Folgen meiner perfekten Lebensstrategie. Ich beschloß (7.15 ozeanischer Zeit), mich sofort in Nadine zu verlieben und ihr bester Blindenhund zu werden bis ans Ende aller meiner irdischen Tage, zu Wasser und auf dem Land und im Himmel, in Ewigkeit, Amen.

Hatte ich meine Frauen auch alle so geliebt, wie sie es verdient hatten, hatte ich mich mit ganzer Seele ergossen oder nur zu einem Drittel, als unwürdiger Partikel an göttlichen Gefäßen, wie der verständige Mohammed die Frauen nennt?

Ach, und ich stürzte auf den armen, maroden Albatros, der da auf der Reling schwankte, und versuchte ihn brüderlich zu umarmen – natürlich bekam ich einen kraftlosen Hieb mit seinem Schnabel, der wie eine Machete geformt ist. Stark blutend zog ich mich zurück, während sich der Vogel mit einem Schrei wieder ins Luftmeer begab.

Vielleicht war der Entschluß, sich in Nadine zu verlieben, doch übereilt. Entschied mich dafür, erst einmal in einer Anthologie französischer Symbolisten über den Charakter von Albatrossen nachzulesen.

48 Der große Autor T. lebte in einem Ort namens P. Todendorf, weiß der Geier, wofür das P. stand, in einem geräumigen Holzhaus mit seiner Lebensgefährtin, einer betuchten Ärztin. Mußte sich nicht vom Schreiben ernähren, was nicht immer günstig für die Produktion ist. Harte Bandagen, hatte Rantzow in den Instruktionen vermerkt, machen Sie ihm seine fatale Lage klar; mit Geld nicht zu unterminieren. Jedes Mittel erlaubt. Achtung, Hysteriker und Choleriker!

T. sah aus wie ein Troubadour, rote Lippen unter einem schwarzen kleinen Schnurrbart, lange, strähnige Haare, übermäßig große Ohrläppchen. Lombroso hätte seine helle Freude an diesem Typ gehabt, Klasse Giftmorde, lassen am Tatort lange Haare, Schuppen und abgenagte Fingernägel zurück; in den meisten Fällen durch Indizien überführt; Rübe ab, aus.

Mein Exemplar war leider sehr lebendig.

Beschloß nach der ersten Begrüßung, ihm meinen alten Prospekt zu schicken: Werden Sie ein anderer Mann in Rekordzeit, stark, muskulös und dynamisch.

Es handelte sich um die Methode Sculpture humaine, zu der der Text einschmeichelnd schrieb (ich war vor 20 Jahren sofort darauf hineingefallen):

Schluß mit den spöttischen Blicken und Scherzen.
Sie werden respektiert, man wird Sie um Ihre Kraft
beneiden, Ihre Männlichkeit, Ihr Auftreten.
Sie wird Ihnen eine neue Sicherheit geben, frei von
jeder lähmenden Schüchternheit. Beruflich ist es
oft ein Unterschied zwischen Versagen und Erfolg usw.
Schon in den ersten Tagen werden Sie spüren, wie Sie
von einem neuen Eifer und Dynamismus ergriffen werden.

In meiner MSH-Packung lag die Photographie eines Muskelmannes mit einem winzigen Schädel; das Kraftfutter bestand aus einem bräunlichen Pulver, roch so ähnlich wie Braunosan (gegen Schweißfüße), sollte oral eingenommen werden und schmeckte nach Zimt; Wirkung gleich null, kein neuer Dynamismus ergriff mich, spülte das Zeug ins Klo und kaufte mir zwei 3-Kilo-Hanteln, die ich zweimal am Tag vor dem Spiegel bewegte.

Der Künstler ruhte in sich selbst wie eine schwerelose Butterkugel, so gut wie unangreifbar. Da wußte ich, daß es Streß geben würde. Es wurde Tee gereicht und englischer Biscuit inmitten lichten, schwedischen Mobiliars. Die Decke war sehr niedrig, vielleicht fühlte er sich unter niedrigen Decken sicher.
Das Begrüßungsritual mit meinem Pausenriegel-Lapsus lag eine halbe Stunde hinter uns.
Der Künstler blickte ins Nichts; bekam offenbar keinen Gedanken zu fassen.
Der Verleger Rantzow, sagte ich, hat einen ganz wunderbaren Plan, um Ihnen aufs Pferd zu helfen.
Wie bitte, fragte der Autor.
Metaphern waren wohl nicht seine Stärke.
Mann, sagte ich, mit der Produktion stockts im Moment, die neue Innerlichkeit und die neue Betulichkeit und die neue Einfachheit haben Sie virtuos abgegrast (er spitzte seine behaarten Ohren), und jetzt brauchen Sie einfach einen Tapetenwechsel, Orient oder Seychellen, oder ein harmloser Krisenort, natürlich nicht direkt, vielleicht an der Grenze; Venezuela soll ganz hübsch sein.
Ausland! sagte seine Dotteressa Frieda.
Bitte! sagte der Autor, er müsse nachdenken.
Manche Autoren sehen schrecklich aus, wenn sie denken, im Sinne von leiden, meine ich, ganz genuin; seine Gedanken schienen zu flottieren. Hatte sie nicht vollständig an der Kandare, so wenig es auch insgesamt waren.
Beim Schreiben, hatte dieser Autor gesagt, absorbiert mich restlos das Handwerkliche. Das war gelogen. Was er handwerklich auf die Beine stellte, war bestenfalls dritte Klasse und stank nach Schweiß. Da ist was Wahres dran, sagte der Autor T. vage ... ein völlig neues Ambiente ... Meine Neurosen sind nicht mehr abendfüllend. Damit hatte er absolut recht; waren sie nie gewesen.
Eine wirklich blühende Neurose fällt nicht jedem in den Schoß; und wenn, muß man unausgesetzt daran arbeiten.
Rantzow, sagte ich, hat einen perfekten Plan entwickelt, samt Tickets, Visum –

Der Autor stand auf, ging ins Bad, und nach einer Weile hörte man ein kompensatorisches Rauschen, volles Rohr, sozusagen.
Visum? fragte er, Singular, das heißt, ich muß allein? Das hatte er kapiert.
Nicht ganz allein, sagte ich charmant, Sie und Ihre Sprache.
Frieda sah mich von der Seite an. Ironie schien nicht seine Stärke zu sein.
Die neue Richtung, sagte ich, heißt ganz allgemein: Es darf wieder erzählt werden; keine Skrupel mehr, keine Fleischbeschau, Pardon, Innerlichkeits-Inspektion, war bei Ihnen natürlich immer 1 a, ff und auch pq, ehrlich aber – passé, fini, aus.
Wir dachten, Rantzow und ich, lesen Sie ein paar Südamerikaner zur Einstimmung, Rosa und Sabado und wie die Brüder so heißen und dann los. Und ich schaute ihm fromm in seine Pupillen.
In T.s Gehirn ging etwas vor, das hätte ein Idiot sehen können. Er wiegte den Oberkörper auf seinem ziemlich feisten Becken und stieß ab und zu den Kopf vor, wie ein autistisches Kind bei einem unerwarteten Lichteinfall.
Gib mir einen Schnaps, sagte der Dichter tonlos.
Schweigend schenkte uns seine Gefährtin (vor Leiden beinahe schon kuhäugig, stand ihr aber gut) weißen Schnaps in kleine Kristallgläser.
Ihm geht es nicht gut, sagte sie, seine Obsessionen und Depressionen –
Frieda, schrie T., schweig stille.
Das war der erste gute Satz, den ich von ihm hörte; war ja auch ein Zitat.
Wir dachten an eine Liebesgeschichte, sagte ich, sicher, die älteste Kamelle der Welt, aber ein sensibler Autor wie Sie, melkt mit links –
Und Sie heißen wirklich Goff, fragte T., widerlicher Name.
Im neuen Milieu, sagte ich, können Sie natürlich Ihre alten Kamellen, wollte sagen, Ihre alten Qualitäten spielen lassen, wie gehabt. Wie gut ist Ihr Englisch?
Frieda erwiderte, es sei ausreichend.

Hoffentlich, sagte ich, vielleicht spricht man dort auch Französisch. Und hier ist die Liste der Autoren, die Sie –
Sie wagen mir vorzuschreiben, was ich lesen soll, schrie T. Endlich ging er ein bißchen aus sich heraus.
Man vergißt ja viel an der Literaturgeisterfront, sagte ich begütigend. Ein bißchen Joseph Conrad, ein bißchen Greene, erinnern Sie sich an die Reise mit keiner Tante oder so ähnlich? Herrliches Garn, nicht englandspezifisch, wie es bei Ihnen eben nicht deutschlandspezifisch sein sollte, selbstverständlich gewürzt von Ihren unnachahmlichen –
Sie Crétin, sagte T., Sie Idiot, Sie Ignorant, Sie blöder Tropf, Arschloch, Drecksack uswf.
Ich fand, sein Kanon war nicht so hochkarätig wie der von Lambert, aber Lambert war ja auch ein hochgebildeter Mann.
Sie sind zu beneiden, sagte ich mit Engelsgeduld, Sie quartieren sich irgendwo gemütlich bei den Exoten ein, studieren Land und Leute, machen Ihre Notizen zur Liebesgeschichte, trinken exotischen Schnaps, Prost! und dann erzählen Sie Ihre Geschichte in der klassischen Tradition. Denken Sie nur an die Verkaufszahlen – wenn wir dann noch den Produktionsprozeß als Story lancieren –
Hinaus, sagte T., ich lasse mich nicht korrumpieren.
Recht so, sagte ich, lassen Sie nur alles heraus. Das ist gesund. Ist er immer so lebendig?
Leider nicht, sagte seine Gefährtin. Sah im Augenblick aus wie eine liebliche, durchs Fegefeuer gegangene Käthe-Kruse-Puppe. (Diesen Vergleich mit der Puppe verdanke ich dem nervösen Schatzsucher T. B. aus G., der sich auf meinem Friedhof damals eine einbruchsichere, preziöse Grabstelle ausgesucht hatte.) Zeit, das Thema zu wechseln.
Gnä Frau, sagte ich zu Frieda, Sie erinnern mich unglaublich an die junge Juliette Greco ... Wenn man die Augen schließt ...
Was ist das für eine Strategie, fragte der Autor.
Es ist immer wieder bewunderungswürdig, daß sie in Ihrem Reaktionsystem keine blinde Stelle haben; funktionierte jederzeit wie ein Kontaktkleber.

Sie sind zarter, sagte ich, vielleicht fehlen Ihnen, Gottlob, die männlichen Hormone, außerdem sind Ihre Wimpern dichter.
Muß ich mir das anhören, fragte der Dichter.
Natürlich nicht, sagte ich zu T., Sie könnten etwas Nützliches lesen. Ich habe Ihnen einen Selecta-Bericht der in Ihrer exotischen Gegend grassierenden Krankheiten samt Mortalitätsregister mitgebracht. In den Mundwinkeln seiner Gefährtin blühte ein Lächeln.
Mit einem Genie zusammenzuleben, sagte ich, ist gewiß eine unmenschliche Aufgabe.
T. atmete ein und atmete aus, seine Stirnlineatur glättete sich, goß sich sogar einen Schnaps ein.
Anläßlich meines Besuches bei Grimmerson – Scheißautor, sagte der Kollege – hatte ich Einblicke, sagte ich, Madame, Sie können sich nicht vorstellen, unter welchem Streß selbst die Gattinnen, Gefährtinnen, Frauen und Beischläferinnen mittelmäßiger Autoren leben.
T. taute auf. Seine Büßervisage belebte sich. Noch ein Schnaps. Ich goß ihm die Schale ordentlich voll.
Hat der nicht diese ernsten Bücher über Schuld und Moral geschrieben fragte sie.
Unaufhörlich, sagte ich, freilich nur moralisch ernst, das ist ein Unterschied.
Scheißautor, sagte T. befriedigt.
Soweit hatte ich ihn präpariert, dritte Phase.
Sie haben da ein Stäubchen auf der Wange, sagte ich, ein Asche-Partikelchen, wenn Sie erlauben ... und ich wischte ihr mit meinen kühlen Kavaliersknöcheln das unsichtbare Stäubchen ab und setzte mich wieder ruhig auf den Hintern.
Der Schnaps war gar nicht so schlecht.
In welchem Hotel wohnen Sie, fragte T.
O Gott, sagte ich, daran hätte ich leider nicht gedacht.
Man kann telephonieren, sagte T., das Hotel zur Voss-Kanne ist sehr gut.
Aber wenn Ihr zusammen arbeitet, sagte seine Blume, dann wäre es doch dumm, außerhalb zu wohnen.

Ich trank meinen Schnaps. Die Dottoressa hatte sehr hübsche Beine, etwas vernachlässigt.
T. schien nur mit seinen schwindsüchtigen Musen zu vögeln.
Ich gedenke nicht, mit diesem Herren Goff zu ‚arbeiten', sagte der Autor, der im Verlauf seines neunundvierzigjährigen Lebens ca. 60 seiner speziellen Stoffe ausgeschieden hatte.
Ich habe hier ein Exemplar von *Versuch über den Verlust,* sagte ich, eine unnötige Riposte, weil die Dame des Herzens schon mit dem Herzen gewählt hatte, wären Sie so liebenswürdig, mir eine Widmung zu schreiben? Von diesem Ihrem Buch habe ich viele Exemplare verschenkt.
Ich sprach die reine Wahrheit; solche Bücher sollte man wirklich nicht im Haus haben.
Später, sagte der Autor, Sie werden mich wohl entschuldigen.
Ich bekam die Dachstube.
Die Matratze war so durchgelegen, daß ich mir über das Gewicht der weiblichen und männlichen Fans präzise Vorstellungen machen konnte.
Ach ja, das Essen, das heilige Ritual, gerade bei Autoren; mich erwischte die Breitseite ihrer gemeinsamen Gesundheitstrips Februar bis September ... Es gab viel Reis, der klebte, zerkochtes Gemüse mit uneindeutigen Gewürzen und einen Dreck, der hieß Tofu, den die leidende Frieda gerollt, gewürfelt und dann verbrannt hatte. Nicht der Umgang mit den besten und begabtesten Autoren ihrer Zeit machten die leidvollen Momente meiner Tätigkeit aus, nicht meine immer herzlichen Ermunterungen in Sachen Produktivität, Invention und kreativer Lebensführung, nicht die aufopferungsvolle Arbeit mit den Gattinnen und Gefährtinnen, den müd gewordenen armen Musen, nein, es waren diese Rituale.

49 Meine einzigen Autoren, die etwas vom Essen verstanden, waren die Historiker Rudolph und Basorgia; Razzini hinderte leider ein lästiges Geschwür im Magen am vollständigen Genuß. Hellfrich hatte sich resigniert der Kinderkost gebeugt – jeden Tag Spaghetti oder Makkaroni mit diversen Saucen.
Der beste Fresser und Säufer von Format war natürlich Sallier in Paris, wahrscheinlich schrieb er deshalb so opulente Bücher; ich habe ihn in einem kleinen Lokal in der Nähe der Rue Mouffetard mit Austern Leistungen vollbringen sehen, wie sie Brillat-Savarin in seiner *Physiologie des Geschmacks* beschreibt – priesterliche Gesundheitsopfer fürwahr.
Es ist sehr bedauerlich, daß er an der Gräte einer mittelgroßen, in Butter gebratenen, mit rotem Essig servierten Dorade während einer seiner vielen Jurorensitzungen erstickte.
Abud Drakay aß heimlich in einer alten Remise seiner burgundischen Latifundien pfundweise Beefstecca, roh, mit den Fingern aus fettigem Papier, um den spirituellen Aufgaben zu genügen. Offiziell predigte er natürlich die Heiligen Rohkostelemente seines Sri Isopanisad, die seine Miezen in diesem grazilen Zustand hielten.
Bei meinem ersten Besuch schenkte er mir nach dem abendlichen Früchteritual ein süßes thailändisches Mädchen mit seelenvollen Augen. Leider war ich durch eine saure Diarrhoe nicht ganz auf der Höhe meiner Fähigkeiten; sie war heiter, liebenswürdig, gänzlich unbefangen und hatte trotz der Früchte-Diät Muskeln, die unter ihrer zarten gestrafften Haut vibrierten, daß mir Hören und Sehen verging.
Der Romancier Grimmerson im Hannoverschen erhöhte seinen Cholesterinspiegel durch unmäßiges Schlingen von Grünkohl mit Pinkel, kam, glaube ich, aus Nordenham oder vom Jadebusen; das Zeug ist nicht ganz so widerwärtig wie schleswig-holsteinisches Sauerfleisch, aber nahe daran.
Der durch die Verfolgung des Absoluten schwer gestörte Rammelsloh pflegte beim Essen immer Hegel zu lesen, was seiner Verdauung nicht bekam, so daß er nie eine absolute Digestion hinkriegte, entweder litt er unter Fettscheiße, oder er konnte sich nur

des Dünnen entäußern, schmerzvoll, wie er mit bebenden Nüstern sagte, bei mir immer sehr schmerzvoll. Seine Gattin, eine leidgeprüfte Baltin, das vierte Mal mit einem Philosophen verheiratet (die sie alle überlebt hat), machte ihm baltische Speisen mit viel viel Sahne. Während der elementaren Stockung an seiner System-Arbeit wog der Mann immerhin über 200 Pfund, beinahe Spinoza-Format, in dieser Beziehung wenigstens.

Der berühmte Photograph Heinzke (sein Prachtband *Tiere sehen Dich an* hatte 1982 eine ehrenvolle und verdiente 9. Auflage!) ernährte sich vulgärerweise nur von Hamburgern.

Das hat seinen Grund, sagte Heinzke, ich liebe die Tiere ausnahmslos, und in der platten Form einer mit Ketchup übergossenen Frikadelle erkenne ich das Tier an sich.

Bevor Schneyder seinen Gourmet-Tempel aufmachte, schrieb er für unsere Reihe *Berühmte Küchen, berühmte Gourmets* superbe und gnadenlose Eßkritiken über deutsche Restaurants. Die Lokale konnten nach einer seiner umfassenden, von Ekel inspirierten Kritik stets schließen. Einmal flog sein Incognito auf, der Wirt holte aus einer schmutzigen Küchenschublade ein Bolzenschußgerät, setzte es dem perplexen Gourmet an die Schläfe und – in dem Augenblick sagte Schneyder, Selbstverrat übend: Sie kriegen einen Stern. Der Wirt ließ ab, Schneyder verschwand, die Kritik war vernichtend.

Basorgia endlich, der große Kunsthistoriker, war noch in den schweren Zeiten der Verschlechterung durch seine ALS ein genußvoller Esser, der extra eine Köchin beschäftigte, die nach seiner Bibliothek von Kochbüchern jeden Tag ein anderes Gericht zelebrierte, von armenischen, plattgewalzten Täubchen bis zu zypriotischen Fleischbällchen in einer Sauce der Kirgisen.

Mein Dinner mit Nadine und der Tante plante ich sehr sorgfältig. Einfach, aber erlesen hieß die Parole; als Vorspeise eine Consommé double, dann Blinis und persischen Kaviar, zum Schluß kanadischen Räucherlachs mit Meerrettichschaum und als Dessert einen Sorbet aus Boysenberries.

Wegen der Atmosphäre stellte ich ein paar Kerzen auf, violette,

aber aus Wachs, das versteht sich, und präparierte nach dem Arrangement der Sitzkissen die Getränke.
Meine Auswahl war leider nicht besonders groß. Die ersten 20 Tage dieser friedvollen Passage waren unter dem Prinzip Trinken als Therapie verlaufen.
Immerhin hatte ich noch zwei Flaschen Roederer Cristal, zwei Flaschen Bordeaux in der Grand Cru-Qualität und vier Flaschen des tückischen Fendant, den mir der Schweizer Dichter Hagen vermittelt hatte, ein schüchterner Mann, vor allem bei Frauen, der diesen Wein zur Lockerung seines alter ego brauchte.
Eine Flasche, sagte der Autor, der niedliche, reichhaltig ‚signifikante' Kindergeschichten schrieb, und ich schau der Frau nur in die Augen. Nach der zweiten Flasche ergreife ich ihre Hand. Nach der dritten Flasche, vielleicht noch ein Flümli dazwischen, küsse ich eine Stelle ihres Leibes, die mir bei Tisch öffentlich zugänglich ist, derart feurig und intensiv, daß es die Frau schaudert. Bei der vierten Flasche schau ich ihr wieder in die Augen, weil nichts mehr möglich ist.
Aus diesen Gründen bin ich niemals zu einer fünften Flasche gekommen, obwohl ich gerne wüßte, was dann passiert.
Sodann sorgte ich für Musik, hatte ca. 20 Cassetten zur Auswahl, Mozart, immer gut, Rossini, die Ouvertüren, viel Maria Callas und ein paar ewige Schoten von Black Sabbath, Iron Butterfly und den Rolling Stones.
Zur Überbrückung peinlicher Pausen gab es kultivierte Gitarrenmusik von Paco de Lucia.
Die Handtücher im Bad waren alle sauber, das Klosett strahlte und Daisy hatte gebadet, das heißt, ich hatte sie ein bißchen gebadet, sie haßt Wasser. Putzte ihr sogar mit einem Wattebausch das Arschloch, das sie seit ihrer Operation vernachlässigte. Zu allem Überfluß legte ich eine von Elena geerbte Batterie von Tampons in ein zweites Zahnputzglas auf die Glaskonsole.

50

Am zweiten Tag wurde T. zutraulich, zeigte mir sein Spiegelkabinett mit einer alten Olivetti und seine ersten Notizen zu verblaßten und vergessenen Bestsellern; ging richtig aus sich heraus, was ja immer eine furchtbare Sache ist, und redete sagenhaften Schund, den ich allerdings herauslockte.
Brauchen Sie beim Schreiben Distanz zur gewohnten Umgebung, fragte ich, und der Crétin erwiderte wirklich: Ich möchte mit mir und meiner Sprache allein sein. Wenn er's nur wäre, dachte ich an diesem Vormittag, das wäre der schönste aller Augenblicke – T. weit weg auf Papua, allein mit sich und seiner Sprache.
Seine schwachsinnigen Reden (er penetrierte die arme Sprache, die nichts dafür konnte, unaufhörlich als Subjekt) motivierten mich so richtig als Autorenkontaktagent.
Dann latschten wir an einem dieser öden Ostseestrände herum, die Wellen schlugen matt (diese Zeile ist aus einem schlechten Gedicht, Verfasser vergessen) an das verschmutzte Ufer.
T. kniff seine Lippen zusammen und glotzte bei jedem Schritt auf die Spitzen seiner senffarbenen Wasserstiefel. Ich glotzte auf seinen Rücken, wenn ich hinter ihm ging, und sprach zu ihm. Ging ich vor ihm oder an seiner Seite, sprach ich kein Wort. Gute Taktik. T. versuchte ihr zu folgen.
Früher, hatte Rantzow gesagt, war er ein Hit und ging manchmal wie eine Beatle-Single. Er hatte einen echten Riecher für Trends. Begriff immer, wohl instinktiv, die Forderungen der Zeit und bediente dann prompt. War die neue Einfachheit gefragt und etwas mythischer Mist mit einer subtilen Unterströmung von Antiintellektualismus – T. sonderte ab. Er ist zu doof, um ein Loch in den Schnee zu pinkeln, aber potentiell eine Goldgrube, mein lieber Goff. Beherzigen Sie das bitte.
Ich beherzigte mit allen meinen Kräften.
Mein lieber T. sagte ich, darf ich fragen, wie Sie arbeiten?
Er sammelte seine zerstreuten Kräfte, erfuhr ich, sitzend oder liegend, in jedem Fall exzessiv träumend wie ein Hase mit offenen Augen auf seinem Bett.
Wunderbar, sagte ich, nicht wahr, das sind immer die Stunden der flüchtigen Wahrheiten, bis zum nunc stans des einzigen – der

freundlichen Invention. Und schreiben Sie's mit der Hand oder gleich in die Maschine.
Wie erwartet, natürlich zuerst mit der Hand.
Wieviel Vorlauf, fragte ich.
Der Romancier Grimmerson brauchte 20 Seiten, um seine erste Seite zu schreiben, Balzac hatte 40 blinde Seiten benötigt, ehe ihn die Muse leckte; die Frage war berechtigt.

Verließen dann das trübsinnige Panorama, Essenszeit.
Frieda kümmerte sich rührend um mich, ihr Objekt hatte gute Laune. Es gab, unvermeidlich, ein Gemüsegratin, sah aus, als es aus dem Ofen kam, wie die verweste Leiche eines Flußpferdes.
Wir kauten an dem Gemüsezeug, das Ehepaar mit viel Elan.
Ließ dann die Katze aus dem Sack, der Neurose schwarzes Loch sozusagen.
Woran, fragte ich, schreiben Sie im Moment?
Schmeckt's Ihnen, fragte die vorsorgliche Frieda.
Ballaststoffe, sagte ich, sind immer nützlich.
Mögen Sie Fisch, fragte Frieda und lenkte mich auf das Terrain des Diätischen.
Ich muß immer etwas schreiben, sagte T., das über sich hinausweist.
Naja, das war immerhin ein Satz über dem Gemüsegratin, für den man auf glücklicheren Eilanden geköpft worden wäre.
Das Fleisch von Fischen, sagte ich zu Frieda, enthält weniger Eiweiß als das Fleisch der Schlachttiere, es ist reich an Phosphaten und Jod, dafür arm an Eisen und Kalzium.
Man sollte im Garten grillen, sagte Frieda, wir haben einen guten Schlachter.
Aufenthalte im Freien, Pardon, im Ausland, sagte ich mit einem Blick auf Friedas Schritt (enge Samthosen, tangerinrot), sind nicht für alle Autoren geeignet, denken Sie nur an Herbel – wurde zur Inspiration nach Rio verschickt, holte sich einen Tripper, bekam eine rätselhafte Infektion während der Kur, Resultat – nur ein paar weinerliche Gedichte.
Mögen Sie eigentlich Frauen?

In der Sprache des Fechters eine Cavation; nur keine Pausen, irritierende Ablenkungsmanöver.
T. erwiderte mit einer verzögerten Riposte, auch Zeitfinte genannt.
Ich habe Frieda, sagte er mit schlichter Betonung.
Die sah einen Augenblick leidend aus, dann lächelte sie tapfer.
Ihre Themen, sagte ich, waren immer Lust, Leid, Frust, Glück, Verstörung, Verzweiflung und Hoffnung –
Ein großer Autor, sagte T. schlicht, hat immer nur ein Thema.
Lobte mit aller Kraft seinen ganz persönlichen Schmelztiegel und starrte auf Friedas Schritt. T. konnte leider nur immer eine Sache auf einmal tun, so daß er meinen glühenden Kontakt nicht bemerkte. Sie schlug die Beine übereinander; ihre Wangen waren rosig. Nur Mut, Kavalier, sagte ich zum Agenten Goff, hussa, gib's ihm; entweder war sie inflammiert oder es war eine Folge des feurigen Gratins.
Mit ihrer Intelligenz, Sensibilität und Routine, sagte ich zu T., werden Sie die richtige Mixtur des Exotischen schon finden. Ich finde Landschaften enorm wichtig, also Wüsten, Steppen und Savannen, Landschaften, die die innere Leere des modernen Menschen –
Man ist so wahnsinnig isoliert, sagte T. nach meinem Hinweis auf die Nützlichkeit flachen Geländes, mit sich und der Sprache –
und dann noch das weiße Papier, sagte ich, da ist man wahrhaftig isoliert. Wie gehen Sie mit Ihrer Rancune gegen Kollegen um?
Frieda holte mir ein zweites Bier und bewegte dabei anmutig ihr Hinterteil.
Heute abend grillen wir im Garten, sagte sie.
Noch mehr Streß, dachte ich, aber immerhin eine Periode des Fleisches.
Souverän, sagte der Schriftsteller T. in seiner Darstellung von T. Als Autor im Heim, ganz souverän.
Gegen etwas gegrilltes Fleisch im Freien, sagte ich, wäre nichts einzuwenden.

51 Im Gegensatz zum Albtraum Grillwurst und Fleisch im Barbecue-Rausch war mein Dinner, von der Störung durch Jordan natürlich abgesehen, ein großer Erfolg.
Gedämpftes Licht überall, störende Möbelstücke aus dem Verkehr gezogen, damit sich die zarte Nadine nicht stoßen konnte, für die Hunde gab es ein wildes Ragout aus Konserven.
Nicht gerade im Rousseauschen Sinn emblematische Nahrung, sagte ich, wie seine Götterspeise Milch. Ich bitte Platz zu nehmen.
Die Hunde stürzten sich auf den Mix, den ich vor dem falschen Kamin angerichtet hatte, und wir setzten uns zu Tisch, der Gastgeber in seiner traulichen Rolle natürlich zwischen die Damen.
Die Consommée double muß leider ausfallen, sagte ich, das Verfallsdatum war überschritten; also gibt es nur kalte Speisen, die man angesichts der offiziellen Küche nur genießen kann.
Sie mögen Kaviar?
Ich könnte sterben für Kaviar, sagte die schöne Nadine. Ich rückte ihr alles zurecht – die eisgekühlte Kristallschale, ihren Teller und den Löffel aus Horn.
Die Blinis, sagte ich, hat Daisy auf dem Gewissen, aber ich finde, es geht auch ohne sie.
Aber ja, sagte Nadine und biß in ihr Baguette.
Es war eine angenehme, besinnliche und sinnliche Stimmung. Die Hunde schmatzten, und ich machte die erste Flasche Champagner auf. Nadine trank ihr Glas in einem Zug; das gefiel mir, Frauen, die an Champagner nur nippen, sind hinterhältig, nach meiner Erfahrung.
Beschreiben Sie die Einrichtung, sagte Nadine.
Sehr sehr ordentlich, sagte die Tante und sah sich um.
Danke, sagte ich, aber das ist der reine Selbsterhaltungstrieb. Unordnung wirkt bedrohlich auf mich.
Was könnte man Indiskretes sehen, fragte Nadine, könnte man sehen. Ich küßte ihre Hand.
Die Kollektionen, Schachteln, Alben und Mappen eines Sammlers, sagte ich, die Souvenirs eines Liebhabers und Amateurs.
Machen Sie eine Liste, sagte Nadine majestätisch und tupfte mit ihrer Zungenspitze ein graues Körnchen von ihrer Unterlippe.

Nichts besonderes, sagte ich, die Früchte ungeplanter Fluchten, meine Tagebücher, die zwei Tagebücher aus Familienbesitz, Hunderte von Photographien und das Register der E. A.
Was heißt E. A., fragte sie.
Einmalige Augenblicke, sagte ich, ordentlich klassifiziert, rubriziert und mit einer Note versehen, die kein Mensch versteht, eine kalligraphische Notlösung im Kryptischen, sozusagen.
Einmalige Augenblicke, sagte Nadine, auch unangenehme, trübsinnige, dumme und widerwärtige?
Des ganzen Lebens Reichtum, sagte ich, wenn es einer war. Soll ich den Lachs auffahren? Möchten Sie ein wenig Musik? Soll ich etwas vorlesen? Ich lese leidlich gut vor. Sie haben die Wahl.
Erst der Lachs, sagte Nadine, dann vorlesen, aber woraus?
Für Literatur aller Art ist gesorgt, sagte ich, da wäre zuerst der *Guide international de l'amour* mit liebevollen, heißen Texten meines armen Pa;
dann hätten wir den guten Hodkins, *Der Positive Augenblick,* die Erinnerungen eines Jägers und Sammlers, könnte man sagen. Sehr anregend ist auch Jessners *Diätetik,* wo man nachlesen kann, wie lange man ein hart gekochtes Ei verdaut –
Zu lang, sagte Nadine, wie wäre es mit den Tagebüchern?
Liebste Nadine, sagte ich, wie gern läse ich Ihnen etwas aus den Tagebüchern vor, aber erstens sind sie nicht auf dem neuesten Stand der flüchtigen Aktualitäten, so unwiederholbar sie auch sein mögen, und zweitens sind sie derart indiskret in ihrem unbearbeiteten Zustand –
Sie stilisieren Ihre Tagebücher, sagte Nadine, doch wohl nicht für die Nachwelt?
Aber nein, sagte ich, nur für mich. Stilisieren ist vielleicht nicht ganz der korrekte Ausdruck ... Ich verfasse nach meinen diaristischen Notizen auf gewöhnlichem Papier präzise fortlaufende Berichte auf gutem Papier, garniert mit den nötigen Daten und Fakten, die eine jede Situation im Hinblick auf die Gesamtmasse ihrer Augenblicke enthält.
Zum Lachs tranken wir den Bordeaux, der die richtige Temperatur hatte.

Sind die Tagebücher gebunden oder broschiert, fragte Nadine, sind es Ringbücher oder Kladden?
Ringbücher, sagte ich, wegen der Nachbesserung – man kann die unliebsamen Erinnerungen einfach tilgen, indem man eine Seite in den Orkus schmeißt.
So betrachtet, sagte Nadine, sind ein paar Seiten aus ein paar Jahresperioden nichts als Falsifikate oder leere Stellen.
In die leeren Stellen, sagte ich, trüge ich jene Eindrücke ein, die zäher als die anderen am Verfasser klebten, pure Anhänglichkeit auf beiden Seiten ...

In diesem Augenblick klopfte es heftig, zwei mal lang, zwei mal kurz, und Jordan stürzte in die Kabine, einen Haufen kleiner Zettel in seiner Hand – ich hab's gefunden, sagte er, oh, Sie haben Besuch, pardon, pardon ...
Ich stellte die Damen vor und hoffte, Jordan würde bald die Kurve kratzen. Aber nicht im mindesten, die Atmosphäre gefiel ihm, zwei Damen, dazu noch Französinnen ...
Sein Blick fiel auf die Delikatessen. Da ich aufgestanden war, setzte er sich auf meinen Platz und sagte: Ah, Kaviar und Lachs, das ist – und dann fabrizierte er folgende Konstruktion, die ihm mehr als das Entree sicherte: Mademoiselle, je l'accepterai de votre main avec beaucoup de plaisir.
Mademoiselle Nadine, sagte ich, ist blind und wird Ihnen nichts reichen, Sie müssen sich schon selbst bedienen.
Blind, rief Jordan, mein Gott, seit Geburt? Wie schrecklich, wie außerordentlich furchtbar, wie ausgesucht gemein ...
Seit einem Autounfall vor zwei Jahren, sagte Nadine.
O, sagte der Reverend, dann hatten Sie noch Gelegenheit, die Schönheit der Welt mit eigenen Augen nachhaltig ... und er stopfte sich ein großes Stück Foie de gras mit Baguette in den Mund.
Was führt Sie her, fragte ich.
Jordan kaute und schluckte.
Ich habe die Lösung, sagte er, endlich habe ich die Lösung.
Reverend Jordan, sagte ich, arbeitet an einem universellen Patent-Stoßgebet.

Süß, sagte Tante Melanie und sah Jordan mißtrauisch an. Ich glaube, sie mochte keine Geistlichen.
(Sie haßt Geistliche aus ganzem Herzen, sagte mir Nadine später.)
Bitte, sagte Jordan, kein leichtfertiger Zynismus.
Wirklich Goff, ich hab's ausgeknobelt. Der Einfall kam mir, als ich in der amerikanischen Bar vor der Toilette warten mußte. Ich hatte wirklich schon Schmerzen. Wenn, dann, dachte ich unaufhörlich. Da hatte ich die Form, die Form ist alles – das ultimative Gebet ist's, verstehen Sie?
Jordan vermasselte mir die Situation.
Sie sehen bleich aus, sagte ich, Ihre Hände zittern, haben Sie etwas Falsches gegessen?
Auf diesem Schiff kann man nur Falsches essen, sagte er und bediente sich mit dem Lachs.
Ich finde die Idee mit dem ultimativen Gebet sehr hübsch, sagte Nadine plötzlich, wahrscheinlich für Gott unwiderstehlich.
Sie haben den Gedanken komplett begriffen, sagte Jordan gerührt, obwohl ich mich so unbeholfen ausgedrückt habe.
Die Grundform wäre die –
Ich habe mit den Damen noch etwas wichtiges zu besprechen, sagte ich, den nächsten Landausflug betreffend.
Ich schließe mich gern an, sagte Jordan mit Herzlichkeit und besabberte Nadines Hand, eine Backentasche voller Lachs und Baguettemasse, die Grundform geht so: Herr, wieder hast Du mich am Arsch –
In diesem Augenblick begann Tante Melanie zu lachen, sie schaute Jordan mit weit geöffneten Augen an und lachte wie eine Wahnsinnige. Die Hunde wurden nervös, und Daisy biß sich in ihren Quastenschwanz, während Anatol sonores Gebell ausstieß
Es war ein spectacle, das Nadine genoß.
Bitte, sagte sie, sei still, Melanie, bitte die Grundform.
Aber Jordan war verschnupft und wollte die Grundform nicht enthüllen.
Er stand auf, trank mein Glas Bordeaux und sagte, er spräche gern über dieses Thema, wenn wir für wahrhaft ernste Gespräche aufgelegt seien und verschwand.

Jordan, sagte ich, bevorzugt düstere und symbolreiche Gerichte wie z. B. Blutwurst mit Äpfeln.
Wie schrecklich, sagte die Tante, und er ist wirklich professionell religiös, ist er? Wie schrecklich unseriös. Ich kann mich mit solchen Leuten nicht unterhalten, egal worüber, sie sind einfach nicht ernst zu nehmen.
Unter dem Tisch preßte ich Nadines rechte Hand, sanft, aber nachdrücklich, und sie erwiderte mit einem ihrer grauen, leicht verschleierten Augenaufschläge.
Die Introduktion war endgültig, unwiderruflich eingeleitet, wieder der Anfang eines Endes, wie immer.
Haben Sie Tagebuchnotizen über Ihren Freund Lambert, fragte Nadine.
En masse, sagte ich, beinahe komplett, schon weil er das schönste Beispiel für geplante, aber mißglückte Passionen ist. Eines der Notate könnte wie in einem Roman heißen: der obskure Lärm.
Bestimmt wieder so eine hermetische Männergeschichte mit Ihrem verrückten Lambert, sagte Nadine, wenn Sie schon ein definiertes Thema haben.
Laß ihn doch, sagte die Tante, vielleicht will der Herr Goff eine ganz andere Geschichte vorlesen.
Wollte in dem Augenblick (das weiß ich noch genau, weil ich die süße blinde Nadine erst nach sehr langer Zeit wiedersah, subjektiv natürlich, subjektiv – objektiv waren es nur 12 Stunden oder noch weniger) lieber mit Nadine allein sein und alle Stadien des Geschmacks und des Gefühls auskosten, während sie sich verzweifelt ihren Liebhaber Goff imaginierte und ihn passend zu den Berührungen des fremden Wesens ausstattete.
Goff, sagte Nadine, Sie haben doch auf der Welt nur einen Horror – und das ist der Horror vor Streß, vor Zumutungen aller Art, wollen Sie nicht aus diesem Kanon . . .?
Meine leicht behaarte Affenhand glitt ihren Rücken entlang bis zum Nackenflaum.
Der reine Streß, sagte ich, heute bin ich nicht in der Stimmung zum Vorlesen. Wie schade, sagte die Tante, es wäre bestimmt sehr amüsant geworden.

52

Mein Job war auf die Dauer alles andere als amüsant, und ich war wohl denkbar ungeeignet für die unermüdlichen Arbeiten an der Geisterfront. Das hatte, wie so vieles auf diesem Planeten, diverse zureichende Gründe.
Seit den trüben Erlebnissen mit Torkas (er suchte sich später wirklich ein erfolgreiches Pseudonym) und dem schrecklichen Eifersuchts-Finale, verachtete ich die Literatur und natürlich auch ihre Hervorbringer; dieses ewige Wühlen und Plantschen im eigenen Schlamm ging mir auf den Keks. Dazu kamen dauernd neue expreßtelegrammatische Instruktionen Rantzows, der täglich ein neues Konzept hatte.
In Hamburg erreichte mich zum Beispiel ein teures Telegramm meines Verlegers mit dem Text:
Goff, immer daran denken – unser Programm soll das Weltniveau des Reader's Digest haben; für jedes Thema auf diesem gottverdammten Planeten muß es einen Autor geben, der es beackert. Keine komplizierten Texte! Die Welt des modernen Menschen ist komplex genug! Die Leute wollen getröstet und erlöst werden. Besuch bei Rammelsloh unumgänglich, wohnt in K. im Schwarzwald – leidet unter schweren Depressionen. Neu motivieren! Geld anbieten! Hat Torkas endlich seinen Exoten-Vertrag unterzeichnet? Schönste Grüße vom Miststück Elena. Treibt sich im Nahen Osten herum.
Ihr R.

Meine Kunst der Vorausschau hatte nicht in Rechnung gestellt, wahrscheinlich ein genetischer Spätschaden, daß ich ein mitleidiger Mensch war. Aus eisiger Distanz mag das Leben eines Autors durchaus etwas Ehrenhaftes haben, in Frankreich zum Beispiel ist das Schreiben von Belletristik sogar eine gesunde Geschäftsidee. Aber Rantzows Autoren, müde unter dem Joch des Aktuellen und des Populären ... und seine zweitklassigen belletristischen Lieferanten, die immer dem Zeitgeist in den Arsch kriechen mußten, waren besonders ridicule und ohne Fortune.
T., der tat mir natürlich nicht leid. Hatte uns erwischt, Frieda und mich, in einer sog. eindeutigen Situation, die Dame seines Her-

zens war mit ganzem Herzen mitgegangen und ventilierte noch leidenschaftlich, und wir lagen noch ein bißchen im Clinch in seinem ungastlichen Gastzimmer, in dem seine Frau im Augenblick so freundlich zum Gast war, da stürzte er mit einer riesigen Pistole (ein Webley Mark IV, wie ich später erfuhr, mit einem Kaliber für Kaffernbullen) ins Zimmer und kreischte. Seine Affektlage erlaubte ihm keine klare Äußerung (verlassen Sie sofort meine Frau) oder physischen Kontakt. Die meisten Verfasser ihrer psychischen Substrate sind Feiglinge, vertragen keinen Alkohol und pissen immer neben die Brille.
Die Mündung des Laufes sah ziemlich bedrohlich aus, aber Streß besiegt man nur, wenn man sich im Griff hält. Dazu gehört natürlich viel Disziplin, die in der Herstellung der reine Streß ist uswf. Ich sagte jedenfalls: Regen Sie sich bloß nicht auf. Solche Situationen kommen immer wieder vor. Lassen Sie uns darüber sprechen. Frieda ist eine wunderbare Frau, haben Sie je die Schönheit ihrer Beine bewundert? Die Grübchen am Po? Wenn Sie ein guter Autor sind, gehen Sie sofort ins Studio und machen sich eine Notiz.
Schwein, brüllte T. und zielte mit dem Ding auf meinen armen, schlaffen Sack im Profil.
Hero, sagte Frieda (das Arschloch hieß wirklich so . . .) denk an deinen Blutdruck, und eigentlich ist doch gar nichts passiert, es war ein Versehen, es wird nicht wieder vorkommen. Ich fand Frieda bemerkenswert umsichtig in dem, was sie ihm anbot. Ihr kleiner Verrat war in einer solchen Situation verzeihlich.
Ich bring dich um, sagte T., du Sau, du Bock, du Sauhund. Auch ihn fand ich, wie so viele seiner Kollegen, nicht ganz auf der Höhe der Kultur des Schimpfens; es gibt bessere Munition. Wieder zielte er auf mich, diesmal auf meine unschuldige Rübe. Henry Fonda ging in solchen Fällen mit seinem göttlichen Gang auf die Gegner zu und fixierte sie mit seinen grauen Augen. Aber nackt hätte er das bestimmt nicht gemacht.
Drapierte mir eine kleine Wolldecke um den Leib. Kam mir vor wie in einer Laienaufführung.
Stehenbleiben, kreischte der Verfasser.

Warum er nicht abdrückte, weiß ich bis jetzt nicht.
Der alte Webley Mark IV, ein britisches Fabrikat mit dem imperialen Kaliber, ist ein Double-Action-Revolver, man kann den Abzug durchziehen, auch wenn man den Hahn vorher nicht spannt.
T. zog nicht durch, T. spannte nicht den Hahn, sondern fing plötzlich zu weinen an.
Frauen habe ich immer gern weinen gesehen, wenn ich an den Tränen nicht schuld war und meine Tröstungen zu weiteren Handlungen führten. Aber weinende Männer sind ganz unerträglich.
Im Kino gibt's natürlich Ausnahmen. Glyzerin ist eben ein anderer Stoff, sieht einfach schöner aus. Dabei gab's mitunter edles Aufwallen von Rührung.
Aber nicht in der beschriebenen Situation.
Trinkt er, fragte ich Frieda, in solchen Augenblicken immer einen Schnaps oder lieber einen Whisky?
Keine Ahnung, sagte Frieda und sah ein bißchen ratlos aus. Jetzt hatte ich Mitleid mit ihr, auch so eine edle Regung, die man sich im streßlosen Leben ersparen sollte.
Holte dann einen Whisky.
Als ich wieder auftauchte, lag Hero T. halb auf seiner Frieda, gewissermaßen zwischen ihren Beinen, schluchzte und flennte, gestreichelt von seiner Frieda, die gurrte und schnurrte.
Ich bring ihn um, sagte T. hin und wieder, nach einem qualvollen Seufzer; kein skrupelloser Feind, das arme Schwein.
(Wie sehr ich mich doch täuschen sollte ...)
Packte mein Zeug zusammen, und Frieda lächelte mir beim Abschied strahlend zu, während sie die bebenden Flanken ihres Gatten massierte.

53 Das Notat über die EDITION AVICENNA hatte mich so nervös gemacht, daß ich in die Bar Mistinguette ging, ein Entschluß, den ich heute natürlich sehr bedaure. Wäre besser in die Amerikanische Bar gegangen. Aber wer ahnt schon Böses um 11 Uhr abends, auf einem Schiff.

In der Bar war die alte Besetzung, der Barkeeper Elster, auf einem Hocker direkt neben dem Spiegel Reverend Jordan, am anderen Ende, neben der Toilettentür ein dickes Individium, unbewegt vor einem Tumbler, in der Mitte, Platz 6, saß wieder der Kater George auf seinem Hintern, die Vorderpfoten in die Lehne verhakt.

Ich gab ihm einen Eierlikör aus, den er mit sabarytischen Geräuschen in seiner Kehle schlürfte. War noch nicht so hinüber, daß er sich nicht geputzt hätte, ein sehr anständiger Trinker, der anständigste, bei Licht betrachtet, den ich je kennengelernt habe, zu Lande oder auf dem Wasser.

Wieviele hat er schon intus, fragte ich Jordan.

Vier, sagte Jordan, einen mehr als ich, was trinken wir, Bruder?

Auch Jordan war schon ziemlich hinüber.

Wir fingen mit Whisky-Cocktails an.

Hätten wir mit Gin-Cocktails angefangen, wäre die Geschichte in der nachgeordneten Kalkulation der so verständig versammelten Elemente wahrscheinlich anders verlaufen.

Oder der taxonomische Blick hatte wieder versagt.

Aber schließlich, friedlich-finalistisch betrachtet, sind wir allemal nur monadische Automaten im Sinne Hellfrichs, der zu Geburtstagen seines Freundes Skinner immer einen Blumenstrauß aufbaute.

Wie geht's dem ultimativen Gebet, fragte ich.

Gut, sagte Jordan, es macht sich, weil es logisch ist, einfach nur deshalb.

Keine Sorge-Formen mehr, fragte ich.

Die Form sorgt für sich selbst, sagte Jordan.

Wie die Logik, sagte ich, das behauptet jedenfalls Wittgenstein.

Wer, fragte Jordan.

Ein wunderbar verrückter Philosoph, sagte ich.

Das Schiff schwankte in diesem Augenblick, und die Kuckucksuhr zwischen den Flaschenbatterien pendelte einen Augenblick.
Auch der ging vorbei, wie sie alle vorbeigehen.
Tiefe Melancholie, das weiß ich noch, entsetzlich grund- und ziellos. Das haben diese Zustände so an sich, läßt sich nicht anders regeln.
Sie sind verliebt in die Kleine, sagte Jordan, war Ihnen noch ein erotischer Augenblick vergönnt?
Erlesene Ausdrucksweise durch die Cocktails.
Wir betranken uns systematisch, freundlich assistiert von Elsters professionellen Griffen durch Manhattans, Dry Manhattans, Highballs, Whisky Sour und zur Erfrischung der Kehle für diesen Durchgang I einen Mint Julep.
Muß aufs Klo, sagte Jordan, wischte sich irgendetwas aus den Augen und verschwand.
Trank einen Negroni auf sein Wohl, das Wohl seiner Schäfchen und seiner ultimativen Gebete.
Wie sieht die Form aus, fragte ich ihn, als er nach Pißbecken duftend zurückkehrte.
Logisch und einfach, sagte Jordan, beste Form das hypothetische Konditional, versteht jeder Gott zwischen Himmel und Erde und anderswo.
Erste Klasse, sagte ich, lassen Sie uns eine White Lady auf das hypothetische Konditional trinken.
Allemal und immer, sagte Jordan. Statt des Cointreau nahmen wir Curaçao.
Prost, sagte Jordan, wenn ich an die Myriaden von Gebeten denke, die jetzt perfekt gen Himmel steigen, wird mir ganz schwindlig.
Mir ist schon schwindelig, sagte ich, muß auf's Klo.
Natürlich ist ein Klosett immer eine verläßliche Konstante der Realität; hätte aber darüber nachdenken müssen, als ich vom Barhocker rutschte, daß zuviel Planung alles vermasselt, genauso wie zu wenig Planung.
Ich pinkelte und zerdrückte meine Zigarette an den Kacheln, da betrat das Individuum die Toilette, ein bärtiger Mann mit einer Hornbrille.

Tropfte ab und verstaute die Juwelen; da bekam ich einen kräftigen Schlag in den Nacken. Meine Stirn knallte mit einem häßlichen Geräusch an die Kacheln, genau auf die Rußspur meiner getöteten Zigarette. Der zweite Schlag erwischte mich in den Kniekehlen, und das Pissoirbecken raste auf mich zu.
Als ich wieder halbwegs denken konnte, trat mich der Kerl in den Magen, und ich kotzte meine Cocktail-Mixtur ohne Shaker auf meine Hemdbrust, immerhin ein van Laak-Hemd, ein Abschiedsgeschenk von Elena.
Ich versuchte mich aufzurichten, aber eines meiner vielen Beine hing verdreht am Körper; noch immer kein lokalisierbarer Schmerz. Der Körper vernachlässigte wieder einmal die Kunst der Vorausschau, diese blöde Maschine.
Jordan, schrie ich mit aller Kraft, aber die Kehle machte nicht mit. Das Individuum boxte jetzt, die Daumen, (was für ein Detail) in den Fäusten auf meinen armen Körper. Dann wurde es, wie man sagt, Licht um mich, und ich wachte in einem sehr hellen, sehr aseptischen Zimmer auf.
An der Plastikdecke waren gelbe Flecken, Urinflecken, wahrscheinlich war ich ertrunken und befand mich in der Tiefe eines Klobeckens. Gleich würde ein gütiger Riese spülen und ich könnte aus dem Traum aufwachen und mir endlich einen Cocktail aus der Wodka-Serie machen, einen Sputnik oder ein Black Russian mit Kalhúa ... Es stank nach einem Infektionsmittel. Meine Brust tat weh, ich hatte nur ein Bein, das erbärmlich schwitzte.
O Gott, sagte ich, was ist das bloß, was ist passiert – aber niemand hörte mich. Hätte mich doch des jordanschen ultimativen Gebets bedienen sollen.
Lange Zeit in rötlichen Dunkelheiten, in denen schattenhafte, schneeweiße Hunde an meinem Bein zerrten.
Dann öffnete sich die Tür, und Nadine tastete sich in Richtung meines Fußendes und sagte Goff, mein lieber Goff ...
Dort ist ein Stuhl, sagte die Tante, du kannst ihn besser küssen, wenn du sitzt.

54 Da lag ich nun und hatte meine extrem friedsamen Augenblicke, unterm Arsch manchmal die Bettpfanne, das linke Bein bandagiert, die wehleidige Rübe auch bandagiert, während das Schiff mit gleichförmiger Geschwindigkeit seinen Kurs abwikkelte, Richtung Polynesien oder Pago Pago oder so – (siehe die Zeichnung). Mir war jedenfalls gaga im Schädel, ein gemeines, pulsierendes Weh, jedes einzelne Organ schmerzte, die ganzen Aufhängungen waren in Unordnung.
Dr. Zyklinski, der nach Knoblauch stank und einen entsetzlichen Dialekt sprach, verarztete meine verschiedenen Läsionen, Kontusionen und Quetschungen und hätschelte das lädierte Bein.
Särr schlächt, sagte er bei jeder Visite.
Die Kopfschmerzen (absolut klarer Genese in diesem Fall) blieben hartnäckig und veränderten nur ihre Klangfarben bei ungeschickten Bewegungen. Lag auf diese Weise unbeweglich wie ein Gelähmter in meinen drei Kissen und rollte nur die Augen nach links oder rechts, je nach Bedarf. Der Täter, so erzählte Zyklinski, befand sich beim Kapitän und berichtete dem, ich sei ein perverses Schwein und hätte ihn in der Toilette der Mistinguette-Bar notzüchtigen wollen. Kapitän ist geneigt zu glauben, sagte Zylinski mit seinem assyrischen Bart, ist der Härr äphäbisch zart von die Natur.
Wie heißt das Schwein, fragte ich, wegen Schadenersatz und Reise-Ausfall.
Name ist Castor, sagte Zylinski, heißt lateinisch Biber, hat Drüsenabsonderung namens Catoreum, ist stinkend.
Ach, hätte mein Gehirn funktioniert wie in alten Zeiten, ich wäre auf die Lösung gekommen; so ein billiges Anagramm.
Zwei Krankenschwestern wuselten herum, eine Virginia und eine Anita, eine Blonde und eine Brünette, eine etwas Mollige mit violetten Augen und eine klassisch Gebaute mit kleinen beweglichen Titten.
In der ersten Zeit führte mich das Parfum von Anita in die Irre, wenn sie mich in den rechten Arm nahm und mir die Schüssel unterschob. Mein Kinn ruhte dann an ihrem Hals, schielte ich angestrengt, konnte ich die kleinen, nach Mitsouko duftenden Brüste sehen mit ihren dunkelroten, immer leicht geschwollenen Wärzchen.

Nachts war es nicht ganz so friedsam, wenn die Menschen-Geräusche im Schiffskörper dünner wurden.
An meinem Kopfende rauschte es in mindestens vier Röhren, ich war am Verdauungssystem des Schiffes angeschlossen. Ab Mitternacht schossen im untersten Rohr komprimierte Massen mit rasender Geschwindigkeit von links nach rechts, während in den anderen Rohren unbekannte Flüssigkeiten gurgelten und röchelten, besonders gegen Morgen. Hin und wieder sandte ein Gefangener im Maschinenraum Klopfsignale aus, alle bestimmt vom Rhythmus eines Irren.
Ich höre nichts, sagte Dr. Zylinski und preßte sein beflaumtes Ohr an die Wand mit dem Röhrensystem, die mit Absicht zu kommunizieren aufhörten, wenn er sie auf frischer Tat ertappen sollte.
Ist alles darinnen in Schädel, sagte er und klopfte mit einem Knöchel zart meine lädierte Kapsel.

Lamberts Hörfähigkeit war damals richtiggehend sophisticated – schlaflos im Bett, hörte er die Geräusche der Flügelschläge winziger Fliegen, die nur ihn allein nachts heimsuchten. Nach den Fliegen fingen im vierten Stockwerk drei miteinander verbündete, synchron geschaltete Waschmaschinen mit ihrem Schleudergang an, während unter ihm, gegen fünf Uhr morgens, eine Gruppe boshafter Zwerge kleine Kommoden, Truhen und Trumeaux hin- und herschleppte, von einem Zimmer ins nächste, mit immer unhandlicheren Möbelstücken. Gegen morgen schlief Lambert gerädert ein, geweckt vom debilen Gegurre der Tauben.
Tagsüber zu schlafen, war für Lambert unmöglich wegen der Helligkeit. Ließ er die Jalousien herab, hörte er in der künstlichen Dunkelheit die peinigenden Geräusche des Tages, speziell für ihn hergestellt. In einem Zimmer, weit ab von Lamberts geplagtem Sensorium, bellte ein Hund; in einem anderen Zimmer kreischte ein Baby.
Durch die Wände, nahe seinem rechten Ohr, waren Geräusche zu hören, als hustete ein Greis in seiner Agonie und niemand half ihm; das Husten wurde immer qualvoller und drängender, bis es mit einem Crescendo von Erstickungslauten endete – und dann diese

brüllende Stille danach, so daß man sich nach einem ehrlichen, beliebigen Geräusch zu sehnen anfängt.
Es war unerträglich.
Am meisten marterte Lambert der sog. obskure Lärm, Lärm, der keine bestimmte Quelle hat, obskure Ursprünge, sozusagen unqualifizierter Lärm, nicht definierbarer Lärm.
Einmal sprang ein Selbstmörder aus dem Dachfenster in Lamberts betonierten Hinterhof.
Lambert wurde aus einem seiner seltenen Nachmittagsschläfchen geweckt, rannte zum Fenster und konnte durch einen Spalt den Augenblick sehen, in dem der Schrei durch den Aufprall voraussichtlich für immer verstummte.
Bravo, sagte Lambert befriedigt, da ist die Ursache und die Wirkung, der Weg ist klar, Grund und Folge sind gleichermaßen festgelegt, also ist alles in Ordnung.
Wegen der unerträglichen Lärmbelästigung und der Unfähigkeit, sie zu beseitigen, fing Lambert an, monokausalen Interpretationen zu mißtrauen. Wenn die Produktion von Geräuschen schon eine derart uneindeutige Sache ist, verhält es sich mit all den anderen Beziehungen Mensch/Welt, sagte sich Lambert, wahrscheinlich ebenso. Seine Fähigkeit, alles symbolisch zu sehen, kam ihm abhanden. Eines Tages gab Lambert auf, an dem Tag, an dem ein Staubsauger über seinem Kopf sein Leben aushauchte.
Er hatte schon immer einen klagenden Tonfall, sagte er, zur Teezeit, sowieso ungewöhnlich für einen Staubsauger, klagte er, ja, er heulte, ich nehme an wegen Überfütterung seines Müllbeutels, und dann wimmerte das arme Ding und erstickte, Stille, Totenstille.
Reumütig zog Lambert zurück in sein schönes Ambiente in G. und widmete sich resigniert dem Gartenplan, unbelästigt von natürlichen oder künstlichen Geräuschen boshafter Subjekte und Objekte.

In der Krankenstation überkam mich ein furchtbarer Katzenjammer, moralisch, existentiell, wie Hodkins gesagt hätte, vermischt mit Selbstmitleid.

Bat Nadine um einen Besuch und machte eine kleine Liste der Mitbringsel. Kam an einem stürmischen Nachmittag, einem Freitag, glaube ich, während ich in meinem Bett schaukelte und mein Urin in der Bettente schwappte.
Es war ein hübscher Auftritt, Nadine, die gekränkte Daisy, Anatol und zum Schluß Tante Melanie mit Grabschmuck, einem Haufen cremefarbener Nelken.
In einem Korb trug meine Lieblingsblinde Hodkins, *Der Positive Augenblick,* eine Flasche Muscadet und mein After-shave, ohne das ich mir nackt vorkam, Tsar von van Cleef & Arpel hieß das Zeug, für Erpel und Krüppel gleichermaßen geeignet.
Die Tante hatte Lektüre zum Vorlesen mitgeschleppt, *Die sexuelle Reaktion* von Masters und Johnson, die *Philosophie im Boudoir* des Marquis und Sternes *Sentimental Journey.*
Sagte, ich sei zu müde zum Zuhören.
Er ist unter Streß, sagte Nadine sanft.
Er leidet unter Absencen, sagte Zylinski, wie aus Lehrbuch Neurologie für erstes Semester, muß an Schlag auf Kopf liegen.
Laßt mich allein, sagte ich, und sie ließen mich allein.
Anita enterte meine Bettente, um es mal nautisch zu sagen, und ich versuchte, eine Hand in ihren Ausschnitt zu stecken.
Wir sind aber böse, sagte sie kühl und schlug mich mit dem Thermometer auf den Handrücken, der von ihrer Hitze noch kribbelte.
50 Dollar, sagte ich, cash, für beide, ohne Franchise.
Wir überdenken Ihr freundliches Angebot, sagte sie.
Suchte das heimatliche Kapitel VIII auf, das dunkle Kapitel der Unlustvermeidung in alltäglichen Situationen.
Suchen Sie sich einen streßlosen, langweiligen Beruf, sagte Hodkins, Leichenbestatter, Friedhofsgärtner, Büchsenmacher, etc.
Hatte ich absolviert, allerdings in einer anderen als von Hodkins vorgeschlagenen, approbierten Reihenfolge.
In den sechziger Jahren Schmarotzer, Hurenbock, Friedhofsgärtner, Taxidermist in Paris – (ein wunderbarer Beruf, der dem erfahrenen Hodkins nicht in den Sinn gekommen war), in den siebziger Jahren Autorenkontaktagent, Klappentextskribent, Reisen-

der, in den achtziger Jahren endlich ein nächtlicher, streßloser, absolut nicht langweiliger Beruf, Portier in einem Nachtlokal in der Montparnasse-Gegend.
O du mein friedlicher Dachboden, wieviele Kakerlaken wirbeln deinen Staub auf?
Wieviele stumme und köstliche Augenblicke vergehen in all deiner Stille.
Vermeide unter allen Umständen anstrengenden Verkehr mit Menschen, wenn er nicht ganz unumgänglich ist; gehe kranken Menschen aus dem Weg, denn sie stellen Forderungen an uns, die unmöglich zu erfüllen sind und uns noch mehr belasten als sie, die sie bald klaglos davongehen, wie wir hoffen.
Das Glück an der Seite von Frauen zu suchen, ist ein beinahe aussichtsloses Unternehmen und führt am schnellsten zur Katastrophe. Suche dir ein harmloses, gefahrloses Hobby, mit dem du in Harmonie deine Tage hinbringst. Nur so entstehen Augenblicke der Schönheit, der Harmonie und des Einklangs mit der eigenen Natur.
Schaffe dir, aber auf Distanz, Freunde mit Vermögen, die du in der Not anpumpen kannst. (Hier, an dieser Stelle, wurde Hodkins wirklich praktisch.)
Eine Gefahr ist immer unmittelbar gegeben: das Vermeiden von Streß ist mitunter anstrengender als die passive Unterwerfung unter Bedingungen, die auf den ersten Blick Streß enthalten.
Sei immer von ausgesuchter Höflichkeit und der Aufrichtigkeit, die dir eine Fluchtmöglichkeit gewährt.
Und wieder fügte er tiefsinnig kursiviert sein *carpe diem* an den Schluß dieses bedeutsamen Absatzes.

O, ich prüfte mich in diesem Krankenbett, auf meinem Krankenlager, dem aseptischen Locus. Ganz bestimmt war ich durch den Schlag auf den Kopf ein bißchen plemplem, geistig depraviert, wie man wohl unter Betroffenen sagt.
Nachts erschien mir Hellfrich, zwei frische Babys auf dem Arm, alle nagelneu.
Du bist schuld, sagte er, du allein.

Stimmte zu, restlos.
Lieber Hellfrich, hatte ich auf einem meiner Spaziergänge in der kahlen Hügellandschaft gesagt, Sie müssen das Leben leben, wie es so kommt. Die künstliche Intelligenz ist nicht alles – erinnern Sie sich an den Zeugungsakt auch nur eines einzigen Würmchens?
Leider nein, sagte Hellfrich, es kam immer zu schnell, ich war nie darauf gefaßt, es war immer wie mit Glanville und dem Kontrollsystem, aber das führt zu weit, das ist zu intim.
Sie müssen, sagte ich, alles bewußt machen, Mathilda ist eine göttliche Frau, an deren Brüsten Zeus gesaugt haben muß – na, ich lobte jedenfalls sein Vollweib und sagte, er müsse auf der Stelle ein neues Kind fabrizieren, aber bewußt, mit allen Sinnen und eingeschalteten Kontrollmechanismen, den Schalter auf ON.
Verstehe, murmelte Hellfrich, das wäre wie mit dem Thermostaten.
Genau, sagte ich, volle Leistung.
Dieser Ausdruck schien nicht ganz passend zu sein, Hellfrichs Lächeln verschwand wieder.
Bewußt muß man es machen, sagte er, wie fanden Sie meine Mathilda, glauben Sie, ein Mann der Wissenschaft ist blind? Von einigen anderen Sensationen abgesehen, sagte ich, war sie exorbitant in allen Reaktionen und Gegenreaktionen, diese süßen, milchigen Küsse, das Pulsieren des Blutes unter den zarten Hautmembranen, die Beckenschläge ihres Rhythmus, alles in allem 1 b in der Spezifikation Goffs des Älteren.
Ich danke Ihnen für Ihre Anteilnahme, sagte Hellfrich – nur noch ein Wort zur Produktion ... Wann soll der erste Band der Reihe Kybernetik erscheinen, und wann muß mein Band über La Mettrie fertig sein?
Lieber Hellfrich, sagte ich Schwein, kümmern Sie sich um Ihre Gattin, die schöne Mathilda, zeugen Sie noch viele kleine weibliche und männliche Hellfrich-Zwerge und bauen Sie ihnen kleine Androiden –, und dann schreiben Sie über Ihre Erlebnisse. Ich werde dem Verleger diese unsere Idee so schmackhaft machen, daß er nicht wird widerstehen können uswf.
Gegen welches Potential habe ich da gesündigt, o Jordan, welche

Kapazität habe ich da, o Butler, Samuel, auf den Weg allen Fleisches gelockt.

Oder Rammelsloh, der Philosoph, erschien mir und klagte sein Leid. Mir hat die Welt die beschwichtigende Gesamtdarstellung zu danken, an der ich jetzt wie ein Tier leide, wenn Tiere leiden, s. mein Buch über René Descartes. Was soll ich tun . . .?
Wir saßen in Königsfeld, einem angenehmen Hochplateau-Örtchen im Schwarzwald, Heidegger-Ambiente.
Welche Sünden müssen Sie sich denn vorwerfen, fragte ich, in der EDITION AVICENNA gehen Ihre Darstellungen ganz prachtvoll, der Verleger liebt Sie und will doch immer mehr von Ihren Glanzstücken . . .
Ich schäme mich des positiven Heideggerbildes, sagte Rammelsloh und spielte mit den Lederknöpfen seiner grünen Jacke, dieses dürftigen Denkers in furchtbarer Zeit.
Die Japaner sind ganz weg von Ihrem Schinken, sagte ich, zählen die gar nicht?
Vor allem schäme ich, sagte Rammelsloh und hob seinen Blick gen Himmel (wir saßen vor einer Holzhütte mit Talblick, Kühe lungerten herum, Bienen suchten das ihre, der Wald stand schwarz, wie es im Prospekt heißt), meines letzten Buches in der Auflage von 12 000 Stück, mein Gott, *Der geistige Quantensprung* . . .
Fürwahr, sagte ich, da haben sich plötzlich sämtliche Lager vereinigt, hatten Sie nicht eine Rezension von –
Leider, sagte Rammelsloh, leider.
In diesem Augenblick erschien Frau Rammelsloh, gefolgt von ihren blühenden Kindern; durch den Umgang mit dem Philosophen war sie eine mordshäßliche Matrone geworden, in der ein süßes Schwarzwaldmädel steckte, the inner woman, aber da ich alle Frauen verehre, küßte ich ihre dicke Hand.
Süße Kinder, sagte ich, ganz entzückend.
Sie hießen Greta und Carola, beide appetitlich im Babyspeck, ca. 14, absolut geschlechtsreif. Hatten einen wunderbar lasziven Blick, alle beide.
Sie lesen gerade Husserl, sagte Frau Rammelsloh, man muß die

jungen Geschöpfe mit dem Besten umgeben, was der menschliche Geist –
Wem sagen Sie das, gnä Frau, rief ich, wem sagen Sie das, steckt doch in jedem Kind ein Genie, man muß es nur hervorlocken. Wäre das keine Aufgabe für Sie, Professor?
Er kümmert sich nie um die Kleinen, sagte sie, immer nur seine Ethik, Moral, Ökologie, Umweltschmutz und Umweltschutz, neuerdings.
Er ist wahrscheinlich ein Opfer der déformation professionelle, sagte ich, wie so viele in dieser Gesellschaft, einfach falsch programmiert.
Rammelsloh zuckte zusammen, aber der Weg war goldrichtig.
Will man die Gesellschaft verändern, sagte ich, so muß man am kleinsten Glied anfangen, dem Kind.
Die beiden Mädchen strahlten mich an, als sie die Schote vom kleinsten Glied hörten.
Hatte große Lust, sie beide betrunken zu machen und dann –
Sie haben recht, sagte Professor Rammelsloh, vielleicht habe ich einfach meine Aufgabe falsch gesehen.

Was mochte wohl aus den kleinen Schwarzwaldmädchen geworden sein? Meine Gespenster suchten mich auch des Morgens heim – an einem Sonntag erschien Basorgia in seinem Rollstuhl mit einer Eskorte kummervoller Schneehasen, die alle an Krücken gingen.
Ich gab ihm sofort recht und sagte: Verschwinde wieder in deinem Orkus, Basorgia, geh auf der Stelle und erscheine als Gespenst in deiner Via Mala-Berghütte.
Ja, es tut mir leid, daß ich dich mied wie die Pest, als es dir schlecht ging in der späten Phase deiner Krankheit; du hast tapfer versucht zu sprechen, mit allzu viel Hoffnung auf die Ergänzungsfähigkeit deines Besuchs; ich habe mich geekelt, auch das tut mir in der Seele leid, falls ich eine habe. Natürlich hast du ein bißchen gestunken.
Im letzten Stadium mit Schluckpneumonie und Atmungslähmung habe ich dich nicht besucht, du kennst meine panische Angst vor Kranken und ihren Krankheiten. Zuletzt bestandest du nur noch

aus deinen finalen Symptomen; aber ich hätte dir etwas vorlesen können aus deinen Büchern, vielleicht aus deinen *Hospital- und Spitalbauten der italienischen Renaissance* ...

Abbitte auch dir, Autor Grimmerson; du hast dein Lebtag so rührend dein Subjekt Die Sprache in aller Treuherzigkeit und Naivität gehütet und warst so stolz auf sie, dein Subjekt, das sich aus objektiven Gründen immer entzog. Du konntest nicht schreiben, weil du nicht denken konntest. Trotzdem, mein lieber Grimmerson, hätte ich dir die Nachricht vom Preis anders übermitteln müssen. Ich las dir am Telephon die Begründung vor – ... wird ein Werk ausgezeichnet, das sich skeptisch und zuversichtlich zugleich auf die humanen Möglichkeiten des Individuums in einer zunehmend komplexeren Welt besinnt, oder so ähnlich, bei diesem beschissenen Text hattest du bestimmt Tränen der Rührung und des Stolzes in deinen Augen. Zuversichtlich bist du gewesen, etwas schlechteres möchte ich nicht über dich sagen.

In den Rohren hinter meinem Schädel schossen die Fluten hin und her, vor allem nach dem Dinner in der Urinierphase. Diese Entleerungen machten mich noch nervöser, als ich schon war. Am Montag erschien Jordan und sagte: Tut mir leid, alter Junge. Brachte trotz seines kleinen Budgets eine Flasche Whisky Sour, die er brüderlich mit mir teilte.
Ich geb's auf, sagte er, hat keinen Zweck, ich geb's wirklich auf. Wissen Sie, das Schreiben scheint nicht meine Stärke zu sein, wüßte allerdings nicht, welch' andere ich hätte.
Natürlich könnte ich mein Leben aufschreiben, ich habe in den sechzig Jahren mehr erlebt, als andere Leute in 20.
Das scheint mir ganz normal zu sein, sagte ich.
Wieso, sagte Jordan traurig, ich habe wirklich viel erlebt. Wie geht es George, fragte ich.
Hat's am Magen, sagte er, kotzt viel.
Schenken Sie ihm ein ultimatives Gebet, sagte ich.
Altes Tier, sagte Jordan, wird nichts nützen.
Sehen Sie dieses graue Buch, sagte ich, lesen Sie mir bitte den ersten Absatz auf der Seite 212 vor.

Jordan schnappte sich Hodkins, schlug die Seite auf und begann gepflegt zu lesen: Es gibt eine schwachsinnige Konstante in der menschlichen Natur, die skrupellos und ohne Rücksicht auf die etwaigen Folgen nach Realisierung von Plänen und Projekten drängt, im Sinne der Effizienz; davor müssen wir uns von Kindesbeinen an hüten.
Aber dann, sagte Jordan, gäbe es keinen Fortschritt.
Nicht so laut, sagte ich, er könnte Sie hören.
Fortschritt? Wo sehen Sie einen Fortschritt? Auf welchem Gebiet, in welcher Zone?
Vielleicht haben Sie recht, sagte Jordan nach einiger Überlegung, gibts doch immer noch nichts gegen den Schnupfenvirus.
Sehen Sie, sagte ich, da haben Sie's.
Eine harmonische, leicht deprimierte Pause auf beiden Seiten ergab sich.
Man sollte sich, sagte Jordan, in eine schöne, starke Frau mit Geld verlieben, die einen umhegt, pflegt, umsorgt, in einem kleinen Gärtchen mit einem nicht durch Hypotheken belasteten Haus.
Das genau, sagte ich, mein lieber Jordan, war ursprünglich mein Lebensplan, ich wollte allerdings immer viele, starke und schöne Frauen, die alle gute Freundinnen wären, Gefahren abwehrten und –
Jaja, sagte Jordan, wo eine Frau ist, wächst das Rettende auch, oder wie das heißt von diesem Goethe.
Schiller, sagte ich, der andere Lebenskünstler, da heißt es Wo Gefahr ist, wächst das Rettende auch.
Hab ich ja gesagt, sagte Jordan, was werden Sie nach der Reise machen?
Och, sagte ich, meine Uniform anziehen und vor dem Nachtlokal herumstehen, in der Rue –
Ich werde Sie besuchen, sagte Jordan, ist die Show gut?
Ich hab sie noch nie gesehen, sagte ich, meine Freudin Olivia tanzt dort, eine phantastische Mulattin.
Ich hatte mal eine Chinesin, sagte Jordan, konnte sich aufklappen wie ein Buch (er machte diesen virtuosen Akt mit den Händen vor),

betrog mich dann mit einem Autoverkäufer, Renault oder sowas. Die Autoverkäufer sind im Kommen, sagte ich und dachte an Irina oder Jutta oder Anita oder Christiane, wie sie alle hießen, meine wunderbaren Frauen.
Ließ mir von Jordan den kleinen Koffer mit den Kollektionen aus meiner Kabine holen.
Mein Bein tat weh, die Kopfschmerzen hatten die Form einer Kugel, die mit den Gezeiten pulsierte.
Was sind das für Kollektionen, fragte Jordan.
Souvernirs, sagte ich, alte Briefe und Photos.
Frauen auch, fragte Jordan.
Aber sicher, sagte ich.
Jordan bat mich nach dieser Frage um den *Guide International de l'amour*. Man schaut sich ja, sagte er dazu, die Schönheit immer wieder gern an, zumal die nackte. Und Ihr Herr Vater kannte alle diese Schönheiten persönlich?
Seine Beziehungen, sagte ich, gingen über das Persönliche weit hinaus. Holen Sie sich das Ding und tauchen Sie tief in die Odaliskenblicke.
Gern, sagte Jordan und rieb sich die Hände, muß man sich doch die meisten Paradiese künstlich schaffen.
Wie recht er hatte.

Der Uralt-Goff, jener, der als Photograph Flaubert und Maxime du Camp begleitet hatte, fand jeden Augenblick paradiesisch wegen seiner eingefleischten Lebenslust und Skrupellosigkeit.
1850 erlitt er einen kleinen Rückschlag durch den Vertrieb von J. A. Wilsons Patent – Corned-Beef-Büchsen in der Form eines Pyramidenstumpfes – das Pariser Publikum war offensichtlich noch nicht reif genug.
Die Form, schrieb A. Goff in sein schlampiges Diary, war der Zeit kongenial, gleichwohl ließ sich aus dieser Idee kein pekuniär reputierlicher Augenblickserfolg filtern, mit langen Sichten zu rechnen, ist das reine Ennui.
Claude Goff dagegen (1856 bis 1911, ein glückliches Leben) langweilte sich keinen Augenblick seines Lebens, sondern sammelte

rastlos als entzückter Positivist und Szientist alle Daten und Fakten, Positionen und Juxtapositionen, Zufallsmischungen und ihre Entladungen, oppsitionelle Pärchen von überschaubaren oder unüberschaubaren Mengen von singulären Ereignissen mit viel Ingenio, wie Gracian sich ausgedrückt hätte, immer auf der Suche nach dem Instant décisif, der schlagartig und vollständig alle Elemente und alle Mengen aller Mengen illuminieren könnte, was zu einem frühen Verschleiß von Körper und Geist führte.

Sein letztes Notat, geschrieben mit zittriger Unterwasserschrift, war rätselhaft; hatte etwas von einer einäugigen Sphinx: Nichts ist Zufall, alles ist Zufall.
Nichts ist deterministisch, alles indeterministisch.
Die Determinanten sind nicht das Wahre.
Das Wahre ist –
An dieser Stelle legte er als Diarist ein für alle Mal den Griffel auf die Seite und gab zwei Tage später, ohne christlichen Beistand, den Löffel ab – (wie mein penibler Vater unter dieses Notat geschrieben hatte.)

Man hat Castor alias Hero T. wieder in die Freiheitlichkeit der Schiffslabyrinthe entlassen, eine ganze unverständliche Entscheidung. So ein dichtendes Arschloch mag keinen Funken Talent haben, aber sie halten zäh an blödesten Entschlüssen fest, wenn sie schon mal einen gefaßt haben.
Diese levantinischen Kapitäne nehmen heimtückische Angriffe auf Leib und Leben in Toiletten offenbar nicht ernst.
Ließ mir von Jordan meinen Stockdegen aus dem Besitz der Familie Sforza bringen, ein kunstsinniges und mordlustiges Geschlecht. Sollte T. in meine kranke Kabine kommen, ich würde es ihm schon zeigen.
Stellte das Ding neben das Bett mit dem Griff neben meinem Kopfkissen.

Meine Träume waren in der nächsten Zeit ein wenig eintönig – ich rannte lange Gänge entlang, verfolgt von maskierten Männern mit Stockdegen.

Bat Schwester Anita um ein anderes Schlafmittel, ab da wurde es besser, nur der Kopfschmerz blieb konstant.
Ordnete gerade meine Frauenplanphotographien, eine wahre Schönheitengalerie von Angelica bis Zousa (eine schöne Schwarze, in der Nähe des Victoria-Wasserfalls in einem Prinzessinnen-Kral geboren, nach der Episode brauchte ich kompetente Pflege ...), da erschien Nadine in einem schönen Fummel von Krizia (melancholische Herbstfarben) und blieb lange stumm an meinem Bett sitzen. Sie sah ein bißchen verweint aus, so daß ich sie bitten mußte, ihre Sonnenbrille aufzusetzen.
Hat die Tante wieder Spasmen, fragte ich, geht's den Hunden schlecht, war das Essen wieder mies?
Alles in Ordnung, sagte sie und drückte mir mit erstaunlicher Kraft die rechte Hand.
Mit meiner Libido war etwas in Unordnung. Ich verschlang sie mit Blicken und berührte mit der Zungenspitze (natürlich nur in keuschen Gedanken) ihre Ohrläppchen, die heiße Oberlippe und die linke Brustspitze. Nichts passierte.
Vielleicht brauchte der Liebhaber stärkere Stimulantien, eine direkte Berührung, authentische Hitze.
Der Liebhaber blieb lahm.
Der Liebhaber war gelähmt.
Die Libido lahmte.
In Wahrheit, späte Erkenntnis, erwartete Nadine so etwas wie eine klassische, mit Seufzen unterlegte Liebeserklärung unter Ausschluß von Zeugen.
In diesem heiklen Moment gurgelte es in meinem inneren Röhrensystem (das andere war tagsüber ziemlich still wegen der vielen Nebengeräusche), und ich mußte dringend auf den Topf.
Nadine flüchtete mit ihrem weißen Stock.
In der Krankenstation breitete sich ein ziemlicher Gestank aus. Wieder einmal einen bedeutungsvollen Augenblick versäumt, wie so viele.

An die darauffolgende Zeit kann ich mich nicht mehr besonders gut erinnern; ich wurde krank, ich machte schlapp, irgendein blö-

der flottierender Virus hatte mich erwischt oder ich ihn, kein Wunder bei dem verrückten Ventilationssystem auf dem Schiff.
Nach einer Fieberattacke, nach viel Kotzen und anderen Scheußlichkeiten, war ich schwach wie ein neugeborenes Kätzchen. Aber ich wurde ganz wunderbar versorgt. Anita mit den schönen Brüsten gab mir zu trinken, wenn mich dürstete, Virginia fütterte mich und legte mich trocken, Anita putzte und badete mich, Nadine saß immer lange neben dem Bett und hielt meine heißen Pfoten, hin und wieder brachte sie Daisy mit, die vor Angst mit den Augen rollte (sie hatte meine panische Angst vor Krankheiten sehr verinnerlicht), ab und zu las mir die Tante aus seltsamen Büchern vor, *Von der Wehmut der Begierden,* von einem gewissen Alfredo Silicias, 1890 aus dem Spanischen ins Deutsche übersetzt, und aus einem Band Essays mit dem irreführenden Titel *Zitroneneis im Café Tortoni.*
Welch eine erlesene Auswahl, sagte ich zur Tante, was für glückliche Funde.
Die Texte waren sehr verständlich, weil Tante Melanie jedes Wort gleichmäßig betonte, nach Punkten eine Pause machte und nach dem Semikolon eine etwas größere.
Es waren friedsame Augenblicke, wenn ich da in meinem Bett lag, über mir die Derwischklingen des Ventilators, der mich immer wieder hypnotisierte, so daß ich einschlief.
Ich schlummerte friedlich, endlich umsorgt von Frauen, nichts als Frauen, keine strenge männliche Ausdünstung außer den flüchtigen Visiten des Dr. Zyzlinski, der sich mit meinem Spezialvirus nicht auskannte.
Einmal lag Elena in einer sehr verschwitzten Nacht neben mir, schön und duftend wie in den allzu kurzen hohen Zeiten, wollte ihr meine Infertilität beweisen, aber da hatte sie sich schon auf Zehenspitzen davongemacht; ließ nicht einen Zahnstocher zurück, kein Hustenbonbon und auch kein Tampon, nur eine strahlende Aureole von Mitsouko.
Da ich fürchtete, verrückt zu werden, fragte ich meine Frauen nach ihren Parfums; Virginia benutzte Chamade, Anita das dschungeldunkle Jicky und Nadine war auf Mitsouko umgestiegen. Beruhigt

schlummerte ich wieder in meinem schneeweißen, von Löwinnen bewachten Paradies.
Es war beinahe so friedlich wie auf meinem Dachboden.

Jordan brachte ein paar Geschenke, als es mir besser ging und ich meine Säfte bei mir behalten konnte.
Eine Flasche Pimm's, eine Dose MacIntosh-Bonbons und das Alterswerk meines armen Pa, den *Guide International de l'amour*.
Göttliche Frauen, sagte er, hocherotisch und dabei so delikat belichtet, nicht nur ein Kompendium für zu kurz gekommene Triebtäter. Und wie geht es Ihnen? Kümmern sich die Damen? Die kleine Blinde sieht ein bißchen angegriffen aus.
Mir selbst geht es nicht gut, zuviel Alkohol, zuviele zu spät getötete Zigaretten. Viel nachgedacht, tief nachgedacht, es gibt hienieden nur zwei Literaturen, zwei, sage ich, die eine ist das unentwegte Ringen um die Wirklichkeit Gottes oder der menschlichen Invention, Jacke wie Hose, und die andere ist einfach besser.
Ich habe mit meiner Lebenschronik angefangen, Kriege, Glauben, Hiebe, Duelle, Niederlagen und Siege.
Das klingt nach Streß, sagte ich, ich brauche Frieden, Ruhe und Frieden.
Diese Sucht nach Frieden und Ruhe, sagte Jordan, ist schon krankhaft bei Ihnen.
Da hatte er wohl recht.

An meinem 48. Geburtstag, unter dem Einfluß des Saturn und der Luna über Kreuz im Aszendenten, machte mir Frau Dr. Nadine Seydoux einen Heiratsantrag, dem meinerseits eine offizielle Liebeserklärung folgte.
Wegen Nadines Handicap war Tante Melanie die federführende Partei; wir unterschrieben und paraphierten die Verträge auf der selben Stelle des Bettes, an dem wir Heiratsantrag und Liebeserklärung ausgetauscht hatten. Zwei opalisierende Engel in schwarzen Tangas, Opal und die elende Elena assistierten uns mit Sirenengeheul. Gib ihr einen Kuß, sagte die Tante.
Das tat ich; sie schmeckte nach mehr.

Tante Melanie raffte ihr Strickzeug und den magischen Alfredo mit dem passenden Titel für diese Situation: *Von der Wehmut der Begierden* – unter den Arm und ging hinaus.
Zu meinem Leidwesen war ich noch allzu geschwächt, um Nadine meine unwandelbare Liebe zu zeigen, und so hielten wir nur Händchen und küßten uns ab und zu zerstreut.
Paragraph 11, sagte ich, der Kinderwunsch, ist ein heikles Kapitel unserer bestimmt harmonischen Beziehung.
Bei deiner Potenz, sagte Nadine, bei deinen Erfahrungen mit Tausenden von Frauen, wirst du mir diesen kleinen Wunsch doch nicht abschlagen.
Nadine, sagte ich, es gibt im Leben der Nationen wie auch im Leben des einzelnen Mannes gewisse Umstände, Krisen, gewissermaßen ...
Ich verlange ja nicht hier und jetzt ein Kind, sagte Nadine, hob blitzschnell ihren Rock über die Hüfte und mit der anderen Hand zerrte sie sich in einer traumhaften Balance ihren Slip aus. Wahrhaft elfenbeinweiß und rabenblauschwarz, süße, dichte Löckchen, zum Anbeten.
Gleichzeitig riß sie mir die Bettdecke vom maroden Leib und griff zu, griff einfach zu.
Ah, sagte sie, der Signifikant.
Liebste Nadine, sagte ich verzweifelt, dein Wunsch nach Kindern ehrt dich gewissermaßen, Kinder sind wunderbare Geschöpfe, ohne Zweifel, aber wir müssen unser stilles Glück ohne Bälger hinkriegen, man könnte eines dieser entzückenden Kinder mit Hungerbauch adoptieren –
Da gab mir die zarte Nadine eine Ohrfeige.
Ich simulierte geistesgegenwärtig eine Ohnmacht und hatte wieder eine paar friedliche Momente per saldo.
Goff, sagte sie, wach auf, was ist los, natürlich adoptieren wir Kinder, wenn wir ein eigenes haben.
Liebe Nadine sagte ich, ich kann mir keine Kinder leisten, wovon, zum Teufel. Ich weiß sowieso nicht, wie ich uns erhalten soll, wenn ich als Nachtlokalportier auf einem Bein lahme.
Die Blinde und der Lahme, sagte Nadine wohlgemut und gab mir

einen heißen, feuchten Columbinenkuß mit der ganzen Triebfeder ihrer Zunge.
Nadine, sagte ich (letzter Versuch) – ich bin so gut wie mittellos, der Lottotreffer steckt in diesem Schiffsabenteuer ohne Landaufenthalt, ich verliere meinen Job; Daisy haßt Frauen, und ich bin im Augenblick impotent und dauernd infertil.
Du bist was, fragte Nadine.
Laß uns diesen kostbaren Augenblick nicht vermasseln, sagte ich, meine lausige Seele sagt mir, daß wir viele friedfertige und harmonische Augenblicke –
Da rannte sie aus dem Zimmer, kein Wort mehr.

Vielleicht war ein mit friedlichen Augenblicken und harmonischen Momenten gepolstertes Leben wirklich nicht für jeden erstrebenswert.
Der arme Pa lag jetzt pflegebedürftig in einem teuren Altersheim, war schwer alterssichtig, gichtig (trotz des vielen Zimmersports, noch so ein nachdenkenswerter Punkt), hatte seinen Tremor und konnte selbst der hübschesten Schwester nicht mehr an die Wäsche, ein beklagenswertes Schicksal für einen Mann, der die Frauen mit allen Kräften liebte.
Hatte ihn deswegen vier Jahre lang nicht besucht, weil mir der Anblick seines Elends zuwider war.
In diesem Fall war es die maßlos unterminierende Kraft der Zeit; bei Pollard der Zufall, den ich so fürchtete wie Krankheit, Siechtum und einen Tod ohne Frauengesellschaft. War von einer Gruppe deutscher Philosophiestudenten nach einem Vortrag in der Lethe, nein, Themse, ertränkt worden; bestimmt kein Unfall nach seinem letzten Diskussionsbeitrag zu einem Fundamentalontologen: Sie haben da in einigen Ihrer Sätze Zeichen benutzt, die keine Bedeutung haben.

Razzini hatte es in einem seiner letzten Sommer erwischt, als er durch seinen Krebs schon aussah wie eine Abbildung aus Esquirol; war von betrunkenen Neofaschisten an sein Scheunenportal genagelt worden, Koinzidenz von niedriger und höherer Gewalt.

Die Gebrüder Plettner, auch so ein Beispiel, wollten sich für ein Leben in Ruhe und Abgeschiedenheit mit viel Geld versorgen. Da sie wie ich das Dogma der Arbeit gründlich verachteten, unternahmen sie phantasievolle Bankeinbrüche, bis ihnen die Zeitkassen einen Strich durch die Lebensrechnung machten.
Leider waren es technisch ungeschickte, leicht verwirrbare, von allen singulären Phänomenen irritierte Bruchproduzenten, ein jeder behaftet mit einem Handikap – Jean, der jüngere, war mutig, aber stotterte, Robert, der ältere, sprach flüssig, machte sich aber beinahe in die Hose vor Angst.
Ihre Auftritte hätten bestimmt mehr Publikum verdient; dreimal wurden sie an Ort und Stelle gefaßt, weil Jean seinen Satz nicht mit der notwendigen Geschwindigkeit an den Mann oder die Frau brachte; zweimal wurden sie gefaßt, weil Robert mit dem Sack stolperte oder in der Drehtür hängen blieb, das Auto streikte oder alles auf einmal passierte.
Es war ein schöner Augenblick der Planung, als sie ihre Anweisungen schriftlich gaben – Jean mußte nicht mehr stottern, Robert schaute drohend wie Robert Ryan, unter buschigen Brauen.
Das letzte Mal wurden sie gefaßt, als eine Tresortür (für die sie eine ganze heiße Nacht gebraucht hatten) hinter ihnen zufiel, einfach so, auch dem Direktorium ein Rätsel.
Nun saßen sie in einem norddeutschen Gefängnis lauter immerhin friedliche Augenblicke ab, die nur schwer vergingen.

Und war Lambert ein nachahmenswertes Beispiel, der seinen Garten kultivierte, Gräschen mit einer Pinzette zupfte, erschlagene Maulwürfe kompostierte und zu keinem seiner Augenblicke vollen Herzens sagen konnte: Verweile doch, du bist so schön. Betraf wahrscheinlich die letzten Augenblicke, die waren noch weit entfernt, hoffte ich damals, auf dem Rücken liegend in christlicher Haltung, die Hände über den Genitalien gefaltet, unter mir die Bettschüssel aus Jenaer Glas.

Ich bat Anita, Nadine eine Botschaft – d. h. sie sollte herumtelephonieren und meine Verlobte auf die Krankenstation lotsen. Nadine kam, leicht verschnupft, sehr hoheitsvoll, mit vollen, schimmernden Lippen.
Nadine, sagte ich, laß uns viele Kinder haben. Ich werde mich von einem verständigen Thanatologen, Pardon, ich meine natürlich Andrologen refertilisieren lassen; laß uns viele Christianes, Irinas, Elenas und Angelicas zeugen, lauter liebliche Mädchen, die auf mir herumkrabbeln und ihre heißen Popos an meine alte Haut pressen.
Du kannst bestimmt deinen alten Job in der EDITION AVICENNA wiederbekommen, sagte meine Vertragspartnerin. Ich verdiene an der Sorbonne nicht schlecht, wenn ich Informatik noch fakultativ mache.
Zuviel des Glücks, sagte ich, geh' bitte in die Bar Mistinguette und trink einen Negroni auf unser Wohl; grüße George und die Seinen, Jordan, und vergiß Castor nicht. Liebe Grüße auch an die Hubbles und Herrn Quan.
Als sie gegangen war, lag ich da wie ein Toter und atmete ganz flach, aber regelmäßig, als brauchte ich meinen Restodem für einen Augenblick, der sowieso niemals käme.

WEITERE WERKE VON KIESERITZKY:

Trägheit oder Szenen aus der Vita Activa

Die ungeheuerliche Ohrfeige oder Szenen aus der Geschichte der Vernunft

Obsession. Ein Liebesfall

Das Buch der Desaster

Anatomie für Künstler

Verlagsgemeinschaft Ernst Klett Verlag –
J. G. Cotta'sche Buchhandlung

Printed in Germany
Schutzumschlag: Klett-Cotta-Design
Im Bleisatz gesetzt aus der 10/12 p Times
von Alwin Maisch, Gerlingen
Im Buchdruck gedruckt auf säurefreiem
und holzfreiem Werkdruckpapier von Verlagsdruck Gerlingen
Gebunden von Wilhelm Röck, Weinsberg

Die Deutsche Bibliothek – CIP-Einheitsaufnahme
Kieseritzky, Ingomar von:
Der Frauenplan: Etüden für Männer / Kieseritzky. –
Stuttgart: Klett-Cotta, 1991
ISBN 3-608-95728-6